BASTEI
LÜBBE

Von Ridley Pearson erschien bei Bastei Lübbe:

14571 Der Rattenfänger

Ridley Pearson

DAS ERSTE OPFER

Aus dem Amerikanischen von
Werner Siebenhaar

BASTEI LÜBBE

BASTEI LÜBBE TASCHENBUCH
Band 14 632

1. Auflage: November 2001

Bastei Lübbe Taschenbücher ist ein Imprint der Verlagsgruppe Lübbe

Deutsche Erstveröffentlichung
Titel der amerikanischen Originalausgabe: THE FIRST VICTIM

Dieses Werk wurde vermittelt durch die
Literarische Agentur Thomas Schlück GmbH, 30827 Garbsen
Umschlaggestaltung: Gisela Kullowatz
Titelbild: ZEFA
Satz: hanseatenSatz-bremen, Bremen
Druck und Verarbeitung: AIT Trondheim
Printed in Norway
ISBN 3-404-14632-8

Widmung

Im Zuge der Recherchen für DER RATTENFÄNGER und das ERSTE OPFER erfuhr ich, dass in China jedes Jahr etwa 40.000 Mädchen im Säuglingsalter vor Waisenhäusern ausgesetzt werden. Dieser Roman ist der *Seattle's New Hope Child and Family Agency* und allen vergleichbaren Adoptions-Vermittlungsstellen auf der ganzen Welt gewidmet.

Danksagungen

Dieser Roman wurde von Leigh Haber vom Verlag Hyperion redaktionell betreut. Sollte an dem Buch irgendetwas zu bemängeln sein, trifft Leigh nicht die geringste Schuld; genauso wenig ist sie dafür verantwortlich, ob DAS ERSTE OPFER ein Erfolg oder ein Fehlschlag wird. Doch ihr gebührt mein uneingeschränkter Dank dafür, dass sie mich stets bei der Stange gehalten und meinen Horizont erweitert hat.

Danke, Leigh.

Außerdem möchte ich mich bei Al Zuckerman für die redaktionellen Ratschläge und die literarische Präsentation bedanken.

Schließlich gilt mein Dank einer Reihe von Fachleuten, die mir bei DAS ERSTE OPFER geholfen haben: Sergeant Donald Cameron für seine Hinweise auf dem Gebiet der Polizeiarbeit; dem Amtsarzt Dr. Donald Reay; dem Ozeanographen Dr. Alyn Duxbury sowie Freunden beim FBI, der Metropolitan Police Force in Washington, D. C., sowie der Capitol Police Force.

1.

PUGET-SUND, WASHINGTON

Sie kamen vom Nordpazifik, wie vom Besen einer Hexe getrieben: die Reste des Taifuns Mary, der in Japan 117 Menschen getötet, in Sibirien 7000 heimatlos gemacht und die westlichen Aleuten zum ersten Mal seit zweiundsechzig Jahren überflutet hatte. In den offenen Wassern des Ozeans jagte er Wogen von über zehn Metern Höhe mit einer Geschwindigkeit von 130 Stundenkilometern vor sich her, lud fast 80 Millimeter Regen ab und stürmte in Richtung der Victoria-Inseln, der San-Juan-Inseln und der größten Flussmündung und Meeresbucht Nordamerikas, den Puget-Sund. Er raste auf Seattle zu, als hätte er seinen Kurs nach der Landkarte gewählt, und verursachte den größten Käuferansturm auf Sperrholz und Spanplatten, den das King County je erlebt hatte.

In den teilweise geschützten Wassern westlich der Elliott-Bucht, eine Seemeile jenseits der Schifffahrtsrouten, die zu den East-Waterway-Docks von Seattle führten, wurde die pechschwarze Nacht von dem grellen Licht der Schiffsscheinwerfer erhellt, die bei klarem Wetter eine Reichweite von einer halben Meile oder mehr gehabt hätten; in der trüben Flut, die einst der Taifun Mary gewesen war, brachten sie es nicht einmal auf hundert Meter. Der Frachter, ein Containerschiff mit Namen

Visage, hob und senkte sich in fünf Meter hohen Wogen, während der Regen auf die Decks rauschte, auf denen die Container bis zu einer Höhe von zwölf Metern aufeinander gestapelt waren. Die asiatische Mannschaft befolgte die Befehle zum Umladen, die ihnen der Bootsmann vom Oberdeck durch ein Batterie-Megaphon zurief.

Das riesige Schiff nickte, gierte, rollte von Backbord nach Steuerbord und drohte, seine kopflastige Fracht abzuwerfen. Die Mannschaft war die letzten dreihundert Seemeilen dem Zorn Marys ausgesetzt gewesen, drei unglaublich lange Tage und Nächtc, in denen die Männer kaum zum Schlafen gekommen waren. Einige bekamen keinen Bissen herunter, doch alle mussten sich ständig bemühen, die Hunderte von Containern auf Deck zu sichern. Gleich zu Beginn des Angriffs durch die Natur hatte sich einer der Container losgerissen, war über das Stahldeck gerutscht wie ein Mauerstein von sieben Tonnen Gewicht und hatte das Bein eines nichtsahnenden Besatzungsmitglieds zerquetscht, sodass der Schiffsarzt keine Knochen mehr zum Richten fand – nur noch zerfetztes Fleisch, wo einst Schienbein und Knie gewesen waren. Drei Mann hatten sich an der Backbordreling festgebunden, wo sie bei jedem Heben und Senken grüne Galle erbrachen. Für das bevorstehende Umladen standen nur noch vier Besatzungsmitglieder zur Verfügung.

Ein Schlepper und ein Lastkahn, die sich siebzig Fuß von der Steuerbordseite des Bugs befanden und näher kamen, waren gekennzeichnet mit schwach sichtbaren roten und grünen Positionsleuchten sowie einem einzigen weißen Licht am Schlepperbug und einem Paar Halogen-Scheinwerfer am Turm des gelben Teleskopkrans, der in der Mitte des Lastkahns vertäut war. Schlepper und Lastkahn verschwanden in einem Wellental und tauchten einen Moment später wieder auf, nur um erneut in der Gischt zu versinken. Der Kran sah dabei so drohend und unnatürlich aus wie eine Ölbohrinsel. Der Sturm machte jede Hoffnung zunichte, den Lastkahn an den Frachter andocken zu können, doch beide Kapitäne waren entschlossen, das Umladen dennoch zu versuchen. Wie zwei Enden einer Schaukel hoben und senkten die beiden Schiffe sich abwechselnd, wobei der Turm des Krans wie ein abgebrochener Finger in die teerschwarzen Wolken ragte. Funkverbindung war verboten. Signalleuchten blitzten auf – der einzige Kontakt zwischen den beiden Kapitänen.

Schließlich, in einem gefährlichen und waghalsigen Tanz, näherten sich die beiden Schiffe so weit, dass das Schlippgeschirr des Krans von der Besatzung des Frachters bei einer aufwärts gerichteten Pendelbewegung ergriffen werden konnte. Für kurze Zeit waren Lastkahn und Containerschiff durch dieses hängende Stahlseil verbunden, dann aber riss es sich los, als der Lastkahn wieder hinuntergestoßen wurde. Es dauerte noch einmal zwanzig Minuten, bis das Kranseil erneut ergriffen werden konnte.

Die beiden Schiffe wogten Seite an Seite, und mit jeder Dünung wurde der Durchhang des Seils gefährlich gestrafft. Die erschöpften Deckmatrosen der *Visage* arbeiteten verbissen, um den Container endlich loszuwerden; sie alle fragten sich, ob diese Schinderei die Zusatzheuer wert war, die man ihnen versprochen hatte.

Als der Moment des Austauschs gekommen war, straffte der Kahn das Seil, und die Deckmatrosen lösten die Halteketten des Containers, während an den Winden beider Schiffe befestigte Leinen den baumelnden Container stabilisieren sollten, denn er schwang heftig und drohte, den Lastkahn zum Kentern zu bringen. Als die erste der vier Leinen riss, verlagerte der gefährlich über dem Abgrund zwischen Lastkahn und Frachtschiff pendelnde Container sein Gewicht und kippte in einem steilen, gefährlichen Winkel. Durch das ohrenbetäubende Heulen des Sturms und das Gebrüll der See war gedämpft das Schreien menschlicher Stimmen aus dem Container zu hören.

Ein Besatzungsmitglied bekreuzigte sich und blickte zum Himmel.

Eine zweite Leine riss – dann eine dritte.

Der Container schwang heftig, rutschte aus dem Geschirr und stürzte donnernd ins Wasser. Er tauchte unter und schoss dann wieder empor wie ein auftauchender Wal.

Der Kapitän der *Visage* brüllte seine Befehle. Die mächtigen Doppelschrauben begannen das Wasser zu quirlen, und das gigantische Schiff neigte sich schwerfällig nach Backbord und weg von Lastkahn und Kran, um zu verhindern, dass der Container zwischen den Schiffen zermalmt wurde.

Es wurde der Befehl erteilt, die Scheinwerfer auf dem Frachter zu löschen, während das Schiff vom Sturm erfasst wurde und sich träge zurück zur Schifffahrtsroute bewegte.

Hinter ihm, in seinem Kielwasser, ritt der aufgegebene Container mit der ansteigenden Dünung in die Dunkelheit hinein, hallend von Schreckensschreien, den Wogen und der Laune des Windes nun völlig ausgeliefert.

2.

Am Abend des 10. August, als die Rockschöße des Taifuns Mary zu wenig mehr als einem Wolkenbruch verebbten, erschien ein rostfarbener Container, der in den wirbelnden grünen Wassern und weißen Wellenkappen des Puget-Sunds auf und nieder tanzte. Er wurde vom Kopiloten eines Testflugs auf dem Weg zurück zum Boeing-Flugfeld gesichtet und sofort der Coast Guard gemeldet, der Küstenwache. Treibende Container waren im Sund nichts Ungewöhnliches. Die besonderen Anstrengungen der Küstenwache, den verwaisten Container zu bergen, waren darauf zurückzuführen, dass er eine Bedrohung für die Schifffahrt darstellte, besonders da die Nacht bevorstand. »Metalleisberge« wurden sie genannt. Die Dringlichkeit wurde noch größer, als das Patrouillenboot der Küstenwache längsseits des teilweise abgesackten Containers zog und menschliche Schreie aus dem Innern gehört wurden. Die Stadtpolizei von Seattle wurde benachrichtigt.

Das Piano klang besser denn je. Für einen alten Stutzflügel in einer raucherfüllten Bar, in der für gewöhnlich niemand diesem Instrument Beachtung schenkte, war sein Klang weich und voll, wie geschaffen für Jazz und

Blues. Den Beweis dafür lieferte Lou Boldt, ein Beamter der Mordkommission, der an dem Flügel saß und mit seinen großen Händen eine getragene und sehr freie Version von »Blue Monk« spielte. Die Melancholie des Stückes erinnerte an manches Leid, manche Sorge in einem Leben, das nun mehr als vier Jahrzehnte währte, und an einen Job, der zu viel mit dem Tod zu tun hatte.

Boldt blickte zu dem Tisch, an dem seine Frau und ein paar Freunde saßen. Wären auch sein fünf Jahre alter Sohn und seine drei Jahre alte Tochter da gewesen, wären alle Menschen in diesem Raum gewesen, die ihm etwas bedeuteten: Elizabeth, seine Geliebte, Ehefrau und Partnerin; Doc Dixon, der Bezirks-Gerichtsmediziner, der fast die gesamten zwanzig Jahre, die Boldt nun im Dienst der Polizei von Seattle stand, sein Freund gewesen war; John LaMoia, der Boldts Stelle als Sergeant der Abteilung Gewaltverbrechen übernommen hatte; Bobbie Gaynes, die erste Polizistin in dieser Truppe; Daphne Matthews, forensische Psychologin und Vertraute; und schließlich Bernie Lofgrin vom wissenschaftlichen Erkennungsdienst SID mit seiner Brille mit den dicken Gläsern und dem Lachen, das sich anhörte, als würde kreischend Luft aus einem undichten Ballon entweichen.

Boldt hätte gar nicht so viel Gefühl in sein Klavierspiel zu legen brauchen. Liz' Lymphomakrebs war nun ein volles Jahr lang auf dem Rückzug, und Boldts Happy-Hour-Vorstellung an diesem Abend in Bear Berensons Lokal »The Joke's On You« hatte sich in eine spontane Feier über ihre gesundheitlichen Fortschritte entwickelt –

eine Feier, die Liz als Frau eines Cops schätzen würde. Schwarzer Humor war eben eine Lebensart in dieser Gruppe, und wenn Liz auch nicht völlig hineinpasste, waren diese Menschen doch so etwas wie eine Familie für sie – ebenso wie für ihren Mann.

Die anderen zogen Liz damit auf, wie sie ausgesehen hatte, als ihr Haar während der Chemotheraphie ausgefallen war, oder sie redeten über das Haschrauchen zwecks Geschmacksverfeinerung beim Essen. Es wurde kein besonderes Thema behandelt. Niemand erwähnte etwas davon, dass der neue Schreibtischjob ein Problem für Boldt war, und dass er sich danach sehnte, wieder mal ein Paar Latexhandschuhe überzustreifen und sich einen Tatort vorzunehmen. Außerdem sprach niemand darüber, dass Liz' Zustand für ihre Ärzte unerwartet gekommen und die Gründe immer noch ungeklärt waren. Doch drei bis fünf Jahre, so die Ärzte, müssten noch vergehen, bevor man mit Gewissheit sagen könne, dass die Krankheit besiegt sei. Doch Liz war glücklich. Sie schrieb die Heilung Gott zu, und Boldt enthielt sich eines Kommentars darüber.

Als plötzlich die Personenrufer piepten, wusste jeder sofort, dass es sich um etwas Wichtiges handeln musste, da dieser Ruf zugleich dem Kriminallabor, der Gerichtsmedizin und der Mordkommission galt.

LaMoia rief im Büro an und klappte dann sein Handy zu. »Es geht um einen Schiffscontainer«, sagte er. »Er treibt im Sund. Aus dem Innern des Containers sind die Schreie von Menschen zu hören – Menschen, die noch leben. Die Küstenwache schleppt den Container an Land.«

»Menschen, die noch leben«, wiederholte Liz und beobachtete, wie alle außer Daphne Matthews zum Ausgang eilten. Diese Worte bedeuteten für sie mehr als für irgendjemanden sonst an diesem Tisch.

Liz warf Daphne einen erstaunten Blick zu, weil sie nicht mit den anderen gegangen war.

Daphne erklärte: »Die brauchen mich nicht.«

»Aber ich«, erwiderte Liz und verfiel dann in Schweigen, was Daphne verwirrte und zugleich neugierig machte.

Als der Clubeigentümer Bear Berenson den Musikautomaten anstellte, dröhnte Rockmusik durchs Lokal und schuf eine ganz andere Stimmung als zuvor Boldt mit seinem Klavierspiel.

»Er versteht das nicht«, sagte Liz zu Daphne und meinte damit Boldt. »Meine Gebete – er kann nicht verstehen, dass ich von einer Kraft geheilt wurde, die außerhalb des Krankenhauses liegt.«

»Das liegt an seinem Werdegang«, erwiderte Daphne in dem unbehaglichen Versuch, einer Ehefrau die Gedanken ihres Mannes zu erklären. »Wenn er kein Ermittler wäre, dann wäre er Labormann. Verstehst du?«

»Ja, ich weiß«, erwiderte Liz. »Aber es ist mehr als das. Er traut der ganzen Sache nicht. Er glaubt nicht an meine Heilung, und das macht ihn verrückt.«

»Er ist doch glücklich, dass es dir gut geht!«

»Aber er traut dem Frieden nicht. Habt ihr mal darüber gesprochen?«

»Nein«, log Daphne. Sie und Boldt waren einst mehr als Freunde gewesen, aber nur für kurze Zeit. Daphne würde sich hüten, die tiefe Freundschaft zu gefährden, die sie jetzt verband.

»Er sagt nichts«, fuhr Liz fort. »Jedenfalls nicht direkt, aber ich weiß, dass er damit rechnet, dass die Krankheit wieder ausbricht. Er *glaubt* nicht an die Heilung. Es ist für ihn unbegreiflich, dass Gebete – und damit Gott – eine solche Macht haben können.« Sie stellte die benutzten Gläser auf dem Tisch für die Bedienung zusammen.

Daphne schwieg.

»Er glaubt einfach nicht daran«, wiederholte Liz und schaute zur Tür, als ob Boldt noch da wäre.

»Soll ich mal mit ihm darüber reden?«, erbot sich Daphne.

»Welchen Sinn sollte das haben?«

»Er muss die Meinung aller hören«, meinte Daphne.

»Er muss es von *innen heraus* hören, Daphne. Nur dann nützt es etwas. Besonders bei ihm.«

Liz nahm Daphnes Hand und drückte sie. Daphne fühlte Liz' kalte Finger in ihrer warmen Handfläche und dachte, wie schnell die Dinge sich doch ändern konnten. Es hatte eine Zeit gegeben, da sie froh gewesen wäre, hätte Liz ihren Mann verlassen. Jetzt war sie froh, dass Liz überlebt hatte. »Du bist eine bewundernswerte Frau«, sagte sie, während ein leichtes Frösteln sie durchrieselte.

Boldt staunte über die Leere der Docks in der Nacht, die verlassenen breiten Straßen und Lagerhäuser. Riesige Schiffskräne ragten an der Uferlinie auf und hoben sich als Silhouette vor stumpfgrauen Wolken ab, an denen sich der Schein der Stadtlichter spiegelte, was Boldt an den Legokasten seines Sohnes erinnerte, der zurzeit eine hintere Ecke des Wohnzimmers einnahm.

Die Augustluft wehte ihm warm und schwer entgegen, gesättigt mit Salzsprühnebel, der alle blinzeln ließ, die erschienen waren und nun auf das Heben des Containers warteten. Boldt trug sein Haar sehr kurz, was nicht ganz zu seinem ansonsten lehrerhaften Aussehen passte – die verknitterten Kakihosen und seine geliebte Tweedjacke, die an den Ellbogen schon fadenscheinig war. Der feste Blick und die aufrechte Haltung zeigten, dass er ein entschlossener Mann war. Alle, die mit Lou Boldt arbeiteten, achteten ihn, denn er gehörte zu den Menschen, die sich daran hielten, was sie sagten, im privaten wie im dienstlichen Bereich. Gelegentlich hielt Boldt Vorträge auf Seminaren, Konferenzen und Kriminologiekursen über die Rolle von Opfern von Tötungsversuchen als Zeugen. *Das Opfer spricht* – Boldts Vortrag über dieses Thema – war sogar im Internet zu lesen.

Boldt wandte sich an LaMoia und schimpfte darüber, wie lange die Küstenwache brauchte, den Container zu bergen. Das Jammern und die Schreie drangen noch immer dumpf aus dem Behälter, und die Geduld der Retter und Beobachter wurde arg strapaziert.

LaMoia hatte die letzten sieben Jahre an Boldts Seite gestanden, hatte ihn genauestens studiert und war beruflich aufgestiegen, nicht nur zu den Sergeantenwinkeln, sondern auch zum eigenen kleinen Büro mit Schreibtisch. LaMoia trug seine Jeans gebügelt, seine Hemden frisch und steif, sein Haar perfekt frisiert und seine Cowboystiefel auf Hochglanz geputzt. Er war jetzt weniger auf Boldt, sondern mehr auf diese Stiefel konzentriert – brandneue Prachtexemplare, die ihn ein Monatsgehalt gekostet hatten. Umso mehr gingen ihm die Salzsprühnebel auf die Nerven. Er stellte sich immer wieder auf die Zehenspitzen, um seine Stiefel aus den sich bildenden Lachen herauszuhalten.

»Dein Klavierspiel war toll«, bemerkte LaMoia.

»Willst du mir in den Hintern kriechen?«, fragte Boldt. »Worauf bist du aus, John?«

»Ich möchte meine neuen Stiefel trocken halten«, gestand LaMoia.

»Na, dann schwirr ab. Ich übernehme das schon«, sagte Boldt, obwohl man von einem Lieutenant keine aktive Verantwortlichkeit erwartete. Technisch gesehen war es LaMoias Fall; er war der leitende Ermittler, wenn auch unter Boldts unmittelbarer Aufsicht. Beide Männer wussten das, doch Boldt verabscheute es. Trotz seiner Erfahrung von zwei Jahrzehnten erwartete man von ihm, dass er in Besprechungszimmern und nicht auf der Straße tätig war. Kam hinzu, dass seine Vorgesetzte, Captain Sheila Hill, Wert auf Rang und Dienstweg legte, und da sie gute Verbindung bei der Stadtpolizeidirektion hatte, legte man sich besser nicht mit ihr an.

»Beeil dich«, sagte Boldt. »Die werden das Ding jede Minute aufmachen.«

»Okay, Sarge.« LaMoia – der bei der Stadtpolizei Seattle für seine lässige Einstellung und seine besondere Neigung zum anderen Geschlecht bekannt war – redete Boldt immer noch mit seinem früheren Rang an. Er trottete zurück zu seinem feuerwehrroten 68er Camaro und der Polizeiabsperrung, die errichtet worden war, um die Presse von der Stelle fernzuhalten, wo Fernsehteams bereits Aufnahmen machten.

Der Ermittler ging. Das Feld gehörte jetzt Boldt.

»Polly ist im Verkehr stecken geblieben. Sie wird's nicht schaffen. Wir brauchen *dich*.«

»Nun mal langsam, Jimmy«, sagte Stevie McNeal ins Telefon.

Jimmy Corwin war einer der besten Produzenten des Fernsehsenders und stand ständig unter Strom – ein zweibeiniger Dynamo. Stevie fand seine Energie ansteckend, sogar übers Telefon. Jimmy Corwin schlug vor, dass sie eine Livesendung für Polly übernehmen sollte. Als Reporterin und Sprecherin suchte sich Stevie ihre Reportagen sorgfältig aus.

»Was haben wir denn?«, wollte sie wissen.

»Einen Schiffscontainer, der von der Küstenwache entdeckt wurde und aus dem menschliche Schreie kommen. Kanal Sieben ist schon auf Sendung. Wir brauchen dich in den nächsten zehn Minuten vor der Kamera.«

»Gib das in die Weiteinspeisung.«

»Na klar, machen wir.«

»Du musst es mir versprechen, Jimmy.« Die Einspeisung für die Sendung in den gesamten USA könnte Angebote für größere Märkte bringen.

»Mach erst mal die Reportage, dann sehen wir weiter ...«

»Jetzt! Du legst dich jetzt fest, oder ich ...«

»Einverstanden.«

»Und ich mache auch die Folgesendungen. Das ist dann *meine* Story. Okay?«

»Okay.«

Im Telefon prasselte es, und das Fenster wurde blau vom Licht einer heranrückenden Gewitterfront. Stevie sagte: »Gib dem Team Bescheid, dass ich unterwegs bin.«

Die Küstenwache hatte aufblasbare Flöße am Container angebracht, um ihn zu stabilisieren, während er an Land geschleppt wurde. Außerdem hielten die Flöße den riesigen Stahlkasten an der Wasseroberfläche.

Während die Schreie von drinnen weiterhin zu hören waren, kletterten Schwimmer auf den Container und befestigten Seile an den vier Ecken. Ein Aufseher signalisierte, dass alles bereit sei, und der mächtige Dieselmotor des Krans sprang grollend an. Das Hauptseil schlingerte und straffte sich, und eine Säule schiefergrauen Rauchs stieg vom rostigen Kranschornstein auf. Das abgesunkene Ende des Containers hob sich aus dem dunklen Wasser, das aus jeder Außennische abfloss, und die Schreie wurden schriller, zerschnitten die Luft und jagten Boldt Schauer über den Rücken. Beifallsrufe der Arbeiter erklangen, als der Container aus dem Wasser gehoben wurde und in der Luft schwankte, während der Kran ihn an Land zog. Boldt holte sein Notizbuch hervor und trug die Zeit ein.

Ein Mann kam auf die Absperrkette der Polizei zu. Die Beamten ließen ihn durch, als er seinen Ausweis zeigte. Er war selbstsicher, ja resolut, und seine breiten

Schultern ließen darauf schließen, welchen Sport er am College getrieben hatte, während sein Anzug ihn als Mitarbeiter einer Bundesbehörde auswies. Brian Coughlie stellte sich als leitender INS-Ermittler vor. Wenn man ihm die Hand schüttelte, hatte man den Eindruck, einen Stock zu ergreifen.

Boldt kannte nicht viele Agenten vom INS, dem *Immigration and Naturalization Service* – der Einwanderungs- und Einbürgerungsbehörde –, und das sagte er Coughlie auch. Dann fügte er hinzu: »Ich bin froh, Ihre Hilfe zu haben.«

»Wenn die Türen geöffnet sind, werden Sie da drinnen bis zu siebzig illegale Einwanderer finden. Wahrscheinlich sind alle Erwachsenen asiatische Frauen, vor allem Teens und Twens, das ist das beste Alter für die Sklavenwerkstätten und Hurenhäuser, in denen sie gelandet wären. Diese Containersendungen machen uns seit mehr als einem Jahr verdammte Kopfschmerzen. Bin froh, dass wir endlich mal einen erwischt haben, der noch voll ist.«

»Ein Teil der Leute wird tot sein«, sagte Boldt, der von Coughlies rauer Art ein wenig abgestoßen war.

»Meinen Sie?«, erwiderte Coughlie. »Nach meiner Erfahrung sind die zäh.«

»Es wird Tote geben«, wagte Boldt vorauszusagen. »Und das macht die anderen da drinnen zu Zeugen.«

»Sie denken wohl schon an Beförderung, Lieutenant?«, fragte Coughlie ruhig. »Dann vergessen Sie eins aber nicht: Das sind illegale Einwanderer, sodass mein Boss die Sache als unseren Fall betrachtet. Ich nehme die Leute fest und bringe sie in Bundeshaft. Wenn Sie ihnen dort einen Besuch abstatten wollen, um sie zu vernehmen – kein Problem. Aber Ihr Boss muss das mit meinem Chef absprechen, okay? Bis dahin werden diese Besucher – jedenfalls die, die noch am Leben sind – einen kleinen Trip auf Kosten des Bundes machen.«

»Und die Toten?«

»Können Sie behalten«, meinte Coughlie. »Gut so?«

»Solange Sie die anderen von der Außenwelt abschirmen. Ich möchte nicht, dass die Geschichten hören und instruiert werden, was sie sagen sollen.«

»Wir werden sie sauber machen und einzeln in Zellen stecken«, erwiderte Coughlie. »No Problemo. Baracke K. Unsere Haftanstalt ist ein Teil vom einstigen Fort Nolan. Sie kennen doch ›Fo-No‹?«

»Ja, ist mir bekannt.«

»Spielen Sie Golf?«

»Nein«, antwortete Boldt.

»Schade. Die haben da einen großartigen Achtzehner-Platz. Wird vom Steuerzahler finanziert. Sie und ich, wir hätten schlauer sein und zum Militär gehen sollen. Deren Pensionspaket ist unschlagbar.«

LaMoia kam im Laufschritt heran. Boldt stellte ihn vor. LaMoia nahm Coughlies Hand, machte aber ein Gesicht wie jemand, der irrtümlich ein klebriges Honigglas anfasst.

»Wir haben die Zuständigkeitsfragen bereits geklärt«, bemerkte Boldt und minderte damit LaMoias Befürchtungen.

»Wir müssen mit Toten rechnen«, erklärte LaMoia.

»Ich weiß«, erwiderte Boldt.

LaMoia griff in die Jackentasche und holte ein Paar

Kunststoff-Handschuhe und eine Tube Wick VapoRub hervor.

Boldt nahm die Tube, nachdem LaMoia sich ein wenig von der Creme unter die Nase geschmiert hatte. Dann reichte er die Tube an Coughlie weiter, der sich ebenfalls Creme unter die Nase rieb. Es gab Dinge, ohne die man nicht auskam.

Als der Container schließlich mit einem Bolzenschneider geöffnet wurde, trat Stille bei den Umstehenden ein, während man neun chinesischen Frauen heraushalf – halb nackt, völlig abgemagert und entkräftet –, um sie zu bereits wartenden Krankenwagen zu bringen. Einige Frauen konnten noch aus eigener Kraft gehen, andere mussten auf Bahren getragen werden.

Drei Frauen kamen in Leichensäcken aus dem Container.

Coughlie schlug vor, Boldt sollte vor dem Befragen ein paar Tage warten. »Hab schon schlimmere Fälle gesehen, Lieutenant – aber auch schon angenehmere.«

»Das Problem bei unserer Abteilung ist«, sagte LaMoia zu Coughlie, »dass die Opfer bei uns meist nicht mehr aufstehen und davongehen.«

»Drei von denen jedenfalls nicht mehr«, meinte Boldt finster.

»Während wir sie in meiner Abteilung«, gab Coughlie zurück, »gewöhnlich nicht in einem Kiefernholzkasten nach Hause schicken.«

Stevie McNeal kam mit einem Taxi und wurde von zwei Mitgliedern des Außeneinsatzteams begrüßt, von denen eines ihr einen Schirm und ein drahtloses Mikrofon reichte und das andere ihr die Kameraposition erklärte. Stevie ging geradewegs auf das gelbe Absperrband der Polizei zu, durch das sie eigentlich nicht hindurch durfte, aber sie schlüpfte trotzdem darunter weg.

»He!«, rief ein uniformierter schwarzer Polizist mit jungem Gesicht und Schirmmütze. »Sie können doch nicht ...«

Stevie hielt inne und ließ dem Mann Zeit, dass er sie erkannte.

»Oh«, sagte er.

Sie schaute ihm in die Augen, legte gerade genug Entschlossenheit in ihre Miene und sagte: »Wer hat denn hier das Sagen?«

»Sergeant LaMoia«, antwortete der Mann gehorsam, »aber der Lieutenant ist auch hier.« Er wies auf eine Gruppe, die schemenhaft zu erkennen war.

Stevie ging zu LaMoia, Boldt und Coughlie. Es waren nicht genug Krankenwagen da. Ein paar Illegale waren in Decken des EMT gehüllt, des Medizinischen Notfalldienstes, und man reichte ihnen Wasser. Überall waren Uniformierte von der Küstenwache und der Polizei zu sehen.

LaMoia sagte zu Stevie: »Hier ist Sperrbereich, Miss. Die Presse muss auf der anderen Seite des Bandes bleiben.«

»Die Gerüchteküche brodelt, Sergeant. Einige reden von einem Serienkiller, die anderen von illegalen Einwanderern.«

»Illegale stimmt«, erklärte Coughlie. Stevie schaute ihm in die Augen. Er trug eine INS-Identifizierung.

»Wir werden bald eine Erklärung abgeben«, sagte Boldt.

Stevie überlegte, an wen sie sich wenden sollte. Schließlich fragte sie den INS-Mann: »Ist das Ihre Sache oder die der Stadtpolizei?«

Coughlie antwortete: »Sie werden's nicht glauben, aber wir arbeiten in diesem Fall zusammen.«

»Wer leitet dann dieses Love-in?«

Einer der Leichensäcke wurde von einem Team vorbeigetragen, das für den Gerichtsmediziner arbeitete.

»Bis zur Hauptsendezeit sind wir leider nicht fertig«, warf LaMoia zynisch ein.

»Wir werden bald eine Erklärung abgeben«, wiederholte Boldt.

Stevie nickte. Sie konnte auf einmal nicht mehr sprechen.

3.

Sie trafen sich im Internationalen Distrikt an einem klaren, sonnigen Augustnachmittag. Das Licht war intensiv und magisch, sodass jedes Gebäude, jeder Baum und jede Person wie golden angestrahlt aussah. Stevie McNeal kam zu früh – was für sie ungewöhnlich war, wenn nicht sogar einzigartig – und war sehr aufgeregt.

Sie hatte sich für dieses Treffen Jeans, ein schwarzes Baumwoll-T-Shirt und ein vor kurzem gekauftes kakifarbenes Safari-Oberhemd angezogen. Trotz ihrer amerikanischen Herkunft sprach sie mit einem schwachen britischen Akzent, was von den Übersee-Einsätzen ihres Vaters herrührte.

»House Of Hong«, das Haus des Hong, ein Dim-Sum-Restaurant an einem Abschnitt der südlichen Intercity 5, war ein schlichter Betonblock mit einem großen roten Kunststoffschild auf dem Dach, das man schon von weitem sehen konnte. Um den bescheidenen Parkplatz, dessen Asphalt stellenweise aufgerissen und gewölbt war, zog sich ein verwitterter Maschendrahtzaun, der an rostenden, verbogenen Stützpfeilern hing. Das Gespräch im Hong wurden auf Mandarin geführt, und Stevie begrüßte den Oberkellner in dieser Sprache, sodass der Mann sie erstaunt musterte. Er führte sie zu einem

Tisch, an dem eine chinesische Frau mit dem Rücken zur Tür saß.

Melissa war eine sechsundzwanzigjährige Chinesin von schlichter, unaufdringlicher Schönheit. Sie trug ein tailliertes Hemd in westlichem Stil, dazu Blue Jeans. Ihr einziger Schmuck war eine Multifunktions-Armbanduhr. Sie schwamm jeden Tag zwei Meilen im YWCA, dem Christlichen Verein Junger Frauen, und hielt ihr Haar ungewöhnlich kurz, sodass es leicht unter ihre Mütze passte.

Stevie sagte: »Du siehst gut aus, kleine Schwester.«

»Du auch.«

»Danke, dass du so kurzfristig gekommen bist.«

»Ich treffe dich immer gern. Das weißt du doch«, sagte Melissa. »Wenn dazu noch die Aussicht auf einen Job kommt – was will ich mehr?«

»Ich traue Männern nun mal nicht beim Arrangieren von geheimen Treffen – auch nicht solchen, bei denen es um das Angebot geht, wichtige Informationen gegen Geld zu tauschen.«

»Wenn ich alles durchgemacht hätte, was du hinter dir hast ...«, meinte Melissa.

Ein Jahr zuvor war Stevie mehr als drei Monate lang verfolgt worden. Als die private Sicherheitsfirma, die der Fernsehsender hinzugezogen hatte, den Mann schließlich ertappte, stellte sich heraus, dass er ein Strafregister wegen sexueller Gewalttaten, Vergewaltigung und Entführung hatte – aber keine Verurteilung.

Eine Kellnerin bot frisches Dim-Sum aus einer dampfenden Bambusschüssel an. Melissa lehnte höflich ab. Sie zog einen Stenoblock aus ihrer Handtasche und legte ihn auf das weiße Leinentischtuch. Alles an seinem Platz – typisch Melissa.

»Also?«, fragte sie.

Stevie erklärte: »Er behauptet, Informationen über diesen Container zu haben, der an Land gezogen wurde. Du magst doch brisante Geschichten. Das ist zwar kein Dokumentarbericht, aber ...«

»Für so was bin ich allemal dankbar. Als Freischaffende muss ich nehmen, was ich kriege.«

»Ich hab dir doch schon mal einen Job beim Sender angeboten.«

»Ja, angeboten schon«, erwiderte Melissa. »Einen Job beim Sender nehme ich aber nur an, wenn ich ihn mir *verdient* habe.« Das hatten sie schon mehr als ein Dutzend Mal besprochen. »Wir sind im gleichen Haus aufgewachsen, haben unsere Wochenenden und unsere freien Tage zusammen verbracht.«

»Und unsere Ferien«, fügte Stevie hinzu.

»Aber wenn ich nur dank deiner Bekanntheit einen Job bekomme ...«

»Verstehe.«

»Sogar das hier«, Melissa ließ den Blick durchs Restaurant schweifen, »macht mich unbehaglich.«

»Du bist doch wie geschaffen für diese Sache. Du bist Chinesin und Freischaffende. Wenn dieser Bursche irgendetwas von Belang hat, wer wäre dann besser geeignet, der Geschichte nachzugehen, als du?« Stevie fügte hinzu: »Und was für ein prima Vorwand, ein Essen auf Kosten des Senders zu bekommen!«

Melissa grinste und nickte. Dann wurde sie ernst. »Was du schon alles für mich getan hast ... nein, streite das jetzt nicht ab. Wenn ich dir nur ein Zehntel wiedergutmachen könnte ...«

»Was hat das alles für einen Zweck, wenn du keinen Gebrauch davon machst? Das sind meine fünfzehn Minuten Ruhm. Wenn deine kommen – und sie *werden* kommen – rechne ich mit dir, dass dann etwas davon auch auf mich fällt.«

»Ist nicht wahrscheinlich, dass das mal passiert.«

»Sag so was nicht. Deine Produzentenarbeit ist weit und breit die beste. Du wirst schon sehen. Eine Geschichte wie diese, wenn sie sich als gute Information erweist, könnte dich groß rausbringen und alles verändern.«

»Ich kann es kaum erwarten.«

Als einziger Weißer in dem Restaurant fiel der Mann, den sie erwarteten, bei seiner Ankunft sofort auf. Er hatte eine beginnende Glatze, einen ziemlichen Bauch, die Nase und Wangen eines Trinkers und eine offensichtliche Neigung zu schlecht sitzenden Discount-Sportjacken. Er erschien mit Schweißperlen unter seinen altmodisch langen Koteletten und auf seinem gleichfalls feisten Hals. Sein Blick schweifte durchs Restaurant, ein wenig unsicher, bis er Stevie entdeckte. Sie gab ihm ein Zeichen, und er setzte sich zu ihnen, wobei er Melissa vorsichtig musterte. Dann sagte er zu Stevie: »Sie sehen anders aus als im Fernsehen.«

»Sie sind es also gewesen, der angerufen hat«, begann Stevie. Er war nicht der Mann, mit dem sie freiwillig essen würde. Deshalb bestellte sie nur einen Eis-

tee in der Absicht, die Unterredung so kurz wie möglich zu halten.

»Sind es Ihre Augen, Ihr Haar? Ich weiß nicht ...« Er wischte sich das Gesicht mit der Serviette des Restaurants ab und schaute sich nach einer Kellnerin um. Dann bestellte er einen Cape Cod und einen Preiselbeer-Wodka; als er gefragt wurde, ob er etwas essen wolle, winkte er gleichfalls ab.

Melissa redete Chinesisch, um zu verstehen zu geben, dass sie allein gelassen werden wollten, und wehrte damit einen weiteren Angriff mit Dim-Sum ab.

»Ich schaue mir Sie jeden Abend an – in den Nachrichten.« Vertraulich senkte der Mann die Stimme. »Deshalb dachte ich mir, ich sollte *Ihnen* das Angebot machen, wissen Sie.« Wieder blickte er zu Melissa hinüber.

»Sie arbeitet mit mir«, erklärte Stevie. »Also wollen wir über dieses Angebot reden.«

»Ich bin Revisor des Staates Washington.«

»Ich dachte, vom King County.«

»Nein. Vom Staat. Ich überprüfe das Inventar oder die Bestandsverzeichnisse von einem halben Dutzend staatlicher Institutionen – von Absperrkegeln für Straßenbaustellen bis hin zu Faxgeräten.«

»Wie aufregend!«, sagte sie.

»Wir sind gespannt, was Sie zu sagen haben«, fiel Melissa ein, um Stevies Grobheit zu mildern.

»Das ist eine tolle Geschichte«, sagte er.

»Na, dann fangen Sie an«, ermutigte Melissa ihn.

Er berührte Stevies Hand, aber sie zog sie instinktiv zurück.

»Vielleicht habe ich doch die Falsche angerufen«, meinte er.

»Kann schon sein«, erwiderte Stevie. »Wenn Sie mich noch mal anfassen, kriegen Sie Pfefferspray zum Essen.«

Er entschuldigte sich. »So was habe ich noch nie gemacht – der Presse etwas flüstern. Ich fühle mich nicht gerade toll dabei.«

»Sie zählen also Absperrkegel«, sagte Stevie und kämpfte ihre Abneigung nieder. »Macht es Ihnen Spaß?«

»Was zählen Sie denn noch so, Mr. ...?«, fragte Melissa in dem Versuch, ihm seinen Namen aus der Nase zu ziehen.

Er wischte sich wieder das Gesicht ab. Seine Zähne waren nikotingelb. »Wissen Sie, wie Kinos sich auf dem Laufenden halten, wie viel Popcorn sie verkaufen?«

»Popcorn?«, stieß Stevie hervor. »Wollen Sie mir einen heißen Tipp über Popcorn andrehen?«

»Es wird nicht festgehalten, wie viel Popcorn gemacht wird, denn es gehen ja nicht viele Körner in einen Becher, und es ist unsicher zu schätzen, wie viele Körner in jedem Becher sind. Außerdem wird das Zeug, das sie am Ende des Abends nicht verkauft haben, weggeworfen – oder auch schon zwischen den Vorstellungen.«

»Hören Sie mal, wir ...«

»Sie zählen die Becher oder die Tüten«, sagte Melissa.

»Genau! Der Eigentümer stellt die Anzahl der benutzten Tüten fest. Sie führen also Buch über die *Tüten* – kleine, mittlere, große –, und danach müssen die Angestellten hinter den Ladentischen Geld abliefern. So einfach ist das. Wenn nicht genug Geld da ist, müssen die

Angestellten eben zuzahlen. Deshalb passen sie gut auf die Tüten auf. Gleiches gilt für Getränke in Bechern. Die Anzahl der gebrauchten Becher bestimmt die abzuliefernde Geldsumme.«

»Tüten und Becher«, wiederholte Stevie, schon ein bisschen neugieriger.

»Beim Kraftfahrzeugamt sind es die Laminate, die Anzahl der Kunststoff-Laminate, die durch jede Unterabteilung laufen. Heutzutage werden Identitätsnachweise in Laminierungen eingebettet, damit ein Cop sofort Fälschungen aufspüren kann. ›Kraftfahrzeug-Amt des Staates Washington‹ steht dann darin. Erst dieses Laminat macht einen Führerschein gültig. Das ist sehr wichtig für ...«

»Fälscher«, kam sie ihm zuvor.

Der Mann schaute von Melissa zu Stevie.

»Wir sind ganz Ohr«, sagte Melissa und begann sich Notizen zu machen. Sie warf einen Blick zu Stevie hinüber. In Melissas Augen war Aufregung zu erkennen. Auch Stevie fühlte eine Hitzwelle.

Der Mann fuhr fort: »Eine meiner Aufgaben besteht darin, den Verbrauch und Bestand von DMV-Laminaten zu überprüfen. Auch die Vernichtungen werden festgehalten, sodass die Zahlen übereinstimmen müssen.«

»Also gefälschte Führerscheine?«, fragte Stevie. »Und was haben die mit dem Container zu tun?«

»Fragen Sie sich doch mal, warum der Staat mich zum Zählen von Laminaten ausschickt. Warum dieser Aufwand? Den Staat kostet so ein Laminat nur zwei Komma sechs Cents. Auch ein paar Hundert machen also nur drei, vier Dollar aus.«

Melissa notierte es.

»Sie geben mir ein Rätsel auf«, meinte Stevie. »Der Staat verschwendet Arbeitszeit? Geht es darum?«

»Es geht um die Ids – die Identifizierungen, die Ausweise«, meinte Melissa.

»Wie hoch ist denn der Wert von gefälschten Papieren?«, wollte Stevie wissen.

»Aha, jetzt kommen Sie der Sache schon näher!«, erwiderte der Mann. »Was meinen *Sie* denn, was ein gefälschter Führerschein wert ist, Miss McNeal?«

»Mrs. MacNeal«, verbesserte sie ihn. »Also, ich weiß nicht ... Hängt davon ab, ob Kinder sich Zigaretten kaufen oder Illegale damit ihre Freiheit erlangen wollen.«

»Das kann man wohl sagen!«, stimmte der Mann zu.

Sie dachte noch einmal nach: »Zweihundert Dollar?«

»Fünfhundert?«, versuchte es Melissa, als der schwitzende Mann Stevie statt einer Antwort angrinste.

»Was halten Sie von dreitausendfünfhundert pro Führerschein?«

Stevie spuckte einen Eiswürfel in den Tee. »Was?«

»Der feste Wohnort ist der erste Schritt zu einer Arbeitserlaubnis. Und eine Arbeitserlaubnis ist der erste Schritt zu einer Greencard. Die Greencard führt dann zur ...«

»Staatsbürgerschaft.«

Er grinste. »Also doch ’ne große Geschichte, nicht wahr?« Dann fuhr er fort: »Ich habe da einen Namen.«

»Wie viel?«, fragte Stevie.

»Fünftausend«, antwortete er ohne zu überlegen.

Stevie lachte. »Wir sind hier nicht beim Millionenspiel.« Dann machte sie ein Gegenangebot: »Fünfhundert.«

»Dann sollte ich wohl beim Millionenspiel anrufen.«

»Das ist ein Ferngespräch«, erklärte Stevie.

»Es sind Ihre Haare, nicht wahr? Sie tragen Sie in der Show anders.«

»Ich mache keine Show«, entgegnete Stevie. Ihr wurde plötzlich kalt. »Ich mache eine Nachrichtensendung.«

Der Mann brauchte einige Zeit, um das Angebot zu überdenken. »Tausend«, schlug er dann vor.

»Fünfhundert auf den Tisch und nochmal fünfhundert, wenn meine Sendung läuft.«

»Glauben Sie etwa, ich gebe Ihnen meinen Namen oder sonst was, damit Sie mich finden können?«

Melissa entgegnete: »Sie haben uns doch erzählt, dass Sie staatlicher Revisor sind. Meinen Sie nicht, dass wir Sie finden können, wenn wir es darauf anlegen?«

»Für meine Mitarbeit stelle ich die Bedingung, dass Sie das nicht mal versuchen. Halten Sie *mich* da raus.« Dann fügte er hinzu. »Mein Job gefällt mir nämlich.«

Stevie wiederholte: »Fünfhundert, wenn unser Produzent einverstanden ist. Melissa hier wird Ihnen das Geld bringen, und Sie geben ihr dafür den Namen vom Angestellten des Kfz-Amts mit den fehlenden Führerschein-Laminaten. Wenn wir die Geschichte senden, bekommen Sie noch einmal fünfhundert. Wenn Sie uns anrufen und ein Treffen vereinbaren wollen, ist das in Ordnung. Geben Sie mir zwei Stunden, um es meinem Produzenten schmackhaft zu machen.«

»Ich möchte lieber mit Ihnen zu tun haben«, erklärte

er. Dann, an Melissa gewandt: »Bitte, betrachten Sie das nicht als Beleidigung.«

»Das ist Melissas Geschichte, nicht meine. Lassen Sie uns unsere Jobs tun, und tun *Sie* Ihren.«

»Sie waren doch die Reporterin am Bergungsort des Containers«, sagte der Mann.

Melissa warf ein: »Wir mögen unsere Jobs, also machen wir sie.«

Ein paar Minuten später verließ er das Restaurant, wobei er eine Duftfährte billigen Kölnisch Wassers hinterließ.

Als er verschwunden war, bestellten die Frauen endlich eine Mahlzeit.

»Du wirst also fünf Abschnitte von je zwei Minuten verlangen, worin eine Zusammenfassung der Container-Tragödie und die Bestechung beim Kfz-Amt enthalten sind«, sagte Melissa, »dazu noch etwas über die Haftanstalt und das, was Illegale erwartet, wenn sie geschnappt werden, okay? Mit all dem habe ich kein Problem, aber wenn es zu einer größeren Geschichte führt – wenn ich diese gefälschten Führerscheine mit illegalen Einwanderern in Verbindung bringe und die Leute dahinter bloßstellen kann –, muss ich sicher sein, dass du zu mir hältst, dass keiner mich ausbooten und es mir klauen wird.«

»So was mache ich nicht«, erwiderte Stevie. »Das ist alles, was ich versprechen kann. Solange ich dabei bin, wird es uns keiner wegnehmen.«

»Das genügt mir. Und wenn es politisch wird?«

»Ich werde die Sache verfolgen, wohin sie auch führt. In der Zwischenzeit halte ich die Geschichte am Kochen, indem ich jeden interviewe, der damit zu tun hat – Einwanderungsbehörde, Polizei, die Verhafteten. Alles, was dazugehört.«

»Und wenn Corwin es so nicht haben will?«, wollte Melissa wissen.

»Was haben wir denn getan, als Su-Su uns etwas verbieten wollte?«, stellte Stevie die Gegenfrage.

»Wir haben uns an deinen Vater gewandt«, erwiderte Melissa.

»Wenn Corwin uns Schwierigkeiten macht, bringen wir die Sache über seinen Kopf hinweg nach New York. Ich habe 'ne Menge Beziehungen.«

»Würdest du das wirklich tun?«

»Ja. Für diese Geschichte – ja.«

»Für diese Geschichte oder für mich?«, fragte Melissa.

»Für die Geschichte.«

»Weil ich ...«

»Ich kenne deine Grundsätze«, unterbrach Stevie. »Das hier ist kein Almosen für dich – ehrlich. Wenn sich herausstellt, dass die Sache es wert ist und du sie verfolgen willst, halte ich zu dir. Wenn du versteckt ermitteln willst, stehe ich dir ebenfalls bei – aber nur, wenn es sich um Aufdeckung und nicht um Hereinlegen handelt. Das ist alles, was ich dazu zu sagen habe.«

»Dann haben wir eine Abmachung«, meinte Melissa. »Du kriegst die Geschichte, ich bekomme weitgehend freie Hand.«

»In Ordnung«, stimmte Stevie zu, »wir haben eine Abmachung.«

4.

LaMoia legte den vorläufigen Bericht des Gerichtsmediziners über die drei illegalen chinesischen Einwanderinnen vor, die in dem Container gestorben waren. Der Bericht, obwohl wissenschaftlich abgefasst, blieb unbestimmt und seltsam verwirrend, sodass er den Ermittlern bei ihren Bemühungen, eine Anklage wegen Totschlags zu bewirken, wenig half. Die Illegalen waren an Unterernährung und Austrocknung gestorben, »erschwert durch Symptome, welche denen entsprechen, die von einer virulenten, bisher noch nicht identifizierten Art von Influenza erzeugt wird«. Dieser Zusatz betonte Doc Dixons Abneigung, hier eine klare Stellungnahme anzugeben, zumindest nicht im Stadium des vorläufigen Berichts. Der vorläufige Bericht führte weiter aus, dass die Leichen nach dem Tod Kontusionen erlitten hatten, wahrscheinlich wegen der heftigen Stöße, denen der Container in den Wogen ausgesetzt war. Gewebeproben wurden an das CDC – das Zentrum zur Eindämmung gefährlicher Krankheiten – in Atlanta gesandt in der Hoffnung, dass die Influenza dort identifiziert werden könne. Als er vom Ausmaß an Unterernährung und Dehydration gelesen hatte, sah Boldt eine entfernte Möglichkeit, Anklage wegen »verwerflicher Gleichgültigkeit gegenüber menschlichem Leben« gegen den Kapitän und die Mannschaft des Schiffes zu erheben, das den Container transportiert hatte. Dies wiederum würde die Möglichkeit bieten, Kapitän und Mannschaft Strafmilderung in Aussicht zu stellen, wenn die Namen jener Personen genannt wurden, die für diesen Menschenhandel verantwortlich waren. Hier zeichnete sich eine Strategie ähnlich der ab, die bei gewaltsamen Durchsuchungen bei Drogendelikten oder bei Maßnahmen gegen das organisierte Verbrechen angewendet wurde. Doch mehr als alles andere erkannte er Doc Dixons Interesse und seine Neugier, was die noch nicht identifizierte Influenza-Art betraf und die sorgfältig gewählte, absichtlich vage Ausdrucksweise des Berichts. Dixie hielt seine Karten bedeckt und erkaufte sich dadurch Zeit für diesen CDC-Bericht.

Für Boldt bestand der schnellste Weg zum Namen des Schiffes – und damit zu dem des Kapitäns und der Besatzung – in der Vernehmung der Illegalen, der Passagiere: jene neun Frauen, die die Überfahrt überlebt hatten und zurzeit von der Einwanderungsbehörde festgehalten wurden.

Fort Nolan war kein militärischer Stützpunkt mehr. Sein Golfplatz jedoch hatte die zur Auflösung des Stützpunkts führenden Haushaltskürzungen der späten achtziger Jahre überlebt. Der Kongress konnte sich offenbar damit abfinden, dass ein paar hundert Arbeitsplätze von Zivilbediensteten und etwa tausend Infanterie-Dienstposten verloren gingen, aber unter keinen Umständen damit, einen Achtzehn-Loch-Golfplatz zu opfern. Das Ergebnis war, dass sowohl aktive als auch pensionierte Offiziere auf einem Gelände »pitchten« und »putteten«, das nur etwa hundert Meter von den ehemaligen Kasernen entfernt war, in denen jetzt Asiaten und Mexikaner festgehalten wurden, die das Pech gehabt hatten, erwischt zu werden. Die Glücklicheren unter ihnen bekamen Arbeit bei der Instandhaltung der Anlage oder als Golf-Caddys, wobei sie eine begrenzte Freiheit außerhalb des Stacheldrahts genossen und gelegentlich sogar ein Trinkgeld bekamen.

Die hastige Umgestaltung des Stützpunkts durch die Einwanderungsbehörde war wie ein Geschenk für die Händler von Maschendrahtzäunen im King County geworden. Boldt hielt in seinem Dienstwagen – ein Chevy Cavalier – vor dem Tor. Er und Daphne Matthews zeigten ihre Polizeimarken und nannten den Zweck ihres Kommens. In der Ferne sah man, wie ein Mann in Kakihosen und einem limonengrünen Crew-Hemd einen bewundernswerten, »Chip Shot« genannten kurzen Golfschlag aus dem Handgelenk ausführte. Rechtsanwälte und Regierungsbedienstete kamen und gingen hier regelmäßig ein und aus, aber zwei Cops von der Polizei Seattle waren offenbar etwas Neues, denn der Torposten schaute sich ihre Marken sorgfältig an, bat Boldt dann, innerhalb der Absperrung an die Seite zu fahren, und rief jemanden an. Sie erhielten einen zu oft fotokopierten Plan der Einrichtung, auf dem der Posten hastig ein paar Richtungspfeile einzeichnete. Boldt gab nach diesen Tintenpfeilen die Richtung an, während Daphne navigierte.

»Hätte John nicht mitkommen sollen?«, fragte Daphne. »Überhaupt – solltest du es nicht sein, der jetzt im Büro ist, und John hier?«

»Er ist der Leitende Sergeant. Soll er den Papierkram genießen«, erwiderte Boldt.

»Verleugnen wir etwa unseren Rang, Lieutenant?«

»Captain Hill und ich vertreten unterschiedliche Ansichten über die Tätigkeitsmerkmale«, meinte Boldt. »Wollen wir's dabei belassen.«

»Wird *sie* es denn dabei belassen? Hättest du denn Phil Shoswitz draußen bei der Feldarbeit geduldet?«

»Das ist doch was anderes.«

»Warum denn? Weil du es bist und nicht Shoswitz?«

»Genau.«

»Hast du schon mal den Ausdruck ›dickköpfig‹ gehört?«

»Und du schon was von dem Wort ›Erfahrung‹?«, schoss er zurück.

»Darauf kannst du wetten. Und meine Erfahrung ist«, fuhr Daphne ihm absichtlich über den Mund, »dass ihr beide dickköpfig seid, sowohl du als auch Sheila Hill. Da werden noch die Fetzen fliegen – und Sheila hat den höheren Rang, Lieutenant.« Boldt verzog den Mund und lenkte den Wagen an den Bordstein. Daphne warf ihm einen Blick zu, der einen Strauch in Brand gesetzt hätte.

Der Befragungsraum war schmucklos und kahl. Er enthielt zwei lange Metalltische mit Kunststoffbeschichtung, umgeben von Metallstühlen mit abgenutzten Plastikkissen. An der Wand hingen gerahmte Porträts des US-Präsidenten und des regionalen Leiters der Einwanderungsbehörde, Adam Talmadge. Die Dolmetscherin war Amerikanerin japanischer Abstammung in den Vierzigern, die in Schuhen mit hohen Absätzen gerade anderthalb Meter Körpergröße erreichte und sich in schlichter Eleganz gekleidet hatte.

Die Verhaftete war jung, schweigsam und trotzig. Ihr Haar und ihre Brauen waren abrasiert, was ihr das Aussehen einer Außerirdischen verlieh. Über gewaschenen Baumwolldrillich-Hosen trug sie ein dünnes Hemd aus dem gleichen Stoff und keinen Büstenhalter. Sie ließ ihre blauen Gummisandalen in einem ständigen, eindringlichen Rhythmus auf den grauen Betonboden klatschen. Eine Helferin stellte vier Tassen Tee auf den Tisch.

Boldt flüsterte Matthews hinter der hohlen Hand zu: »Erkennst du sie?«

»Nein«, antwortete Daphne, »aber ich habe ja sowieso nur Fotos von ihnen gesehen.«

»Ja? Nun, ich war da, und sie ... Ich weiß nicht.« Boldt stellte sie einander vor. Er versuchte durch die Dolmetscherin zu erklären, dass die Polizei kein Interesse daran hatte, eine Anklage gegen die Frau oder eine ihrer Gefährtinnen zu erheben. Dann, den Kugelschreiber in Bereitschaft, sagte er zur Dolmetscherin: »Bitte sagen Sie ihr, dass wir den Namen des Schiffes brauchen, das den Container transportiert hat.«

Die Dolmetscherin entgegnete: »Das werden Sie nie aus ihr herausbringen. Wenn die Frau das sagt, würde sie nicht nur sich selbst gefährden, auch ihre Verwandten hier und in ihrer Heimat. Vielleicht sollte Sie Agent Coughlie vorher aufklären ...«

»Bitte übersetzen Sie die Frage«, unterbrach Boldt.

»Warten Sie!«, warf Daphne ein, die den warnenden Blick der Dolmetscherin aufgefangen hatte. Sie flüsterte Boldt etwas ins Ohr.

Er zuckte mit den Schultern. »Gut, dann machen Sie es so.«

Daphne wandte sich an die Verhaftete. »Sie haben viel Geld gezahlt, um in dieses Land hier gebracht zu werden. Wie wär's, wenn wir Ihnen das Geld zurückholen und die Schuld tilgen würden?«

Boldt schrieb auf seinen Block, sodass Daphne es lesen konnte: *clever.*

Die Chinesin erwiderte durch die Dometscherin: »Ja, wir haben Geld bezahlt, um nach Amerika gebracht zu werden. Wir sind hier in Amerika, ja?«

»Die ist ja der reinste Prototyp für ein Einwanderer-Poster«, murmelte Boldt.

Daphne versuchte eine andere Taktik. »Wie wäre es, wenn wir es so einrichten, dass Sie legal in den Vereinigten Staaten bleiben können? Würden Sie uns *dann* helfen?«

Die Dolmetscherin warf ein: »Mit solch einer Täuschung will ich nichts zu tun haben!«

»Was für eine Täuschung denn?«, fragte Daphne.

»Die Einwanderungsbehörde wird einem solchen Deal nie zustimmen. Haben Sie darüber mal mit Agent Coughlie gesprochen? Natürlich nicht! Brian Coughlie macht *nie* solche Abmachungen.«

»Wie bekommen *die* dann Informationen von diesen Leuten?«, fragte Boldt.

»Hören Sie, ich bin nur die Dolmetscherin, aber ich sage Ihnen eins: Ich habe einem weiblichen Verhafteten nie einen solchen Deal angeboten. Das tut man nicht. Man geht davon aus, dass die Frauen nichts wissen. Deshalb werden sie selten befragt, wenn überhaupt. Bei den männlichen Verhafteten, den verschiedenen Bandenmitgliedern, die manchmal aufgetrieben werden – den *Kojoten* –, ist das ganz etwas anderes. Aber was Frauen angeht, ist Fort Nolan bloß ein großer Busbahnhof, von dem alle Busse nach Hause fahren.«

»Umso mehr Grund haben sie, mit uns zusammenzuarbeiten«, erwiderte Boldt. »Wir geben ihr doch eine Chance, angehört zu werden.«

»Aber Sie haben keinen Einfluss auf ihr Schicksal – den hat die Einwanderungsbehörde, Agent Coughlie.«

Die Blicke der Chinesin schweiften zwischen der Dolmetscherin und Boldt, der wachsende Abneigung gegen Coughlie verspürte, hin und her.

Daphne sagte höflich: »Bitte übersetzen Sie das Angebot des Lieutenants. Wenn wir für sie eine Abmachung herausschlagen können, die eine echte Aufenthaltserlaubnis und eine Rückerstattung ihres Geldes umfasst – würde sie uns dann den Namen des Schiffes und Einzelheiten der Überfahrt nennen?«

Die Dolmetscherin sprach schnell und mit kaum unterdrücktem Zorn. Die Verhaftete hörte aufmerksam zu, blickte überrascht auf und musterte Boldt und Daphne eingehend. Nach langem Zögern schüttelte sie den Kopf.

»Warum?«, redete Daphne auf sie ein. »Warum sich freiwillig zurückschicken lassen?«

Die Dolmetscherin antwortete: »Weil ...«

Boldt wies sie in ihre Schranken: »Nicht *Sie,* von *ihr* wollen wir das hören!«

Die Chinesin schüttelte wieder den Kopf, nachdem sie die Frage gehört hatte.

Die Dolmetscherin wandte sich an Daphne. »Bevor diese Menschen China verlassen, werden sie gewarnt, dass die Amerikaner ihr Wort nicht halten. Ihre Angehörigen, sowohl in den USA als auch in China, müssen leiden, wenn sie reden. Für einen Chinesen bedeutet die Familie alles. Es wäre schändlich, einen Familienangehörigen zu gefährden.«

Darauf erwiderte Boldt der Dolmetscherin: »Die Leute, die das Geld dieser Frau nahmen, haben sie fast getötet. Die drei anderen *haben* sie umgebracht. Und es werden noch mehr sterben – vielleicht Verwandte von ihr. Bedeutet ihr das gar nichts?« Er zögerte, beugte sich vor und warnte: »Sagen Sie ihr, dass wir sie der Komplizenschaft beschuldigen werden, wenn sie nicht mit uns zusammenarbeitet. Sagen Sie ihr, dass sie nach einer Verurteilung nicht ausgewiesen wird, aber den Rest ihres Lebens im Gefängnis mit verurteilten Mördern, Drogenabhängigen und Dieben verbringen muss. Genau das. Genau diese Worte.«

Die Farbe wich aus dem Gesicht der Dolmetscherin. Ihre Augen flehten Daphne an, sie möge eingreifen.

Doch Daphne nickte Boldt zu.

»Sie würden so was doch nicht ...«, begann die Dolmetscherin.

»Kein Wort mehr«, sagte Boldt schroff. »Keine Predigten mehr. Drei Frauen sind *tot*«, wiederholte er laut, wobei seine Ernsthaftigkeit auch zur Verhafteten durchdrang. »Und jetzt übersetzen Sie!«

Die Dolmetscherin sprach zu der Frau, die bei dem

Gedanken an eine Gefängnisstrafe abwechselnd erbleichte und errötete. Nach einem langen Gefecht des geistigen Abtastens und Anstarrens sagte die Frau irgendetwas zur Dolmetscherin. Letztere unterdrückte ein Grinsen, als sie die Worte hörte.

»Was sagt sie?«, wollte Boldt ungeduldig wissen. »Ich möchte es Wort für Wort hören.«

Die Dolmetscherin antwortete. Die chinesische Verhaftete lächelte – zum ersten Mal, ohne die Hand vor den Mund zu halten. Ihre Vorderzähne fehlten.

»Was ist?«, fragte Boldt verärgert.

»Sie sagt, dass ihr Amerikaner große Gefängnisse haben müsst.«

5.

Am Tag darauf lieferte der staatliche Revisor Melissa den Namen Gwen Klein von der Zweigstelle Wallingford des Kfz-Amts. Melissa verbrachte vierzehn Stunden im hinteren Teil ihres Lieferwagens mit einer sperrigen Videokamera. Sic nahm auf, wie Gwen Klein ihre Dienststelle mehrere Male verließ, wie sie ihre Kinder von der Tagesstätte abholte, wie sie einkaufen ging ... Melissa lieferte ihren ersten »Bericht« in Stevie McNeals luxuriöser Penthouse-Wohnung bei einer Mahlzeit ab, die Stevie telefonisch bestellt hatte. Der Wein war ein »Archery Summit Pinot«. Stevie trank reichlich davon, Melissa kaum.

»Der Ehemann fährt einen brandneuen Pickup, und das Haus scheint neu gedeckt zu sein. Das ist so ziemlich das Einzige, was ich berichten kann.«

»Also ist Extrageld da«, meinte Stevie.

»Könnte auch von einem verstorbenen Verwandten oder einem großzügigen Bankier sein. Der Ehemann rackert sich ab. Sie ist staatliche Angestellte. Der Pickup kostet um die dreißigtausend Dollar, und neue Dächer sind auch nicht gerade billig.«

»Dann wollen wir mal sehen, wie er den Wagen bezahlt hat«, meinte Stevie.

»Das könnte uns helfen, Druck auf sie auszuüben.«

»Die werden nicht mit uns reden«, meine Stevie. »Jedenfalls nicht, wenn wir keine handfesten Beweise gegen sie haben.«

»Führerscheine sind klein. Die Frau könnte überall ein geheimes Depot haben.«

»Also musst du dicht an ihr dranbleiben«, forderte Stevie sie auf.

»Ich kann dranbleiben, aber nicht ständig.«

»Doch, kannst du.«

»Nicht, wenn ich noch filmen muss. Jedenfalls nicht mit dieser Kamera. Die ist groß wie ein Schulbus!«

»Ich werde mal sehen, ob ich dir die Digitalkamera besorgen kann«, erwiderte Stevie. »Wir benutzen sie für unsere verdeckten Ermittlungen. Das Dingt steckt in einer Tarn-Aktentasche. Damit kannst du fast überall hin.«

»Das würde helfen.«

»Aber du kannst nicht dahin, wo es *gefährlich* ist«, schärfte Stevie ihr ein. »Das darfst du nie vergessen.« Melissa war immer schon Risiken eingegangen.

»Und wenn wir auch in ein, zwei Tagen noch nichts von ihr haben?«, fragte Melissa.

»Dann kriegt unser Freund aus dem Dim-Sum seine zweite Zahlung nicht.«

»Und die Frauen in dem Container? Vergessen wir die dann einfach?«

»Tu dir das nicht an.«

»Was?«

»Dich in etwas hineinsteigern und mir gegenüber die Moralische herauskehren.«

»Wir haben doch nur zwei Möglichkeiten«, sagte

Melissa etwas ungeduldig, ohne Stevies Vorhaltung zu beachten. »Die erste Möglichkeit ist, die Leute vor laufender Kamera mit dem zu konfrontieren, was wir wissen. Die zweite Möglichkeit ist, etwas geschehen zu lassen.«

»Sie zur Rede stellen – gewiss«, sagte Stevie. »Aber eine Falle stellen?«

»Wenn du keine Neuigkeiten finden kannst, dann mach selbst welche«, erwiderte Melissa.

»Das bist nicht du, und das wissen wir beide. Neuigkeiten selbst machen? Das heißt, die Neuigkeiten fälschen. Das ist nicht deine Art. Corwins vielleicht, aber nicht deine.«

»Nein, nein, nicht die Neuigkeiten selbst machen, sondern sie herauslocken. Wir erkundigen uns, wie wir einen gefälschten Führerschein bekommen können.«

Stevie erhob sich und ging auf und ab. »Das ist gefährlich nahe am Fallenstellen.«

»Wer hat denn gesagt: ›Wirkliche Neuigkeiten werden niemals gefunden, sie werden aufgedeckt‹?«, sagte Melissa.

»Zitiere mich nicht aus dem Zusammenhang.«

»In dem Container sind drei Frauen gestorben. Die anderen wurden entlaust, von Kopf bis Fuß rasiert, und werden in weniger als einer Woche in einem Flugzeug zurück nach China sitzen. Wenn ich mich an Klein ranmache – und sie bietet an, mir einen Führerschein zu besorgen – haben wir sie beim Wickel. Dann gehört sie uns. Sie führt uns dann entweder zur nächsten Sprosse der Leiter oder ...«

»Soll sie denn erpresst werden?«

»Wir werden Druck ausüben.«

»Was ist eigentlich in dich gefahren?«, fragte Stevie.

»Du hast mich doch angeheuert, um eine Geschichte zu bekommen.«

»Ich habe dich angestellt, um eine Spur zu verfolgen. Das ist ein großer Unterschied.«

»Nicht für mich.«

»Seit wann denn?«

»Schau mich an. Sieh mir ins Gesicht. Wenn du und dein Vater nicht gewesen wären, hätte *ich* in dem Container gewesen sein können. Diese Frauen sind in meinem Alter, sogar jünger! Willst du dich einfach von ihnen abwenden, weil wir ein bisschen schwerer arbeiten müssen, um die Story zu kriegen?«

»Siehst du?«, sagte Stevie. »Da haben wir's, was mit dir passiert ist.«

»Es geht um eine Story, die brisant genug ist, um in den ganzen USA gesendet zu werden!« Sie hob die Stimme. »Wir mögen verschiedene Gründe haben, aber wir beide wollen diese Geschichte.«

»Verwechsle das Thema nicht.«

»Das Thema sind drei tote Frauen, denen jede Woche welche folgen werden. Das Thema sind die beklagenswerten Zustände, die zum Tod dieser Frauen geführt haben«, fügte Melissa hinzu. »Die Polizei untersucht diese Fälle als Totschlag. *Das* ist die Geschichte, an der ich interessiert bin – die Verantwortlichen zur Strecke zu bringen. Und ich sag dir noch eins: Ich bin bereit, für die gerechte Sache die Gesetze zu beugen. Wenn Klein mir einen gefälschten Führerschein verkauft, ist das ihr Problem.«

»Es ist auch unser Problem, wenn wir die Sache falsch anpacken, kleine Schwester. Diese Leute ...«

»Welche Leute? Wer? Das ist doch genau mein Argument!«

»Also, nun wollen wir uns mal ein bisschen in Geduld fassen, ja? Du bist anderthalb Tage an der Sache dran. Beobachte weiter. Wenn du einen Partner willst, werde ich ...«

»Nein! Das ist *unsere* Geschichte, deine und meine. Kein anderer soll da hinzukommen.«

»Okay. Ich werde mich darum kümmern, dir die Digitalkamera zu besorgen. Das wird dir doch eine Hilfe sein, oder?«

Melissa strahlte. »Also bist du doch scharf auf diese Story!«

»Natürlich, kleine Schwester. *Ich* bin es doch gewesen, die sie dir gebracht hat. Aber wir werden das ausdiskutieren ... gemeinsam ausarbeiten. Wir müssen unsere persönlichen Zeitpläne zurückstellen und ...«

»Ja, ja«, unterbrach Melissa. »Du musst nicht immer die Mutter spielen.«

»Alte Gewohnheiten legt man nicht so schnell ab.«

»Besorg mir diese Kamera.«

»Arbeite mit mir zusammen«, sagte Stevie, »als Team.«

»Als Team«, wiederholte Melissa.

Den nächsten Tag bis in den übernächsten hinein saß Melissa Chow ungeduldig in ihrem braunen Lieferwagen, folgte Gwen Kleins sämtlichen Bewegungen und nahm auf Video auf, wie sie von ihrem Haus zum Lebensmittelladen fuhr – und zum zweiten Mal in drei Tagen zu einer Autowaschanlage.

Am späten Vormittag bekam Melissa einen Anruf von Stevie: »Ein Freund, der für einen Prüfdienst für Kreditwürdigkeit arbeitet, hat mir gesagt, dass es keine Darlehen, keine Abtretungen oder Pfandrechte auf Kleins Allrad-Dodge gibt.«

»Und wo bleibt die versprochene Kamera?«

»Hörst du mir zu?«

»Der Wagen ist also ihr Eigentum?«, fragte Melissa mit dem Blick auf die Rücklichter von Kleins Wagen, während sie auf dem Parkplatz der Autowaschanlage stand.

Stevie sagte sarkastisch: »Ja. Ein wenig ungewöhnlich für ein Paar mit einem versteuerten Einkommen von zusammen siebenundsechzigtausend Dollar im Jahr.«

»Ein wenig ungewöhnlich?«, explodierte Melissa. »Das ist fast unmöglich, verdammt! Das ist ein Auto für zweiunddreißigtausend Mäuse.«

»Da ist noch mehr. Die Kreditkarten der Kleins, die sieben Jahre lang so zwischen vier- und fünftausend in den Miesen waren, wurden in den letzten achtzehn Monaten glatt gemacht.«

»Wenn nichts weiter auftaucht, werden wir den Kleins damit drohen, ihnen die Steuerfahndung auf den Hals zu hetzen.«

»Da bist du ja wieder ganz in deinem Element«, bemerkte Stevie.

»Ich versuche nur, vorauszudenken.«

»Tu's nicht. Bleib, wo wir jetzt sind.«

»Du willst also nicht die Böse sein, die die amerikanische Mama aus dem Krämerladen jagt, um ...«

Als Melissa ihren Gedanken nicht zu Ende spann, fragte Stevie, ob sie noch in der Leitung sei.

»Ja, ich bin noch dran«, sagte Melissa, »aber mir ist eben klar geworden, dass ich den Wald vor lauter Bäumen nicht gesehen habe.«

»Inwiefern, Schwesterchen?«

»Kennst du diese Trickposter, die ganz aus Farben und Mustern bestehen, und wenn du lange genug darauf guckst, siehst du ein 3-D-Bild?«

»Ja. Und?«

»Sie hat ihr Auto erst vor zwei Tagen waschen lassen. Wo hatte ich nur meinen Kopf? Wie konnte ich nur so schwer von Begriff sein?«

»Wie meinst du das?«

»Die fährt weiter – ich muss hinterher«, erwiderte Melissa, und die Verbindung brach ab.

6.

Boldt saß an einem warmen Freitagabend auf der hinteren Veranda und wartete auf Liz. Die Kinder waren im Bett. Der Diaprojektor stand bereit und war auf die einzige glatte weiße Fläche gerichtet, die verfügbar war – eine Tür, die einst dorthin geführt hatte, wo jetzt die Speisekammer war. Sie war versperrt und überstrichen worden. In letzter Zeit hatte Boldt sich ähnlich wie diese Tür gefühlt: verschlossen.

Er hätte den Projektor auch im Wohnzimmer aufstellen können; da gab es eine Wand, die sich ziemlich gut als Leinwandersatz eignen würde, wenn man die eingerahmten Wasserfarbenbilder abnahm, aber das Klicken des Dia-Karusselmagazins würde bestimmt Sarah wecken, die einen so leichten Schlaf hatte wie ihr Vater, und wenn sie erst wach war, würde es ein, zwei Stunden dauern, bis sie wieder zum Einschlafen gebracht werden konnte. So stand das Karussellmagazin draußen auf einem Korbstuhl neben der gelben Kodak-Schachtel. Boldt blinzelte bei dem Versuch, die umherfliegenden Glühwürmchen zu beobachten. Er war sich nicht sicher, ob er wirklich Glühwürmchen sah, oder ob es sich bei den Punkten weißen Lichts vor seinen Augen nicht um ein weiteres Anzeichen totaler Erschöpfung handelte.

»Ich glaube, da sind Glühwürmchen«, sagte er zu Liz, als sie schließlich zu ihm kam.

»Wir müssen Miles zudecken, bevor wir ins Bett gehen. Erinnere mich daran, ja?«

Der Korbsessel quietschte, als sie sich darauf setzte.

»Ich wusste gar nicht, dass es hier Glühwürmchen gibt. Sechs Jahre wohnen wir nun schon in diesem Haus, und ich kann mich nicht erinnern, hier jemals ein Glühwürmchen gesehen zu haben.«

»Ich sehe auch jetzt keins«, erwiderte sie.

»Warte mal«, sagte er. »Da drüben, am hinteren Zaun.«

Liz aber schaute auf den Projektor. »Hätten wir mehr Magazine gekauft, müssten wir das nicht jedes Mal neu laden.«

»Wir benutzen den Projektor doch zu wenig für zwei Magazine.«

»Wir hätten die Dias auf Video übertragen sollen.«

»Und wozu wäre der Projektor dann noch nütze?«

Sie starrte auf den Rasen. »Ich sehe keine Glühwürmchen.«

»Das hatte ich befürchtet.«

»Was schauen wir uns denn an?«

»An ihrem fünfundsiebzigsten Geburtstag gab meine Mutter jedem von uns Dias von alten Familienfotos.«

»Ach ja, an die erinnere ich mich.«

»Gut.«

»Das sind ganz alte Familienaufnahmen.«

»Ja, wie ich schon sagte.« Er schaltete den Projektor ein und stellte das Bild einer grauhaarigen Dame auf der überstrichenen Tür scharf.

»Ich liebe Sommerabende«, sagte sie. »Der Holzkohlengeruch in der Luft, das frisch gemähte Gras. Man sollte das nie als selbstverständlich nehmen.«

»Das ist die Mutter meiner Mutter«, erklärte er. »Sie starb im Schlaf. Ich erinnere mich aus meiner Kinderzeit an sie ... weiche Haut und Kleider, die nach Mottenkugeln rochen. Haar wie Zuckerwatte. Und dass sie im Schlaf starb, ist mir besonders haften geblieben.«

»Das ist der Polizist in dir. Dich interessiert mehr, wie eine Person stirbt, als wie sie lebte.«

Die Bemerkung gefiel ihm nicht. Liz vermutlich ebenso wenig. »Ja, ja. Ich finde es auch seltsam.«

»Wie starb denn dein Großvater?«

»Keine Ahnung. Hat man mir nie erzählt. Er kam als Erster nach Amerika herüber – er war derjenige, der uns hierher gebracht hat.« Er durchlief rasch ein Dutzend Dias. Liz hätte ihn gern bei einigen anhalten lassen, doch er pflügte mit einer Entschlossenheit hindurch wie ein Mann, der wusste, wohin er wollte.

Schließlich landete er bei einem alten Foto, das einen jungen Mann von vielleicht achtzehn Jahren zeigte, der am Wurzelende eines riesigen umgestürzten Baumes stand. »Wir waren Polen«, sagte Boldt. »Aber mein Vater nannte uns immer ›Europäer‹.«

»Es hat mit dem Container zu tun«, bemerkte Liz. »Mit den Frauen, die darin gestorben sind.«

Boldt zeigte mit Hilfe des Projektors zwei weitere Dias seines Großvaters. »Wir alle kamen über den Atlantik«, erklärte er. »Deine Familie früh im achtzehnten Jahrhundert, meine während des ersten Weltkriegs. Ob wir das wohl heute schaffen würden? Bei all den Qualifikationen und Anforderungen?«

»Tu dir das doch nicht an.«

»Technisch gesehen starben die Frauen an Unterernährung, aber Dixie sagte, dass irgendeine Grippeart zu ihrem Tod beigetragen hat. Hätten sie länger gelebt, wären sie wohl an der Grippe gestorben. Wie findest du diese Ironie?«

Sie zeigte mit dem Finger ins Dunkel. »Ich glaube, ich habe jetzt ein Glühwürmchen gesehen!« Dann beugte sie sich vor. »Ich hätte nicht gedacht, dass es hier welche gibt!«

»Nicht da drüben. Das sind die Weihnachtskerzen von den Leuten dort hinten, die sie das ganze Jahr nicht abnehmen.« Er zog das Magazin aus dem Projektor, sodass nur noch ein Lichtviereck auf der alten überstrichenen Tür zu sehen war. Liz sprang mit der Begeisterung eines kleinen Mädchens aus ihrem Sessel und machte Schattenrisse von fliegenden Vögeln mit den Händen. Sie trug kurze Hosen. Ihre Beine waren gebräunt, aber zu dünn. Sie formte einen Entenkopf und ahmte die Stimme von Donald Duck nach. Donald sagte Boldt, dass er sich zu viele Gedanken mache. Vor zwei Jahren, vor ihrer Krankheit, wäre Liz nicht so aufgesprungen. In dieser Beziehung war ihr Verhalten unvorhersehbar geworden. Boldt wusste nicht, was als Nächstes kommen würde. Liz würde sich nicht einen Moment der Freude entgehen lassen, und er neidete ihr diese Freiheit, diese Unbekümmertheit.

»Kannst du dir vorstellen, das ganze Jahr Weihnachtskerzen an einem Gartenbaum zu lassen?«, fragte sie.

»Es müsste eine Vorschrift geben, die das verbietet.«

»Immer wieder der Cop.«

Er lud das Magazin mit Aufnahmen aus einem Urlaub vor ein paar Jahren.

»Wenn dein Großvater die Überfahrt nicht gemacht hätte, wären wir jetzt nicht hier«, sagte Liz.

»Das ist es ja, was mir zu schaffen macht, glaube ich. Wenn diese Frauen überlebt hätten ... Wenigstens hätten sie eine Zeit lang eine Chance auf Freiheit gehabt.«

»Sie haben eine andere Art von Freiheit gefunden«, erwiderte Liz.

Doch dieses Thema wollte Boldt nicht aufgreifen – um nichts auf der Welt.

7.

Was wissen wir denn nun?«, fragte Boldt LaMoia, noch bevor dieser sich setzen konnte. Boldts Büro war in eine Kunstgalerie verwandelt worden. Die derzeitige Ausstellung bestand aus Fingermalerei und Buntstiftkunstwerken von Tochter Sarah und Sohn Miles. Ihm war jede Zeichnung ans Herz gewachsen, und für die meisten hatte er sich Titel ausgedacht. Die Wissenschaftler hatten Unrecht mit ihrer Theorie, dass die Welt sich um eine Achse drehe – sie drehte sich um seine beiden Kinder.

»Ich bin diesem Stoff mal nachgegangen. Habe das Wochenende mit Dockarbeitern, Zollbeamten und den Gelben Seiten verbracht. Das ist der Teil unseres Jobs, den du gern vergisst, Sarge. Als du zum Lieutenant aufgestiegen bist, hast du die Wochenenden frei bekommen.«

»Also das Kunstvlies«, meinte Boldt.

»Ja, die Ballen wurden zusammen mit den Leichensäcken aus dem Container geholt«, antwortete LaMoia.

»Wir wissen aber von keinem Frachtbrief, der damit in Verbindung gebracht werden könnte. Die Containernummer steht auch in keinem Verzeichnis. Nirgendwo ist eine Firma aufgeführt, die so was importiert.«

»Zwei von drei ist auch nicht schlecht, Sarge.«

»Wo liege ich denn falsch?«

»*Offiziell* gib es keine Importfirma, die wir mit dem Container in Verbindung bringen können«, verbesserte LaMoia. »Nichts Schriftliches, das stimmt. Aber inoffiziell?« Wenn LaMoia Recht hatte, was nicht selten der Fall war, kostete er gern den Erfolg aus wie ein Kind, das einen alten Witz erzählt, den es eben zum ersten Mal gehört hat. Bernie Lofgrin vom Kriminallabor hatte die gleiche schlechte Angewohnheit: Eine Antwort, die aus einer Zeile bestehen könnte, dehnte er manchmal zu einem zehn Minuten langen Vortrag. Boldt schwieg und wartete. »Nachdem ich mich mit der Identifizierung des Containers beschäftigt hatte«, fuhr LaMoia schließlich fort, »beschloss ich, die Nachricht im Milieu zu verbreiten. Ganz behutsam – nicht zu hastig. Das ist eine Kunst, weißt du?«

»Ja«, entgegnete Boldt.

»Es ist wie beim Liebesakt. Man fängt langsam und sanft an und lässt die Dinge sich dann selbst entwickeln.«

»Versuch bitte, heute noch auf den Punkt zu kommen.«

LaMoia grinste. »Statt Wirbel zu machen, ließ ich durchsickern, dass wir an jemandem interessiert wären, der Kunstvlies containerweise bestellt. Aber der Erfolg war gleich null.« Er hielt inne, stand dort und wartete auf eine Reaktion seines Lieutenants, der jedoch so teilnahmslos dasaß, dass ein Fremder hätte annehmen können, er wäre in seinem Sessel gestorben.

»Ein Teil von mir meint, wir sollten Dezernat II kontaktieren, bevor sie es tun«, sagte LaMoia schließlich. »Spart ihnen die Arbeit.«

Dezernat II, die Abteilung »Interne Ermittlungen«, konnte auch dem aufrichtigsten und ehrlichsten Soldaten in Blau einen Schauer über den Rücken kriechen lassen. II konnte Karrieren zerstören, Gehaltszahlungen zurückhalten und monatelange Beratungen mit überlasteten Anwälten der Polizeigewerkschaft heraufbeschwören. LaMoias Andeutung zeigte, dass dieser Fall ein wirklich heißes Eisen war. Es zeichnete sich ab, dass hier das organisierte Verbrechen die Fäden zog.

Die Korruption zog sich durch Polizeiabteilungen und andere öffentliche Dienststellen wie die Grippe; sie wurde von einer Person auf die nächste übertragen, ohne Ansehen von Rang, Alter oder Geschlecht. Wie bei jeder ansteckenden Krankheit, wenn sie die Ausmaße einer Epidemie innerhalb einer bestimmten Bevölkerungsschicht angenommen hat, wurden Maßnahmen ergriffen, sie zu beseitigen oder wenigstens ihren Einfluss zu verringern. Es wurden ein paar Sündenböcke gefunden und triumphierend vorgeführt, während die anderen tiefer in den Untergrund gingen.

Im Verlauf seiner mehr als zwanzig Jahre bei der Polizei hatte Boldt so etwas sorgfältig vermieden und war nie auch nur der kleinsten Unregelmäßigkeit erlegen, was schwierig genug war. Er würde Kollegen nicht gerne den »Internen Ermittlungen« ausliefern, aber er würde auch niemals Korruption bei der Polizei tolerieren. Entschlossen vermied er jeden gesellschaftlichen Kontakt mit Personen, die auch nur im Verdacht standen, Verbindungen zum organisierten Verbrechen zu haben, darunter mehrere Politiker und sogar einige seiner Vorgesetzten bei der Stadtpolizei Seattle. Wenn auch nur der Hauch eines Gerüchts aufkam, fügte Boldt diesen Namen im Geiste seiner Liste hinzu.

Im Dienst konnte er sich solchen Luxus nicht leisten. Angehöriger des CAP zu sein, der Abteilung Gewaltverbrechen, erforderte grundlegendes Wissen über die organisierte Kriminalität und die Berührung mit Mitgliedern verschiedener Verbrecherorganisationen, ob es sich nun um die chinesische Triade, die Russenmafia oder Banden handelte, die sich mit Straßenverbrechen beschäftigten: Drogen, Prostitution, Autodiebstahl und alle Arten von Kleinverbrechen. Während die Russenmafia die Bordelle kontrollierte, profitierten die Banden von den Straßendirnen; während die chinesische Triade Kokain und Heroin in Bootsladungen einschleuste, verteilten die Banden den Stoff. Jede der großen Organisationen hatte sich ihre Nische geschaffen und ließ die anderen meist in Ruhe. Nur auf der Straßenebene – der Bandenebene – sah es anders aus. Dort machten sich Treue- und Pflichtgefühle und romantische Vorstellungen gelegentlich in Straßenkriegen Luft, wobei mitunter sogar Teenager tot auf dem Pflaster zurückblieben.

Die Aufforderung für ein Treffen mit einer Person zu erhalten, von der man wusste, dass sie in Verbindung mit solchen Organisationen stand, konnte den Todeskuss bedeuten – ein Entweder-oder-Angebot, das eine Bedrohung für die eigene Familie, das eigene Leben, den Beruf oder die eigenen Hoffnungen einschließen konnte. Es gab wenige Polizisten, denen nicht beizukommen war, wenn man am richtigen Punkt ansetzte. Boldt wusste, dass von allen möglichen Verwundbarkeiten seine Kinder das beste Ziel für Angriffe auf seine Person darstellten. Wenn die Gesundheit und das Wohlbefinden von Miles und Sarah ins Spiel gebracht würden, wusste Boldt, dass er nur zwei Möglichkeiten hatte: zurückschlagen oder sich ergeben. Jeder Cop kannte seine eigenen Verwundbarkeiten. Boldt, dessen Tochter einmal bedroht worden war, gab sorgsam auf die seinen Acht.

Die Telefonnummer eines Polizisten wurde niemals herausgegeben, nie in Telefonbüchern gedruckt. Einige logen sogar den Nachbarn gegenüber, was ihren Beruf anging, sowohl um ihre Familien zu schützen als auch zu vermeiden, bei kleinen Streitfällen gerufen zu werden. Das Spiel des Ausweichens vor faulen Kompromissen und der Vermeidung von Korruption endete nie und erforderte größte Wachsamkeit von jedem Polizeibeamten, auch von Boldt. Deshalb stockte ihm für einen Moment der Atem, als der Anruf von Mama Lu kam. Das war ein Tag, den er in seinem Berufsleben am meisten gefürchtet hatte.

LaMoia diente als sein Bote. Sie waren zur Cafeteria im vierten Stock hinaufgegangen. Boldt schloss die Türen und machte sich einen Tee.

»Da ist dieses Mädchen, diese Peggy Wan, mit der ich 'ne Zeit lang ausgegangen bin.«

»Kein Mädchen«, korrigierte Boldt. »Eine Frau. Jedenfalls wollen wir's hoffen.«

»Wir hatten 'ne ziemlich schöne Zeit zusammen, aber es war nichts von Dauer.«

»Das ist ja ganz was Neues bei dir.«

»Aber wir sind Freunde geblieben. – Interessiert dich das überhaupt?«, fragte LaMoia.

»Wenn es uns irgendwie weiterbringt. Aber wenn es nur eins von vielen Abenteuern ist, kann ich heute Vormittag darauf verzichten. In deinem Leben wimmelt es von solchen Peggy Wans, John. Deinetwegen hoffe ich, dass mal eine kommt, die dir wirklich was bedeutet.«

»Nur weil ich Ansgt vor dem Altar habe ... ich wusste gar nicht, dass dir das was ausmacht, Sarge.«

Boldt zögerte einen Moment zu lange, um die Dinge auf der Ebene einer Flachserei unter Kollegen zu belassen. »Ja«, sagte er, »es macht mir was aus.«

LaMoias Lächeln wurde sanfter, und seine Augen richteten sich in die hintere Ecke des Zimmers. Seine Unterlippe zuckte unter dem Schnurrbart.

Boldt sagte: »Erzähl mir von Peggy Wan.«

LaMoia brauchte ein paar Augenblicke, um sich zu fangen und seine jungenhafte Begeisterung und Unabhängigkeit, die seine Markenzeichen waren, wiederzugewinnen. »Nun, Peggy ist offenbar die Nichte von Mama Lu – obwohl Asiaten die Angewohnheit haben, zu viele Leute als Tante und Onkel zu bezeichnen, wenn du weißt, was ich meine. Das erklärt vielleicht, warum Peggy – Gott segne ihre seidenweiche Anschmiegsamkeit – den Weg all meiner Eroberungen nahm. Wenn ich noch ein wenig länger mit ihr herumgemacht hätte, wäre ich in die Fänge von Mama Lu geraten. Und dann wäre ich angeschmiert gewesen.«

»Also wurde Peggys Name in Seattles berühmtestem Schwarzbuch durchgestrichen.«

»Offenbar erwidert sie diesen Dienst ...«

»Die Legende lebt nun mal weiter«, meinte Boldt.

»Gestern Abend habe ich nämlich wieder von Peggy gehört. Sie rief mich zu Hause an. Also hat sie sich meine Nummer von meinem Apparat in der Wohnung abgeschrieben oder hat sie sich irgendwie gemerkt, denn ich hab ihr die Nummer nie gegeben.«

»War bestimmt vom Nachttischtelefon.«

»Was meinst du, warum sie angerufen hat? Um ein Treffen zwischen dir und ihrer Tante zu arrangieren!«

»Mit *mir?*«

»Hat mich auch sehr gewundert.«

»Ausgerechnet Mama Lu?«

»Genau.«

»Oh, Scheiße«, fluchte Boldt, was für ihn untypisch war. »Warum *ich?*«

»Keine Ahnung.«

»Du wirst mich begleiten.«

»Aber ich bin nicht eingeladen!«

»Das macht nichts. Zwei von uns im Zimmer – das ändert das Klima«, überlegte Boldt laut. »Aber nur, wenn du dich benimmst. Ich will kein Draufgängertum. Ich möchte dich ja auch nicht in Schwierigkeiten bringen ... Du weißt, was ich meine.«

»Ich weiß es nur zu gut. Aber ich werde das ganz cool angehen. Wenn du willst, dass ich mit dir da rumhänge – okay.«

»Wir müssen höllisch aufpassen«, warnte Boldt düster.

Zwei sehnige kleine Männer standen vor dem »Koreanischen Lebensmittelladen« und rauchten filterlose Zigaretten, die wie brennende Reifen rochen. Die beiden begleiteten LaMoia und Boldt durch die Fliegengittertür des Ladens. Eine Seemöwe klagte laut, während sie am Himmel ihre Kreise zog.

Der Internationale Distrikt nahm eine Fläche von vierzig Häuserblocks südlich des Stadtkerns und unmittelbar nördlich des unbebauten Industriegebiets ein, das zum Boeing-Flugfeld auslief. Es war ein unscheinbares Viertel; man hatte nur wenige Steuergelder in den Ausbau investiert. Das einzig Bemerkenswerte war die Energie seiner Bewohner.

»Ich bin LaMoia«, sagte der Sergeant, als er vor das Begrüßungskomitee trat, »und das ist Boldt. Sie erwartet uns.«

Die Gesichter der Männer waren ruhig und ausdruckslos; dann nickte einer von ihnen mit so steifem Nacken, dass es eher wie eine Verbeugung aussah.

Boldt erwiderte die Geste.

LaMoia murmelte: »Das macht man doch nur bei den Japanern, Sarge. Diese beiden sind Chinesen.«

Der Lebensmittelladen roch nach Ingwer und heißem Öl. In vieler Hinsicht wurden die Feuerschutz-Bestimmungen verletzt, denn es gab keinen Quadratzoll ungenutzten Platz: Windeln und Papiererzeugnisse waren bis zu der wohl hundert Jahre alten Decke aufgestapelt, wo ein staubverkrusteter Deckenventilator sich langsam drehte und Spinnweben umherschleuderte wie graue Wimpel.

Sie wurden durch die mit Waren voll gestopfte Fleischabteilung geführt, wo eine knochendürre Großmutter ein chinesisches Messer wie eine Axt in eine Rinderseite schlug. Die Frau war runzlig und sah schwächlich aus, doch das Lächeln, mit dem sie Boldt und LaMoia begrüßte, war voller Freundlichkeit, und ihre Augen blickten verschmitzt.

»Ich glaube, sie mag dich«, bemerkte LaMoia, als sie knarrende Holzstufen zu einem dunklen Flur hinaufstiegen.

»Das hoffe ich doch sehr«, erwiderte Boldt, der keine Ahnung hatte, was nun kam. Mama Lu besaß den Umfang von Orson Wells. Sie trug ein hellrotes Hauskleid und hatte prächtiges schwarzes Haar, das zu einem Zopf geflochten war, der ihr bis zur Taille reichte. Sie setzte sich in einen Sessel unter dem Blumenmusterschirm einer Stehlampe, die wie ein Haartrockner aussah, und war umgeben von Bücherstapeln und einem schwarzen Drehtelefon. Die vergilbten Rollos waren heruntergezogen, um die Sonne auszusperren; nur eines der Fenster war nicht abgeschirmt und gewährte einen Blick auf die Elliott Bay und die Inseln dahinter.

Mama Lu griff mit ihren dicken Fingern nach einem Glas Wasser und nahm einen Schluck. Ihre Stimme war ein angenehmer Bariton. Nach dem Tonfall zu urteilen, hatte sie viele Jahre geraucht. Vielleicht tat sie es noch, wenn die grüne Sauerstoffflasche in der Ecke mehr als Dekoration war.

»Sie mich ehren mit Ihrem Besuch«, sagte sie in annehmbarem Englisch.

»Es wird gesagt«, begann Boldt, »dass Miss Lus Familie sehr groß ist. Mutter für viele, Freund aller. Sie haben sehr viel für unseren Polizeisportverein, für die Feuerwehr und die Krankenhäuser gespendet, und dafür sind die Stadt und ihre Bewohner Ihnen äußerst dankbar.«

»Wir sind doch alle große Familie, nicht wahr?«

»Ich wünschte, es wären mehr Menschen so auf die Familie bedacht wie Sie, Mama Lu.«

»Ya-Moia, Sie sind Freund von Peggy Wan.«

»Ja, Mama Lu.«

»Peggy sagt, Sie ehrlicher Mann. Dieser Mann da bei Ihnen, Mr. Boldt, er auch ehrlicher Mann?«

»Er ist ein so ehrlicher und guter Mann, wie man nicht viele findet.«

»Das ist gut, Ya-Moia.«

LaMoia verbeugte sich leicht.

»Erzählen Sie mir über Ihre Untersuchung, Mr. Both«, sagte Mama Lu. Sie erwähnte nicht, welche Untersuchung.

»Chinesische Einwanderer werden wie Tiere behandelt, in riesigen Metallkästen hierher gebracht wie in Hundekäfigen, ohne Wasser und Lebensmittel. Das ist unmenschlich und muss aufhören.«

»Wenn jemand vor Ungeheuer flieht, er Leiden in Kauf nimmt.«

»Aber diese Leute bezahlen dafür.«

»Mein Großvater und ich kamen auf Boden von Frachter, ohne Sonnenschein und frische Luft mehr als ein Monat. Mein Großvater viel Geld dafür gezahlt. Dinge nicht so sehr anders heute. Mein Volk flieht vor Rotchinesen seit Generationen.«

»Die Leute kommen auf verschiedenste Weise in dieses große Land, einige legal, andere nicht«, sagte Boldt.

»Ich bin nicht hier, um darüber zu richten. Aber drei Frauen starben in dem Container. Junge Frauen. Sie hatten das Leben noch vor sich. Alle, die daran beteiligt waren, werden im Gefängnis landen – *alle*. Sie werden in Metallkästen sitzen wie ihre Opfer. Diejenigen, die mit der Polizei zusammenarbeiten, werden noch die geringsten Strafen bekommen.«

Mama Lu bewegte sich nicht, verzog keine Miene. Sie saß da wie ein Stein auf ihrem gepolsterten Thron; alle Leichtigkeit, alle Freundlichkeit waren aus ihrem Gesicht verschwunden. »Ja«, sagte sie betont langsam, »ich stimme zu.«

Boldt war erstaunt. »Aber die jungen Frauen, die überlebt haben, wollen nicht mit uns zusammenarbeiten. Sie wollen uns keine Informationen geben.«

»Sie Angst vor Ihnen. Aus gutem Grund, möchte ich sagen. Polizei in Heimat nicht wie Polizei hier. Aber da sind andere. Diese Kinder, ihre Familien, in beiden Ländern, werden leiden, wenn mit Ihnen zusammenarbeiten.«

»Und *Ihre* Familie?«

»Sie mir viel zu viel Einfluss zutrauen, Mr. Both«, erwiderte sie. Ihr Akzent war plötzlich weniger schwer und ihre Stimme weicher, zugleich aber strenger. Ihr fester Blick war auf Boldt gerichtet. »Ich habe keine Macht über diese Kinder.« Sie richtete sich mit einem tiefen Atemzug auf und sagte: »Drei sind gestorben. Ja. Sehr traurig. Aber bitte, sagen Sie mir: Wie viele sterben, wenn sie dort bleiben?«

»Ich bin nur für Seattle verantwortlich«, erkärte Boldt.

»Ich werde Erkundigungen einziehen«, sagte sie und

nickte dabei wieder mit ihrem großen Kopf. »Lassen Sie alte Lady sehen, was sie herausfinden kann.«

»Das betreffende Schiff«, meinte Boldt, »wäre ein guter Ansatzpunkt.«

»Sie im Dunkeln tappen, Mr. Both. Machen Sie langsam. Das Dunkel viele unsichtbare Gefahren birgt.«

»Das Dunkel weicht irgendwann dem Licht.«

»Nicht immer. Fragen Sie den Polizisten Tidwell. Aber ich will Ihnen helfen. Dafür Sie mir werden von Fortschritt von Ihre Untersuchung erzählen und meinen guten Namen aus Presse heraushalten. Habe die Lügen satt.«

»Wir alle haben die Lügen satt.«

»Chinesisches Blut strömt durch mein Adern, Mr. Both. Diese drei waren meine Schwestern, meine Kinder.«

»Kundinnen von Ihnen?«, wagte er zu fragen.

Sie grinste. »Beißen Sie Hand, die Sie füttert?«

»Wenn ich hungrig genug bin«, antwortete er.

Sie hob ihre weiche, plumpe Hand und hielt sie einen Moment in dieser Stellung, als erwartete sie, dass er sie küssen würde. Dann machte sie eine abwinkende Bewegung, womit die Männer entlassen waren.

Boldt stand auf, und LaMoia tat es ihm gleich.

LaMoia sagte: »Ich danke Ihnen, Mama Lu.«

»Seien Sie nett zu Peggy Wan, Ya-Moia. Peggy meine Nichte.« Dann wandte sie sich wieder an Boldt. »Gehen Sie langsam vor. Die Dunkelheit birgt viele Herausforderungen. Vielleicht ich bringe etwas Licht.«

»Danke.«

»Sie können mich sprechen, wann immer Sie wollen,

wann immer Sie mir etwas zu sagen haben. Sie immer willkommen.«

Boldt ertappte sich dabei, wie er sich verbeugte, hob den Kopf und grinste sie an.

Wieder auf der Straße und in ausreichender Entfernung vom »Koreanischen Lebensmittelladen« sagte LaMoia: »Bist du verrückt, Sarge? Du hast sie ja praktisch beschuldigt.«

»Ich habe nur meinen Verdacht geäußert.«

»Allerdings.«

»Mama Lu hat großen Einfluss. Wenn sie es befiehlt, sterben sogar Leute im Knast. Was war das eigentlich mit diesem Tidwell?«

LaMoia erwiderte: »Erinnerst du dich nicht an Tidwell von der Abteilung Organisiertes Verbrechen?«

»Ausgeschieden?«

»Ausgeschieden, das kann man wohl sagen. Ging eines Morgens zum Joggen und kam auf einer Bahre zurück. Hatte jeden verdammten Knochen gebrochen. Er sei von einem Auto angefahren worden, sagte er. Ein Auto mit vier Beinen ist wahrscheinlicher. Er wurde aus medizinischen Gründen pensioniert, ›weil er nicht mehr richtig gehen konnte‹.«

»Mama Lu?«

»Erinnerst du dich an den Sattelschlepper mit den Mexikanern, die an den Abgasen gestorben waren? Es hieß, dass Mama Lu Mitbesitzerin der Speditionsfirma war. Der Fall war Tidwells Baby – bis zu seinem bedauernwerten Unfall.«

»Willst du mich warnen, John?«

»Sie war's ... bestimmt!«, sagte LaMoia betont und mit aufgerissenen Augen. Die Ledersohlen seiner Straußenleder-Stiefel klappten mit jedem seiner langen Schritte auf dem Gehsteig. Dann fügte er hinzu: »Ich möchte dir nur verdeutlichen, dass du auf der Hut sein sollst. Oder ich würde an deiner Stelle 'ne Zusatz-Krankenversicherung abschließen.«

8.

Melissa bekam die Digitalkamera von Stevie zusammen mit zwei sehr kleinen Bandpatronen und einer Reservebatterie. Sie sprachen in einer Ecke des Nachrichtenstudios des TV-Senders KSTV miteinander, während überall um sie herum das Personal alles für dic Nachrichten-Livesendung N4@5 fertig machte. Als Stevie ihr die Kamera-Tarntasche aushändigte, fühlte sie sich verpflichtet, Melissa zu warnen: »Das soll kein Freibrief für dich sein, die Sache ganz allein in die Hand zu nehmen.«

»Verstehe.«

»Nimm dir das wirklich zu Herzen!«

»Ja, ich verstehe. Du musst dich und den Sender schützen.«

»*Dich* will ich schützen.«

»Dein mütterlicher Instinkt?«, fragte Melissa.

»Du musst vorher alles mit mir besprechen.«

»Natürlich.«

»Ich sag das nicht zum Spaß, verdammt noch mal!«

»Mrs. McNeal?«, rief die Regieassistentin. »Noch zwei Minuten bis ...«

Stevie brachte sie mit einer brüsken Handbewegung zum Schweigen. Sie schaute Melissa an. »Du führst irgendwas im Schilde, nicht wahr? Ich kenne doch diesen Blick.«

Melissa schüttelte den Kopf.

»Was hattest du mit der Autowaschanlage gemeint?«, wollte Stevie wissen.

»War bloß so ein Einfall. Ein Bild ist tausend Worte wert, und ich hab einige gute Bilder. Du wirst schon sehen.«

»Wann?«, bohrte sie weiter.

»Das war am Telefonautomaten. Ich hörte, wie er vom Friedhof sprach«, flüsterte Melissa.

Stevie lief ein Schauder über den Rücken. »Wer denn? Welcher Friedhof?«

»Mrs. McNeal!«, rief die Regieassistentin wieder.

»Komme schon!«, rief Stevie zurück. Als sie sich umdrehte, verließ Melissa bereits das Studio. Stevie wusste, dass es jetzt das Richtige wäre, ihr zu folgen und sie aufzuhalten. Melissa litt an Betriebsblindheit. »Warte!«, rief sie.

»Noch sechzig Sekunden!«, rief die Regieassistentin.

Ich rufe heute Abend an, bedeutete Melissa stumm und hielt dabei die gekrümmte Hand ans Ohr, wie bei einem Telefon.

»Ruf mich bestimmt an!«, verlangte Stevie, immer noch versucht, das Sprecherpult außer Acht zu lassen und ihre »kleine Schwester« aufzuhalten.

Ein Praktikant hielt Melissa die Doppeltüren auf. Noch einmal schaute sie zurück und lächelte Stevie zu. Wieder hielt sie die Hand ans Ohr: Sie würde anrufen.

»Dreißig Sekunden! Bitte die Plätze einnehmen.«

Stevie bewegte sich widerwillig zum Sprecherpult. Ihr schmerzte der Magen. Wenn nicht das Interview mit dem Sprecher der Einwanderungsbehörde gewesen wäre – sie wäre wohl verschwunden. So aber stieg sie auf den Sprechersessel und warf einen Blick in das Manuskript, während ein Toningenieur sie verdrahtete.

Die Temperatur im Studio lag – als Zugeständnis an die Computertechnologie – bei etwa 18 Grad. Die Regieassistentin, die das Manuskript las, hatte eine Baumwoll-Strickjacke an. Hinter dem Sprecherpult war es Stevie ein bisschen wärmer, weil ein Praktikant den Latté mit einem Teelöffel richtigem Zucker statt Süßstoff geliefert hatte. Stevie schob die große Tasse gebieterisch zur Seite und überflog ihr eigenes Manuskript ein letztes Mal. Wie oft dieses Team auch eine Sendung vorbereitete, die Nerven waren stets angespannt. Die ständigen Anstrengungen von N4@5, die Nummer Eins auf der Beliebtheitsskala bei den Zuschauern von Lokalnachrichten zu bleiben, hielten alle auf Trab.

Stevies männlicher Ko-Nachrichtensprecher, William Cutler, war mehr damit beschäftigt, sein Aussehen auf dem Monitor zu begutachten, als sich mit dem Manuskript zu befassen. Billy-Bob, wie Stevie ihn nannte, pflegte seine Zeit bei Eröffnungsgalas und mit Sprecherauftritten zur Mittagszeit zu verbringen. Die Honorare für diese außerplanmäßigen Aktivitäten schätzte er sehr viel mehr als die Nachrichten.

Sie warf einen letzten Blick auf den Monitor. Mit ihren siebenunddreißig Jahren schmeichelte die Kamera ihr noch immer. Ihr Haar war auf Hochglanz gebracht und schulterlang geschnitten, ihr Camisol ein wenig zu tief ausgeschnitten, ein bisschen knapp, ein bisschen geschmacklos, aber für die Produzenten und ihre so wichtige Einstufung gerade richtig. Diese Einstufung rechtfertigte einen Vertrag mit Limousine plus Chauffeur, der sie von und zu ihrer kostenlosen Wohnung mit fünf Zimmern und Küche brachte. Ein Werbevertrag mit der Firma Nordstrom lieferte ihr die Garderobe als Gegenleistung für einen Fünf-Sekunden-Spot im Abspann. Die cremefarbene Haut ihrer chirurgisch betonten Busenfalte und die Unbekümmertheit hatten ihr in einem Artikel über den »Niedergang der Werte bei Lokalnachrichten« in *Newsweek* das Attribut »anheischig sexy« eingebracht. Wie immer auch die Kritik sein mochte, die Einschaltquote blieb prächtig. Nur Billy-Bobs Libido drohte diese Quoten zu drücken. Es gab Gerüchte über Schulmädchen, Drogen und nächtliche Sexpartys. Wenn Bob den Reißverschluss nicht zu ließ, würde N4@5 in Schwierigkeiten kommen.

»Fünfzehn Sekunden«, verkündete die Regieassistentin, die mit herunterhängenden Kopfhörerdrähten zwischen den beiden Robotkameras stand. Sie hielt eine handgeschriebene Karte hoch, um beide Sprecher/Moderatoren an eine Einfügung zu erinnern – »Seite B-36« – die nicht Teil ihres vorgedruckten Manuskripts war.

»Die Haare!«, rief William Cutler beim Begutachten seines Aussehens.

Die Studio-Frisöse hetzte auf die Bühne, während die Regieassistentin mit dem Countdown fortfuhr. »Zehn Sekunden!« Die Frisöse, Schweiß auf der Oberlippe, zog vorsichtig eine Bürste durch Cutlers Haarpracht und kämpfte mit einer widerspenstigen Locke.

»Sie Idiotin! Was frisieren Sie sonst eigentlich? Hunde? Geben Sie *mir* das!« Cutler riss ihr die Bürste aus der Hand und drückte die Locke an.

»Neun ... Plätze räumen ... acht ...«, leierte die Regieassistentin ohne die geringste Aufregung in der Stimme herunter. Alles Profis.

Die Frisöse verschwand von der Bildfläche, während ein schimpfender Cutler sich noch einmal im Monitor inspizierte. Er warf die Bürste der jungen Frisöse zu.

»Vier ... drei ... zwei ...«

Ein Lächeln legte sich auf Stevies Gesicht, als sie in die Kamera blickte. Sie lebte vor allem für diesen Augenblick. Hunderttausende von Zuschauern hingen an jedem ihrer Worte, aber diesmal hatte ihr Melissas Eifer das übliche Hochgefühl verdorben. Die bandgesprochene Ankündigungsstimme sagte ihr ins Ohr: »Und hier kommt Seattles meistgesehenes Nachrichtenteam – Stevie McNeal und William Cutler.«

Stevie las den Hintergrundtext mit perfektem Bildschirmlächeln und leicht heiserem, sinnlichem Tonfall ab, während ihre Augen sanft in Kamera 2 blickten. »Leider sind die Nachrichten nur dazu da, um die Zeit zwischen der Werbung zu füllen«, hatte ein Mentor ihr erklärt, als sie sich noch in New York abmühte, den Sprung von einer Vor-Ort-Reporterin zur Sprecherin/Reporterin zu schaffen.

Bei der Untersuchung des Falles illegaler Einwanderer, die aus einem Schiffscontainer aus dem Puget-Sund gefischt wurden, haben Ermittler der Mordkommission Seattle inzwischen mindestens eine der Verhafteten befragt, die die Überfahrt überlebten.

Dann sah man die Szene der Container-Bergung mit den in Decken gehüllten Frauen, die zu den Krankenwagen geführt wurden.

In diesem Zusammenhang soll aus dem vorläufigen Autopsiebericht über die erste der drei Frauen, die während der Überfahrt starben, hervorgehen, dass das Opfer an Unterernährung und Austrocknung starb, wobei es noch ungewiss scheint, ob dieser Tod gänzlich auf die Fahrlässigkeit des Kapitäns zurückzuführen ist. Die Identifizierung des Schiffes, das den Container transportierte, und des Kapitäns scheint nun das Ziel der laufenden Ermittlungen zu sein.

Wir werden später in dieser Sendung ein Live-Interview mit Adam Talmadge bringen, dem regionalen Leiter der Einwanderungs- und Einbürgerungsbehörde.

Jetzt übernahm William Cutlers metallene Stimme und berichtete von einem Tötungsfall in Madrona an diesem Nachmittag. Ein Jugendlicher war bei einem Parkplatzstreit ermordet worden. Stevie und Cutler wechselten sich bei den grausigeren, blutigeren Geschichten ab. Stevie versuchte, Billy-Bob die scheußlicheren Taten zu überlassen, doch als die illegalen Einwanderer in dem von Kloakenrückständen regelrecht verkrusteten Container geborgen wurden, der von einem gierigen Schurken aufgegeben worden war, behielt sie den Fall selbst in der Hand. Alle regionalen Stationen, sowohl Radio als auch Fernsehen, brachten die Meldungen noch immer an erster Stelle. Die bundesweiten Senderketten waren ebenfalls interessiert, angelockt durch Stevies ersten Bericht.

Die Sache war heiß. Auch *sie* war nun heiß deswegen. Und wenn das der Fall war, speiste man das Feuer mit jedem Brennstoff, den man kriegen konnte. Wenn Stevie und Melissa auch nicht gerade einer Meinung waren, was die Durchführung betraf, so doch im Prinzip: Es war eine Geschichte, die einfach erzählt werden *musste.* Und sie musste am Leben erhalten bleiben, um erzählt werden zu können. Gerüchte besagten, dass die Illegalen abgeschoben werden sollten – zurück in das Leben, dem sie hatten entfliehen wollen –, falls es der Staatsanwaltschaft von Seattle nicht gelänge, sie als wichtige Zeugen eines Totschlags hinzustellen. Also betrachtete Stevie es als ihre Aufgabe, die Geschichte am Kochen und auf dem Bildschirm zu halten, während Melissa nach den möglichen Verbindungen zu den Verantwortlichen forschte. Im Geschäft der Berichterstattung über Korruption, Krankheiten und Tod war die Gelegenheit nach einem kriminellen Ring von Menschenschmugglern zu fahnden und ihn womöglich aufzudecken, eine seltene Gelegenheit. Hier konnte die Arbeit einmal mehr bedeuten, als nur die Zeit zwischen der Werbung zu füllen. Aber dazu musste Stevie das Interesse der Öffentlichkeit an dieser Geschichte wach halten – was sie als persönliche Herausforderung betrachtete.

Nach einer Einleitung Billy-Bobs las Stevie sechs weitere Zeilen aus ihrer Schnellübersicht – Brand in einem Crackhaus – und lehnte sich dann in ihren Drehsessel zurück, als ein Bericht vom Band gesendet wurde.

Die Regieassistentin signalisierte »Kamera drei«, indem sie die Hand hob wie der Mann mit der Flagge bei einem Autorennen.

Bleiben Sie bei ›Kanal vier um fünf‹ zu einem exklusiven Interview mit Adam Talmadge, Leiter des Regionalbüros Nordwest der Einwanderungs- und Einbürgerungsbehörde, das hier in Seattle seinen Sitz hat, während wir unsere Untersuchungen des Handels mit illegalen Einwanderern im Zuge unserer Sendung ›Hohe See, hohe Einsätze‹ fortsetzen. Wir kommen nach einer kurzen Unterbrechung zurück.

Der Bildschirm wurde von der Werbung übernommen. Die Werbeeinnahmen im dritten Quartal waren um einunddreißig Prozent gestiegen. Stevie kannte die Zahlen.

»Räumen!«, rief die Regieassistentin. »Stevie, Wohnzimmer! William, Kamera zwei in sechzig.«

Adam Talmadge trug einen dunklen Anzug, ein weißes Hemd und eine blaue Krawatte mit roten Adlerköpfen. Er hatte noch die meisten seiner Haare – ein graues, lockiges, ganz kurz geschnittenes Vlies – und buschige schwarze Brauen über hellblauen Augen. Auf seinem Gesicht lag reservierte, aber freundliche Vorsicht, als er Stevie die Hand schüttelte. Kein einziges Mal wanderte sein Blick über ihre Anatomie, wie bei so manchen anderen Männern, und sie merkte sofort, dass er es gewöhnt war, vor laufender Kamera zu reden. Sie hatte wenig Zweifel, dass Talmadge nach Zustimmung zu diesem Interview seinen eigenen Ablaufplan aufgestellt hatte. Sie hatte auch gebeten, dass dieses Interview mit Coughlie geführt werde, der derzeit einen Fiberglassitz außerhalb des Bereichs der Kameras einnahm, doch Talmadge wollte Stevie haben.

»Bereit?«, fragte Stevie ihren Gast.

»Wird mir ein Vergnügen sein«, erwiderte er.

Die Regieassistentin hob den Arm und ließ ihn dann mit Autorität fallen.

»Kanal vier um fünf hat das Vergnügen, Adam Talmadge zu begrüßen, den Leiter des Regionalbüros Nordwest der Einwanderungs- und Einbürgerungsbehörde, das hier in Seattle seinen Sitz hat. Willkommen, Mr. Talmadge.«

»Ich freue mich, bei Ihnen sein zu können, Stevie.«

»Die Einwanderungsbehörde ist das Eingangstor, durch das jeder legale Einwanderer hindurch muss, der in unser Land will«, stellte sie fest. »Sie unterhält ihre eigene, unabhängige Bundespolizeitruppe an unseren Grenzen sowie Eingangshäfen. Wie viele Personen greifen Sie jährlich im Gebiet von Seattle auf?«

Talmadges Bräune zeugte von einem niedrigen Golfhandicap. Er sagte: »Im letzten Kalenderjahr haben wir etwa zweitausendzweihundert Personen verhaftet, aber lassen Sie mich dazu bemerken ...«

»Das sagt schon viel«, unterbrach Stevie und legte damit den Ton fürs Interview fest. Sie würde sich den Versuchen von Talmadge widersetzen, abzuschweifen und das Thema zu ändern, wie es von Medientrainern gelehrt wird. »Von diesen kommen ungefähr wie viele in einem Container oder sonst wie per Schiff?«

»Vielleicht ein Drittel bis die Hälfte.« Er schaute unmerklich von der Kamera weg zu Brian Coughlie hinüber.

»Von diesen Verhafteten kommen also siebenhundert bis tausend illegale Einwanderer – politische Flüchtlinge – als blinde Passagiere, menschliche Fracht oder Sklaven nach Seattle.«

»Politische Flüchtlinge machen nur etwa zehn Prozent aller illegalen Einwanderungen aus«, verbesserte Talmadge.

»Und welcher Prozentsatz von sämtlichen illegalen Einwanderern wird nun tatsächlich von Ihrer Behörde verhaftet?«

»Wir haben keine Möglichkeit, das festzustellen.«

»Können Sie es schätzen?«

»Wenn wir zu fünfzig Prozent erfolgreich wären, könnten wir zufrieden sein.«

»Weniger als zehn Prozent der Drogen, die in dieses Land kommen, werden entdeckt«, las Stevie herausfordernd von ihren Notizen ab. »Warum sollten *Ihre* Ergebnisse dann beträchtlich höher sein?«

»Drogen können in einem Skistock versteckt oder einen Monat lang auf dem Meeresboden gelassen oder aus der Luft in ein Waldgebiet abgeworfen werden. Hier aber handelt es sich um Menschen, die nicht so leicht zu verbergen sind.«

»Also, wenn zweitausendzweihundert Personen fünfzig Prozent sind, kommen grob geschätzt jedes Jahr fünftausend Illegale über den Nordwesten ins Land. Aber die bundesweite Anzahl der Hereinkommenden liegt mehr bei dreihunderttausend, nicht wahr?«

»Die meisten davon – etwa achtzig Prozent – kommen über unsere südliche Grenze.«

»Mexiko.«

»Ja.«

»Und Asiaten stellen den größten Teil der illegalen Einwanderer, nicht wahr?«

»Das ist richtig.«

»Chinesen?«

»Ein großer Prozentsatz kommt aus China, ja, aber etliche kommen auch aus Vietnam und Indonesien.«

»Politische Flüchtlinge«, sagte sie und kam damit zu ihrem früheren Punkt zurück.

Talmadge spitzte die Lippen und hob den Kopf. »Wir sieben sorgfältig die Einzelpersonen mit einem rechtmäßigen Anspruch auf Anerkennung wegen politischer Verfolgung heraus.«

»Und dennoch gestattet ein vor kurzem vom Kongress verabschiedetes Gesetz verhafteten Illegalen nur neun Tage, um ihren Status als politische Flüchtlinge zu beweisen, nicht wahr?«

»Sechs Arbeitstage«, berichtigte er.

Stevie versuchte den Glanz in ihren Augen zu unterdrücken, der von der aufkommenden Freude herrührte, weil sie Talmadge durch Angabe einer absichtlich längeren Wartezeit diese Berichtigung entlockt hatte.

»Danach werden sie in ihr Herkunftsland deportiert, wo sie ein ungewisses Schicksal erwartet.«

»Das ist im Allgemeinen so, ja.«

»Und um sich als politischer Flüchtling zu qualifizieren, müssen diese Menschen beweisen, dass sie gefoltert worden sind.«

»Gefoltert ... nun, ja. Entweder physisch oder geistig missbraucht wäre wohl treffender.«

»Wie ich erfahren habe«, fuhr Stevie fort, »werden

ausgewählte Agenten der Einwanderungsbehörde einer speziellen Ausbildung unterzogen, die sowohl vom Kongress als auch von psychiatrischen Kreisen unter Beschuss genommen wird. Ihr Regionalbüro beschäftigt wie viele solcher speziell ausgebildeten Befrager?«, wollte sie wissen.

»Drei«, antwortete Talmadge mit einem weiteren Blick auf Coughlie. »Nur ein kleiner Teil aller Illegalen – vielleicht zehn Prozent – beansprucht den Status des politischen Flüchtlings.«

»Dann unterstützen Sie die neue Politik in dieser Hinsicht?«

Talmadge gab schnell zurück: »Der Kongress hat die weitreichendsten, umfassendsten Erneuerungen des Einwanderungsgesetzes in diesem Jahrhundert vorgenommen. Dadurch werden unsere Grenzen ausländerfreundlicher, als sie es mehr als siebzig Jahre lang waren, während die Schreibarbeit verringert und die Effizienz unserer Behörde erhöht wird. Was die Leute dort draußen betrifft, die Verbrechen gegen ihre Mitmenschen begehen, so kann ich nur sagen, dass ein solches Verhalten weder von der gegenwärtigen Regierung noch von der Einwanderungs- und Einbürgerungsbehörde hingenommen wird. Wir *werden* die Verantwortlichen aufspüren und sie für ihre Taten ins Gefängnis bringen. Ich möchte hinzufügen, dass die Stadtpolizei Seattle zurzeit eine eingehende Untersuchung wegen Totschlags im Fall der drei Toten in dem kürzlich geborgenen Container vornimmt. Möge dies als Warnung gelten: Der Schwarze Markt mit menschlicher Fracht wird bald nicht mehr existieren. Die Ersten, die sich bereit erklären, diesen

Handel aufzudecken, werden straffrei ausgehen. Die anderen wandern ins Gefängnis.«

Jetzt verstand Stevie den Ablaufplan von Talmadge für dieses Interview. Er hatte die Sendung benutzt, um für Informanten zu werben.

Die Regieassistentin gab Stevie ein Zeichen, worauf sie das Interview schnell abschloss.

»Räumen!«, rief die Regieassistentin. »William, Kamera zwei, zwei Minuten.«

Talmadge stand auf und löste das Mikrofon von seiner Jacke. Er streifte seinen Anzug mit den Händen ab, als habe er gerade etwas gegessen.

Brian Coughlie trat an Stevie heran. »Gute Fragen.«

»Aber vage Antworten«, erwiderte sie.

Talmadge rang sich ein Lächeln ab und machte sich auf den Weg zum Ausgang. Ganz offensichtlich erwartete er, dass Coughlie ihn begleiten würde.

»Abendessen?«, fragte Coughlie sie.

»Nein, danke«, antwortete sie.

»Ich kann aufschlussreichere Aussagen liefern«, bot er an.

Stevie erwiderte: »Ich werde dich anrufen.«

»Gut«, sagte er.

Er streckte den Arm aus, und sie schüttelten sich die Hände. Coughlie hielt die ihre einen Moment länger als nötig. Sie mochte das Gefühl nicht. Um eine Story zu bekommen, würde sie nicht flirten. Sie drehte sich um und ging auf das Sprecherpult zu, sicher, dass Brian Coughlie sie beobachtete.

9.

Es war nun schon sieben Jahre her, dass Boldt Dr. Byron Rutlege vom ozeanografischen Institut der Universität des Staates Washington – der so genannten »U-Dub-Schule« – um Rat gefragt hatte. Rutledge, ein Experte für physikalische Meeresforschung mit langjähriger Verbindung zur Stadtpolizei, war eine Autorität auf dem Gebiet der Gezeitenströmungen im Puget-Sund und hatte Boldt schon einmal bei der Untersuchung eines Tötungsdelikts mit einer von der Strömung angespülten Leiche geholfen. Als Nordamerikas größte Gezeiten-Flussmündungsbucht weist der Puget-Sund ungewöhnliche, aber ziemlich genau vorhersehbare Gezeiten und Strömungen auf, einschließlich einiger der schnellsten Oberflächenströmungen in den westlichen USA.

Rutledge war von mittlerer Statur und Größe. Mit seinem sorgfältig getrimmten Abraham-Lincoln-Bart, seinen eisblauen Augen und seiner Pfeife wirkte er wie ein Seebär. Sein Büro war mit Papieren übersät: Grafische Darstellungen, Tabellen und Berichte bedeckten die meisten waagerechten Flächen. Die Wände waren mit Stichen von Schiffen mit Rahentakelung, Briggs und Walfängern geschmückt sowie mit einer Schiefertafel und einem Gestell versehen, aus dem man Seekarten wie Fensterrollos herausziehen konnte.

»Wissen Sie«, sagte Rutledge mit rauchiger Stimme, »ungefähr ein Jahr, nachdem wir zusammengearbeitet hatten, bat mich ein Staatsanwalt des Skagit County, dorthin zu kommen, um bei den Untersuchungen einer weiteren Leiche zu helfen. Hat mir Spaß gemacht, das muss ich sagen, obwohl ich mich fast schäme, es zu gestehen. Die Überreste einer Frau wurden in der Bowmans Bay westlich von Deception Pass gefunden, fast so wie die, die Sie auf dem Strand gefunden hatten. Bei dieser Frau stellte sich heraus, dass sie von ihrem Ehemann von der Deception-Pass-Brücke hinuntergeworfen worden war.«

»Es kam zu einer Verurteilung, nicht wahr?«, fragte Boldt, der sich an die sensationelle Gerichtsverhandlung erinnerte.

Rutledges Zähne, vom Pfeifenrauchen verfärbt, sahen wie ein verfaulender Lattenzaun aus. »Der Sachverständige der Staatsanwaltschaft steht vor Ihnen. Der Bursche handelte sich für einunddreißig Jahre 'ne Zelle ein. Seine Familie legte Berufung ein und hat meine Untersuchungsergebnisse angefochten, was ihnen aber nichts genützt hat.« Sein Lächeln war ansteckend. »Also, dieses Mal«, sagte der Meeresforscher mit Bezug auf den Anruf, bei dem das Treffen vereinbart worden war, »handelt es sich um einen Schiffscontainer. Sie werden nicht glauben, wie viele verlorene Container auf offener See herumschwimmen. Sie sind eine der Hauptursachen von Kollisionen auf dem Meer. Fragen Sie mal die Versicherer.«

»Ihre Leute hatten die Gelegenheit, sich den Container genau anzuschauen«, sagte Boldt.

Rutledge nickte. »Haben Sie mir die Unterlagen mitgebracht?«

Boldt ließ ein Blatt auf den Schreibtisch des Mannes gleiten. »Gewicht des Containers, Anzahl der Personen im Innern, Gewicht und ungefähres Volumen der Stoffballen.« Er fügte hinzu: »Der Stoff war mit sechs Millimeter dicker Visquine-Folie versiegelt.«

Rutledge lugte über den Rand seiner Lesebrille, die er aufgesetzt hatte. »Sie möchten also diesen Container zu seinem Mutterschiff zurückverfolgen.«

Boldt erwiderte: »Wir brauchen das Schiff, um an das Schiffladungsverzeichnis heranzukommen. Hat die Überprüfung des Containers schon etwas erbracht?« Boldt hatte arrangiert, dass Rutledge sich den Container anschauen konnte.

»Gerochen hat er«, meinte Rutledge, »aber nicht nach Rosen.«

»Bestimmt nicht.«

»Können Sie sich das vorstellen? Zwei Wochen Überfahrt in einem solchen Ding auf dem Pazifik?«

Boldt fragte: »Haben Sie überhaupt schon etwas festgestellt?«

»Offenes Wasser übt seine Wirkung auf jeden und alles aus, mit dem es Kontakt hat. Die Gewässer des Nordpazifik sind ganz anders als das brackigere Mündungswasser, das wir im Sund haben«, begann der Professor. »Das kann zurückgeführt werden auf das Vorhandensein von Süßwasser aus den Dutzenden von Flüssen und Nebenflüssen innerhalb seines Bereichs von siebenhundert Quadratmeilen. Die Flüsse ergießen sich in die Bucht und machen sie weniger salzig – trotz des Meerwassers mit hohem Salzgehalt in der äußeren Schifffahrtsstraße und westlich der Vancouver-Insel. Aus diesem Grunde ist der Puget-Sund der Gastgeber für mehrere Hundert besondere Pflanzen und Tiere, die es nur in den Gewässern von Gezeiten-Flussmündungen gibt; Mikroorganismen, die man hundert Meilen nördlich oder vierzig Meilen westlich nicht mehr findet. Können Sie sich entsinnen, wie wir in den Biologiestunden der fünften Klasse Kaulquappen aufziehen mussten und wie schnell sich da Schleim an den Wänden des Aquariums festsetzte? Das Gleiche geschieht im Sund oder draußen im Ozean. Man kann schnell erkennen, ob ein Schiff eine ganze Weile vor Anker gelegen hat, weil die Algen und Entenmuscheln dann rasch erscheinen. Den Algen gehen Bakterien und Diatomeen oder Kieselalgen voraus, die innerhalb von sechs Stunden zu wachsen beginnen, gleichgültig ob es sich um eine Pfütze, einen Süßwasserteich, eine Flussmündung oder das Meer handelt. Es wartet eine lange Nahrungskette in der Cafeteria-Schlange. Und das gibt den Meeresbiologen eine Spur.«

»So wie ein Entomologe eine Leiche anhand der Insekten begutachten kann«, fuhr Rutledge fort, »so kann ein Meeresbiologe Algen an einem Schiffsrumpf begutachten, sogar an einem Container, und ziemlich genau sagen, wie lange das Oberflächenmaterial sich im Wasser befand – und in welcher Art von Wasser.«

»Also eine Art Uhr?«, fragte Boldt gespannt.

»Genau. Sie ermöglicht unseren Studenten sehr wertvolle Feldforschung und ebenso wertvolle Laborarbeit. Ich bin dankbar für diese Gelegenheit.«

»Haben wir denn schon etwas erfahren?«, wollte Boldt erneut wissen.

»Für die einen ist es Dreck, für die anderen eine Goldmine.« Er machte der Wirkung wegen eine Pause. Boldt wartete gespannt. »Mehrere Millionen winziger Organismen hafteten in vorhersehbarer Progression an den eingetauchten Seiten und dem Boden Ihres Containers. Diese Bakterien, Diatomeen und die daran hängenden Larven zeigen uns, dass der Container zwischen sechzehn und zwanzig Stunden in brackigem Wasser eingetaucht war – genauer gesagt in den Gewässern des mittleren Bassins des Sunds. Die Ansammlung von Kohlenwasserstoffen von der Wasseroberfläche, die an den Seiten des Containers hafteten, sagt uns, dass er vielleicht die Hälfte der Zeit die gleiche Neigung hatte – etwa fünfzehn Grad – und dann nach etwa acht Stunden zusätzliches Wasser aufnahm, wodurch die Neigung näher an zweiundzwanzig Grad herankam, während der Tiefgang um ungefähr einen Meter zunahm.«

»Können wir davon ausgehen – sechzehn Stunden?«

»Das Vorhandensein von Diatomeen und Entenmuschellarven über den Bakterienkolonien bestätigt das, ja. Alle von den Studenten vorgenommenen Arbeiten sind noch einmal überprüft worden. Sechzehn bis zwanzig Stunden. Das ist Ihr Zeitfenster.«

»Nicht mehr, nicht weniger«, bemerkte Boldt, während er Notizen machte. »Vielleicht haben Sie damit diese Untersuchung gerettet.«

»Wir sind ja noch nicht fertig.«

»Nein?«

Rutledge schaute Boldt triumphierend an. »Wir haben uns diese Ballen aus Kunstvlies sowie die Art ihrer Versiegelung genau angesehen und eine interessante Entdeckung gemacht.«

»Ich bin ganz Ohr.«

Rutledge fuhr fort: »Wie wäre es, wenn dieser Container nie dazu bestimmt war, ein Dock zu erreichen, sondern auf See ausgeladen werden sollte? Solch ein Umladen auf ein anderes Seefahrzeug ist äußerst gefährlich. Ihr Organisator aber hat es geplant und sich eine gewisse Sicherheit erkauft, indem er diese Stoffballen als innere Schwimmer benutzte, falls Wasser in den Container gelangen sollte. Diese Ballen sind in der Tat wie riesige Ballons.«

»Hat er vorher schon mal einen Container verloren?«, fragte Boldt.

»Lassen Sie mich nur so viel sagen, dass ich auch mit genug Schwimmmaterial, um den Container nicht sinken zu lassen, selbst in ruhigen Gewässern, nicht in diesem Ding gewesen sein möchte. Wenn sie das in dem Sturm versucht haben, den wir neulich in der Nacht hatten ...« Er machte sich gar nicht mehr die Mühe, den Satz zu vollenden.

»Wenn sie es in dem Sturm versucht haben«, sagte Boldt, »könnten Sie mir dann sagen, *wo*?«

Rutledge wies auf das Blatt, das Boldt ihm hingelegt hatte, und erwiderte: »Sind das die Koordinaten, wo er gefunden wurde?«

»Die erste ist eine ungefähre Angabe der Besatzung des Flugzeugs, das ihn entdeckt hat. Die zweite wurde von der Küstenwache geliefert – genaue Zeit und Aufbringungsort nach dem Globalen Positionsbestimmungssystem GPS.«

Rutledge schaute auf seine Seekarten. Er trug zerknitterte Kakihosen und lederne Deckschuhe, genau wie Boldt. Als Experte für die Gewässer des Puget-Sunds zeigte Rutledge fast augenblicklich auf einen Punkt auf der Karte der Oberflächenströmungen. »Er wurde hier zuerst gesichtet und hier aufgebracht«, sagte er, wobei er die Fingerspitze einen Zoll nach Westen bewegte. »Windeinwirkung auf den Teil über Wasser, Gewicht sowie Geschwindigkeit und Richtung von Strömungen werden seinen Kurs beeinflusst haben. Ich kann Ihnen keinen bestimmten Ort nennen, da wir ein Zeitfenster von vier Stunden haben, mit dem wir arbeiten müssen. Aber ich kann seine wahrscheinliche Abdriftroute über einen Zeitraum von sechzehn bis vierundzwanzig Stunden, bevor er entdeckt wurde, zu einer Schätzung des Umladeorts zurückverfolgen. Wir haben Satellitenbilder von diesem Sturm, Wetterstations-Aufzeichnungen der Winde, Gezeitentabellen und Strömungsinformationen für alle Tiefen. Das sind eine Menge Daten.«

»Wenn wir uns eine Liste sämtlicher Containerschiffe beschaffen, die zwanzig bis achtundvierzig Stunden *nach* der Entdeckung dieses Containers anlegten ...«

»Und eine solche Karte können Sie vom Hafenamt bekommen«, erklärte Rutledge.

Boldt setzte den Gedankengang bis zu seiner logischen Schlussfolgerung fort. »Wenn Sie mir einen wahrscheinlichen Ort nennen können, an dem das Umladen versucht wurde, könnten wir bestimmen, welches der einlaufenden Containerschiffe während dieses Zeitfensters in diesem Bereich des Sunds gewesen sein könnte.«

Rutledge nickte. »Seit wir das letzte Mal zusammenarbeiteten, haben wir viele Daten in Computer eingegeben. Erinnern Sie sich an das Modell im Wissenschaftszentrum?«

Mehrere Jahre zuvor hatte Boldt einen Nachmittag lang Rutledges Vorhersagen an einem Arbeitsmodell des Puget-Sunds überprüft, das auf Gezeitenströmungen und Salzgehalt des Wassers basierte. »Natürlich entsinne ich mich.«

»Das wird jetzt alles am Computer gemacht – und viel exakter. Die Computeranalysen-Gruppe sollte in der Lage sein, uns den genauen Kurs anzugeben, den der Container nahm.« Er zeigte auf einen Punkt auf der Karte der Oberflächenströmungen. »Ich schätze, die Umladung wurde irgendwo hier versucht.« Dann richtete er seine Aufmerksamkeit auf einen Stapel von gebundenen Werken neben seinem Schreibtisch und wählte nach einem Blick auf die Karte an der Wand den dritten Band aus. Dieser enthielt unzählige Computer-Seekarten mit Angaben von Zeit und Datum, auf denen gekrümmte Pfeile und Zahlen zu sehen waren, die Richtung und Geschwindigkeit der Gezeitenströmungen anzeigten. Mehrere Male blickte Rutledge auf die Wandkarte, bevor er ein paar Seiten weiterblätterte. Dann zog er eine sanfte Kurve mit dem Zeigefinger, zog an seiner erkalteten Pfeife und folgerte: »Meiner Schätzung nach irgendwo hier.« Er ging zur Wandkarte. »Wir werden die Computer die Echtzeitdaten berechnen lassen, sodass die Windbedingungen mit größerer Genauigkeit berücksichtigt werden können.« Er tippte auf die Karte. Rutledge stammte noch aus einer Zeit, als man nicht alles den Computern überließ. »Aber welches Schiff auch immer diesen Container verlor, welcher törichte Kapitän auch immer wahnsinnig genug war, eine Umladung ausgerechnet in jener Nacht zu versuchen – er tat es in diesem Bereich«, er zog einen kleinen Kreisausschnitt auf der Karte, ziemlich weit weg von dem Ort, den Boldt geschätzt hätte. Dann fuhr er fort: »Er war eine Meile oder mehr von den Schifffahrtsstraßen entfernt.«

»Bringt mir das etwas, womit ich arbeiten kann?«, fragte Boldt.

»Bordradar«, sagte Rutledge, plötzlich heiterer. »Das Hafenamt *könnte* ihn auf Radar gehabt haben, andere Schiffskapitäne aber *ganz sicher* – in einer Nacht wie dieser! Befragen Sie mal die Wachoffiziere. Die haben ihn auf dem Schirm bestimmt genau beobachtet. Da er ja deutlich von den Schifffahrtsrouten entfernt war, wird es Neugier ausgelöst haben. Das war eine Nacht, an die man sich erinnert, das können Sie mir glauben. Die Brückenoffiziere«, er machte eine Pause und zog wieder an seiner Pfeife, »werden Ihnen erzählen können, wer oder was da draußen war.«

10.

Eine alles verschlingende Dunkelheit breitete sich vor Melissa aus, sodass sie sich mit der Vorsicht der Blinden voranbewegte. Dies hatte sich von einem Job zu einer Mission entwickelt, sodass sich ein quälender Knoten in ihrer Brust bildete, als sie durch die Dunkelheit schritt, in Schweiß gebadet, der ihr durch die gespannten Nerven auf die Haut getrieben wurde. Aber sie spürte auch ein Gefühl von Rechtfertigung.

Der graue Mund einer fensterähnlichen Öffnung tauchte vor ihr auf, und sie näherte sich vorsichtig, in kleinen bedachten Schritten, den Riemen ihrer Kameratasche über Hals und Schulter geschlungen. Diese Öffnung führte zu einem nach unten verlaufenden Förderband aus rissigem schwarzen Gummi, das furchtbar sauer roch und wohl schon ein Jahrzehnt oder mehr nicht mehr in Betrieb gewesen war. Melissa krümmte ihren anderthalb Meter großen, dreiundneunzig Pfund schweren Körper zusammen und zwängte sich durch die Öffnung das Förderband hinunter. Das entnervende Geräusch laufender Maschinen schwoll immer mehr an, kam immer näher. Ihre Furcht machte sich als scharfer Schmerz an den Schläfen und als Stiche in den suchenden Augen bemerkbar. Diese Furcht rührte nicht nur von dem Bewusstsein der Gefahr her, in der sie sich befand, sondern auch daher, dass sie Stevies Anweisungen völlig missachtet und sie nicht angerufen hatte, denn trotz Melissas Ungeduld mit Stevie beim letzten Mal vertraute sie auf die Instinkte und Erfahrung ihrer »älteren Schwester«. Irgendwo in ihrem Innern fühlte sie sich wie ein Kind, das seinen Eltern nicht gehorcht. Sie wusste jetzt, dass sie Stevie wenigstens eine Nachricht über ihren Aufenthaltsort und ihre Absichten hätte hinterlassen sollen. Dieses störende Gefühl, etwas Falsches getan zu haben, quälte sie weiter, während die Maschinengeräusche noch lauter, der Förderbandtunnel noch enger und die Luft noch stickiger wurden.

Sie versuchte, die aufkeimende Panik durch tiefe Atemzüge abzuwehren, während sie ihr Handy hervorholte, um jedoch feststellen zu müssen, dass kein Leitungssignal mehr ertönte. Sie konnte nicht anrufen.

Das Ende des Förderbands bot ihr einen Blick von oben auf einen riesigen Raum, wo das Röhren der Maschinen schmerzlich wurde. Unter ihr plagten sich dutzende – vielleicht hundert oder mehr – Frauen an großen industriellen Nähmaschinen. Melissa machte ihre Kamera aufnahmebereit. Die schlechten Sichtverhältnisse waren jetzt ihre größte Besorgnis. Sie machte ein paar Fotos aus der relativ günstigsten Position an dieser Stelle und wollte sich gerade wieder in Bewegung setzen, als ihr einfiel, nach einem Versteck für den Film zu suchen, wo sie ihn auf dem Rückweg wieder herausnehmen könnte. Wenn sie aus irgendeinem Grunde gezwungen werden sollte, davonzulaufen und Kamera und Tasche zurückzulassen, würde sie immer noch dieses eine Filmband von den beiden haben, um es später als Beweis für das Vorhandensein dieser Sklavenwerkstatt vorweisen zu können. Auch als sie völlig von der Aufgabe beansprucht war, die Geschehnisse unter ihr einzufangen, konnte Melissa sich nicht völlig des Gedankens erwehren, dass sie ertappt werden könnte.

Der Sucher ihrer Kamera zeigte zu wenig Licht an, aber Melissa nahm trotzdem die bedrückenden Zustände unter ihr auf: ausgezehrte Frauen mit kahl geschorenen Köpfen, von hoch aufragenden Stoffballen wie von Wänden umschlossen. Die Luft war von einem dunstartigen Staub getrübt; das einzige Licht kam von kleinen, trüben Glühbirnen, die an den Nähmaschinen angebracht waren. Die asiatischen Frauen arbeiteten fieberhaft – einige nähten, andere schnitten Stoff an Tischen zu, und wieder andere legten die fertigen Erzeugnisse zu Bündeln zusammen. Zwei chinesische Männer, die Gegenstände trugen, die wie Polizeiknüppel aussahen, patrouillierten ständig durch den Raum – wahrscheinlich Bandenmitglieder. Eine weitere Welle der Furcht überfiel Melissa. Die chinesischen Banden waren für ihre Grausamkeit bekannt.

Sie betätigte den Zoom in der Hoffnung, damit die Atmosphäre des Raumes einfangen zu können: erschöpfte, schweißnasse Gesichter, die fieberhafte Arbeitsgeschwindigkeit, die Bedrohung, die von den Wachen ausging.

Durch die Linse sah sie die Beinketten, die an den Nähmaschinen befestigt waren und zu den blutigen Fußknöcheln der Frauen verliefen. Melissa schwenkte von Arbeitsplatz zu Arbeitsplatz, von Frau zu Frau. Nicht alle waren angekettet, doch es war deutlich genug zu erkennen, wie weit die Wachen gingen, um Fluchtversuche zu verhindern und »Disziplin« durchzusetzen. Genau wie Sklavinnen, dachte Melissa.

Wenn diese Leute schon die eigenen Näherinnen anketteten, was würden sie dann erst mit einer Journalistin anstellen, die herumschnüffelte? Vielleicht sollte sie sich jetzt davonmachen. Sie hatte ja schon einige unglaubliche Aufnahmen.

Aber sie hatte die *Story* nicht. Sie wollte Interviews vor der Kamera, Bilder von den beklagenswerten Lebensbedingungen. Sie war Journalistin, keine Kamerafrau – und dies hier war ein Moment, der über ihre Karriere entscheiden konnte.

Sie führte aus, was sie geplant hatte, indem sie die Bandpatrone aus der Kamera nahm und sie so gut versteckte, dass niemand sie finden konnte, bis sie zurückkam und die Patrone holte. Dann bewegte sie sich weiter den Steg entlang, der über dem riesigen Raum hing, bis sie zu einem langen Gang gelangte, von dem steile Metallstufen hinunterführten – dorthin, wo das Geräusch von Wasser zu hören war.

Sie tastete sich zu einer Stahltür, deren Klinke entfernt worden war, sodass man von der anderen Seite nicht herauskonnte. Doch als Melissa durch das Loch des Klinkenbolzens lugte, erkannte sie, dass es auch einem anderen Zweck diente – als Guckloch für die Wachen in den Duschraum.

Sie zählte dort fünf Frauen. Alle waren nackt; sämtliche Körperhaare waren rasiert. Der Raum schien einst als Warenlager gedient zu haben. Es waren keine Ablauföffnungen oder Hähne vorhanden, nur Gartenschläuche und daran befestigte Duschköpfe aus Kunststoff, die an Rohren an der Decke befestigt waren. Die Frauen – eigentlich Mädchen – standen zusammengedrängt und zitterten unter dem schwachen Wasserstrahl. Ihr Flüstern in der fremden Sprache war kaum zu vernehmen. Melissa bog den Kopf zur Seite und entdeckte eine sechste Frau, die Wache stand. Melissas Seite der Metalltür war mit zwei übergroßen Riegeln verschlossen. Ein Auge am Loch in der Wand, wartete sie auf ihre Chance, hineinzugelangen. Sie könnte diese Frauen dank ihrer Chinesischkenntnisse befragen. Aber dann kam ihr ein noch ausgefallenerer Gedanke: Wenn sie nun eine von diesen Frauen wurde, mit ihnen lebte, mit ihren arbeitete? Wenn sie einen ganzen Tag und eine Nacht dort verbringen könnte? Wem würde schon eine Chinesin mehr unter den Hunderten auffallen? Sie grinste. Jetzt war ihre Aufmerksamkeit nicht mehr auf die duschenden Frauen gerichtet, sondern auf ein Stück Seife und den rosafarbenen Kunststoff-Rasierapparat, die auf einem Wandbrett direkt ihr gegenüber lagen, denn Melissa war jetzt sicher, was getan werden musste.

11.

Dienstag, 18. August
1 Tag vermisst

Gegen Mitternacht an diesem Dienstag begann Stevie McNeal, sich Sorgen zu machen. Als Nachtmensch war es für sie nicht ungewöhnlich, nach Beginn des neuen Tages zu Bett zu gehen, die Wiederholungen nächtlicher Filme abzuschalten und sich in den Schlaf zu lesen. Melissa dagegen war ein Morgenmensch, und als solcher legte sie sich mit seltenen Ausnahmen schon früh schlafen. Sie antwortete Stevie nicht auf deren Anrufe in ihrer Wohnung oder auf dem Handy, was Stevie vermuten ließ, dass sie sich auf einer Beobachtung befand – und eben diese Vorstellung machte Stevie Sorgen.

Sie schrieb Melissas Schweigen ihrer eigenen dominierenden Haltung während des letzten Treffens mit dem staatlichen Revisor zu und dem Umstand, dass Melissa Stevies Benehmen leicht als Signal für sich aufgefasst haben könnte, etwas Besonderes zu liefern, da sich ja beide Frauen so gut kannten. Die letzten drei Jahre hatte sie ihre »kleine Schwester« gedrängt, das Job-Angebot anzunehmen, das sie mit dem Sender arrangiert hatte, und ein regelmäßiges Gehalt zu beziehen, statt in falsch verstandenem Stolz und mit unbezahlten Rechnungen als Freischaffende umherzuwandeln. Melissa hatte die angebotene Hand abgelehnt, zum Teil weil sie von Stevie kam und zum Teil wegen ihrer Weigerung, ihre Arbeit für einen Haufen wertloser Schmierenfetzen einzutauschen, die von einem Redakteur angeordet wurden, der verzweifelt nach etwas suchte, um die Zeit zwischen den Werbeblöcken auszufüllen. Stevie bewunderte im Geheimen die Standfestigkeit dieser Frau, aber das tat wenig, um ihre jetzige Besorgnis zu mindern.

Um ein Uhr morgens rief sie wieder beide Nummern an, schritt dann nervös im Zimmer auf und ab und überlegte alles noch einmal. Ein anderer Aspekt von Melissas angeborenem Stolz war ihre berufliche Verschwiegenheit. Sie hatte einmal drei Wochen lang an einer Umweltstory gearbeitet - Lachswilderei durch Indianer –, bevor sie Stevie davon wissen ließ. Stevie war es damals so vorgekommen, als hätte Melissa befürchtet, dass sofort ein Kamerateam entsandt worden wäre, hätte sie, Stevie, eher davon erfahren.

Stevie schlief schließlich aus purer Erschöpfung ein, die auf ihre Besorgnis zurückzuführen war. Als sie aufwachte, rief sie sofort vom Bett aus Melissas Nummern an – nur um wieder das schreckliche Geräusch des endlosen Freizeichens zu hören. Sie ließ die Morgenroutine des Studiums vier abonnierter Zeitungen sowie die »Audiotapete« permanenter CNN-Sendungen aus, die normalerweise die ersten paar Stunden ihres Tages ausfüllten, und machte sich sofort auf den Weg zu Melissas Wohnung am Pioneer Square, für die sie den Mietvertrag mit unterschrieben hatte und einen Extra-Schlüsselbund besaß.

Die Fahrt ergab nichts. Stevie klingelte zweimal an der Haustür, schloss sie dann auf, fuhr nach oben, klopfte an die Wohnungstür von 5B und schloss diese auf, als Melissa nicht öffnete. Es war ein bescheidenes Ein-Zimmer-Apartment mit einem Wohn- und einem Schlafbereich und einer nicht gerade berauschenden Aussicht auf eine Seitenstraße. Es gab keine vernünftige Ventilation, und die Fenster waren geschlossen. In der Tat herrschte der etwas muffige Geruch, der Stevie erkennen ließ, dass Melissa einige Zeit nicht hier gewesen war, denn sie sorgte stets für frische Luft. Stevie fand frische Lebensmittel im Kühlschrank und einen überquellenden Mülleimer.

Alles besaß plötzlich den Anschein von Gefahr. Dies war nicht nur ein leeres Apartment, es war ein Apartment, das in den letzten Stunden niemand betreten hatte. Das Bett war nicht gemacht – typisch Melissa in ihrer üblichen Eile. Eine Zahnbürste stand im Trinkglas auf dem Waschbecken und alarmierte Stevie fast noch mehr als alles andere in der leeren Wohnung, denn Melissa war geradezu besessen davon, ihre Zähne sauber zu halten. Die Entdeckung der Zahnbürste bedeutete, dass sie irgendeinen geplanten Trip nicht unternommen hatte.

Stevies Magen verkrampfte sich vor Reue und Schuld, und sie verließ die Wohnung in einer Art Taumel, wobei ihr die Fantasie die wildesten Szenarien vorgaukelte. Wann sollte sie auf Melissas Schweigen reagieren? Wann sollte sie zur Polizei oder zu Brian Coughlie von der Einwanderungsbehörde gehen und um Hilfe bitten? Und wann endlich entspannte sie sich wieder und sah ein, dass Melissa hinter einer heißen Geschichte her war und bloß keine Gelegenheit zum Anrufen gehabt hatte? Sie verließ das Haus – jedoch immer noch mit dem quälenden Gefühl einer Mischung aus Verwirrung und Angst.

Stevie nahm wieder im Stuhl am Sprecher-Schreibtisch Platz, der leicht federte, als sie sich setzte. Sie überflog die rosafarbenen Seiten des Manuskripts für die Nachrichten von N4@5, aber irgendwie konnte sie sich nicht konzentrieren und verlor immer wieder den Faden.

»Dreißig Sekunden!«, rief die Regieassistentin.

Das tägliche Ritual war ihr in Fleisch und Blut übergegangen, aber an diesem Tag kam es ihr völlig unnatürlich vor – alles wegen Melissas hartnäckigem Schweigen. Sie fühlte Ärger und Angst zugleich. Der versprochene Anruf war nicht gekommen. So unabhängig sie beide auch ihr Leben lebten, keine von ihnen brach das Versprechen eines solchen Anrufs. Entweder wollte Melissa ein Exempel über den von ihr gewählten Lebensstil statuieren, oder sie steckte in Schwierigkeiten.

Stevie machte sich Vorwürfe – zum einen, weil sie Melissa ermutigt hatte, nach der Story zu graben, zum anderen, weil sie ihr die Digitalkamera gegeben hatte, ohne genau zu wissen, welche Art von verdeckter Arbeit die Freundin plante. Wenn Melissa wirklich an der Geschichte der Illegalen dran war, wollte Stevie nicht unbedingt mit einer roten Fahne bei den Behörden winken, nur weil Melissa einmal nicht das Versprechen eines Anrufs eingelöst hatte. Nun versuchte Stevie, ihren eigenen Rat zu befolgen und sich in Geduld zu üben, aber das lag ihr nicht so besonders. Sie wollte die Kontrolle über die Ereignisse, und Melissa hatte sie ihr weggenommen.

»Fünfzehn Sekunden. Mrs. McNeal, hören Sie?«

Stevie legte ein professionelles Lächeln auf und las das Manuskript weiter durch.

»Zehn ... neun ...«

Stevie würde Melissa noch eine Nacht geben. Danach – ob Story oder nicht – musste die Polizei informiert werden.

»Vier ... drei ... zwei ...«

Ein rotes Licht leuchtete auf der Kamera direkt vor ihr auf. Stevie hörte sich die Zeilen ablesen, wusste aber gar nicht, was sie sagte.

12.

Für den Mann in der hintersten Reihe des Pornokinos schien die Zeit langsamer abzulaufen, während der dicke Mexikaner neben ihm sich laut in eine Serviette schnäuzte und diese dann zu Boden warf. Allein schon die Tatsache, dass er mit diesem Mann hier war, stellte ein Risiko dar, und er war nur gekommen, weil es unvermeidlich schien.

»Also, was ist nun so wichtig?«, fragte er Rodriguez.

»Zählung nix stimmt.«

»Eine Flucht?« Es wäre nicht die erste gewesen.

»Im Gegenteil – wirr haben eine mehr.«

»Eine mehr?«

»Ich doch gesagt«, erwiderte der andere. »Mit Flucht ich kann ferrtig werden. Sie wissen. Aber das hier?«

»Dann hast du dich verzählt.«

»Hab sechsmal gezählt. Eine zu viel.« Rodriguez' Stimme war rau und kratzig. Mit einem vulgären, ekelhaften Geräusch zog er Rotz die Kehle hinunter.

»Nun, dann habt ihr jedes Mal falsch gezählt.«

»Nein«, widersprach Rodriguez.

»Weißt du, was du da sagst? Sind es alles Chinesinnen?«

»Ja.«

»Mussten sie sich nackt ausziehen?«

»Natürrlich.«

»Und sind alle rasiert?«

»Jedes Härchen.«

»Dann hast du falsch gezählt. Eine andere Erklärung gibt es nicht.«

»Letzte Woche noch stimmte alles. Diesmal ich habe sechsmal gezählt.«

»Ja, das sagtest du schon.«

»Nur damit Sie auch wissen wirklich Bescheid.«

»Jetzt weiß ich es.« Der Gedanke beunruhigte ihn, doch er ließ es Rodriguez nicht merken. Meistens tat der Mann ja, was ihm gesagt wurde. Jetzt stimmte die Anzahl der Frauen eben nicht – so einfach war das. »Vielleicht ist da eine von denen aus der Quarantäne ... vielleicht brachte das die Zählung durcheinander?«, meinte er.

»Habe schon nachgeprüft. Ich sage Ihnen – letzte Woche die Zahlen noch in Ordnung.«

»Setz deine Spitzel ein. Versuch, etwas herauszubekommen.«

»Ja, gut.«

»Sag deinen Jungs auch, sie sollen die Augen aufhalten.«

»Schon geschehen.«

»Sag's ihnen noch mal«, fauchte er, bereute den Tonfall aber schon. Es half nichts, Rodriguez zu verärgern.

Der schwere Mann nieste wieder. Diesmal vergaß er die Serviette ganz.

13.

Donnerstag, 20. August
3 Tage vermisst

Boldt packte den weißen Gummirand der Reling des Boston Whaler, eines flachen Fiberglas-Skiffs, das vom Hafenamt als Barkasse benutzt wurde, während es in der großen Bugwelle einer herankommenden Personenfähre schaukelte. LaMoia reagierte auf die Bewegungen überhaupt nicht, da er auf den Gewässern der Narragansett-Bucht aufgewachsen war.

Möwen flogen hoch über dem Heck der Fähre und stießen ab und zu herunter in das von der Schraube aufgewühlte Wasser nach den Brezeln und dem Popcorn, die dort von gedankenlosen Touristen hineingeworfen wurden und den Küstenvögeln mehr Schaden zufügten als Gutes taten. Der Kapitän der *Visage* hatte sich geweigert, an Land zu kommen, um befragt zu werden. Sein Schiff war in den Hafen zurückbeordert worden, sodass er wütend auf die Behörden war. Während das politische und juristische Ping-Pong-Spiel fieberhaft weiterging, wies Boldt das Hafenamt an, der *Visage* mitzuteilen, dass zwei Mitglieder der Stadtpolizei Seattle an Bord kommen würden, um Mitglieder der Besatzung zu befragen.

Boldt vermutete zutreffend, dass der größte Feind eines Schiffskapitäns nicht die Küstenwache, das Hafenamt oder ein Cop von der Mordkommission war, sondern die Zeit. Es würde ihm gewaltig gegen den Strich gehen, weiter daran gehindert zu werden, Anker zu lichten oder gezwungen zu werden, jemanden von der Besatzung zurückzulassen. Durch eine Kombination von Duxburys Daten mit dem Anlegeplan des Hafenamts und der Befragung des Personals der Radarstation schien erwiesen, dass die *Visage* das infrage kommende Schiff war. Es war in jener Sturmnacht – eine Nacht, in der die Blicke jedes Navigators und Lotsen am Radarschirm geklebt hatten in der Hoffnung, ohne Zwischenfall den Hafen zu erreichen – klar außerhalb der Schifffahrtsrouten gewesen. Mehr als drei Stunden war die *Visage* funktot gewesen – unerklärlich bei einem solchen Verkehr und bei diesem Seegang. Der Hafenamt-Radarlotse erinnerte sich genau an die Rückkehr des Schiffes zur südlichen Schifffahrtsroute auf dem Bildschirm – aber nicht per Funk –, wie es kurz vor der Morgendämmerung in die Route zurückgeschlichen war, sodass alle Schiffe hinter ihm einen weiten Bogen machen und deshalb Verspätung und längere Zeit im Sturm in Kauf nehmen mussten.

Boldt und LaMoia kletterten die von ihren Tritten widerhallende, an schweren Ketten herunterhängende Stahlleiter hoch. Ein Besatzungsmitglied folgte ihnen, wohl als Auffänger, falls sie ausrutschen sollten. Die scharfen Gerüche eines Schiffes, das eine dreiwöchige Ozeanüberquerung hinter sich hatte – nach Seetang, Dieselkraftstoff und Rost durch Meerwasser –, setzten sich im hinteren Teil von Boldts Mund ab wie die Witterung von Blut an einem Tatort. Er ergriff die Kette, um sein Gleichgewicht wieder herzustellen, und schaute zurück zur Küste und der Silhouette der »Smaragdstadt«.

Heimweh schnürte seine Brust ein. Er hatte sein Leben dem Dienst an dieser Stadt gewidmet, und jetzt trug er sich mit dem Gedanken, sie zu verlassen. Im Alter von vierundvierzig, nach mehr als zwanzig Jahren Polizeidienst, bot sich ihm die Möglichkeit eines Jobs auf dem Privatsektor. Das unausgesprochene Übel von Liz' Krebsbehandlung waren die schwärenden Schulden – nicht durch die medizinischen Rechnungen, denn die wurden alle durch die Krankenkasse von Liz' Arbeitgeber bezahlt, der Bank, sondern durch den Verlust ihres Gehalts seit mehr als einem Jahr. Die Bank hatte drei Wochen lang ihr volles Gehalt für den Jahresurlaub gezahlt und dieses dann auf ein Viertel für einen »unbefristeten Urlaub« herabgesetzt. Aber ihr Lebensstil, der eine Kindertagesstätte und eine Putzfrau einschloss, machte die Ausgaben höher als die Einnahmen. Sogar Boldts Beförderung zum Lieutenant hatte die Lücke nicht stopfen können. Also dachte er ernsthaft an eine Stellung bei einem privaten Sicherheitsdienst mit fast doppeltem Gehalt. Er hatte auch schon einen Termin für ein Einstellungsgespräch, hatte Liz aber noch nichts davon erzählt.

Da sich der Kapitän der *Visage* auf »Landurlaub« befand, stand ihnen lediglich die Besatzung zur Verfügung. Der Erste Offizier, ein Grieche mit lückenhaftem Gebiss und ledernem Gesicht, gab ihnen eine Liste mit fünfzehn Namen. Boldt und LaMoia teilten sich die Leute auf. Boldt wurde unter Deck durch schmale Gänge, deren graue Stahlwände ihn an Gefängnisse erinnerten, zu einem Aufenthaltsraum geführt, der einen übergroßen Projektions-Fernsehapparat und eine enorme Videothek enthielt.

Dreißig Minuten ergebnislose Fragerei ließen Boldts Geduld brüchig werden und legten seine Nerven bloß. Die ersten beiden Besatzungsmitglieder hatten kein Wort Englisch gesprochen und Boldt in einer Sprache geantwortet, die nach Balkan klang. Das dritte Besatzungsmitglied, das als Deckmatrose eingetragen war, ein junger Mann mit einem Stoppelkopf und dunklen Augen, in denen ein Schimmer Angst lag, trat schwerfällig ein. Wie seine Kollegen redete er in der gleichen fremden Sprache.

»Englisch bitte«, forderte Boldt ihn auf, denn er wusste, dass wenigstens der eine oder andere auf diesem Schiff englisch sprach, die internationale Seesprache und eine Bedingung der Küstenwache. Der junge Matrose schüttelte den Kopf und schwatzte in seiner Muttersprache weiter.

Boldts Blick fiel auf das Wandgestell mit Videokassetten und deren Titel – alle in Englisch – unter denen sich Sport-Bezeichungen wie »Super Bowls« und »NBA Championships« befanden. Er sagte zu dem Matrosen: »Michael Jordan! *Das* ist ein Spieler!« Er machte eine Pause. »Aber trotzdem, Sean Kemp ist ein besserer Werfer.«

»Auf keinen Fall!«, protestierte der junge Mann.

Boldt blinzelte nicht einmal. Er erwiderte: »Und Kemps Sprungwurf? Gegen den konnte Jordan nichts ausrichten!«

»Er ist der beste Spie ...«, der Junge ertappte sich, als Boldt grinste.

Boldt sagte daraufhin: »Wissen Sie, dass die Weigerung, mit der Polizei zusammenzuarbeiten, hier ein Verbrechen ist? Ich könnte Sie einsperren lassen.«

Die Augen des Jungen wurden groß, und er schüttelte den Kopf, als hätte er nicht verstanden.

»Sie denken wohl, ich werde es den anderen erzählen? Ist es das? Glauben Sie wirklich, ich würde etwas davon sagen? Was hätte ich davon, einen möglichen Zeugen bloßzustellen?«

»Ich bin kein Zeuge.«

»Sie sind Deckmatrose, wie hier steht. Sie haben die letzten drei Wochen auf Deck verbracht – Hongkong, Hawaii. Drei Wochen mit diesem Container. Sie wissen, welchen ich meine.«

Die Oberlippe des Jungen glänzte, als er sagte: »Der Trip ... er länger gewesen als erwartet. Die Stürme.«

Da verstand Boldt den Grund für die Unterernährung und Austrocknung. »Wie viel länger als erwartet?«

»Normal dauert Überfahrt zehn Tage. Diesmal doppelt so lange.«

»Und die Leute in dem Container?«

Der Junge schüttelte den Kopf.

»Ich kann Sie hier in Seattle festhalten. Das Schiff fährt dann ohne Sie ab.«

»Wir nix tun konnten. Ich war eingesperrt.«

»Eingeschlossen?«

»Ja, eingeschlossen.«

»Aber Sie haben die Leute gehört?«

Der junge Mann schaute sich misstrauisch um und

schüttelte dann wieder den Kopf – eine für Boldt nun schon gewohnte Antwort.

»Wir haben hier Gesetze gegen Leute, wenn sie die Polizei anlügen.«

»Wir hören sie. Es schlecht, alle schreien. Eingeschlossen«, bestätigte er und bekreuzigte sich.

»Essen? Haben Sie ihnen nichts zu essen gegeben?«

Wieder schüttelte der junge Mann den Kopf.

»Und Wasser?«

Die gleiche stumme Antwort.

»Sie hörten also etwas«, drängte Boldt, der sich an die schrillen Schreie und das entsetzliche Klopfen aus dem Container erinnerte, »unternahmen aber nichts?«

Die Augen des jungen Mannes wurden glasig unter zusammengekniffenen Brauen, die durch seinen nahezu kahl geschorenen Schädel hervorgehoben wurden. Er murmelte: »Der Kapitän.«

»Ja«, griff Boldt den Faden auf, »der Kapitän.« Der Kapitän, der zweifellos bestochen worden war; der Kapitän, der die Verbindungen für das Umladen hatte; der hier alles überragende Kapitän. »Sie erhielten doch eine Extraheuer wegen dieses Containers.«

In dem Mann schien Zorn emporzukochen.

»Wie oft vorher?«

»Nein. Nix ich. Die anderen, ja. Nix ich. Dies mein erste Überfahrt mit *Visage.*«

»Keine Nahrung, kein Wasser ...« Boldt zögerte. »Menschen starben. Drei Leute sind tot. Verstehen Sie?«

Ein kurzes Nicken, das erste des Mannes.

»Mord. Verstehen Sie, was ›Mord‹ bedeutet?«

Schreckerfüllte Augen, ein schwaches Nicken.

»Ich verhafte Sie«, sagte Boldt.

»Nein!«, protestierte der Mann.

»Wie wär's mit dem Kapitän?«, schlug Boldt vor.

Widerwille erschien in den Augen des Mannes, dann ließ er resigniert die Schultern hängen und murmelte: »Der Kapitän den Container nicht öffnen. Er sagen: ›Die See macht komische Geräusche, die man kann missverstehen.‹«

»Das ist Blutgeld«, erklärte Boldt. »Verstehen Sie?«

Ein Nicken.

»Gefängnis«, sagte Boldt.

Ein neuerliches Nicken. »Der Kapitän nicht mit Ihnen reden wird.«

»Das werden wir schon sehen.«

»Nein, er nix reden. Und ich? Ich nix gegen ihn reden. Gefängnis?« Er zuckte die Achseln. »Besser als gegen Kapitän reden.«

Boldt sah im Geiste auf See vermisste Besatzungsmitglieder. Er sah Körper im mitternächtlichen Seegang in der Dunkelheit verschwinden, wobei eine Hand aus den Wogen ragte. Eine Besatzung, die durch Überbezahlung zur Treue zum Kapitän gebracht worden war, wurde durch Angst zusammengeschweißt. Ein schweigender Kapitän. Er sah eine undurchdringliche Mauer vor sich.

»Die Umladung während des Sturms. Da ging doch etwas schief. Erzählen Sie mir davon.«

»Schwere See.«

»Ihr habt da den Container verloren?«

»Wir? Nein, *wir* nicht! Die anderen auf Lastkahn. Der Kapitän von Schlepper hat Gehirn wie Baby. Nicht Lastkahn richtig halten kann. Ihr Turm, nicht unser! *Sie* das Stück verloren, nicht wir!«

»*Deren* Kran?«, fragte Boldt. »Meinen Sie mit ›Turm‹ einen Kran?« Er machte mit den Händen eine Geste, die einen Kran verdeutlichen sollte, und malte schließlich einen mit dem Kugelschreiber.

Der Deckmatrose nickte heftig. »Kran auf Lastkahn.«

»Ja, natürlich.« Boldt fragte sich, wie viele Kombinationen von Lastkahn und Kran solchen Leuten zur Verfügung standen. »Ging etwas schief mit dem Kran?«

»Nicht so sehr Fehler von Kran. Wellen zu hoch. Beide Kapitäne dumm, Versuch zu machen. Aber wir trotzdem versuchen.«

»Der Kran ließ den Container fallen?«

»Nein, nein. Nicht Kran. Geitaue reißen.« Er bewegte seine ledrigen Hände in einem Kreis, als ob er eine Kugel aus Lehm formen wollte. »Container sich drehen und in Wasser fallen.«

»Und Ihr Kapitän hat versucht, den Container zu bergen?«

Der Mann antwortete nicht. Er starrte mit hohlem Blick zurück.

»Er hat es also *nicht* versucht«, sagte Boldt.

Der Mann saß stoisch da. Er kümmerte sich nicht mehr um Antworten.

»Sie können gehen«, sagte Boldt zu ihm.

Den Mann schien diese Aufforderung zu überraschen.

»Gehen Sie«, wiederholte Boldt, »bevor ich es mir anders überlege.«

Der junge Mann verließ das Zimmer und zog die Stahltür hinter sich zu.

Boldt wusste von früheren Diskussionen mit dem Hafenamt, dass es sich bei dieser Untersuchung nicht nur um die rechtliche Zuständigkeit handelte, sondern ob überhaupt irgendein Verbrechen bewiesen werden konnte. Das Ladeverzeichnis des Schiffs würde ja wohl nicht den abgesetzten Container enthalten und ganz gewiss nicht Menschen als dessen Inhalt. Auch wenn bewiesen werden könnte, dass die *Visage* den Container an Bord gehabt hatte, könnte der Kapitän behaupten, dass er im Sturm verloren gegangen und ihm sein Inhalt niemals bekannt gewesen sei. Ein Schiff hatte oft Hunderte von Containern geladen – Hunderte von Geheimnissen –, und es war gewöhnlich so, dass der Inhalt zwar verzeichnet war, aber niemals vom Kapitän oder seinen Leuten nachgeprüft wurde. Auch unter diesen Umständen musste Boldt versuchen, das Schiffsladeverzeichnis zu bekommen, wenn irgendwie nachgewiesen werden konnte, dass der Container an Bord der *Visage* gewesen war. Falls schriftliche Unterlagen über den Container existierten, würde auch der Absender darauf stehen.

Zeit, erkannte Boldt, blieb seine stärkste Waffe. Wenn er mit einer Verzögerung drohte und damit das Schiff am Auslaufen hinderte, könnte er den Kapitän zur Zusammenarbeit zwingen. Als Unterstützung hatte er die Ermächtigung der Einwanderungsbehörde, jedes am Transport von illegalen Einwanderern beteiligte Schiff zu beschlagnahmen. Und das geschah regelmäßig, zum Beispiel durch die Drogenbekämpfungsbehörde DEA.

Boldt steckte seine Sachen ein und ließ LaMoia kommen. Zeit war alles.

Boldt war es fast schon gelungen, Talmadge seine Absichten zu erklären, als der Mann die Verantwortlichkeit – und den Anruf – an den stellvertretenden Direktor Brian Coughlie weitergab, sodass Boldt mit der Erklärung noch einmal von vorn anfangen musste. Es schien, dass Coughlie, der mit Außeneinsätzen, Untersuchungen und Handhabung von Illegalen beauftragt war, konkretere Erfahrung mit vorläufigen Beschlagnahmungen von Schiffen hatte, wie Boldt sie in Gang setzen wollte.

»Sie wollen also einen Schwatz mit dem Käpt'n«, fasste Coughlie zusammen, »und sind bereit, Hartball zu spielen, um den zu bekommen.«

»*Sie* sind doch ermächtigt, das Schiff vorläufig zu beschlagnahmen oder sogar zu konfiszieren. Sie haben das doch schon vorher gemacht.«

»Immer. Aber dafür muss ich einen Verantwortlichen mit 'ner rauchenden Pistole erwischen.«

»Wie wäre es mit der Zeugenaussage eines Besatzungsmitglieds?«

»Gut, aber nicht umwerfend. Die Besatzung hat immer etwas gegen den Kapitän. Noch was?«

»Sie könnten ihm mit der Beschlagnahme drohen«, schlug Boldt vor.

»Natürlich«, erwiderte Coughlie.

»Na und?«

»Vielleicht ist der Kapitän naiv genug, darauf hereinzufallen.«

»Meinen Sie das wirklich?«

Coughlie erwiderte: »Also, wir könnten überzeugender sein, wenn ihr ihn wegen Beschuldigungen festnehmt. Das ist ein Druck, wie wir ihn nicht ausüben können. Einige von ihnen spielen, andere huren, aber alle trinken. Wenn der Kerl irgendeine Beschuldigung gegen sich vorgebracht sieht, ist ja keine Drohung im Spiel, keine Einschüchterung. Die internationalen Gesetze sind da recht lästig.« Er zögerte am anderen Ende der Leitung, und als Boldt nichts erwiderte, fuhr Coughlie fort: »Hören Sie, wir machen da Abmachungen mit den Festgehaltenen – sie reden und wir gewähren ihnen gewisse Vorteile –, aber das ist ein solches Glücksspiel, eine solche Zeitverschwendung, dass wir das aufgegeben haben. Jetzt schicken wir sie einfach wieder nach Hause. Zurück an den Absender. Es gibt da zu viel Schutz, zu viele Komplikationen mit den internationalen Gesetzen.«

Boldt erkannte, dass Coughlie von den Einzelheiten seiner Befragung in Fort Nolan wusste. Durch die Dolmetscherin? Durch die Verhaftete selbst? Die Vorstellung, dass Coughlie bereits eine von Boldts Befragungen kannte, störte ihn. Diese Bundesleute konnten doch *niemals* mit offenen Karten spielen!

Coughlie schlug vor: »Lassen Sie mich die Nachricht ausstreuen, dass der Kapitän gesucht wird. Ich habe hier viele Kontakte im Dockbereich, das können Sie mir glauben. Irgendjemand wird ihn gesehen haben. Wenn ich weiß, wo er ist, können Ihre Jungs ihn beobachten und hoffen, dass er einen Fehler begeht. Wenn Sie dann zuschlagen, bitte ich nur darum, dass Sie Informationen, die Sie bekommen, mit mir teilen.«

»Hab nichts dagegen.« Aber er war sich nicht sicher, warum er das gesagt hatte.

14.

Stevie McNeal, die mehr Aufmerksamkeit gewöhnt war, als sie jetzt von der Stadtpolizei Seattle bekam, saß ungeduldig auf einem ungemütlichen Stuhl im Empfangsbereich der Abteilung Gewaltverbrechen, neben einem Sekretärinnenpool hispanischer, asiatischer und schwarzer Frauen, die geschäftig an Computern arbeiteten.

Stevie erinnerte sich von der Bergung des Containers an LaMoia. Wenn sie sich nicht sehr täuschte, war er leichtfertig, angeberisch und ein Schürzenjäger. Zu ihrer Abneigung kam noch das ärgerliche Gefühl, dass sie sich noch einmal vorstellen musste.

»Stevie McNeal«, erinnerte sie ihn, so sehr sie sich auch innerlich dagegen sträubte.

»Ich weiß«, sagte er. »Wir sind uns doch letzte Woche begegnet. Aber daran werden Sie sich nicht mehr erinnern.«

»Ich erinnere mich sehr wohl.« Mit dieser einen Bemerkung gewann sie ihn für sich und beglückwünschte sich, dass sie verstand, wie sie diesen Mann behandeln musste. Er musterte sie ausgiebig von Kopf bis Fuß, bevor er sie aufforderte, Platz zu nehmen. Im Zimmer drehten sich einige Köpfe zu ihr herum. Es gab Zeiten, da Bekanntheit ihre Vorteile hatte.

Stevie sagte: »Ich arbeite mit einer freiberuflichen Reporterin zusammen. Sie hilft mir bei meiner laufenden Serie. Dabei macht sie die Laufarbeit und das Knipsen, ich die Kommentareinblendungen. Das ist eine Sache, die viel Untersuchungsarbeit erfordert und so manches ans Tageslicht bringen kann. Jetzt habe ich den Kontakt mit ihr verloren und möchte, dass Sie sie finden.«

»Wenn ich sagen würde, dass ich einer ihrer Fans bin, wäre das nicht ehrlich, Miss McNeal. Jedenfalls bin ich's nicht immer. Aber ich kenne Ihre Arbeit. Ich nehme Ihre Serie über illegale Einwanderer auf Band auf – sowohl um mich im Fernsehen zu sehen«, bemerkte er mit einem Lächeln, »als auch um Anhaltspunkte aufzuschnappen, die Sie mir bieten könnten.«

»Ihr Name ist Melissa Chow, Chinesin, ungefähr einssechzig groß, etwa 115 Pfund schwer. Ovales Gesicht, kleine Nase. Ich habe Fotos hier.« Sie reichte sie ihm.

LaMoia betrachtete die Schnappschüsse. »Sie ist nur eine Kollegin?«

»Wir sind Schwestern. Das ist eine lange Geschichte. Wir wuchsen zusammen auf. Mein Vater brachte sie aus China hierher; als sie klein war, adoptierten wir sie. Sie gehört zur Familie. Jetzt steckt sie mitten in dieser Arbeit für mich und ist plötzlich nicht mehr aufzutreiben.«

»Seit wann?«, wollte LaMoia wissen.

»Ich weiß nicht genau. Am Montag hab ich sie zum letzten Mal gesehen.«

»Und heute ist Donnerstag.«

»Das brauchen Sie mir nicht zu sagen«, gab Stevie zurück. »Ich habe ihr eine der Digitalkameras vom Sender geliehen und sie losgeschickt, die Story zu bekommen. Dann verlor ich die Verbindung zu ihr.«

»Wir können eine Fotografie von ihr in unsere Funkwagen senden«, erklärte LaMoia. »Aber ich nehme an, dass Sie die meiste Ermittlungsarbeit schon selbst erledigt haben – Mitarbeiter, Familienmiglieder, Freunde und Nachbarn befragt. Aber wären Sie damit weitergekommen, säßen Sie jetzt nicht hier.«

»Ja, hier bin ich nun.«

Er notierte irgendetwas. »Wir werden es mal bei den Pfandleihen versuchen.«

»Sie denken, sie hat die Kamera *verkauft?*«, fragte Stevie ungläubig. »Haben Sie denn eine Vorstellung, was hier vorgeht? Melissa hat ihre Nase in etwas gesteckt, wo sie nicht hineingehört – und jetzt ist sie vermisst. Das ist es doch. Das ist alles. Sie müssen sie finden, und zwar schnell.«

»Fangen wir doch noch mal an«, schlug er vor. »Sie arbeitete also an Ihrer Serie über die Illegalen?«

»Sie folgte einer Spur, die ich über diese Illegalen-Geschichte bekam.«

Er senkte den Kopf und schaute sie eindringlich an.

»Ich weiß nicht genau, wie weit sie vordringen konnte und wohin sie mit ihren Ergebnissen gegangen ist.«

»Wir müssen genau wissen, woran sie gearbeitet hat«, sagte LaMoia betont.

»Da war ein Mann, der uns Informationen anbot«, erklärte Stevie vorsichtig.

»Sein Name?«, wollte LaMoia wissen.

»Er wollte anonym bleiben, und ich habe es ihm versprochen. Wir trafen uns in einem kleinen Restaurant.«

»Sein Name«, wiederholte LaMoia und ließ den Kugelschreiber über dem Blatt schweben.

Stevie überlegte rasch, wie viel sie ihm erzählen sollte, und sagte dann: »Wenn ich Ihnen jetzt den Namen gebe, spüren Sie ihn auf und bringen Melissa in größte Gefahr. Ich wüsste nicht, wie dass das irgendjemandem helfen könnte.«

LaMoia entgegnete: »Und wenn Ihre ›Quelle‹ derjenige ist, der die Verantwortung für Melissas Verschwinden trägt? Haben Sie schon mal daran gedacht?« Dann fügte er hinzu: »Hören Sie, Mrs. McNeal, ich sehe Dinge, von denen sogar Sie als Reporterin nicht träumen würden. Mein Job ist es, sie so schnell wie möglich zu finden. Ich brauche jede Information, die damit zu tun haben kann, jeden kleinen Strohhalm.«

Stevie legte einen Aktenordner auf den Schreibtisch. »Fotos, Hintergrund-Informationen, Handschriftenproben. Finden Sie meine Schwester, verdammt noch mal, oder ich warne Sie: Meine nächste Story wird Ihre Unfähigkeit behandeln.« Damit stand sie auf und ging hinaus. Auf die eine oder andere Art würde sie die Leute schon dazu bringen, ihr zu helfen.

15.

Freitag, 31. August
4 Tage vermisst

Der Anruf kam eine Stunde vor Sonnenaufgang, während der größte Teil der Einwohner, einschließlich Lou Boldt, noch fest schlief.

Mit zwei kleineren Kindern sah das Heim der Boldts abwechselnd wie ein Streichelzoo oder eine Spielzeugfabrik aus – Böden und Regale voller Stofftiere, Lego-Bausteine, Puppen und Comic-Figuren. Liz ging gewöhnlich sofort nach den Kindern zu Bett, denn ihre Energie war dann erschöpft. Im Bett las sie aus der Bibel und einem anderen Werk, das sie ihr »Textbuch« nannte, mit dem sie »ihre Arbeit« machte. Sie erwähnte den Lymphdrüsenkrebs nicht mehr beim Namen, sondern bezeichnete ihn als »ihre Herausforderung« und verließ sich auf ihre Rolle als Gottes Schöpfung. Boldt war nicht sicher, was er über all das denken sollte, hielt jedoch den Mund. Aus welchem Grund auch immer, Liz schien es besser zu gehen – ob nur zeitweilig oder ständig, wusste niemand –, obwohl Liz fest glaubte, es sei ständig. Und wie jeder Polizist weiß, lohnt es nicht, gegen das Rathaus anzukämpfen. Vorläufig setzte Boldt das weitere Abklingen der Krankheit also in die Gewinnspalte.

Boldt beantwortete den Anruf mit verschlafener Stimme vom Telefon auf dem Nachttisch und setzte das Gespräch dann vom Apparat in der Küche aus fort, um Liz nicht zu stören. Am anderen Ende der Leitung informierte ihn der Kripo-Dispatcher, dass eine Leiche im Kanal an der Grenze von Freemont und Ballard angeschwemmt worden sei. Bei diesem Kanal handelte es sich um ein Stück geschützter Wasserstraße von einer Meile Länge, an dem Fischer aus fünf Nationen Seemannsschenken frequentierten. Das Opfer war Lo Wan Chang, der ehemalige Kapitän des Frachters *Visage*.

Zehn Minuten, nachdem er den Hörer aufgelegt hatte, war Boldt in seinem Chevy Cavalier auf dem Weg zum Fundort der Wasserleiche.

Boldt traf noch vor dem »Fleischerwagen« ein – dem smaragdgrünen Fahrzeug des Gerichtsmediziners, mit dem Leichen transportiert wurden – und füllte seinen Kunststoff-Becher mit Tee, bevor er sich aufraffte, zu den zwei uniformierten Streifenpolizisten zu gehen, die auf den ursprünglichen Anruf reagiert und einen Kreis um den Tatort abgesperrt hatten, um die Fundstelle zu schützen. Der Himmel war bereits heller geworden. Jener Bereich des Kais, wo die Leiche gefunden worden war, befand sich unweit von einem halben Dutzend Bars und Stundenhotels und war zu Fuß leicht zu erreichen. Es war ein heruntergekommenes Stück verrotteter, vom Möwendreck weißer Molenpfeiler. Die Luft roch beißend nach Seetang, Dieselöl und dem Abgas eines Streifenwagens, dessen Motor lief. Der hässliche, triefende

Körpers des Kapitäns, der ausgestreckt auf dem aufgesprungenen Asphalt lag, wurde von den Fahrzeugscheinwerfern beleuchtet.

Der eine Streifenpolizist zeigte auf einen Mann. »Der große Bursche dort hat die Leiche auf dem Weg zu seinem Boot gesehen. Sagt, sie schwamm mit dem Gesicht nach unten etwa hier.« Er ging zum Wasser und wies auf den Zwischenraum zwischen den Molenpfeilern und einem Bootsrumpf. »Die Seite seines Schädels war so eingeschlagen, wie Sie ihn da sehen. Sieht so aus, als wäre er ausgerutscht. Da hinten ist 'ne Blutspur.«

Tatsächlich war da ein etwa dreißig Zentimeter langer brauner Streifen am Rumpf eines hölzernen Fischerboots zu sehen. »Könnte sein«, stimmte Boldt zu, nicht sehr begierig, diesen Todesfall als Unfall anzuerkennen oder den Zeitpunkt als zufällig zu akzeptieren. Wenn der Kapitän versucht hatte, die Verantwortung für den Container und den Tod der Illegalen abzuwälzen, würden ihm eine ganze Menge Leute den Tod gewünscht haben. Boldt fragte sich, ob sein eigenes Ungeschick bei der Befragung der Besatzung dem Kapitän den Tod gebracht hatte.

»Da ist 'ne Polaroidkamera in meinem Kofferraum. Machen Sie sich nützlich, und schießen Sie ein paar Fotos«, sagte Boldt zu dem Streifenpolizisten. Er reichte ihm die Wagenschlüssel. »Fragen Sie auch in der Nachbarschaft. Vielleicht können wir Zeugen auftreiben.«

»Meinen Sie, die Leute in *dieser* Gegend werden reden?«, fragte der junge Polizist.

Zorn stieg in Boldt auf, und er sagte knapp: »Tun Sie, was ich Ihnen gesagt habe.« Hier ging es nicht so sehr um die Leiche und den Verlust eines möglichen Zeugen, sondern um die Entschlossenheit und Schnelligkeit, mit der jemand reagiert hatte, was Boldt bewies, dass irgendwelche Leute ihm einen Schritt voraus waren und seine Absichten kannten. Außer zu seinen eigenen Mitarbeitern und der Einwanderungsbehörde hatte er nur zu Mama Lu von seiner Absicht gesprochen, den Kapitän zu vernehmen. Andererseits wusste derjenige, der den Kapitän für den Transport des Containers bezahlt hatte, dass der Käpt'n früher oder später vernommen würde, und er hatte reagiert, um diese Vernehmung zu vermeiden und zum anderen ein Zeichen für künftige Kapitäne zu setzen, ja den Mund zu halten.

LaMoias Erwähnung des Kripoermittlers, der wegen Invalidität in den Ruhestand gegangen war, nachdem er Untersuchungen in einem Fall illegaler Einwanderer vorgenommen hatte, kam Boldt in den Sinn. Diese Leute spielten ein brutales Spiel. Dazu brauchte er sich nur das aufgedunsene Gesicht des Schiffskapitäns vor ihm anzuschauen. Er dachte an Sarah, Miles und Liz. Vielleicht war dieser Fall das Risiko nicht wert. Vielleicht war gerade das der andere Zweck dieses Mordes. Vielleicht sollte Boldt sich vorstellen, er selbst läge da auf dem Kai.

Die Kriminalwissenschaften – das Fachgebiet von Bernie Lofgrins wissenschaftlichem Erkennungsdienst – hatten in den letzten zwanzig Jahren große Fortschritte gemacht; an einem Tatort waren die Verfahren nun völlig anders. Heute war eine sehr genaue Beweissammlung möglich, einschließlich Fotografie und Videografie sowie der sorgfältigen Erhaltung der physischen Gegebenheiten an der Leiche und um diese herum. Wenn auch noch ausführliche Dokumentationen erstellt wurden, konnte die Untersuchung eines Tatorts leicht zwei bis drei Stunden in Anspruch nehmen – und so war es bei diesem Fall.

Zu Beginn der dritten Stunde wurde Boldt mitgeteilt, dass die gesamte Besatzung der *Visage* schlafend an Bord aufgefunden worden war und derzeit von der Küstenwache zur Befragung durch die Stadtpolizei festgehalten wurde. Er erwartete, dass sie sich gegenseitig perfekte Alibis ausstellten, doch LaMoia würde trotzdem alle verhören. Wenn jemand einen zum Sprechen bringen konnte, dann war es John LaMoia.

Um sieben Uhr hatten die lokalen TV-Sender Kameras und Teams am Ort, die sich zu einem halben Dutzend anderer Reporter und den üblichen Neugierigen gesellten, die stets den Schauplatz eines Verbrechens bevölkerten. Es war eine Szenerie wie in einem Zoo – ein öffentliches Spektakel. Vor allem aber war es ein politischer Albtraum, falls die Reporter die Verbindung zum Container herstellten und herausposaunten, die Polizei hätte die Oberhand über das organisierte Verbrechen verloren. Boldt würde noch tagelang davon zu hören bekommen.

Als wären seine Gedanken gelesen worden, sagte eine Stimme hinter ihm: »Ich weiß ja nicht, wie es bei Ihnen ist, aber für uns wird das ein Albtraum, was die Public Relations betrifft.«

Boldt drehte sich um und schüttelte Brian Coughlie die Hand.

»Wenn man erst mal die Verbindung mit der *Visage*

hergestellt hat, wird der Teufel los sein«, meinte Boldt. »Die Besatzung wurde bereits zusammengetrommelt.«

»Schon gehört«, erwiderte Coughlie und ließ Boldt damit wissen, dass er beeindruckende Verbindungen hatte, denn LaMoia hatte sich die Besatzung fast im Geheimen vorgenommen. »Ich würde gern mit Ihnen darüber reden. Wir haben doch die Dolmetscher – also dachte ich, wir teilen uns diese Arbeit. Wir könnten sie auch ganz für Sie machen, falls es Ihnen lieber ist.«

»Wir kommen ganz gut allein zurecht«, antwortete Boldt und lehnte damit beide Angebote ab.

»Könnte auch *mein* Fehler gewesen sein«, sagte Coughlie. »Ich habe ausgestreut, dass der Mann gesucht wird, wie Sie es wollten. Vielleicht war das falsch.« Mit Blick auf den schwarzen Leichensack fügte er hinzu: »Vielleicht wusste er einen Namen, den er uns hätte sagen können.«

»Mama Lu?«

»Vor fünf Jahren vielleicht. Jetzt? Glaube ich nicht, nein. Nicht, dass Mama keinen großen Einfluss mehr hätte. Natürlich hat sie den. Aber die Kontrolle? Sehr fraglich. Wir haben sie zwei, vielleicht drei Jahre genau beobachtet. Ihre Leute doch auch – die Abteilung Organisiertes Verbrechen. Angezapfte Telefone, Buchprüfungen, verdeckte Ermittlungsarbeit. Was uns betrifft, haben wir auf Granit gebissen. Wir versuchten es zweimal mit dem Geschworenengericht – beide Male ein Fehlschlag. Mama Lu hat sich höheren Ortes einflussreiche Freunde gemacht.«

»Deshalb mag ich sie.«

»Sie sollten daher lieber vorsichtig sein.«

»Ja, das sagt man so«, meinte Boldt.

»Tun Sie mir einen Gefallen. Nachdem Sie die Besatzung vernommen haben, lassen Sie es mich mal versuchen. Vielleicht haben *wir* Glück.«

Das war ein Kompromiss, mit dem Boldt leben konnte.

Die beiden Männer schüttelten sich die Hand.

Coughlie wich der Presse aus, als er ging, indem er sich behände unter das Absperrband duckte, rasch zu seinem Wagen lief und losfuhr, als die Reporter hinter ihm herstürmten.

Boldt nutzte die Ablenkung, um die Anweisung zu erteilen, die Leiche in den »Fleischerwagen« zu bringen. Wenn der Tod des Kapitäns eine Botschaft war, dann eine einfache: Alle, die in die Sache verwickelt waren, würden sterben.

Boldt hoffte sehnlichst, dass er nicht auch auf dieser Liste stand.

16.

Weniger als vierundzwanzig Stunden, nachdem sie Melissa als vermisst gemeldet hatte, nahm Stevie, deren Schuldgefühle und Ängste ins Unerträgliche gestiegen waren, die Sache selbst in die Hand. Sie beschloss, zu Melissas Apartment zurückzukehren und dort noch einmal genauer nachzusehen.

Auf dem Pioneer Square wimmelte es an diesem Samstagabend von College-Studenten, Touristen, Einheimischen und Polizisten. Vom Bier bis zum Perserteppich wurde alles Mögliche angeboten. Stevie fuhr ihren 325i ein Dutzend Häuserblocks entlang und stellte den Wagen dann in einem Parkhaus ab. Auf der kurzen Strecke zu Fuß zum Platz stellte sie Vermutungen darüber an, warum Melissa in einer so lauten und unruhigen Touristengegend wohnte. Sie waren beide so verschieden und standen sich doch so nahe. Für Stevie bedeutete jeder Spaziergang auf der Straße die Wahrscheinlichkeit einer Berührung mit ihren Zuschauern – Fremde, die Autogramme verlangten und mit ihr sprechen wollten. Stevie hasste diesen Teil ihres Jobs.

In der Hoffnung, nicht erkannt zu werden, hatte sie sich Jeans und ein T-Shirt angezogen und kein Make-up aufgelegt. Mit gesenktem Kopf schlängelte sie sich durch die Menge zu Melissas Wohnung.

Sie stieg die Stufen zum Hauseingang hinauf, betätigte den Summer und schloss die Haustür auf. Dann ging sie die Treppen hinauf, öffnete die Wohnungstür und trat ein. Die Tür schnappte hinter ihr zu, und das einzige Geräusch war jetzt noch der dumpfe Rhythmus eines nahen Rockclubs. Stevie nahm sich die Zeit, die Fische zu füttern. »Jemand zu Hause?«, rief sie, bekam aber natürlich keine Antwort, obwohl das Schlafzimmer, in dem die Kleidungsstücke verstreut lagen, so aussah, als wäre es erst heute Morgen verlassen worden. Der Anblick der Zahnbürste im Wasserglas schmerzte Stevie am meisten; wie eigenartig, dass solch ein kleiner, alltäglicher Gegenstand so viel aussagen konnte. Der Schmerz in ihrem Innern war jetzt eine dumpfe Last, ein vom Schlafmangel erzeugter Druck, die Sehnsucht, noch einmal von vorn beginnen zu können, eine zweite Chance zu bekommen. Doch da war niemand, der ihr Flehen hören könnte; da war nur eine Leere in ihrer Brust wie bei einem akuten Panikanfall. Stevie streifte fieberhaft durchs Apartment, zog alle Schubladen auf und blickte hinter jedes Möbelstück. Diese Mühe lohnte sich. Hinter der Couch fand sie an eine Steckdose angeschlossen einen Teil der elektronischen Ausrüstung vom Sender. Es war der SVHS-Gerätesatz, den Melissa in ihrem Lieferwagen benutzt hatte, einschließlich zweier Gürtelbatterien. Stevie zog den Stecker heraus und entdeckte drei Videobänder im Gerät. Die ersten beiden waren mit »Klein« gekennzeichnet, das dritte mit »Autowaschanlage«. Allein der Anblick der Handschrift ließ die Angst in Stevie aufsteigen. In diesem Moment hätte sie ein Dutzend heißer Nachrichtenstorys gegen die Chance eingetauscht, Melissa sicher zurückzubekommen.

Ihr Blick schweifte über ein Bücherregal und blieb an einer Porzellanpuppe mit gesprungener Wange hängen, deren Augen sie direkt anstarrten. Rührung überkam sie.

Das Sonnenlicht des Nachmittags wurde von den Wänden mit den Simsen zurückgeworfen und blendete den Mann, der vor dem Ölgemälde stand, das über dem Kamin hing. Die Luft im Zimmer roch nach Vaters Tabak, während sich draußen die Sonne durch Staub und Autoabgase kämpfte.

Das frühreife kleine Mädchen mit den Ringellocken, die mit einem roten Satinband zusammengehalten wurden, hielt krampfhaft und voller Entschlossenheit ihre Porzellanpuppe, allein in dem reich ausgestatteten Wohnzimmer, das Besucher erwartete. Stephanie wollte nicht, dass dieses andere Mädchen auch hier wohnte. Sie wollte Su-Su und Vater ganz für sich allein. Vater hatte erst Minuten zuvor das Zimmer verlassen, begleitet von zwei seiner Stellvertreter und einem Bediensteten der Botschaft. Der süßliche Rauch blieb als Erinnerung an ihn zurück. Vater schien stets in Begleitung von irgendjemand zu sein.

Sie hörte, wie die Haustür geöffnet wurde. Su-Su rief ihren Namen von der Lobby her, aber Stephanie antwortete nicht. Soll sie mich doch suchen, dachte sie.

»Miss Stephanie?«, kam ein weiterer bittender Ruf, als die Tür des Wohnzimmers sich öffnete. Su-Su war nur etwa halb so groß wie ihr Vater. Sie ging mit kurzen, kleinen

Schritten, und ihr Lächeln war eher ein Spitzen der Lippen. Sie sprach sanft, mit schwerem chinesischem Akzent. Sie beherrschte auch Französisch und konnte Noten lesen. Stephanie wusste nicht, wie es war, eine Mutter zu haben, aber sie hatte Su-Su, und die war für sie fast wie eine Mutter. Auch Vater mochte sie. Er berührte sie manchmal, leicht und schnell, sodass sie die Lippen spitzte und errötete.

Die große weiße Tür schwang in trägem Bogen auf, und da, an Su-Sus Seite, die eine Hand am Seidenkleid der Frau, war ein kleines Mädchen mit rabenschwarzem Haar und Ponyfrisur. Ihre Wangen waren rot, die Augen vor Staunen aufgerissen, als sie das wunderschöne Zimmer bewunderte und dann, einen Herzschlag später, Stephanie mit ihren Satinschleifchen bemerkte, ihrem schönen Kleid und ihrer Puppe. In diesem Augenblick änderte sich alles.

»Miss Stephanie, erlauben Sie mir, Ihnen Su-Sus Nichte vorzustellen, Mi Chow. Ihr Vater sagt, wir werden sie Melissa nennen.« Su-Su sprach auf Chinesisch mit dem kleinen Mädchen, doch Stephanie verstand jedes Wort. Su-Su war eine gute Lehrerin. Sie sagte: »Das ist Stephanie, deine große Schwester.«

Das Gesicht des Mädchens leuchtete auf und erfüllte den ganzen Raum mit diesem Licht.

»Willkommen, kleine Schwester«, sagte Stephanie in ihrem besten Mandarin, und beide Mädchen kicherten.

Stevie nahm rasch die Videobänder und eilte aus dem Apartment hinunter in das Chaos des Pioneer Square, begierig, sich die Bänder anzuschauen. Sie hatte keine Wahl, als in die Menschenmenge vorzudringen, und so dauerte es nur ein paar Augenblicke, bis sie jemanden sagen hörte: »He, Tina! Schau doch mal, wer da ist!« Schritte näherten sich ihr von hinten, und ein Mann packte sie grob beim Ellbogen. »Kanal vier um fünf, nicht wahr? Wir schauen Ihnen jeden Abend zu!«

Sie musste an einer Fußgängerampel halten, blickte über die Köpfe der Passanten und verspürte den dringenden Wunsch, die Ampel möge ihr den Weg frei geben. »Kanal vier um fünf, ja?«, wiederholte der Mann mit der fortschreitenden Glatze. »Ja«, erwiderte Stevie und drückte die Videobänder fest an sich. Da war noch jemand, der sie beobachtete. Sie konnte es fühlen.

Die Ampel sprang um.

Stevie kämpfte sich schnell zur anderen Straßenseite hinüber – schnurstracks geradeaus. In beginnender Panik schaute sie hinter sich. Jedes Gesicht schien direkt auf sie zu blicken. Das Angstgefühl wurde stärker. Sie sagte sich, dass sie ja nun die Bänder habe, die ihr voraussichtlich etwas mitteilen würden.

Das Parkhaus war zwei Querstraßen weiter. Stevie beschleunigte ihre Schritte.

Als sie nur noch einen halben Block entfernt war, verfiel sie in einen leichten Trab, da sie erneut Schritte hinter sich hörte. Der gleiche Fan? Jemand anders? Sie wollte es gar nicht wissen.

Fast im Laufschritt eilte Stevie in das trüb beleuchtete Parkhaus, die Videobänder fest unter den Arm geklemmt. Ihr Mund war bitter und trocken, und ihr Herz raste. Sie wollte endlich zu Hause sein, in Sicherheit, hinter zwei Türriegeln, einer Alarmanlage und einem Portier – überall, aber nicht in einem unbewachten Innenstadt-Parkhaus.

Die Schritte folgten ihr ins Parkhaus und verstummten plötzlich – oder war es nur ihre Einbildung?

Stevie wagte einen einzigen Blick nach hinten und hätte beinahe aufgeschrien beim Anblick der Silhouette eines Mannes, die schnell auf sie zukam.

Ein Überfall?, fragte sie sich.

»Warten Sie!« Die männliche Stimme hallte laut von den Betonwänden wider. Stevie erreichte ihr Auto und hantierte mit der Fernbedienung, bis die Türverriegelungen aufschnappten. Dann langte sie nach der Pfeffersprühdose, die sie stets in ihrer Handtasche trug.

Hinter ihr klangen die schnellen Schritte wie Händeklatschen auf dem Betonboden.

Stevie riss die Fahrertür auf, warf die Bänder auf den Beifahrersitz und schlüpfte auf den Fahrersitz, die nach außen gerichtete Sprühdose in der Hand.

»Mrs. McNeal!« Die Stimme war jetzt näher und plötzlich vertrauter. »Ich bin es, John LaMoia.«

Sie blickte in sein schwitzendes Gesicht.

»Ich hatte das Apartment beobachtet«, erklärte er. »Ihre verschwundene Schwester steht ganz oben auf unserer Liste.«

»Sie haben mich zu Tode erschreckt.«

»Ich wollte in dieser Menge da draußen Ihren Namen

nicht laut rufen.« Sein Blick fiel auf den Beifahrersitz und die drei Videobänder in ihren Plastikkästchen. »Ich sah Sie aber nicht mit diesen Sachen ins Apartment gehen.«

»Ich habe einen Schlüssel. Ich füttere ihre Fische, und ...«

»Die Fische gucken sich Videos an, ja?«

Melissas Bänder gehörten jetzt ihr – nur ihr. Sie würde sie sich zuerst allein anschauen und sie erst dann anderen zeigen, falls sie es für angebracht hielt. Es kam ihr vor, als würden die Bänder ein Loch in den Sitz brennen. Sie zog die Tür zu, drehte den Zündschlüssel und kurbelte das Fenster herunter.

LaMoia sagte sanft: »Hören Sie, ganz inoffiziell – diese Illegalen-Untersuchung wird allmählich widerlich.«

»Der Schiffskapitän«, entgegnete sie. »Wir haben trotz ihrer Maßnahmen Wind davon bekommen.«

»Es wäre für alle sicherer, wenn Sie mir die Videos geben würden – es sind doch Melissas, nicht wahr? Kommen Sie diesen Leuten ja nicht in die Quere!«

»Wenn Sie die Bänder wollen, bekommen Sie es mit dem ersten verfassungsändernden Gesetz betreffend polizeiliche Eingriffe zu tun. Das sind *neue* Bänder.«

»Und ich hatte geglaubt, ich würde hier mit offenen Armen zur Mitarbeit empfangen werden. Wollen wir denn nicht beide das Gleiche?« Er fügte hinzu: »Sie finden?«

»Schlauer Versuch.«

Er sagte eindringlich: »Was immer auf diesen Bändern ist – ich brauche es. Es ist im Interesse Melissas, dass ich diese Bänder zu sehen kriege.«

»Darüber reden wir noch mal«, sagte Stevie und kurbelte das Fenster hoch. La Moia beugte sich hinunter, um weiter auf sie einzureden, doch seine Worte drangen durch das Glas nur als unverständliches Murmeln zu ihr.

Während Stevie aus dem Parkhaus fuhr, langte sie zum Beifahrersitz, nahm die Bänder und ließ sie hinter dem Sitz auf den Boden fallen. So gut sichtbar waren sie nicht sicher genug. Sie waren nirgends sicher.

17.

SONNABEND, 22. AUGUST
5 TAGE VERMISST

Ohne zu klopfen betrat Bobbie Gaynes Boldts Büro und zog sich einen Stuhl heran, während der Lieutenant mit Bleistift eine Markierung am Rand des Berichts machte, den er gerade las, um diese Stelle hervorzuheben.

Er schaute auf, und sein Blick fiel auf die Buntstiftmalerei seines Sohnes an der Glaswand, die den Blick auf den Gang frei gab. Das Bild hing da, um ein bisschen Farbe in die graue, triste Monotonie zu bringen, die ein Innenarchitekt dem Büro aufgezwungen hatte. Außerdem sollte die Zeichnung Boldt an seine Prioritäten erinnern. Das Selbstporträt seines Sohnes flatterte, als zwei Kripoermittler eilig durch die Tür stürmten.

»Na, dann schießt mal los«, forderte Boldt sie auf in der Gewissheit, dass es sich um einen gemieteten Kran handelte. Da er die *Visage* im Geiste schon als Totschlagsfall herunterstufen musste, der womöglich noch zu einem Unfall herabgemildert würde, hatte Boldt diesen Teil der Ermittlungen fast schon abgeschrieben und Gaynes den Auftrag erteilt, mögliche Verbindungen zu dem Schlepper mit Lastkahn herzustellen, der die fehlgeschlagene Umladung versucht hatte.

»Also«, begann Gaynes und schaute auf ihre Notizen. »Es gibt fünf Firmen zwischen hier und Tacoma, bei denen man Kräne mieten kann, die einen Container heben können. Will man so ein Ding mieten, braucht man Garantien, verschiedene Versicherungen und dergleichen.«

Boldt hatte Gaynes auf seine Initiative hin in die Mordkommission geholt – womit er zum ersten Mal die Geschlechterschranke durchbrach – und ihr einen schwierigen Auftrag erteilt. Und Gaynes hatte sich den Herausforderungen gestellt, die von ihr verlangten, sich immer wieder zu beweisen. Ein Teil der besten Polizeiarbeit der Abteilung wurde von ihr geleistet. Das aber rief Neider auf den Plan. Die neuesten Gerüchte, die über Gaynes kursierten, besagten, dass sie lesbisch sei und ein Verhältnis mit einer entlassenen Kripobeamtin habe.

»Eine Frau wird vermisst – eine Reporterin«, sagte Boldt. »Sie recherchierte irgendetwas, das mit den Containern zu tun hat. Unsere hohen Herrn kriegen schon Zustände. Die haben Schiss davor, dass die Presse uns zerreißen könnte, wenn der Frau etwas geschieht, bevor wir sie finden.«

»Und meine Sache hier?«, fragte Gaynes.

Boldt erwiderte: »Ich brauch's kurz. Gibt es Aufzeichnungen über eine Kranvermietung für die Sturmnacht?«

»Unterlagen, die es beweisen könnten? Nein. Aber es könnte ein Kran zu der Zeit vermietet gewesen sein. Ich brauche allerdings Helfer.«

»Schielen Sie auf Überstunden?« Boldt mochte seine

neue Rolle als Verwalter, Belehrer und Disziplinarvorgesetzter nicht – aber das alles wurde von einem Polizei-Lieutenant gefordert. Oft fühlte er sich wie eine Karteischublade zwischen seiner eigenen Vorgesetzten, Captain Sheila Hill, und den Sergeants und Trupps, die unter seinem Kommando arbeiteten.

»Bei der dritten Firma, bei der ich's versuchte – ein Laden mit dem Namen ›Geribaldis Ausrüstungen‹ –, habe ich den Burschen hinter dem Ladentisch mit der Frage nach Barvermietungen, über die es keine Aufzeichnungen gibt, ziemlich nervös gemacht. Als ich ihm erklärte, was man für Beihilfe zu einem Verbrechen so alles vom Gesetz erwarten kann, schwitzte er Blut und Wasser. Sagte, wir sollten draußen mal eine rauchen. Draußen meinte er dann, es könne gut sein, dass ein Teleskopkran am Morgen des Sturmtags rausging und dass er keine Eintragung gemacht habe, weil der Kran für den Gerätehof gar nicht existierte – auch nicht, als er ihn wieder vermieten wollte. Sein Geschäftsführer habe ihm die Schuld für dieses Durcheinander gegeben, aber gleichzeitig gesagt, er solle sich keine Gedanken darüber machen – vielleicht sei da was verlegt worden.«

»Also gibt es keinen Beweis, dass ein Kran rausging«, drängte Boldt. »Was ist denn die gute Nachricht?«

»Ich habe den Namen des Geschäftsführers: Zulia. Vielleicht könnten wir die Bankkonten des Burschen mal auf ein paar Extraeinzahlungen untersuchen.« Dann fügte sie hinzu: »Ich würde ihm gerne auf der Pelle bleiben, den Gerätepark im Auge behalten und seine Bankgeschäfte überwachen. Für solche Beobachtungen könnte ich Leute gebrauchen. Vielleicht sollten wir den Burschen auch mal hier im Kasten ein bisschen in die Mangel nehmen.«

»Okay, machen wir.«

»Zuerst müssen wir ihn mal finden, denn er hat unvorhergesehenen Urlaub genommen.«

»Vermietungsfirmen sind leichte Ziele für Diebstähle«, sagte Boldt. »Das viele teure Gerät, das bei denen draußen steht. Da macht Schutz Sinn.«

Gaynes fragte: »Mama Lu?« Sie wusste bereits, was Boldt dachte.

Boldt erwiderte: »Wenn Mama jemanden suchen lässt, dürfte es nur eine Frage der Zeit sein, bis der oder die Betreffende gefunden wird.«

»Dann könnten Sie unsere vermisste Reporterin erwähnen.«

»Hm. Nicht schlecht.«

»Wenn man die Tür öffnet, stößt man auf eine Welt von Unannehmlichkeiten«, meldete LaMoia sich von der Tür her. Dann fügte er hinzu: »McNeal hat ein paar Videobänder aus dem Apartment des Mädchens geholt. Ich glaube, dass diese Bänder mit meiner Untersuchung zusammenhängen. Sie will die Info aber nicht mit uns teilen und droht uns mit dem Ersten Verfassungszusatz, wenn wir uns die Bänder von ihr holen.«

»Wir holen sie uns trotzdem«, meinte Boldt. »Such einen Richter, der zur Wiederwahl ansteht, und lass den die Sache regeln.«

»Zeitverschwendung«, entgegnete LaMoia.

Boldt gab nach. »Okay, also beschäftigen wir uns mit

den Kränen. Mama Lu ist Geschäftsfrau. Sie weiß, wann sie Verluste abschreiben oder faule Stellen abschneiden muss. Sie wird vermeiden wollen, dass wir jedes Bandenmitglied zur Befragung zu uns reinschleppen. Das ließe sie schwach aussehen.«

»Mama schneidet aber auch Hälse ab, Sarge«, warnte LaMoia. »Zumindest ihre Leute.«

»Arrangiere ein Treffen«, bat Boldt.

»Das halte ich nicht für klug«, entgegnete LaMoia.

»Arrangiere ein Treffen!«, wiederholte Boldt mit Nachdruck.

Die Buntstiftzeichnung raschelte wieder, als LaMoia hinausging.

»Die Überwachung ist genehmigt«, sagte Boldt zu Gaynes. »Machen Sie das mit der Abteilung Sondereinsätze klar.«

»Danke.«

Boldt zögerte und fragte dann: »Wie kommen Sie denn mit ... diesen Gerüchten zurecht?«

»Ganz gut.«

»Wirklich?«

Sie zuckte die Achseln. »Na ja, ich fühle mich ein bisschen schlecht behandelt. Ein Gerücht kommt auf, ich widerlege es, und schon kommt was Neues. Sie sollten mal sehen, welche Blicke man mir zuwirft.«

»Sie sind geschützt, das wissen Sie doch wohl? Der Gouverneur hat die entsprechende Vorlage zum Gesetz gemacht.«

Der Kommentar traf sie ganz offensichtlich.

Boldt fügte rasch hinzu: »Ich wollte damit natürlich nicht andeuten, dass Sie ...«

»Doch, das haben Sie getan«, sagte Gaynes verärgert und erhob sich, drehte sich um und stürmte aus dem Zimmer.

18.

Mama Lu saß auf dem gleichen Flügelthron wie bei ihrem ersten Besuch. Nur ihr Kleid war anders: Teal mit schwarzen Stickereien. Sie trug es wie ein schwarzes Handtuch um sich geschlungen. Ihre langen schwarzen Haare fielen ihr so schwer wie der Schweif eines Pferdes über eine Schulter.

LaMoia hatte mitkommen wollen, doch Boldt hatte es ihm verweigert, weil er nicht den Eindruck erwecken wollte, Mama Lu zu zweit zu bedrängen.

Er brachte seinen Eröffnungskommentar gleich auf den Punkt: »Ihr Einfluss als Geschäftsfrau und große Gönnerin dieser Stadt reicht weit. Nein, schütteln Sie nicht den Kopf – wir beide wissen, dass das wahr ist. Nehmen wir einmal an, jemand, der mit der Einfuhr von Illegalen sein Geld verdient, will das Risiko des Ausladens am Kai nicht mehr eingehen, sondern das Umladen auf See vornehmen. Um dies mit Aussicht auf Erfolg tun zu können, braucht er einen Schlepper, einen Lastkahn und einen Kran. Wir, die Polizei, haben eine Firma entdeckt, die für so etwas in Frage kommen könnte. Unser Problem ist, dass derjenige, der die Kräne vermietet, nicht zu seiner Arbeitsstelle gekommen ist.«

»Ich habe nur ein paar bescheidene Lebensmittelläden, Mr. Both ...«

»Und vier Waschsalons, ein Kino, ein Taxiunternehmen, ein Hotel ...«

»Nur ein paar Geldanlagen. Wer traut den Banken denn noch?«

»Dieser Kranverleih, den wir meinen, nennt sich ›Geribaldis Ausrüstungen‹. Der Geschäftsführer ist ein gewisser Zulia. Wenn dem empfohlen würde, mit der Polizei zusammenzuarbeiten ...«

»Als guter Staatsbürger«, fügte sie hinzu.

»Ja. Als Mann mit Gemeinsinn. Das würde es uns ersparen, uns eingehend mit seinen finanziellen Unterlagen oder denen der Firma zu beschäftigen – Bargeldfluss, Zahlungen ...«

Mama Lu runzelte die Stirn und beugte sich fast unmerklich vor. Dann ergriff sie den Zopf mit ihren beiden dicken Händen.

Boldt fuhr fort: »Dann gäbe es für unsere Buchprüfer keinen Grund, irgendwelche Unterlagen nachzuprüfen.«

»Nur ein Narr sticht einen Drachen mit einem Dolch und denkt, er kann ihn damit töten.«

Drachen?, wunderte sich Boldt. »Um einen Drachen zu töten, muss man ihm den Kopf abschlagen oder ins Herz stechen«, erwiderte er und legte eine Pause ein. »Wenn man nicht anders kann ...«

Mama Lu grinste, und ihre Augen verschwanden hinter den Fettfalten. »Wie scharf ist denn Ihr Schwert, Mr. Both?«

»Wenn Zulia uns einen Namen sagt, kann er gehen.« Er legte wieder eine Pause ein. »Und alle sind glücklich.«

»Nur der nicht, dessen Name erwähnt wurde.«

Nun grinste auch Boldt. Die Luft im Zimmer kam ihm plötzlich zu warm vor. »Die drei Frauen, die im Container starben, waren krank. Sie starben an Unterernährung und Austrocknung, weil der Kapitän ihnen Nahrung und Wasser verweigerte. Stürme haben die Überfahrt verlangsamt, und der Kapitän ließ die Frauen da drinnen einfach sterben.«

Mama Lu sagte: »Man erntet, was man sät«, und Boldt fügte seiner Liste möglicher Mordverdächtiger einen weiteren Namen hinzu. Dem Kapitän der *Visage* mangelte es nicht an Feinden.

»Wenn sie erst mal diese Küsten hier erreicht haben«, sagte Mama Lu, »sind diese Mädchen gut für die Wirtschaft, als Zimmermädchen in Hotels, als Bedienungen in Bars.«

»Oder in Sklavenwerkstätten und als Prostituierte«, fügte Boldt hinzu.

Er versuchte, die Persönlichkeit hinter den dunklen Augen der Frau zu ergründen und die Frage zu beantworten, wie weit Mama Lu in diese Sache verstrickt war, doch er konnte nichts erkennen. Sie saß unerschütterlich da.

Einen Moment lang war Boldt überzeugt, dass diese Frau nichts mit den Todesfällen zu tun hatte. Doch als sie wieder lächelte, entglitt ihm diese Überzeugung wie ein nasses Stück Seife.

»Es heißt, dass Unwissenheit ein Segen ist, Mr. Both. Vielleicht stimmt das.«

»Wenn der Kapitän diesen armen Menschen Nahrung und Wasser gegeben hätte, wären sie am Leben geblieben. Sie sind vollkommen sinnlos gestorben.«

»Dieser Kapitän nicht mehr auf Erden. Wir müssen ihm seine Sünden vergeben.«

»Ihm vielleicht, aber nicht den anderen.« Boldt hielt inne und schaute ihr fest in die Augen. »Billigen Sie denn eine solche Behandlung ihrer chinesischen Genossinnen?«

»Das ist ein Thema, über das man lange reden kann.«

Boldt zögerte einen Moment, dann sagte er: »Eine chinesische Amerikanerin wird vermisst, eine Fernsehreporterin. Sie untersuchte den Containerfall. Wenn man ihr etwas antut, ist das sehr dumm. Die Macht der Medien ist viel größer als die einer einzigen Polizeibehörde, glauben Sie mir.«

Das Gesicht Mama Lus verzog sich zu einer Grimasse. Wenn das keine Neuigkeit für sie war, dann war sie eine gute Schauspielerin.

»Wenn jemand uns hilft, diese vermisste Frau zu finden«, sagte Boldt, »wird diese Person sich damit bei der ganzen Stadt beliebt machen.« Dann fügte er hinzu: »Auch bei den Medien.«

Sie grinste, nickte und gab seinen entschlossenen Blick zurück. »Ich verstehe.« Für einen Augenblick trat Stille ein; dann fuhr Mama Lu fort: »Seien Sie vorsichtig, Mr. Both. Unfälle passieren den nettesten Leuten. Und trauen Sie keinem – nicht einmal mir.« Sie lächelte wieder, diesmal breiter. Sie hatte ihr Gebiss vergessen. Boldt sah es in einem Trinkglas rechts von ihr stehen. Die falschen Zähne grinsten auch.

19.

MONTAG, 24. AUGUST
7 TAGE VERMISST

Am Montagmorgen – auf den Tag genau eine Woche, seit Melissa zum letzten Mal gesehen wurde – kam Ernest Zulia, der Manager von »Geribaldis Ausrüstungen«, in die Nachrichten, da er in Tausende von Fetzen explodierte. Die Schockwellen waren bis in die Behörde für Öffentliche Sicherheit zu spüren.

Boldt traf sich mit Captain Sheila Hill in deren Büro. Sie wusste sich ihrem athletischen Körper entsprechend zu kleiden und verschmähte es auch nicht, zur Ablenkung ihre Beine zu zeigen. Sie machte Boldt Vorwürfe wegen Zulias Tod, doch Boldt akzeptierte sie nicht.

»Zulias Überwachung wurde abgezogen, Captain«, beschwerte er sich, indem er sie daran erinnerte, was ihm nur einige Minuten zuvor von seiner Ermittlerin erzählt worden war. »Wir hatten ein Team, das ›Geribaldis Ausrüstungen‹ überwachte, und es wurde auf Befehl abgezogen.« Sheila Hill hatte diesen Befehl erteilt. Bobby Gaynes war angewiesen worden, die Überwachung zu beenden. Damit waren LaMoia und Boldt übergangen worden; man hatte sie nicht einmal informiert. Boldt wusste genau, dass Captain Hill ihn zwecks Schadensbegrenzung in ihr Büro bestellt hatte. Er wusste auch, dass sie jede Menge Entschuldigungen für ihre Entscheidung erfinden konnte. Wahrscheinlich hatte sie die Überwachung aus Einsparungsgründen beenden lassen. Außerdem hatte LaMoia sie vor Beginn der Überwachung nicht befragt, und nun wollte Hill ihren Rang herauskehren, um zu zeigen, wer hier das Sagen hatte. Doch nun hatte sie noch eine Leiche an den Händen, und findige Fernsehreporter hatten die Verbindung zwischen Zulia, dem Schiffskapitän und dem Container längst hergestellt – eine politisch heiße Kartoffel. Leider steckte noch mehr dahinter, als es auf den ersten Blick den Anschein hatte. Wie Boldt wusste, war LaMoia aus Unüberlegtheit ein Jahr zuvor mit Hill ins Bett gegangen, was ihr zusätzliche Macht über ihn gegeben und beinahe seine Karriere zerstört hatte. Zwischen den beiden bestand noch immer ein seltsames Verhältnis. LaMoia hatte der Bruch schwer getroffen. Sheila Hill hatte nach einiger Zeit eine Versöhnung versucht und neigte jetzt dazu, LaMoia zu verwöhnen; sie wollte ihn zurück. Wenn jetzt einer die Fehlschläge der Untersuchung ausbaden musste, war es wohl Boldt.

Zum Zeitpunkt seines »Unfalls« saß Zulia auf dem Sitz eines mit Propan angetriebenen Gabelstaplers, wie er es nach Aussagen seiner Angestellten jeden Morgen tat. Die Explosion schleuderte Flammen hundert Meter hoch in die Luft und vernichtete ein Drittel von »Geribaldis Ausrüstungen« sowie den größten Teil des Lagerhauses. Zum ersten Mal seit Jahren wurden von den Leuten der Spurensicherung keinerlei Überreste des Opfers gefunden. Zusammen mit Feuerwehrleuten suchten sie die Trümmer ab in der Hoffnung, Knochenstücke zu finden – vergeblich.

»Sie möchten ja nur nicht, dass John etwas unternimmt, ohne Sie zu fragen«, sagte Boldt geradeheraus. »Das ist mir klar.«

»Wir müssen mit dieser Sache jedenfalls irgendwie fertig werden«, erinnerte sie ihn mit strengem Blick, denn sie wollte ihr Verhältnis zu LaMoia nicht weiter zur Sprache kommen lassen. Sie überließ es Boldt, nach einem Weg aus dem Dilemma zu suchen. Nach einiger Zeit fiel ihm ein Kompromiss ein.

»Die vermisste Fernsehreporterin Melissa Chow ist ein viel dringenderer Fall als dieser Zulia«, sagte er. »Da Zulia wieder an die Arbeit zurückgekehrt war, hätten wir uns den Mann jederzeit schnappen können ...«

»Reden Sie weiter«, ermunterte sie ihn.

»Diese Reporterin findet eine Spur im Fall der Illegalen und verschwindet dann. Es könnte nicht nur irgendeine Information in ihrem Besitz sein, die für unsere Untersuchung wichtig ist – hier steht das Leben einer jungen Frau auf dem Spiel. Sie ist nun schon eine Woche verschwunden. Ihr Verschwinden wiederum kann in Zusammenhang mit dem Tod der beiden Schlüsselzeugen dieser Untersuchung gebracht werden. Melissa Chow ist also von höchster Wichtigkeit für uns.«

»Das ist sie gewiss«, pflichtete Hill ihm bei. »Also werden wir verstärkt nach ihr suchen lassen.«

»Das würde ich außerhalb des Hauses aber nicht erwähnen. Wir wollen sie nicht noch mehr gefährden.«

»Verstanden. Machen Sie es so«, sagte sie.

Boldt, LaMoia und Gaynes trafen sich hinter verschlossenen Türen, umgeben von Fingermalereien.

»Am Sonnabend habe ich Mama Lu erzählt, dass wir gern ein Wörtchen mit Zulia gesprochen hätten«, sagte Boldt, »und was bringt uns der Montagmorgen?«

»Ich würde da nicht hingehen, Sarge«, warnte LaMoia. »Wir müssen uns die Videobänder beschaffen, die McNeal aus dem Apartment der vermissten Frau holte. Das sind *Beweisstücke* – wenn wir einen Richter zu dieser Auffassung bringen können.«

»Das war ein Profi-Anschlag«, sagte Gaynes. »Zulia ist jeden Morgen auf den gleichen Gabelstapler gestiegen. Die wussten genau, was sie taten.«

»Jemand muss ihm gesagt haben, er könne ruhig wieder zur Arbeit zurück«, meinte Boldt. »Ich könnte mir vorstellen, dass Mama Lu mit der Sache zu tun hat.«

»Es gibt viele Profis auf diesem Gebiet, die keine Verbindung zu Mama Lu haben«, bemerkte LaMoia.

»Warum verteidigst du sie denn ständig?«, fragte Boldt.

»Ich verteidige sie doch nicht«, entgegnete LaMoia. »Ich versuche nur, keine voreiligen Schlüsse zu ziehen. Der Mann, von dem ich meinen Job lernte«, fügte er hinzu und meinte damit Boldt, »hat immer betont, wie wichtig es ist, Beweisen nachzugehen und auf das Opfer zu hören.«

Boldt nickte. »Zwei mögliche Zeugen wurden in den letzten vier Tagen getötet. Vielleicht ist es tatsächlich zu simpel, Mama Lu die Sache zuzuschieben, aber vielleicht steckt sie doch mit drin. Jedenfalls hast du Recht, dass man den Beweisen nachgehen sollte.«

Gaynes sagte: »Vielleicht lag es an mir. Vielleicht habe ich in Geribaldis Bude zu viel Staub aufgewirbelt. Jeder, der dort arbeitete, könnte dadurch erfahren haben, dass wir mit Zulia reden wollten.«

»Also werden wir mal die Beschäftigten in die Mangel nehmen«, meinte Boldt. »Außerdem müssen wir diese McNeal bearbeiten. Wir brauchen ihre Mitarbeit. Wir *müssen* Einblick in die Videobänder nehmen.«

20.

Stevie schaute sich die Videobänder an, die sie aus Melissas Apartment geholt hatte. Es war schmerzlich für sie, manchmal eine fast unerträgliche Qual. Die ersten Teile der Überwachungsbänder zeigten das Kfz-Amt aus verschiedenen Perspektiven. Melissa war den ganzen Block entlanggefahren und hatte das Gebäude von allen vier Seiten aufgenommen. Auf dem hinteren Parkplatz sah man dann zum ersten Mal, wie Gwen Klein aus dem Amt kam – eine untersetzte kleine Frau von durchschnittlichem Aussehen.

Gwen Klein ging mit steifen Schritten, ohne jede Anmut. Melissa und ihre Kamera folgten ihr bis zum Supermarkt und zur Shoreside School, einer Kindertagesstätte, wo sie einen kleinen Jungen und ein etwas älteres Mädchen abholte. Melissa folgte ihr in ihrem Lieferwagen zu einem Schindelhaus mit einem Rasen von Briefmarkengröße und einer Satellitenantenne auf dem vor kurzem neu gedeckten Dach.

Auf dem Band sprang die Zeitangabe auf 18.37 Uhr um. Melissa hatte fast zwei Stunden in dem geparkten Lieferwagen verbracht. Ein Wagen fuhr vor und parkte – der gleiche Pickup-Truck, von dem Stevie bereits wusste, dass er Gwen Kleins Ehemann gehörte und bar bezahlt worden war. Um 20.21 Uhr fuhr der Mini-Lieferwagen mit Gwen Klein am Steuer vom Haus weg. Die anschließende Bilderfolge zeigte eine ziemlich heruntergekommene Autowaschanlage, aber kein Firmenzeichen und keinen Namen. Die Rückleuchten des Minivan blinkten wie ein Paar blinzelnder roter Augen, also war Gwen Kleins Fuß auf der Bremse. Das Fahrzeug blieb den vollen Waschzyklus in der Anlage; anschließend fuhr Gwen Klein wieder nach Hause. Melissa folgte ihr und nahm den geparkten Mini-Lieferwagen um 21.07 Uhr mit der Kamera auf. Dann ging das Band in grauen Schnee über. Stevie ließ es im Schnellgang bis zum Ende durchlaufen und achtete darauf, dass ihr nichts entging.

Sie goss sich ein Glas Saft ein, legte das zweite Band ins Gerät, spulte es zurück und startete es. Beim Abhören von Melissas Monolog mit der Kamera fühlte sich Stevie, als würde sie im privaten Tagebuch eines anderen Menschen lesen. Melissa hätte die Bänder bei der Bearbeitung auf ein paar kurze Aufnahmen gekürzt und dazu Kommentare geschrieben. Stevie wünschte, sie hätte jetzt solche Kommentare, die die Bedeutung bestimmter Szenen erklären und die Verbindung zwischen ihnen herstellen könnten. Als Journalistin hatte Melissa sehr viel Material aufgenommen, um daraus später eine umfassende Story zusammenstellen zu können. Ihre Kommentare beschränkten sich auf kurze Bemerkungen wie: »Das ist der Pickup des Ehemanns«, oder: »Sie war nicht lange im Lebensmittelladen, aber ich nehme an, sie könnte dort jemandem die gefälschten Führerscheine übergeben haben.«

Das zweite Videoband zeigte, wie die Klein am Morgen beim Kfz-Amt vorfuhr. Als sie über den Parkplatz ging, hielt sie einen Kaffeebecher in der Hand. Man sah Leute kommen und gehen, zuerst aus beträchtlicher Entfernung, dann mit Zoom aufgenommen, wobei Melissa sich auf die Gesichter konzentriert hatte. Melissa war entweder gelangweilt gewesen, oder sie hatte sich aus einem Grund auf diese Leute konzentriert, den Stevie noch nicht kannte. Obwohl sie versucht war, den Schnell-Vorwärtslauf einzuschalten, ließ sie es bleiben, da sie ja nicht wusste, ob sie eines der Gesichter erkennen würde – etwa das des Revisors, der an sie herangetreten war, das eines Politikers oder eines bekannten Beamten. Sie wusste auch nicht, wen oder was sie eigentlich suchte. Sie wusste nur, dass dies die Bänder waren, die Melissa aufgenommen hatte, bevor sie sich die kleinere Digitalkamera lieh – und dass diese Aufnahmen Melissa eher *nicht* dazu verleitet hatten, irgendeinen Schritt zu weit zu gehen.

Stevie spulte das zweite Band nun doch im Schnellgang bis zum Ende vor; dann legte sie das dritte und letzte ein.

Band drei begann mit bekannten Bildern: Wieder verließ Klein das Amt kurz nach 16.00 Uhr, diesmal bei Regen, der so heftig war, dass er aufs Dach des Lieferwagens trommelte und von Melissa aufgenommen worden war. Die Fahrten von Gwen Klein waren jetzt insofern anders als zuvor, als es diesmal zuerst zu einem Haustierladen ging, wo sie eine große Tüte Futter kaufte; dann fuhr sie zu einer Drogerie neben einer Reinigung und schließlich wieder zur Kindertagesstätte, um die Kinder abzuholen. Während all dieser Aufnahmen blieb Melissa still. Ihre Begeisterung vom Tag zuvor war offensichtlich gedämpft worden. Nur ihr Atmen war auf eigentümliche Weise als Hintergrundgeräusch zu hören. Sie folgte Gwen Klein zu dem kleinen Haus zurück. Der Pickup des Ehemanns war diesmal schon vorher angekommen. Dann verrutschte das Bild, als Melissa sich im Lieferwagen bewegte, um die Kamera auszuschalten.

Nach dieser Unterbrechung sah man die Dunkelheit draußen. Es regnete stark; es hörte sich an wie hundert kleine Füße, die aus einer Turnhalle rannten. Die Zeitanzeige lief: 20.30 Uhr. Eine dunkle Gestalt in Regenkleidung von der Größe Gwen Kleins eilte zum Mini-Lieferwagen und stieg ein. Jetzt war Melissas Stimme wieder sanft und vertraut zu hören. Stevie konnte sich vorstellen, wie sie eng an die Kamera geschmiegt in den Sucher starrte. »Ich dachte mir doch, dass dich das auf Trab bringt«, sagte Melissa, offenbar in Anspielung auf irgendeine List, die sie gegen Klein angewandt hatte. »Na, dann wollen wir mal sehen«, fuhr Melissa fort. Der Minivan fuhr rückwärts aus der Einfahrt. Der Bildschirm flackerte und wurde schwarz.

Unmittelbar darauf war wieder die Autowaschanlage zu sehen, die Stevie schon auf dem vorherigen Band gesehen hatte, diesmal jedoch aus einem anderen Winkel. Nur eine eingeschaltete Rückleuchte des Pickup war zu erkennen. Über das beständige Trommeln des Regens auf dem Dach des Lieferwagens hinweg war verärgertes Hupen zu hören. Stevie vermutete, dass es der Wagen der Klein war, sagte sich dann aber, dass sie sich nicht sicher sein konnte.

Erst als Gwen Klein – oder wer immer einen Regenumhang mit Kapuze trug – aus einem Betonbunker kam, während die Rückleuchten des Pickup noch brannten, und als die Person durch den Regen schritt, wobei die Kamera ihr folgte und ein heruntergekommener Baustellenanhänger hinten auf dem Platz vor der Waschanlage ins Bild kam, fiel Stevie auf, dass Gwen Klein *im Regen* zu einer Autowaschanlage gefahren war. Hatte Melissa das nicht schon erwähnt? Hatte sie nicht etwas über Autowaschen im Regen gesagt? Die Gestalt ging auf den Baustellenanhänger zu und klopfte an die Tür.

Nachdem sie eine Zeit lang mit der Anhängertür und dem Regen gekämpft hatte, eilte die Gestalt zum Pickup zurück, fuhr in Richtung von Melissas Wagen und dann unmittelbar daran vorbei. Stevie stoppte das Band, ließ es noch einmal ablaufen und wiederholte den Vorgang mehrmals. Sie griff nach dem Glas Fruchtsaft, musste aber feststellen, dass sie es schon ausgetrunken hatte. Schließlich ging sie dazu über, in Einzelbildern fortzuschreiten: der herankommende Lieferwagen, auf dessen Windschutzscheibe eine Straßenleuchte reflektiert wurde, ein Gesicht hinter dem Lenkrad, gerade mal zu erkennen – Gwen Klein. Stevie stellte den Filmablaufzähler auf Null, um schnell zu diesem Bild zurückkehren zu können. Dann ließ sie das Band wieder ablaufen.

Melissa war Klein nicht gefolgt, sondern bei dem Baustellenanhänger geblieben. Laut Zeitangabe auf dem Band vergingen zwanzig Minuten, bis die Tür des Anhängers sich öffnete. Die Gestalt eines wuchtigen Mannes – zu dunkel, um deutlich erkennbar zu sein – trat hinaus in den Regen. Die Kamera schwenkte den Block hinunter, an Ladenfronten vorbei, die wegen Regen und Dunkelheit nicht zu identifizieren waren. Und dann, in der Ecke des Bildes, erschien Melissas Profil, als sie zum Fenster eilte, um nach draußen zu schauen und den Weg des Mannes zu verfolgen. Stevie stieß bei dem Anblick den Atem aus.

»Eine Bar«, sagte Melissa in die Kamera und huschte an der Kameralinse vorbei in den hinteren Teil des Lieferwagens – immer noch bei laufender Kamera. Einen Augenblick später gab es eine weitere Aufnahmeunterbrechung durch grauen Schnee und bunte, tanzende Kringel.

Dann folgte eine kurze Aufnahme des stämmigen Mannes, wie er durch den Regen zum Anhänger zurückrannte. Die Zeitanzeige gab an, dass fünf Minuten vergangen waren. Wieder eine Unterbrechung. Anzeige: Mitternacht, Donnerstag, 13. August. Melissas Lieferwagen fuhr jetzt. Die Kamera war durch die Windschutzscheibe gerichtet. »Er ist in einen Bus gestiegen«, sagte Melissa in die Kamera. Ihr Wagen schwenkte in die Gegenrichtung, wobei sämtliche Gebäude, die zur Identifizierung hätten dienen können, aus dem Blickfeld verschwanden. Stevie ärgerte sich, dass sie durch das Rumpeln des Wagens nur verschwommene, ruckartige Bilder sah. Dann erblickte sie einen Stadtbus und erkannte kurz darauf, dass Melissa ihn verfolgte. Die Jagd führte in eine Straße und diese hinunter; welche Straße es war, ließ sich wegen des Rüttelns und Schüttelns nicht feststellen. Dann ging es an einer Autobahnauffahrt vorbei, bei der sich Stevie sicher war, sie wiederfinden zu können. Der Bus machte etliche Kurven, hielt, fuhr weiter, während die Kamera ständig lief. So vergingen zwanzig Minuten, bis Stevie bestimmte Orientierungsspunkte der Innenstadt erkennen konnte. Der Bus fuhr in nördlicher Richtung auf der Third Avenue, der Lieferwagen folgte ihm dichtauf. An jeder Haltestelle lenkte Melissa den Lieferwagen an den Bordstein und wartete, ob der massige Mann aus dem Bus stieg. »Nein ...«, kommentierte sie, »ich sehe ihn nicht.«

Der Bus fuhr wieder an, und der Lieferwagen folgte.

Ein Häuserblock zog vorbei, dann ein zweiter. Stevie fühlte die Spannung in ihrer Brust. Melissas Entschlossenheit schien durch das Band übertragen zu werden. Schließlich schwenkte der Bus nach rechts und verschwand im Bustunnel. Melissa wollte ihm folgen, erkannte dann aber, dass sie nicht in den Tunnel durfte. Sie fluchte laut, und der Bildschirm wurde dunkel.

Dies war das letzte Bild auf dem Band – wie der Bus in dem Tunnel verschwand, sowie ein flüchtiger Blick auf die enttäuschte Melissa hinter dem Lenkrad, als sie die Kamera herunternahm. »Verdammte Kamera ... zu groß ...«, murmelte sie. Es waren ihre letzten Worte auf dem Band.

Jetzt machte es Sinn, dass sie um die Digitalkamera gebeten hatte. Sie brauchte ein leichtes, tragbares Gerät, das einfach zu bedienen war. Stevie hatte Melissa diese Bitte am darauf folgenden Montag erfüllt. Vielleicht hatte sie dem massigen Mann wieder folgen wollen. Vielleicht war sie in den Bus gestiegen oder als Fußgängerin in den Bustunnel gegangen.

Vielleicht ... vielleicht ... vielleicht ...

Stevie ertappte sich dabei, wie sie vor Wut das Saftglas durchs Zimmer schleudern wollte, aber sie setzte es ab und goss es wieder voll. Wie bei jeder guten Spur warfen die Bänder so viele Fragen auf, wie sie Antworten boten. Stevie könnte die Anschriften sämtlicher Autowaschanlagen in den Gelben Seiten nachschlagen und sie nacheinander abfahren, oder sie konnte wie eine gute Journalistin logisch und streng überlegt handeln. Und das versuchte sie dann auch, denn sie hatte Angst um Melissa, die der Story offenbar entschlossen, ja, aggressiv nachgegangen war. Stevie hielt sich an das, was sie am besten konnte: den Journalismus. Die Geschichte begann mit Gwen Klein – so einfach war das.

Das Kraftfahrzeugamt war voller Besucher. Auf den Fiberglasstühlen saß ein Querschnitt der verschiedenartigen Bevölkerung der Stadt. Stevie trug eine Baseballmütze und hielt den Kopf gesenkt, weil sie nicht erkannt werden wollte, während sie durch den großen Raum wanderte. Von den sieben Schaltern waren vier besetzt. Verärgerte Blicke wurden ihr zugeworfen, als sie sich nicht an den Schlangen anstellte, sondern geradewegs nach vorn ging, um das kleine Namensschild des jeweiligen Sachbearbeiters lesen zu können. Beim dritten Schalter stand auf dem Schild: ›Hallo! Ich bin GWEN.‹ Stevie prägte sich das Gesicht ein: irische Nase, wasserstoffblondes Haar, dunkelroter Lippenstift und blasspurpurner Lidschatten. Durch ihre Ungeduld, die mitunter in Unhöflichkeit umschlug, vermittelte Gwen Klein den Eindruck eines Menschen, der von seiner eigenen Wichtigkeit überzeugt war. Sie war mittelgroß, mit herabhängenden Schultern. Stevie wartete gerade lange genug in der Schlange, um dies alles in sich aufzunehmen, täuschte dann Entmutigung vor und ging nach draußen.

Um 16.07 Uhr öffnete sich die Hintertür des Gebäudes. Mehrere Angestellte kamen heraus, darunter Gwen Klein, gingen zu ihren Wagen und fuhren los. Es war für Stevie wie eine unheimliche Wiederholung der Szene, die sie auf Melissas Band gesehen hatte. Gwen Klein holte ihre Kinder von der Tagesstätte ab und fuhr zur Hundertachtzehnten Straße NW, eine Gegend, die von kleinen Häusern mit Schindeldächern geprägt war. Der Mini-Lieferwagen hielt vor Nummer 1186. Gwen Klein und die beiden Kinder stiegen aus dem Wagen und gingen ins Haus.

Da es bis zu den Nachrichten von »Kanal vier um fünf« nicht mehr lange hin war, hatte Stevie keine andere Wahl, als schnell ins Studio zu fahren und ihren Pflichten vor der Kamera nachzukommen, doch ihre Gedanken blieben bei Haus Nr. 1186, Hundertachtzehnte NW, wohin sie sofort nach ihrer Nachrichtensendung zurückfuhr.

Um sieben Uhr stieg sie aus dem Wagen und ging zur Vordertür des Hauses Nummer 1186. Stevie wollte endlich Antworten auf ihre drängenden Fragen.

Stevie hoffte, dass die scharfe Attacke ihrer Fingerknöchel auf die Haustür den Bewohnern ihre Entschlossenheit vermittelte, besonders, da eine Klingel und ein Messing-Türklopfer vorhanden waren, die sie jedoch unbeachtet ließ.

Zu ihrer Erleichterung war es Gwen Klein, die öffnete. Sie erkannte Stevie sofort, und ihr Gesicht erhellte sich zuerst vor Erstaunen und Aufregung, eine lokale Berühmtheit vor sich zu sehen, verkrampfte sich dann aber bei dem Gedanken daran, dass Stevie für einen Nachrichtensender arbeitete. Gwen Klein trat zurück.

»Bitte, es handelt sich um eine persönliche Angelegenheit«, sagte Stevie.

»Ich habe der Presse nichts zu sagen.«

Die Tür schwang zu, doch Stevie holte nun ihre einzige Waffe hervor. »Wenn Sie die Tür jetzt zumachen«, sagte sie schnell, »wird für die nächsten vierzehn Tage ein Kamerateam auf dem Rasen vor ihrem Haus kampieren.«

Die Tür kam zum Stillstand. Einen Moment später trat Gwen Klein heraus, außer Hörweite von innen, und lehnte die Tür an. Sie schlang die Arme um den Oberkörper, als wäre ihr kalt.

»Mrs. Klein, ich bin nicht hier, um Anschuldigungen vorzubringen, und ich kann mir auch nicht den Luxus leisten, Zeit zu verschwenden.« Stevie wollte jemandem wie Gwen Klein nicht von Melissas Verschwinden erzählen, denn wenn sie auch in die Lieferung gefälschter Führerscheine verwickelt war, wusste sie vermutlich wenig vom Gesamtablauf. Aber diese Frau bot zumindest einen Ansatzpunkt, da war Stevie sicher. Melissa hatte mit dieser Frau begonnen – also würde sie es auch tun.

»Ich weiß nicht, was Sie ...«

»Lassen Sie die Behauptungen von Unschuld und Unwissenheit. Dafür habe ich keine Zeit. Wir beide wissen *genau,* warum ich hier bin, aber wenn Sie die Sache anders spielen wollen, drehe ich mich um und verschwinde, und Sie haben Ihre Chance vertan.«

»Was für eine Chance?«, fragte Gwen Klein nervös, doch mit ausdruckslosem Gesicht.

»Schauen Sie sich regelmäßig die Nachrichten an?«, fragte Stevie, erntete aber nur einen weiteren ausdrucklosen Blick. »Haben Sie schon gehört, dass der Kapitän ertrunken ist? Der Schiffskapitän, der verantwortlich war für den Transport des Containers mit den illegalen Einwanderern? Der Tod dieses Mannes war kein Unfall, Mrs. Klein.« Sie senkte die Stimme, um mehr Wirkung zu erzielen, und fuhr fort: »Der Mann wurde ermordet. Man hat ihn getötet, weil jemand nicht wollte, dass er von der Polizei, der Einwanderungsbehörde oder sonstwem vernommen wird. Hören Sie?« Die Augen Kleins waren glasig geworden und blickten in die Ferne, als würden sie durch Stevie hindurchschauen.

»Wie lange wird es noch dauern, bis derjenige, der Sie für die Führerscheine bezahlt, auch Sie als ein Risiko betrachtet?«

Gwen Klein zuckte zusammen, wollte etwas erwidern, doch Stevie schnitt ihr das Wort ab.

»Ich will die ganze Geschichte – die Wahrheit, vom Anfang bis zum Ende. Wer hat sich zuerst mit Ihnen in Verbindung gesetzt? Was wurde Ihnen geboten? Wie läuft die ganze Sache, und wie lange geht das schon so? Wenn Sie bereit sind, mir diese Fragen offen und ehrlich zu beantworten, bin auch ich bereit, alles über ihr trauriges kleines Leben und Ihre dummen Entscheidungen zu vergessen. Sie haben schließlich Kinder.« Die Frau verzog vor Besorgnis das Gesicht. »Ich bin nicht hier, um

Ihrer Familie, Ihren Nachbarn und Ihrem Arbeitgeber von Ihrem Verhalten zu erzählen.«

»Aber wie haben Sie denn ...«

»Das ist jetzt nicht wichtig. Wichtig ist nur die Wahrheit, nichts anderes. Wenn Sie mir erzählen, was ich wissen will, gehe ich wieder und werde mich nicht mehr an Ihren Namen erinnern. Begreifen Sie, was ich Ihnen anbiete? Ich kann das Gesetz zu Ihrem Schutz anwenden. Was meinen Sie, was die dem Schiffskapitän geboten haben?«

Der Kopf der Frau ruckte hoch. Sie schaute nach links und nach rechts, als hätte sie Angst, die Nachbarn oder sonst jemand könnte sie beobachten. Dann blickte sie Stevie in die Augen. Die ihren waren hart und kalt, als sie sagte: »Nicht hier. Nicht jetzt. Sie müssen jetzt gehen.« Sie trat rückwärts ins Haus, wobei sie nach der Türklinke tastete.

»Ich brauche Antworten«, warnte Stevie rasch, »oder ihr Leben wird so offen gelegt wie der Rasen vor Ihrem Haus.« Noch eindringlicher fügte sie hinzu: »Unterschätzen Sie mich nicht, Mrs. Klein.«

»Nicht hier.«

»Wir müssen reden.«

Die Tür schloss sich weiter.

»Gwen! Wir *müssen* miteinander reden. Sie müssen sich entscheiden, auf welcher Seite Sie stehen – auf meiner oder auf deren.«

Die Tür knallte zu. Eine Minute später zog Gwen Klein einen Vorhang zurück und schaute hinaus zu Stevie, die auf den Eingangsstufen stehen geblieben war. Vermutlich will sie mein Angebot mit ihrem Mann besprechen, dachte Stevie und beschloss, Gwen Klein diese Nacht Bedenkzeit zu geben. Nur eine Nacht.

Stevie stieg in ihren Wagen und fuhr los, umrundete aber nur den Häuserblock; dann hielt sie und schaltete Motor und Scheinwerfer aus. Eine lange Nacht lag vor ihr.

21.

Ich sage Ihnen, diese Frau dumm. Hat Angst.« Der Mexikaner sprach mit verschnupfter Stimme und absichtlich leise, trotz des lauten, lustvollen Stöhnens, das von der großen Leinwand herüberdrang. Er redete in einer abgehackten Mischung aus schwerem hispanischem Akzent und falscher Grammatik. Er war ein unrasierter, ungepflegter Mann mit schlechten Zähnen.

Im pulsierenden Flimmern des Lichts konnte man sechs Silhouetten in den Reihen des Kinos sitzen sehen, alle ziemlich weit voneinander entfernt und keine in der Nähe der beiden Männer, die in der Mitte der letzten Reihe saßen.

Das von der Leinwand reflektierte Licht erhellte das Profil des anderen Mannes, als dieser sein Gesicht von der Helligkeit der Leinwand wie auch von den unaussprechlichen Handlungen zweier nackter Frauen in dem schmuddeligen Film abwandte. Er wusste um die Notwendigkeit, solche Orte für ihre Treffen zu wählen – schließlich war es seine eigene Wahl gewesen. Aber das hieß noch lange nicht, dass es ihm gefallen musste. Er hielt seine Stimme ruhig und bedächtig und redete in einer Lautstärke, die jede Möglichkeit ausschloss, von anderen gehört zu werden. »Ich werde mit der Reporterin fertig. Unsere Freundin wird sich beruhigen.« Er erwähnte keinen Namen – niemals. Er kannte alle Tricks, die die Strafverfolgung auf Lager hatte und traute keinem. »Also wollen wir kühlen Kopf behalten. Auch das wird vorübergehen.«

»Es über Sie zusammenfällt.«

»Nichts fällt über irgendjemand zusammen. Es sind bloß ein paar kleine Hindernisse, die beseitigt werden müssen. Das war zu erwarten bei einer Sache dieser Größenordnung. Kein Grund für uns, die Nerven zu verlieren.«

»Was Sie meinen damit, Sie mit Reporterin fertig werden?«, fragte der Mexikaner.

»Bleib cool, ja?«, forderte der andere ihn auf.

»Ich mir Frau vornehmen soll?«

»Das lässt du schön bleiben. Die Frau kommt schon in Ordnung.«

»Ich sag Ihnen, sie nicht in Ordnung kommen. Mitten in strömend Regen. Nix Verstand.« Der Mexikaner zeigte auf die Leinwand. »Das da einzig Sache, die Frauen gut machen.«

»Zugegeben, es war keine kluge Entscheidung von ihr, dass sie zu dir gekommen ist. Das ist bedauernswert. Aber sie wird mit den Lieferungen im Zeitplan bleiben, du wirst sehen. Wenn die Frau wiederkommt, dann sag ihr, dass wir uns um die Reporterin kümmern und dass alles in Ordnung geht.«

»Und wenn sie nix wiederkommt? Wenn sie kein Lieferung macht?«

Es gab keinen Moment der Ruhe im Kino. Die Darstellerinnen auf der Leinwand füllten jeden Moment mit erregtem Keuchen und übertriebenem Stöhnen. Der andere Mann wartete, bis eine besonders lustvoll-laute Szene vorüber war, bevor er dem Mexikaner zuflüsterte: »Wenn wir Probleme mit der Frau bekommen, werden wir nach Möglichkeiten suchen, sie zu beseitigen.«

»Das schon besser. Ich Ihnen sagen ... mitten in strömend Regen!«

»Aber vorher müssen wir das besprechen, du und ich. Sie ist nicht die Einzige, die falsche Entscheidungen trifft. Keine Gabelstaplerexplosion mehr, *comprendo?*«

Der Mexikaner nickte, tauchte seine fleischige Hand in die Tüte Popcorn und stopfte sich den Mund voll. Dann hielt er dem anderen Mann die Tüte hin und fragte kauend: »Sie auch bleiben für nächste Vorstellung?«

Keine Antwort.

Der Mexikaner blickte nach rechts – der Sitz war leer.

22.

DIENSTAG, 25. AUGUST
8 TAGE VERMISST

Als ihr der Besuch des Einsatzleiters der Einwanderungsbehörde, Brian Coughlie, vom Portier angekündigt wurde, trug Stevie NcNeal nur einen Frottee-Bademantel. Ihr Haar war nass und frisch durchgekämmt. Sie war eine Stunde später als gewöhnlich aufgestanden, da sie das Haus der Kleins bis zwei Uhr früh beobachtet hatte. Sie musterte Coughlie auf dem kleinen, schwarz-weißen Sicherheitsmonitor ihrer Wohnung. Er stand da und sprach mit dem Portier, als wären die Männer alte Freunde. Schon seine Haltung beunruhigte Stevie – zu selbstsicher, gesprächig und lässig, und mit der Hinterlistigkeit eines Falschspielers. Coughlie war ein Schauspieler – zu einem großen Teil, nach Stevies Menschenkenntnis. Sein unangemeldeter Besuch störte sie; er grenzte an Verletzung der Privatsphäre, war beinahe schon eine Art Belästigung – die Bundesbeamten mischten sich mit Gewalt in die Angelegenheit der Medien. Dann aber kam ihr der Gedanke, dass sie die Dinge ja auch umkehren und Coughlie nach Informationen aushorchen könnte, wenn sie ihre Rolle richtig spielte.

Stevie teilte dem Portier mit, sie würde anrufen, wenn sie den Besucher empfangen könne. Sie schlüpfte in eine Jeans, zog sich ein T-Shirt und ein Kamisol über und überprüfte durch einen Blick in den Spiegel, ob sie nicht zu aufreizend aussah. Coughlie sollte schließlich nicht auf falsche Gedanken kommen.

Ein paar Minuten später stand Stevie neben Brian Coughlie in ihrem großen Wohnzimmer mit der prächtigen Aussicht. Sie fragte sich, was ein öffentlicher Bediensteter mit mäßigem Gehalt wohl beim Anblick von solchem Luxus denken würde, wie viel Neid und Ärger es bei ihm wohl auslöste, wie viel von der eingefleischten Zwietracht zwischen den Medien und der Strafverfolgung vermutlich nicht auf Ideologie, sondern schlicht auf Futterneid basierte. Sie konnte sich seine Einstellung vorstellen: Die Toten im Container und Melissas Verschwinden bedeuteten wenig oder nichts – nur wieder einen Fall, den es abzuschließen galt. Was bewog überhaupt jemanden, sich bei der Einwanderungsbehörde zu bewerben?

»Schöne Aussicht«, sagte Coughlie, als wäre er der Meinung, dieses Kompliment würde von ihm erwartet.

»Um was geht es, Agent Coughlie?«

»Brian«, sagte er, »sagen Sie Brian zu mir.« Er ließ die Fingerspitzen über ein behauenes Stück schwarzen Stein gleiten, das ihr ein Freund aus Ägypten mitgebracht hatte, nahm es auf, drehte es um und bewunderte den Sockel. Dann reichte er Stevie eine kleine Broschüre. »Sie haben Adam Talmadge mal darum gebeten: die Untersuchungsmethoden, die wir bei unseren einleitenden Befragungen anwenden.«

»Ich habe ihn gebeten, mir Material über die Ausbildung der Beamten zukommen zu lassen, wie sie politische Gefangene und die Opfer von Folterungen erkennen«, stellte Stevie richtig.

»Wir sind keine Psychologen, wir vernehmen bloß politische Flüchtlinge«, erwiderte er. »*Wir* sind nicht die bösen Jungs, Mrs. McNeal.«

»Sie sind Teil des Systems ... *Brian*. Und das System ist ein Teil des Problems.«

»Diese Ansicht kann ich so nicht teilen«, entgegnete er. »Sich eine Sache von oben herab anzuschauen ist nicht das Gleiche, wie ihr ins Auge zu blicken.«

»Lektion in Perspektive?«

»Was würden Sie von einem Besuch in Fo-No halten, unserer Internierungseinrichtung Fort Nolan? Das wäre doch mal eine Gelegenheit für Sie, sich unsere Arbeit gewissermaßen an der Front anzuschauen.«

»Ihr ins Auge zu sehen – aus einem anderen Blickwinkel?«

»Genau.«

»Und was muss ich Ihnen dafür bieten?«, fragte sie misstrauisch.

»Nichts.«

»Und das soll ich wirklich glauben?«

»Klinge ich denn so unglaubhaft? Sind Sie immer so misstrauisch?«

»Sie kommen hierher, um mir eine Broschüre zu bringen und bieten mir an, mir Ihre Internierungseinrichtung anzuschauen. Na, hören Sie mal.«

»Was soll das? Müssen wir denn Feinde in dieser Angelegenheit sein?«

»Sie können meine Mitarbeit nicht kaufen«, warnte Stevie. »Eine Broschüre und ein Besuch in Fort Nolan – da soll ich doch eine Gegenleistung erbringen, vielleicht eine Story nicht senden, Ihnen Quellen nennen. Worauf ist Ihr Boss aus?«

»Wir könnten uns über Melissa Chow unterhalten.«

»Hat man Ihnen das also mitgeteilt?«

»Es geht schließlich um eine vermisste Person in Verbindung mit illegalen Einwanderern«, sagte er. »Es ist nur gut für Ihre Sache, dass die Stadtpolizei Seattle uns einschaltet, glauben Sie mir – auch das FBI und die Polizei des King County. Es heißt, es soll ein Sonderkommando aufgestellt werden. Es ist unser *Job,* diese Frau zu finden.«

»Ein Job? Na, so kann man's wohl auch betrachten«, bemerkte sie.

»Reden wir doch mal über diesen Verpfeifer.«

»Aha ... jetzt begreife ich«, sagte sie zynisch. »Wirklich toll.«

»Begreifen Sie es wirklich?«

»Die konnten den Namen nicht aus mir herausbekommen. Also sind *Sie* jetzt an der Reihe, es zu versuchen.«

»Sie wollen Melissa Chow doch finden, nicht wahr?« Er stritt ihre Beschuldigung nicht ab. »Dazu müssen wir unbedingt diesen Burschen befragen. Er könnte helfen, die Einzelheiten aufzuklären ... uns Hinweise geben, die Sie uns nicht geben können.«

»Oder sind es die Videos?«, wollte Stevie wissen. »Darum geht es, nicht wahr? Man hat Sie geschickt, um mir die Videos abzuschwatzen. Aber das können

Sie vergessen.« Sein Gesicht rötete sich, und seine Miene spannte sich an. Doch er fing sich schnell wieder.

»Die Videos sind von besonderer Wichtigkeit für uns«, sagte er.

»Das kann ich mir vorstellen«, meinte Stevie.

»Was zeigen sie denn? Menschen? Gebäude? Den Container? Das Schiff?«

»Schlauer Versuch.«

»Wie viel wollen Sie denn noch riskieren? Ihre Freundin ist verschwunden. Dieser Schiffskapitän wurde ermordet. Möchten Sie die Nächste sein?«

»Drohen Sie mir?«

»Ich versuche nur, Ihnen heilsame Angst zu machen«, sagte er. »Hören Sie, ich tue das nicht zum Vergnügen. Oder glauben Sie, es macht Spaß, Untersuchungen über Ausländer-Schmugglerringe, die chinesische Mafia und alle möglichen Banden anzustellen? Zumindest habe ich darin ein wenig mehr *Erfahrung* als Sie. Und was Ihre Zwangsvorstellungen angeht – ich arbeite nicht wie die Polizei. Ich habe keinen Grund, Ihre Quellen weiterzugeben oder was immer auf den Videos ist. Ich arbeite mit einem Netz von Informanten und Zuträgern. Es sind wohl an die neunzig Prozent meiner Informationen, die ich von diesen Leuten bekomme. Würde es Sinn für mich machen, meine Quellen bloßzustellen – oder Ihre Quellen? Dadurch würde ich mir ins eigene Fleisch schneiden. Meine Leute würden mir nicht mehr trauen. Denken Sie mal darüber nach. Haben Sie überhaupt eine Vorstellung davon, was Sie da untersuchen? Nein, haben Sie nicht. Diese Leute haben Ihre Freundin verschwinden lassen, Mrs. McNeal. Denken Sie mal daran! Was werden die wohl tun, wenn die Sie herumschnüffeln sehen?«

»Ich werde die Broschüre lesen. Danke für Ihren Besuch.«

Brian Coughlie ließ sich nicht entmutigen. Offenbar fühlte er sich verpflichtet, Stevie aufzuklären. »Die Mehrzahl der Illegalen kommt über die mexikanische Grenze – und das schließt Asiaten und Osteuropäer ein. Die meisten schulden den Schleppern bei ihrer Ankunft mindestens die Hälfte der Summe, die von ihnen verlangt wurde, um sie in unser Land zu schmuggeln – meist fünf- bis zehntausend Dollar. Die Männer werden in Wanderarbeiterlager gesteckt, die Mädchen in Bordelle und Sklavenwerkstätten. Dort müssen sie schuften, bis sie ihre Schulden abbezahlt haben. Keine angenehme Sache.«

Könnte Melissa dort sein, fragte sich Stevie – in einem Bordell oder einer Sklavenwerkstatt? Alles in ihr sträubte sich bei dem Gedanken. »Wollen Sie mir erzählen, dass jemand Melissa zu einer Sexsklavin gemacht hat?«

»Diese Containerschiffe fahren in beiden Richtungen, Mrs. McNeal. Wenn Sie zu eifrig herumschnüffeln und stochern ... So wie Sie aussehen, würden Sie wohl nach Vorderasien gebracht und Eigentum irgendeines Prinzen. Ist Ihr Haar von Natur so? Für Blondinen bekommt man einen Aufpreis.«

»Wollen Sie mir wieder drohen?«, fragte sie erstaunt.

»Wieso drohen? Bin ich etwa der Feind?«

»Sind Sie's?«

Draußen vor den großen Tafelglasfenstern zog ein Jet über die Weiten des Himmels. Er verschwand hinter Brian Coughlie und kam auf der anderen Seite wieder zum Vorschein, wie bei einem Zaubertrick.

»Als Reporterin frage ich mich«, sagte Stevie, »was für ein Mensch man sein muss, um Agent der Einwanderungsbehörde zu werden.«

»So?«, sagte er. »Das ist seltsam, denn als Bundesagent stellt man sich so seine Fragen über Leute, die es zu ihrem Geschäft machen, unsere Ermittlungen zu sabotieren und sie im Fernsehen anzugreifen.«

»Niemand sabotiert Ihre Ermittlungen.«

»Sie sind auf Adam Talmadge losgegangen, als wäre er Ihr Feind«, erinnerte er sie. »Sie scheinen zu vergessen, dass es unser Job ist, diese Leute zu retten.«

»Sie zu retten und wieder nach Hause zu schicken, wo ihnen ein ungewisses Schicksal droht?«

»Ich habe das System nicht erfunden«, erklärte er.

»Sie tun nur Ihren Job, nicht wahr?«, sagte Stevie sarkastisch.

Sein Gesicht lief rot an, und er drehte sich weg und starrte verärgert auf die Positionslichter des Jet, der zum Boeing Field hinunterschwebte. »Ein Pragmatiker sagt, mein Job besteht darin, den Menschen eine Chance für ein neues Leben zu bieten. Ein Pessimist sagt, dass es mein Geschäft ist, die Träume anderer Leute zunichte zu machen. Aber die Medien machen mehr Menschenleben kaputt, als ich es jemals schaffen werde.«

»Und wo bleibt Melissa bei all dem?«

»Dabei will ich Ihnen helfen. Deswegen bin ich hier.«

Sie warnte ihn erneut: »Ich werde meine Quellen

nicht preisgeben. Sie würden es ja auch nicht tun. Das haben Sie ja eben selbst gesagt.«

»Vertrauen Sie mir«, bat er.

Sie nickte schwach und flüsterte gespielt vertraulich: »Ich arbeite daran.«

23.

Lou Boldt und John LaMoia standen über dem schwarzen Schlund des Grabes, schauten hinunter und nahmen den Anblick in sich auf. Das Opfer war eine Asiatin – eine Chinesin. Sie war nackt. Ihre Zehen, Brüste und das von Erde bedeckte Gesicht ragten aus dem Schlamm und Sand hervor, die über Nacht von starken Regenfällen weggewaschen worden waren, die immer noch anhielten. Ihr Kopf war geschoren. Boldt fühlte das gewohnte Stechen im Innern, das er immer dann empfand, wenn er mit dem Tod in Berührung kam.

Die Frau war in das Loch gelegt worden, das für eine Beisetzung ausgehoben worden war. Jemand hatte gehofft, der Sarg würde auf die Frau herabgesenkt, sodass sie für immer unerkannt dort unten liegen bliebe.

LaMoia zog die Aufmerksamkeit aller anderen Polizisten auf sich, als er Befehle rief. Boldt konnte den Blick nicht von der Frau im Grab abwenden. »Wo, zum Teufel, bleibt die Spurensicherung? Lass den Absperrbereich auf den ganzen Friedhof ausdehnen. Und ich möchte die Aussage vom Totengräber, der sie gefunden hat. Jemand soll Stevie McNeal ohne jedes Aufsehen herholen – still und heimlich. Kein Wort mehr davon über Funk, verstanden?« Boldt schaute LaMoia an und sagte mit normaler Stimme: »Warum ist sie so bleich? Findest du, dass sie normal aussieht?«

LaMoia rief zwei Uniformträgern scharf zu: »Jemand soll eine Zeltbahn herbringen. Wir müssen einen Vorhang bilden, wegen der Kameras. Und jeder, der ab jetzt keine Handschuhe trägt, wird bis Weihnachten Strafzettel auf der Straße verteilen.«

Die Männer eilten davon.

Als Doc Dixon ein paar Minuten später eintraf, half man ihm in das Loch hinunter. Boldt ließ ihm ein paar Sekunden Zeit, bevor er fragte: »Wie lange ist sie schon tot?«

Dixons tiefe, mürrische Stimme war unter freiem Himmel nicht so gut zu verstehen wie üblich. »Gib mir noch 'n Moment, ja?«

»Findest du, dass sie normal aussieht?«, wollte Boldt nun von Dixon wissen.

Doc Dixon trug eine Windjacke, graue Flannelhosen, die von den Knien abwärts feucht waren, und ein paar »Laborschleicher« – Lederschuhe mit überdicken Gummisohlen. »Für mich sehen die nie *normal* aus«, erwiderte er.

»Sie ist zu blass«, wiederholte Boldt für seine Kollegen. »Und ihre Brüste sind um die Warzen herum ganz schwarz. Was hat das zu bedeuten?«

Dixon fuhr Boldt nur selten an, nun aber fauchte er: »Einen Moment noch, ja? Ich kann nicht zaubern!«

Boldt wartete, während Dixon sich mit dem Opfer beschäftigte. Schließlich rief er aus dem Loch: »Hat Fußsohlen wie Elefantenhaut. Schätze, sie ist Anfang zwanzig. Linker Fußknöchel zeigt Anzeichen einer Fesselung.«

Daphne Matthews kam zum Fundort. Da hätten wir also die ganze Mannschaft, überlegte Boldt. Daphne trug einen knöchellangen Trenchcoat und einen offenen Schirm. Neben Boldt blieb sie stehen. Wie immer stellte er fest, wie auffallend hübsch sie doch war.

»Der Zoo kommt!«, warnte ein Streifenpolizist aus der Ferne vor eintreffenden Medienvertretern. Der Regen wurde stärker.

»Lasst die Absperrung einhalten!«, rief LaMoia. »Keiner darf durch – außer McNeal.«

Unten im Loch sprach Dixon in ein Diktiergerät, das er so in seiner fleischigen rechten Hand hielt, dass es etwas vor dem Regen geschützt war.

LaMoia fragte Boldt mit Blick auf die Tote: »Was soll das hier wohl?«

»Die Frau sollte versteckt werden«, erwiderte Boldt und ließ den Blick über das Meer von Grabsteinen schweifen.

Daphne begriff sofort: »Wenn da eine ist, gibt es vielleicht noch mehr.«

»Was!«, stieß LaMoia hervor. »Noch mehr?«

»Besucher!«, rief ein Streifenpolizist und zeigte auf einen näher kommenden Regenschirm.

»McNeal«, sagte LaMoia.

Daphne klagte: »Seit wann wird denn eine Identifizierung durch Angehörige am Fundort durchgeführt? Das könnt ihr der Frau nicht antun. Hat denn jemand schon mal an *sie* gedacht?«

»Ich habe sie rufen lassen.«

»Die Leiche muss gereinigt und Angehörigen in der Leichenhalle hinter einer Glasscheibe gezeigt werden«, sagte Daphne. »*Das* ist das richtige Verfahren. Doch nicht eine Leiche in einem schlammigen Loch!«

»McNeal ist Reporterin«, meinte LaMoia. »Die kann das ertragen.«

»Ach ja? Sollen die Medien bestraft werden? Ist das die Absicht, die hinter dieser Schweinerei steckt?«

»Die Absicht ist«, erwiderte Boldt, »zu ermitteln, womit und mit wem wir es hier zu tun haben, und zwar so schnell wie möglich.«

Daphne eilte davon, um die näher kommende Frau zu empfangen. »Hören Sie«, sagte sie, ohne Stevies Schritte verlangsamen zu können, »wir könnten das in der Stadt machen, in ein paar Stunden. Es muss nicht unbedingt jetzt und hier sein ... auf diese Weise. Da ist eine Menge Schlamm. Das Gesicht ... es ist überhaupt nicht richtig zu sehen.«

Stevie McNeal nickte, ging aber zum Grab weiter.

»Wollen Sie mich beschützen?«, fragte sie dann. »Wovor?«

»Das ist ein schrecklicher Anblick. Wenn es Ihre Freundin ist ... diese Reporterin ...«

»Dann muss ich es wissen«, sagte Stevie. Kurz vor den anderen hielt sie an und verschränkte die Arme. »Danke«, flüsterte sie Daphne zu. Ihre Blicke trafen sich, und Daphne erkannte, dass Stevie es hinter sich bringen wollte.

Stevie trat zum Rand des Grabes. LaMoia stellte ihr Boldt vor. »Tut mir Leid wegen dieser Umstände hier«, sagte er.

»Ich habe schon viel von Ihnen gehört«, erwiderte Stevie unter dem Schirm hervor.

»Nicht nur Schlechtes, hoffe ich.«

Sie zögerte und sagte dann: »Nein, nicht nur.« Langsam trat sie an den Rand des Grabes. Ihre Schuhe sanken dabei in den Morast und Kies ein. Einen Moment schaute sie mit tränenfeuchten Augen nach vorn. Dann kniff sie die Lider zu, senkte den Kopf und schlug die Augen langsam wieder auf. Ihre Miene war beherrscht und unbewegt.

»Sie ist es nicht«, sagte sie schließlich, stieß den Atem in einem langen Seufzer aus, drehte sich um und ging davon. »Nein, sie ist es nicht«, wiederholte sie, dass alle es hören konnten.

24.

Brian Coughlie nahm den Hörer seines Bürotelefons ab, verärgert über die Störung, bis er die Stimme erkannte.

»Ich bin's«, meldete sich Stevie McNeal.

Coughlie fühlte ein jungenhaftes Flattern in der Brust. »Hallo.«

»Störe ich?«

»Nein, nein«, log er. Das gehörte schon zu seiner Lebensart.

»Die Polizei hat oben auf dem Hügel eine Unbekannte gefunden. Schädel kahl geschoren, Augenbrauen abrasiert. Ich dachte, das könnte Sie interessieren.«

Coughlie war völlig überrascht und wusste nicht, was er antworten sollte.

Stevie fuhr fort: »Die Tote sollte heimlich begraben werden, unter einem Sarg, wurde aber vom Regen freigespült. Vielleicht hatte Melissa Wind davon bekommen.«

Coughlie erinnerte sich an die Warnung Rodriguez', dass Stevie eine Gefahr für sie sei. Doch er betrachtete sie eher als jemand, den er für den eigenen Vorteil nutzen konnte, was er durch diesen Anruf bestätigt sah.

»Wir sind doch überein gekommen, die Informationen zu teilen«, erinnerte sie ihn. »Die Cops geben uns nichts. Alle Einzelheiten, die Sie herausfinden können ... Ich würde das sehr schätzen.«

»Gewiss. Sie wollten sich doch überlegen, diese Videos mit mir zu teilen.« Wenn sie die Bänder nicht bald herausrückte, musste Rodriguez sie durch Einbruch beschaffen.

»Wir könnten etwas arrangieren«, sagte Stevie.

»Ich komme auf Sie zurück«, erwiderte er.

»Gut, ich warte.«

25.

Die Vorschriften erforderten, dass ein ermittelnder Polizeibeamter bei der Autopsie eines Opfers zugegen sein musste, aber das stellte oft eine grausame und ungewöhnliche Strafe für ihn dar. Boldt erschien es überdies als Zeitverschwendung, weil sich der chirurgische Vorgang über Stunden hinziehen konnte; deshalb hatten er und seine Leute – wie jedes andere Team von Mordkommissionen überall im Lande – Mittel und Wege gefunden, die Forderung zu umgehen: Sie erschienen zur Autopsie, blieben aber nicht bis zum Ende, sondern überließen das Schneiden und Sägen den Leuten in den weißen Kitteln. Aber wie viel Zeit man auch in dem gekachelten Raum mit dem Gerichtsmediziner oder einem seiner Assistenten verbrachte, man brauchte einen guten Magen, denn man konnte eine zumindest kurze Bekanntschaft mit dem bleichen, nackten Körper des aufgedunsenen Opfers nicht vermeiden, ob der oder die Betreffende nun totgeschlagen, von Kugeln durchsiebt oder verbrannt worden war. Technisch gesehen war es LaMoias Untersuchung und deshalb »seine« Autopsie – doch Boldt sprang ein, um seinen Sergeant zu entlasten, der vollauf mit einem ungewöhnlichen Auftrag beschäftigt war; außerdem wollte er Auskunft aus erster Hand bekommen.

Die Leiche lag auf dem Chromstahltisch, der mit Ablaufrohren am Kopf- und Fußende versehen war, ein Kennzeichnungsband um einen Fußknöchel. Die blutlose Haut hatte die Farbe nasser Kreide angenommen – ekelhaft. Der kahle Schädel und die geschorenen Schamhaare der Frau wiesen einen kurzen Neuwuchs auf. Die beiden Männer in den Laborkitteln säuberten die Fesselspuren, entfernten den meisten Schmutz, Sand und Gras, Käfer, Würmer und Pflanzenreste, gaben alles in Klarsichttüten und kennzeichneten sie. All diese physischen Beweise waren für Bernie Lofgrins Kriminallabor im Gebäudekomplex der Behörde für Öffentliche Sicherheit bestimmt.

Die äußere Voruntersuchung der Leiche nahm dreißig Minuten in Anspruch. Während Boldt Anrufe von einem Wandtelefon tätigte, inspizierte Dixon Kopf, Geschlechtsteil, Hände und Füße der Toten. Er stellte fest, dass ihre Brust einen entzündeten Hautausschlag aufwies und ihre Extremitäten Anzeichen von Erfrierungen nach dem Eintritt des Todes zeigten, was die geschwärzten Hautstellen auf ihren Brüsten und an den Zehen erklärte. Ihre Hände und Finger wiesen Schnitt- und Stichwunden auf.

Ein paar Minuten später sah die Frau wie eine Abbildung aus *Gray's Anatomie* aus, als Dixon sie mit dem Skalpell in sicherer Hand vom Schlüsselbein bis zur Leistengegend wie mit einem Reißverschluss öffnete. Es gab da Polizistengeschichten von Gerichtsmedizinern, die Geflügelscheren, Kettensägen und elektrische Bohrmaschinen benutzten – und nicht alle waren Übertreibungen. Der Vorgang konnte von fünfundvierzig Minuten bis zu mehreren Stunden dauern. Wasserleichen, schwimmend geborgen oder an Land geschwemmt, sowie Brandleichen gehörten zu den allerschlimmsten. Diese Unbekannte hier, trotz der Tragödie ihres Todes in so jungem Alter, war vom Standpunkt des Mediziners also keineswegs ein schlimmer Fall.

Dixon legte ihr Inneres frei wie bei einem Frosch in der Biologieklasse, steckte eine Brust in die linke Achselhöhle und die andere in die rechte, wobei er seine Feststellungen für die Videoaufnahme als gesprochene Erklärung zur Verwendung vor Gericht laut sprach, falls seine Feststellungen verwendet werden mussten. Er war voll konzentriert, nahm eine Lebergewebeprobe, inspizierte das Herz, leerte den Magen, schaute sich die Nieren an und schnitt schließlich eine Lunge auf. Er nannte es »unter die Motorhaube gucken« – keineswegs der einzige seiner Ausdrücke, der in einer Autowerkstatt hätte fallen können.

Die Zeit kroch dahin. Dixon erwähnte Bronchialokklusion, Ödeme und Nierenversagen.

Eine Stunde und zehn Minuten später wurde der Videorecorder abgeschaltet, und die beiden Männer zogen sich zur »Show nach dem Spiel« in Dixons Büro zurück. Ein Assistent blieb, um die Tote »zuzunähen« und »zurück in die Gefriertruhe« zu bringen.

Wenngleich er Chirurgenhandschuhe benutzt hatte, reinigte Dixon jeden seiner Fingernägel mit einem Juwelier-Schraubenzieher. Manche Gewohnheiten legte man eben nie ab. Auf seinem Schreibtisch war eine Anzahl versiegelter Klarsichttüten von der Autopsie ausgelegt.

»Du bist ein Zwanghafter, ein Besessener«, sagte Boldt.

»So? Na, dann schau dir doch mal das hier an.« Dixon schnippte ein farbloses Fragment, das er unter seinen Fingernägeln gefunden hatte, in Richtung Boldt, verfehlte ihn jedoch. »Die Handschuhe reißen nämlich öfter, als sie *nicht* reißen.«

»Ein hübscher Gedanke. Ich hoffe, dass ihr eure Böden desinfiziert.«

»Nur wenn's zu stinken anfängt.«

»Ich werde meine Kinder nie wieder hierher bringen.«

»In die Autopsie-Kindertagesstätte«, bemerkte Dixon mit einem Lächeln. »Wieder eine von den Boldt-Ideen, die niemals zur Ausführung kommen.«

Boldt fragte: »Gab es irgendwelche Überraschungen bei der Voruntersuchung?«

Dixon studierte die Notizen, die sein Assistent während der Autopsie niedergeschrieben hatte, und legte die Blätter wieder auf den Schreibtisch zurück. Dann begann er mit der Katalogisierung der vor ihm liegenden Proben. »Technisch gesehen starb sie an Lungenentzündung, hervorgerufen durch pulmonale Infektion. Laienhaft gesagt: Sie erstickte am eigenen Schleim – nicht viel anders als die drei Opfer in dem Container.«

»Interessant. Noch was?«

»Ja. Es gibt gewisse Unterschiede zu den Toten aus dem Container. Zum einen wurde die Frau äußerst brutal vergewaltigt. Wir fanden Spermaspuren in der Vagina und Speiseröhre. Wir werden DNA-Untersuchungen vornehmen. Dazu kommen Hautreizungen. Von größter Wichtigkeit sind ungewöhnliche Blutungen in den Därmen und den Lungen, denn das ist deine Verbindung zu den Container-Opfern. Mikroskopisch lassen die Nieren Veränderungen durch Entzündungen und Infektion erkennen, aber was die Därme betrifft, gibt es Unterschiede zu anderen durch Influenza verursachten Todesfällen. Die Ätiologie, also die logische Begründung, ist die gleiche wie bei deinen Container-Toten.«

»Also können wir die Fälle in Verbindung bringen«, stellte Boldt hoffnungsvoll fest.

»Nach den Indizien. Unsere Proben gehen an das Zentrallabor in Atlanta, das schon ähnliche Proben von den Container-Opfern hat. Dauert zwei bis drei Wochen, mindestens.«

»Das ist zu lange«, klagte Boldt. »Ich habe die drei Toten im Container, zwei ermordete mögliche Zeugen und eine Journalistin, die jetzt schon über eine Woche vermisst wird.«

»Wer hat? Du oder LaMoia?«

»Ich bin sein Laufbursche.«

»Aha.«

»War die Frau in demselben Container wie die drei Toten, die wir darin gefunden haben?«

»Es ist die gleiche Ätiologie«, wiederholte Dixon, »aber es ist unwahrscheinlich, dass es sich um denselben Container handelt. Diese Frau ist eingefroren worden.«

»Was?«

»Das erleben wir oft genug bei Überseeschiffen. Jemand stirbt auf hoher See, und der Kapitän lässt die oder den Toten in den Tiefkühlraum bringen. Dabei würde normale Kühlschranktemperatur es uns im Labor viel leichter machen. Wenn man gefrorenes Gewebe auftaut, zersetzt es sich schnell. Die Zellen zerfallen buchstäblich beim Tauen.«

»Eingefroren ...«

»Ja.«

»Wie lange?«

»Kann man nicht feststellen.«

»Was schätzt du?«

»Vierzehn Tage bis zu einem Monat, vielleicht auch noch länger. Wären es allerdings mehr als sechs Wochen gewesen, gäbe es mehr von diesen Frostschäden. Aber das ist nur meine *Schätzung,* Lou.«

»Und dieser Hautausschlag?«, fragte Boldt.

»Das sind keine Frostschäden. Das hat chemische Ursachen oder ist eine Allergie. Darüber bekommst du weitere Informationen, sobald ich mehr weiß.«

»Also war die Frau schon einige Zeit *vor* dem Container hier«, sagte Boldt.

»Meiner Meinung nach, ja.«

»Aber sie starb an der gleichen Krankheit.«

»Ich glaube schon«, erwiderte Dixon. »Die Frauen könnten alle aus dem gleichen Dorf gekommen sein, zum Beispiel.«

»Ich brauche diesen Tiefkühlraum. Ich muss den Bestimmungsort des Containers wissen. Möglicherweise war es eine Sklavenwerkstatt. Dieser Stoff im Container ...«

»Ich kann deinen Verdacht unterstützen. Ich habe Nadelstichspuren an den Fingern gefunden.«

»Also war es kein normaler Überseefrachter.«

»Wenn es sich um eine Sklavenwerkstätte handelt, Lou, liegt sie in der Nähe eines Kais oder den Fischerdocks.«

»Wie kommst du darauf?«, wollte Boldt wissen.

»Oder in einer alten Konservenfabrik«, fuhr Dixon fort. »Die Konservenfabriken haben Tiefkühlräume.«

»Du hast da noch etwas gefunden, nicht wahr?«, erkundigte Boldt sich erwartungsvoll. Er kannte seinen Freund gut. Wie Bernie Lofgrin vom Labor, hob auch Dixon sich das Beste stets für zuletzt auf. »Was, zum Teufel, geht da vor, Dixon?«

»Man sollte nicht sagen ›geht da vor‹«, verbesserte Dixon, »sondern ›kommt da hervor‹. Ihre Füße waren damit bedeckt. Muss entweder eine Konservenfabrik oder ein Schiff sein.«

»Ihre ... Füße? Womit waren sie bedeckt?«, stieß Boldt hervor.

Dixon suchte in dem halben Dutzend Klarsichttüten und hielt eine in die Höhe. »Fischschuppen«, sagte er. »An ihren Füßen waren Fischschuppen.«

26.

Stevie und das Mobile Nachrichtenteam betraten das Kraftfahrzeugamt Wallingford mit laufenden Kameras und grellen Scheinwerfern durch die Vordertüren und zerteilten die in Schlangen wartenden Menschenmengen.

Stevie war erst einige Stunden zuvor auf dem Friedhof gewesen und jetzt sehr erleichtert, dass es sich bei der Leiche nicht um Melissa handelte. Andererseits war sie schmerzlich berührt vom Anblick des armen Mädchens, das da tot im Schlamm gelagen hatte. Kummer und Entsetzen überwältigten Stevie. Welches Schicksal hatte Melissa getroffen? Tod? Gefangenschaft? Ein Leben als Sexsklavin? Sie war nun schon länger als eine Woche verschwunden. Stevie kam es wie eine Lebensspanne vor. Die Verbindung der Leiche im Grab mit Melissas spärlicher, aber bedrohlicher Geschichte auf den Videos ließ Stevie alle professionelle Zurückhaltung vergessen. Seelisch erschöpft, gepeinigt vom Anblick auf dem Friedhof und von Schuldgefühlen und Ängsten geplagt, näherte sie sich gefährlich der Schwelle zur Panik.

»Mrs. Klein!«, rief Stevie. »Gwen Klein!« In ihrer Stimme lag so viel Autorität, dass die Frau hinter dem Schalterfenster erstarrte. Sie brauchte einen Moment, um sich zu sammeln, und eilte dann auf eine Tür hinter dem Schalter zu, welche die Aufschrift trug: »Nur für Bedienstete.«

»Mrs. Klein! Sie sind die Angestellte der Woche des Senders KSTV.« Stevie blickte nach links zum Büro des Amtsleiters, in dessen Tür ein Mann in Hemd und dunkler Krawatte erschien.

»Gwen!«, rief der Mann nun seinerseits und wies mit einer Kopfbewegung zum Schalter, womit er andeutete, dass sie dorthin zurück sollte.

Gwen Klein blieb stehen, schaute erst auf den Amtsleiter, dann auf das Wartezimmer mit den siebzig Menschen und schließlich auf Stevie McNeal mit ihrem Kamerateam. Sie musste eine wichtige Entscheidung treffen.

»Dann wollen wir uns mal mit Mrs. Klein unterhalten«, sagte Stevie mit strahlendem Lächeln und ging weiter.

Die Wartenden applaudierten.

Der Amtsleiter wies wieder zum Schalterfenster.

Gwen Klein, verwirrt und verängstigt, schoss Stevie einen bösen Blick zu und kehrte dann zu ihrem Schalter zurück, wo Stevie und ihr Team schon warteten.

Der Amtsleiter befeuchtete sich die Finger und schob sich ein paar Strähnen aus seiner glänzenden Stirn.

Klein und Stevie standen sich von Angesicht zu Angesicht gegenüber.

»Mrs. Klein ... Gwen«, begann Stevie mit einer Stimme, in der scheinbar Bewunderung für die Angesprochene klang. »Vielen Zuschauern von KSTV ist zu Ohren gekommen, dass Sie Ihre Arbeit nicht nur mit Fleiß, sondern auch mit Begeisterung, Freude und Leistungsfähigkeit ausführen.« Sie hielt gerade so lange inne, dass die Zuschauer spärlich applaudieren konnten. »In einer Welt voller Hektik, die zunehmend kälter und bürokratisierter wird ...«, eine weitere Pause für ein rasches Lächeln, »sind Sie für uns alle ein Beispiel. KSTV möchte Ihnen deshalb ein Geschenk machen, und zwar«, sie suchte nach etwas Angemessenem, denn es war nichts arrangiert worden, »ein Diner für zwei Personen im Palomino-Restaurant des City Centre sowie zwei Karten für das Musical ›Rent‹, das zurzeit im Fifth Avenue Theater gespielt wird.« Applaus von der wartenden Menge. »Hier ist Ihr Gutschein, Gwen, den Sie *später*«, betonte Stevie, »in den Studios von KSTV einlösen können.« Sie schob eine gefaltete Karte über die Steinimitations-Oberfläche der Schaltertheke. Gwen Klein machte den Fehler, die Faltkarte zu öffnen.

Darauf stand geschrieben: *Ich weiß Bescheid über die Autowaschanlage.*

Klein wurde blass.

Stevie fuhr fort: »Können Sie uns das Geheimnis verraten, wie Sie die Leute stets so zufrieden stellen, dass sie von Ihnen als Mensch, als Persönlichkeit beeindruckt sind?«

»Ich ... äh ... nein ...«

»Ihr Geheimnis? Trotzdem vielen Dank, Gwen, für Ihr so ansprechendes Beispiel! KSTV hofft, dass Sie Freude an dem kleinen Geschenk haben.« Sie gab dem Kameramann ein Zeichen, die Lichter erloschen, und die umstehende Menge löste sich auf, als die Leute wieder ihre Plätze in den Warteschlangen einnahmen.

Stevie lehnte sich über die Schaltertheke und flüsterte

mit einem falschen Lächeln: »Das werde ich senden lassen, wenn Sie sich nicht mit mir treffen.«

»Ich kann nicht.«

»Ich erwarte Ihren Anruf.« Stevie verließ den Schalter.

Gwen Klein blickte noch einmal auf die Faltkarte. In ihrem Gesicht war kein Tropfen Blut mehr.

Der Kameramann, der seine Ausrüstung zum Abtransport fertig machte, fragte skeptisch: »Seit wann haben wir denn eine ›Angestellte der Woche‹?«

»Seit heute«, antwortete Stevie und eilte zur Tür, wobei ihr das Publikum hinterherstarrte.

27.

Boldt und LaMoia gingen ein paar Häuserblocks zur Stadtbibliothek und setzten sich auf eine erst kürzlich im Vorraum aufgestellte Bank. Sie schauten sich einen Moment um, ob sie nicht abgehört werden konnten; schließlich nickte Boldt. Er mochte diesen Zwang zur Geheimniskrämerei nicht, aber LaMoia hatte damit angefangen, und zurzeit sah Boldt keinen Ausweg.

LaMoia sprach leise, den Blick nach vorn gerichtet. »Ich war versucht, Gaynes auf sie anzusetzen, damit uns nichts entgeht.«

»Das vergiss mal ganz schnell! Du weißt, dass es Selbstmord ist, wenn das jemand herausbekommt«, erinnerte ihn Boldt. »Dann können wir für den Rest unserer Dienstjahre Streife gehen. Wenn jemand dahinterkommt, was du wirklich im Schilde führst, kann ich nicht mehr angeblich für dich einspringen.«

»Sie hat gestern Nacht ein Haus auf der Hundertfünfundachtzigsten Nord beobachtet, bis zwei Uhr morgens. Der Name ist Klein. Am späten Morgen folgte ich ihr dann von Hilltop zurück zum Sender. Sie und ein Filmteam machten sich eine halbe Stunde später auf den Weg zu einem Kraftfahrzeugamt in Wallingford. Interessant für dich?«

»Mir ist bei der ganzen Sache nicht wohl ...«

»Deine Idee war es ja nicht«, erinnerte ihn LaMoia.

»Vielleicht gefällt es mir deshalb nicht.«

»Ich schaue mir also den Namen an dem Haus an, das McNeal beobachtet hat, und suche dann im Verzeichnis der öffentlich Bediensteten. Was sonst könnte die beiden denn verbinden, nicht wahr?« Sarkastisch fügte er hinzu: »Sie bringt wohl nicht ein Aufnahmeteam mit, nur um ihren Führerschein erneuern zu lassen.« Dann wurde er wieder ernst und fuhr fort: »Im Kfz-Amt gibt es eine Angestellte mit Namen Gwendolyn Klein. Es muss um Führerscheine gehen! Illegale brauchen Papiere.«

»Eine plausible Erklärung. Aber wenn sich das nicht als stichhaltig erweist, müssen wir eine andere Möglichkeit finden, die Verbindung herzustellen«, murmelte Boldt. »Wenn NcNeal jemals herausfindet, dass wir sie beobachtet und ihre Quellen angezapft haben, wird sie uns nicht nur vor Gericht schleppen, sondern wir verlieren auch unsere Verdächtige.«

»Du machst dir zu viele Gedanken«, versuchte LaMoia ihn zu beruhigen. »Wie wär's, wenn wir eine Stichproben-Kreditüberprüfung von einer Hand voll Bediensteter des Kfz-Amts durchführen, und unter den Überprüften befindet sich rein zufällig auch Gwen Klein?«

»Aber welchen Grund können wir anführen, um überhaupt eine solche Überprüfung von Bediensteten des Kfz-Amts vorzunehmen?«, gab Boldt zu bedenken.

»Ja, das muss erst bedacht sein.«

»Es muss eine glaubhafte Spur sein. Wir dürfen McNeal nicht erwähnen.« Dann fragte Boldt: »Was ist eigentlich mit Coughlie?«

»Er hat McNeal heute Vormittag besucht.«

»*Bevor* wir die Leiche in Hillside fanden?«

»Genau. War fast eine halbe Stunde bei ihr.«

»Sie war wirklich rege, die gute McNeal.«

»Wir müssen herausbekommen, ob sie und Coughlie irgendwie zusammenarbeiten.«

»Informationsaustausch«, meinte Boldt. »Er verspricht ihr die Exklusivrechte auf die Geschichte für einen Zweiweg-Informationsfluss.«

»Und die schließen uns aus?«, rief ein empörter LaMoia und fügte hinzu: »Ich hasse diesen Scheiß!«

»Nur weil Coughlie zuerst Erfolg bei ihr hatte?«, neckte ihn Boldt.

»Genau!«, meinte LaMoia. »Aber *er* hat nicht daran gedacht, sie überwachen zu lassen.«

»Wir wollen es jedenfalls nicht hoffen.«

LaMoia verzog das Gesicht.

»Wie wär's, wenn wir Daphne bitten, McNeal für uns zu gewinnen?«, schlug Boldt vor. »Daphne könnte Zweifel über Coughlies Ehrlichkeit säen und *unsere* Exklusivität anbieten.«

»Die Bundesbeamten austricksen? Das wäre verdammt cool! Möchtest du denn, dass ich McNeals Observierung einstellen lasse? Höre ich das aus deinen Worten heraus?«

»Du siehst mich besorgt, dass die Stadtpolizei dabei erwischt wird, wie sie den Medien nachspürt. Das ist für alle Beteiligten gefährlich. Wir haben das doch schon mal gehabt.«

»McNeal hält in diesem Fall Schlüsselinformationen vor uns zurück. Das hat sie mir gegenüber offen zugegeben. Wenn sie nicht beim Fernsehen wäre ...«

»Ist sie aber nun mal. Wenn wir ihre Informationen wollen, müssen wir das Gericht einschalten.«

»Müssen wir wieder diesen Tanz anfangen?«, seufzte LaMoia. »Wenn wir zum Gericht gehen, dauert es bis Weihnachten. Dann ist es mit der Vermissten und unserem Fall längst vorbei. Wir *schützen* McNeal«, schlug er vor. »Ihre vermisste Mitarbeiterin hat wichtige Informationen. Schließlich glauben wir, dass diese Videobänder – und ich sah sie mit den Bändern aus dem Apartment kommen – in unserem Fall eine Rolle spielen. Damit sind wir abgesichert.«

»Wir haben doch Gwen Klein. Vielleicht sollten wir anhalten, solange wir noch einen Vorsprung haben.«

»Wir haben keinen Vorsprung«, erwiderte LaMoia. »Wir spielen doch immer noch Fangen.«

»Na, dann lass uns Fangen aus der Ferne spielen, ja? Und die Lücke so schnell wie möglich schließen. Die Sache macht mich nervös.«

»Das ist ein Dauerzustand bei dir. Wenn du nicht besorgt wärst, wäre *ich* besorgt.«

Boldt entgegnete: »Das wäre aber 'ne Premiere.«

Sie schauten noch einmal in die Runde, bevor sie sich trennten und in entgegengesetzten Richtungen davongingen, ohne über einen Plan gesprochen zu haben. Das kam Boldt symbolisch vor – LaMoia, der jetzt seit zwei Jahren seine Sergeanten-Streifen trug, wurde immer schwieriger zu kontrollieren.

28.

Stevie war gerade dabei, die letzte Schicht Rouge aufzutragen, als sie ihren Namen über die Lautsprecheranlage von KSTV hörte. Wie erbeten rief sie den Empfang an, ein Auge auf ihr Abbild in dem großen Spiegel gerichtet, der von blendend hellen Lampen umrahmt war, mit denen die Helligkeit des Studios nachgeahmt wurde. Ihr Besucher wurde als Daphne Matthews von der Stadtpolizei Seattle angegeben – die Frau vom Friedhof, die versucht hatte, sie zu schützen.

Eine Praktikantin führte die Besucherin zum Schminkraum. Ohne Regenmantel und Kapuze erwies Daphne Matthews sich als recht hübsch. Dunkle Züge, olivfarbene Haut.

Daphne hatte einen Job zu erledigen. Sie lebte für den Außendienst, genau wie Boldt, und der Umstand, dass er sie gebeten hatte, diese Sache zu übernehmen, machte es für sie umso wichtiger, erfolgreich zu sein. Boldt hatte immer noch diese Wirkung auf sie, diese unbeabsichtigte und doch unterschwellige Kontrolle, die sie schon seit Jahren abzuwerfen versuchte – vergeblich. Sie konnte ihr Leben hierhin oder dorthin richten, es in eine Bahn lenken, die so weit wie möglich von ihm wegführte – ihre Ver- und Entlobung mit Owen Adler war das beste Beispiel –, doch unvermeidlich kehrten ihre Gefühle zu ihm zurück, die Sehnsucht nach Behaglichkeit, Geborgenheit.

Sie sah in seinen Augen, dass er ähnliche Gefühle empfand, obwohl es zwischen ihnen nie ausgesprochen wurde. Keine heißen Blicke, keine flapsigen Scherze. Diese Tage lagen hinter ihnen. Er gehörte zu seiner Familie und zu seiner Frau und war ein so leidenschaftlicher Vater und Ehemann, wie man ihn sich nur vorstellen konnte; sie hingegen war wie ein Segelboot ohne Kiel, das sich stark in den Wind legte, aber ständig abgetrieben wurde und vom Kurs abkam.

Es war wie eine Tragikomödie, wenn sie versuchte, diese Gefühle von sich zu weisen, doch immer wieder kamen sie bumerangartig zu ihr zurück – diese Gefühle für ihn, dieses Verlangen, das wie eine Entzündung heiß und tief in ihr bohrte. Wenn sie seine Stimme hörte, drehte sie sich um und schaute nach ihm. Wenn sein Name fiel, horchte sie auf – und trug dabei die Maske der Gleichgültigkeit. Sie wusste, dass sie nach vorn schauen musste, aber das Wissen und das Tun waren zwei verschiedene Paar Schuhe.

Als er sie gebeten hatte, diese Sache für ihn zu erledigen, hatte sie sofort darauf reagiert – wie ein Kind, das seinem Lehrer gefallen will. Und sie hasste sich dafür.

»Ich muss in einer Minute im Studio sein«, sagte Stevie, um den Besuch möglichst schnell zu beenden.

»Es wird nicht lange dauern.«

»Wir haben uns schon auf dem Friedhof getroffen, nicht wahr?«

»Ja.« Daphne setzte sich auf einen der beiden gepolsterten Drehstühle, die vor dem hellen Spiegel standen, drehte ihn aber so, dass sie auf Stevie schaute, die im Profil ihr Rouge vervollkommnete. »Ich möchte über Melissa sprechen. Alles, was Sie uns geben können ... es wird uns bei der Untersuchung helfen.«

»Wie die Videobänder, zum Beispiel?«

»Beweismittel sind LaMoias Sachgebiet. Ich bin mehr an den Gewohnheiten interessiert, am Lebensstil, den Freunden, Beziehungen – so etwas. Ich bin Psychologin.«

Stevie nickte. »Ich hatte Sie auch nicht für eine Polizistin gehalten.«

»Das Problem bei vermissten Personen, Mrs. McNeal, besteht darin, dass es oft Spuren gibt, denen man aus dem einen oder anderen Grund nicht nachgeht. Das wissen wir aus Erfahrung, und zwar aus den ...«

»... aus den Fällen, in denen die Vermissten nicht mehr wiederkommen ... nie gefunden werden«, beendete Stevie.

»Wir glauben, dass Melissa noch am Leben ist.«

»Und worauf gründen Sie das?«

»Die Tatsache, dass ihre Leiche nicht gefunden wurde«, sagte Daphne ohne Rücksicht, was die andere Frau sichtlich schockierte. »Die wenden Gewalt an, um Aussagen zu machen. Warum sollten sie Melissa anders behandeln?«

»Weil sie Reporterin ist.«

»So, glauben Sie?«, gab Daphne zurück. »Sie denken

wohl, das ist so eine Art Pass? Na, das schlagen Sie sich mal aus dem Kopf, Mrs. McNeal. Die machen solche Unterschiede nicht. Sie senden Botschaften, und die einfachste Möglichkeit, *Ihnen* eine Botschaft zu senden, bestünde darin, Melissas Leiche zu liefern.«

»Vielleicht kennen diese Leute mich besser«, sagte sie, lehnte sich zurück und wandte ihr Gesicht wieder dem Spiegel zu. »Das würde nämlich nur meinen Hass entfachen.«

»Ist der nicht schon entfacht?«, meinte Daphne misstrauisch. »Nein, ich glaube nicht. Wissen Sie, was ich denke? Ich denke, Sie schlafen nicht und essen kaum noch. Ich denke, dass Sie vielleicht dem Alkohol etwas mehr als sonst zusprechen. Sie liegen wach und denken an das ›was wäre, wenn ...‹. Sie machen sich Vorwürfe, machen ihr Vorwürfe und machen uns Vorwürfe. Alles bleibt an Ihnen hängen.«

Stevie blinzelte heftig bei dem Versuch, ihre Tränen zurückzuhalten. Sie atmete tief ein und riss sich zusammen. »Jetzt müssen Sie mich entschuldigen«, sagte sie, »ich muss ins Studio.« Sie wandte ihr Gesicht wieder ab, während sie die Rougebürste auf die Ablage legte.

»Sagen Sie mir, wenn ich mich irre.«

»Was wollen Sie eigentlich?«, fragte Stevie schon an der Tür, mit dem Rücken zu Daphne.

»Sie werden sich noch größere Vorwürfe machen, wenn Sie uns Informationen vorenthalten. Ich kann Ihnen helfen, den Kummer zu bekämpfen, Mrs. McNeal. Das gehört ja zu meinem Job. Sie sind zurzeit wohl der Meinung, dass die Polizei inkompetent ist, dass sie kein faires Spiel spielt. Oder dass die Einwanderungsbehörde die richtige Stelle ist, Ihnen zu helfen, nicht wir.« Sie machte eine Pause. »Habe ich Recht?«

»Sie denken zu viel.«

»Das ist eine Berufskrankheit. Was hatten Sie denn gestern zum Abendessen und heute Morgen zum Frühstück? Wann hatten Sie Ihr letztes Glas Wein? Sie trinken Rotwein, nicht wahr? Teuren Rotwein, wette ich. Aber Sie trinken allein. Wie fühlen Sie sich dabei? Nicht sehr gut, möchte ich wetten.«

»Unser Gespräch ist beendet«, stieß Stevie hervor, konnte ihre Hand aber nicht dazu bringen, die Tür zu öffnen, und stand mit dem Rücken zu Daphne wie eingefroren da.

»Sie wissen, dass Ihnen Menschen fehlen – nicht nur Melissa, auch Ihre Familie, Ihre letzte Beziehung, jeder, der Ihnen nahe gekommen ist ... der Ihnen nahe steht.«

Stevie schüttelte heftig den Kopf.

Daphne fuhr unerbittlich fort: »Die Einwanderungsbehörde verfolgt vor allem Fälle illegaler Einwanderung – daran gibt es keinen Zweifel. Aber eine Untersuchung vermisster Personen? Das ist besser bei uns aufgehoben. Wenn ich Ihr Chef wäre, würde ich Sie dann mit einer Sportreportage betrauen? Wie ist das nun eigentlich mit der Einwanderungsbehörde? Wenn Sie Illegale ins Land schleusen würden, in diesen Hafen, wen würden Sie dann zuerst auf der Lohnliste brauchen, wen zuerst bestechen müssen? Meinen Sie, wir haben nicht darüber nachgedacht? Glauben Sie, wir teilen jede Spur mit Coughlie und Talmadge? Warum sollten wir, bis wir mehr über sie wissen? Und das dauert, glauben Sie mir.«

»Kompetenzgerangel? Das soll neu für mich sein? Ihr

treibt eure kleinlichen Spielchen, während die Untersuchung ins Stocken gerät. Das habe ich schon hundertmal von der anderen Seite des Sprecherpults gesehen. Dieser Adoptionsring im letzten Jahr – da passierte doch das Gleiche, nicht wahr? Eine Hand wusch da *nicht* die andere. Die gleiche alte Geschichte.«

»Keine Kompetenzkriege, Mrs. McNeal – nur Vorsicht. Wir sind sehr vorsichtig, an wen wir Informationen weitergeben. Sie nicht auch?«

Stevie drehte sich um und schaute Daphne an. »Ich will Ihnen mal was sagen: Machen wir, Sie und ich, einfach unsere Jobs. Sie finden Melissa, und ich werde es in den Nachrichten bringen. Ende, aus.«

»Wir haben da eine gute Spur, der wir nachgehen«, sagte Daphne. »Die Frau in dem Grab. Noch im Tod hat sie uns etwas gesagt. Wir glauben, dass wir eine Zeitgrenze ermittelt haben, die darauf hindeutet, dass diese Frau ein früheres Opfer ist – ein erstes Opfer. Kennen Sie die Bedeutung eines ersten Opfers bei einem Verbrechen, Mrs. McNeal? Das erste Opfer ist im Allgemeinen dasjenige, bei dem nachlässig vorgegangen wird. Erst später denkt der Kriminelle daran, bessere Vorbereitungen zu treffen, sorgfältiger zu planen. Das war schlampig, hastig. Diese Frau wurde miserabel *gehandhabt.* Und das ist gut für uns, so schrecklich sich das anhört.«

»Ich verstehe nicht ...«

»Die Angelegenheit stellt sich doch so dar, dass wir mit Ihnen zusammenarbeiten könnten. Wir würden *gern* mit Ihnen arbeiten. Aber wir müssten uns so weit trauen können, dass Sie keine Informationen senden und auch nicht an eine andere Seite weitergeben, und dass auch wir nicht mit anderen Reportern oder Nachrichtenstellen arbeiten, bevor wir Ihnen nicht vorher die ersten Tipps darüber geben, was wir haben.«

»Und wenn wir zu einer solchen Abmachung kommen?«, wollte Stevie wissen.

»Wir würden die Videobänder sehen wollen, natürlich. Wir würden von Ihnen erwarten, dass Sie uns die Namen Ihrer Quellen nennen. Wir würden Ihnen unsererseits Informationen über den Vorbericht der Autopsie des zuletzt gefundenen Opfers geben. Wir würden mit Ihnen *teilen,* Mrs. McNeal. Das wäre der beste Weg für Sie, Melissa wiederzubekommen. So wie wir jetzt arbeiten ... das funktioniert einfach nicht. Das ist der springende Punkt.«

Ein Klopfen an der Tür. Stevie sprang auf. »Mrs. McNeal?«, erklang eine Stimme von draußen. »Sie sollen ins Studio kommen.«

Daphne blickte sie an. »Ich kann Ihnen helfen, dass Sie wieder Schlaf finden. Ich kann mit Ihnen daran arbeiten, dass Sie wieder Appetit bekommen. Dieses Angebot gilt ohne jede Bedingung.«

»Wer sagt denn, dass ich nicht schlafen kann?«, rief Stevie abwehrend.

»Noch einmal: keinerlei Bedingungen.«

»Man braucht mich im Aufnahmestudio.«

»Sie können das doch nicht allein machen«, fuhr Daphne fort. »Und die Einwanderungsbehörde kann auch nicht einen Vermisstenfall aufklären. Wenn die Ihnen was anderes gesagt haben, ist das unfair Ihnen gegenüber.«

Stevie fühlte sich unschlüssig.

»Mein Name ist Matthews«, erinnerte sie Daphne. »Die Telefonvermittlung wird Sie mit mir verbinden. Wenn ich mich unter meiner Telefonnummer nicht melde, gibt der Anrufbeantworter die Funkrufempfänger-Nummer an. Ich bin rund um die Uhr erreichbar.« Daphne legte ihre Visitenkarte neben die Kosmetikutensilien. »Ich hoffe, Sie rufen an.«

»Man braucht mich im Aufnahmestudio«, wiederholte Stevie. Dann zog sie die Tür auf und ging hinaus.

Doch als Daphne auf den Schminktisch schaute, bemerkte sie, dass ihre Visitenkarte nicht mehr dort lag.

29.

MITTWOCH, 26. AUGUST
9 TAGE VERMISST

Der Aquazoo von Seattle lag an einem Kai im Herzen des von Touristen viel besuchten Uferbezirks, einem Sammelsurium von Fisch- und Meeresfrüchte-Restaurants und Anlegestellen der Fähren zu den vorgelagerten Inseln. Seemöwen suchten kreischend nach Essensresten und pickten den breiten Gehsteig sauber. Der gewohnte Duft nach Sonnencreme hing in der Luft, zusammen mit den unangenehmen Dieselabgasen, dem Geruch von Salzsprühnebel und dem allgegenwärtigen modrigen Gestank von verfaulendem Holz, unauslöschlich und beinahe zuckerartig auf der Zunge.

Boldt schritt schnell dahin – nicht weil er spät dran war, sondern von der wachsenden Furcht getrieben, dass die Untersuchung an sich zu spät kam und dass Melissa Chows Zeit abgelaufen war. Neun Tage – viel zu lang. Boldt akzeptierte nicht, dass es eine sterbliche Macht gab, die größer war als die der Stadtpolizei Seattle, und dass diejenigen, die hinter den Containersendungen und den letzten Morden steckten, stets einen Schritt voraus blieben und mit Morden die Quellen zum Verstummen bringen konnten, die den Fall aufdecken würden. Doch als Privatmann zermürbte ihn seine eigene Angst vor diesen Leuten. Ihre Rücksichtslosigkeit und die brutale Dreistigkeit, die sich darin ausdrückte, dass sie potenzielle Zeugen ermordeten und sie bewusst von der Polizei finden ließen, zeigte jedem Beteiligten, dass niemand sicher war – auch die Polizei nicht.

Gwen Klein, die Angestellte des Kaftfahrzeugamts, schien der neueste Statistikfall dieser Art zu sein. Sie war nicht zur Arbeit gekommen. Genau seit dem Zeitpunkt, als LaMoias Mannschaft von ihr als Verdächtige erfahren und beschlossen hatte, sie zu observieren, war sie verschwunden. Stevie McNeal hatte auf »Kanal vier um fünf« die Szene von der »Angestellten der Woche« gesendet, und Boldt schrieb das Verschwinden der Frau diesem Umstand zu. Die Dummheit der öffentlichen Medien machte ihn immer wieder wütend und bestürzt.

Der Druck auf alle Beteiligten hatte sich erhöht, besonders auf Boldt und LaMoia. Zu viele Leichen, eine vermisste Reporterin und Fernsehteams, die an den Daumenschrauben drehten und Fährten nachgingen, bevor die Polizei es tat. Es wurde von der Aufstellung eines Sonderkommandos aus Angehörigen der Stadtpolizei und der Einwanderungsbehörde geredet, obwohl beide Seiten sich dagegen sträubten. Für Boldt, der seine Schritte nun noch mehr beschleunigte, trat alles hinter der Suche nach Melissa Chow zurück, die nicht nur ein mögliches Opfer, sondern auch eine Schlüsselzeugin zu sein schien. Diese Frau zu finden, würde bedeuten, gleichzeitig die Identität der Verbrecher hinter den Morden und hinter dem Menschenschmuggel aufzudecken, da war er sicher.

Dr. Virginia Ammond war eine jungenhafte Frau in den Mittvierzigern mit irischer Sommersprossenhaut, schwieligen Händen und einem Doktortitel in Meereskunde. Sie trug verblichene Jeans, die unten umgestülpt waren, und ein aufreizend enges T-Shirt mit dem Logo des Aquazoos von Seattle.

»Das Ersuchen des Gerichtsmediziners zur Identifizierung der Fischschuppen ging erst an die Universität, wurde aber zur Bestätigung an mich weitergeleitet.«

Boldt besuchte den Aquazoo regelmäßig mit seinen Kindern, sodass ihm die Aufteilung der Räumlichkeiten vertraut war. Dr. Ammond führte ihn eine schräge Ebene tiefer in den Untergrund und ins Herz der Einrichtung – einen 360°-Rundsichtraum, umgeben von Glas und Wasser, wo Fische frei umherschwammen und dem Besucher den Eindruck vermittelten, sich unter Wasser zu befinden.

Sie führte Boldt weiter zu einer Tür mit der Aufschrift NUR FÜR PERSONAL und in ein Zimmer, in dem ein stereoskopisches Mikroskop stand.

»Ich weiß, dass es eine Unannehmlichkeit für Sie ist, hierher kommen zu müssen«, sagte sie, »aber telefonische Auskünfte sind nun mal nicht mein Ding.«

Dann ging Dr. Ammond zu den Einzelheiten über: »Auf dem ersten Plättchen hier ist eine der weniger häufigen Fischschuppen aus der Probe, die Ihre Leute unserem Institut zugeschickt haben. Achten Sie auf den spitzeren Bereich, wo die Schuppe am Fisch angewachsen ist und wie eine Schieferplatte am Dach aussieht. Von besonderem Interesse für Sie ist die Herzform dieser Schuppe und der zackige Rand. Sehen Sie?«

Ammond wechselte nun das Plättchen und führte ihn zu einem Vergleichsmikroskop.

»Das ist ein Vergleich Seite an Seite«, erklärte sie ihm. »Schauen Sie sich beide Schuppen genau an.«

Boldt blickte ins Mikroskop: »Ja.«

»Erkennen Sie unsere Freundin?«

»Die linke.«

»Sehr gut. Ja. Und rechts?«

»Ein glatterer Rand. Weniger spitz zulaufend. Sie ist heller. Es mag dumm klingen, aber die rechte kommt mir neuer vor.«

»Sehr gut, Lieutenant. Sie haben wohl auch Kurse in Meeresbiologie belegt. Ja, die rechte Schuppe ist von einem lebenden Silberlachs in unseren hinteren Tanks. Die Probe, die wir von Ihnen bekamen, bestand hauptsächlich aus Schuppen sowohl vom Königs- als auch vom Silberlachs.»

»Aber nicht unsere Freundin?«

»Nein. Wir fanden zwei solcher Schuppen in der Probe. Sie stammen von einer Abart des Snake River Coho. Von besonderem Interesse ist hier der Umstand, dass diese Art seit weit mehr als zwei Jahrzehnten ausgestorben ist.«

»Das müssen Sie mir genauer erklären«, bat Boldt.

»Der Snake River Coho verschwand vor zweiundzwanzig Jahren. Zehn Millionen Cohos machten früher die jährliche Reise den Columbia River hinauf nach Idaho, darunter auch die Snake-River-Art.«

»Ausgestorben«, wiederholte Boldt, nahm sein Polizei-Notizbuch hervor und machte eine Eintragung.

»Genau.«

Sie grinste. Das Weiß ihrer Zähne schimmerte in ihrem sommersprossigen Gesicht. »Ihre Bemerkungen über das Telefon haben mich interessiert. Sie sammelten die Proben also von den Füßen einer toten Frau. Sie erwähnten dabei etwas von Schiffscontainern, was ich anzweifeln muss. Ein Container, der schon zweiundzwanzig Jahre benutzt worden ist? Unwahrscheinlich. Ein Schiff käme da eher in Frage.«

»Wie wäre es mit einer Konservenfabrik?«

»Könnte sein. Ja. Warum nicht? Hier geht's raus«, sagte Ammond und führte Boldt aus dem Labor.

Sie gingen in die Hauptgalerien. Ammond sprach laut, um sich über die Geräusche der Besucher hinweg verständlich zu machen.

»Haben Sie schon unsere Fischereiausstellung gesehen?«

»Ich glaube ja«, erwiderte Boldt.

»Auch die Fischdampfer?«, fragte sie und zeigte darauf.

Eine ganze Wand war der Geschichte des kommerziellen Fischfangs gewidmet. Sie reichte von den frühesten Indianersiedlungen bis zu den fünf Meilen langen Wandnetzen, die derzeit von den Russen und Japanern benutzt wurden, sowie zu den riesigen schwimmenden Konservenfabriken. Text und Illustrationen wurden ergänzt durch Schnittmodelle verschiedener Schiffe, und zu einem von diesen führte Dr. Ammond nun Boldt.

»Das ist ein kommerzieller Fischdampfer, der für die Pazifikflotten der letzten zwanzig bis fünfzig Jahre – mit einigen Änderungen – ziemlich typisch ist. Das hier ist heutzutage größer.« Sie zeigte auf den hinteren Frachtraum. »Der Fang wird hier gleich nach dem Einholen gelagert. Die Besatzung sortiert, reinigt und wäscht ihn, wirft die ungewollten Lebewesen weg, weidet die anderen aus, und das Fertigprodukt wird dann auf Förderbändern zum vorderen Frachtraum umgelagert.« Sie zeigte auf einen großen Raum, der fast das gesamte Vorderschiff einnahm. »Dieser Frachtraum ist ein riesiger Kühler. Solche Fischdampfer können Tage, Wochen oder sogar Monate auf See bleiben.« Sie holte tief Atem, während das neugierige Mädchen in ihr durch die Expertin verdrängt wurde. »Im Hinblick auf Ihre Erwähnung illegaler Einwanderer neige ich jetzt dazu, einen solchen Fischdampfer in einem ganz anderen Licht zu sehen. Vielleicht ist ein Fang in einem Jahr mal nicht so gut, und vielleicht bringt man deshalb chinesische Illegale im Vorderschiff unter. Vielleicht ist es ein ziemlich altes Schiff – oder ein *sehr* altes –, und trotz der regulären Reinigungsarbeiten, die die Besatzung in diesen Frachträumen durchführt, bleiben ein paar Schuppen zurück und weisen uns auf eine Fischart hin, die wir seit fast zwei Jahrzehnten nicht mehr gesehen haben.«

»Und wenn es eine Konservenfabrik ist?«

»Kann auch gut sein. Die Konservenfabriken gab es eher als die verarbeitenden Fischdampfer. Dieser Aquazoo hier steht auf dem Gelände einer ehemaligen Konservenfabrik. Etliche Gebäude an der Küste dieser Stadt haben oder hatten etwas mit dem kommerziellen Fischfang zu tun – von Harbor Island bis Interbay, von Salmon Bay bis Lake Union.«

»Sie meinen also, dass meine Vorgehensweise damit klar vorgezeichnet ist«, bemerkte er. »Ich kann aber die alten Konservenfabriken nicht nach den Fischschuppen einkreisen, die Sie identifiziert haben.«

»Die Universität hat einen Katalog über die Geschichte kommerzieller Fischereiunternehmen erstellt. Das würde auch Konservenfabriken einschließen. Diese Industrie reicht hundertfünfzig Jahre zurück.«

»Zweiundzwanzig Jahre genügen uns völlig«, meinte Boldt.

Ein Lächeln legte sich auf ihr Gesicht. »Lassen Sie mich ein paar Anrufe machen.«

30.

Lacey Delgato hatte dicke Waden, keine Taille und eine Nase, die einen langen Schatten warf – hinter ihrem Rücken nannten die Cops sie »die Sonnenuhr«. Sie trug einen altmodischen, langen schwarzen Rock, der mit dem Reißverschluss zu eng über ihrer Sitzfläche zugezogen war, sodass sich ein unansehnliches Labyrinth sich kreuzender Falten und Nähte darauf gebildet hatte. Lacey Delgato besaß eine Stimme wie ein Quietschspielzeug, die Neigung, jedes ihrer Worte mit den Händen zu unterstreichen, und ein aggressives Lachen, das vor ihrem Zynismus warnte. Ihr einziger Luxus waren italienische Schuhe. Deren hohe Absätze klickten im Rhythmus ihrer schnellen Schritte auf dem Marmorboden des Gangs im Gerichtsgebäude. »Diese Person hat angeboten, KSTV die Kamera zu verkaufen.«

»Eine Digitalkamera?«, erkundigte sich LaMoia der Sicherheit halber. »Wissen Sie das bestimmt?«

»Ich wiederhole nur, was mir gesagt wurde«, erwiderte Delgato. »Es ist doch *Ihr* Fall, Sergeant. Deshalb müssen *Sie* sich darum kümmern, was für eine Kamera das ist.«

»Zeichnen sich irgendwelche Probleme ab, wenn wir darin verwickelt werden?«, fragte er.

»Da sind einige Punkte, die geklärt werden müssen«,

erwiderte sie. LaMoia bemühte sich, mit ihr Schritt zu halten. »Zum Beispiel die Eigentumsfragen. Wenn Sie die Übergabe überwachen, wie man es von Ihnen will – wer kriegt dann die Kamera? Solche Fragen sind noch offen.«

»Und wie stehen Sie dazu?«, wollte er wissen.

»Gestohlene Beweismittel? Sie behalten das beschlagnahmte Eigentum, bis es für uns nicht mehr als Beweis vor Gericht benötigt wird. Das ist nicht anders als in anderen Fällen.« Sie drehte den Kopf ruckartig in seine Richtung, verlangsamte ihren Schritt aber nicht. »Die haben allerdings eine etwas andere Meinung darüber. Sie lassen uns die Kamera. Aber wenn ein Film darin ist, wollen sie ihn haben und behalten. Ich muss sie von vornherein warnen.«

Die Stadtpolizei Seattle stand unter enormem Druck, den Containerfall zu klären und Melissa zurückzubringen. Die abendlichen Sendungen McNeals hielten die Geschichte nicht nur in der Öffentlichkeit am Leben, sondern auch an der politischen Front. Wahljahre waren immer die schlimmsten.

»Keine Erwähnung der vermissten Frau? Nur die Kamera? Steht fest, dass das geforderte Lösegeld nur für die Kamera ist?«

»Ich wiederhole lediglich, was mir gesagt wurde«, erklärte sie wieder. »Haben Sie davon gehört, dass die asiatische Bevölkerung der Stadt zum Büro des Bürgermeisters marschieren will?«

»Danke, dass Sie mich daran erinnern. Das fehlte mir wirklich noch.«

»Man rechnet mit allem Möglichen.«

»Nur, weil die Medien da sein werden«, entgegnete er. »Wenn man die Kamerateams abzieht, bleiben zehn Männlein übrig.«

Sie schaute ihn eigentümlich an. »Haben Sie Zeit für ein Abendessen?«

»Was für ein Abendessen?«, fragte er. »Ich habe schon drei Tage kein Abendessen mehr gehabt. Letzte Nacht habe ich nur anderthalb Stunden geschlafen.«

»Na ja, wir könnten das Abendessen übergehen, nehme ich an.«

Die langen Holzbänke des Ganges waren besetzt mit Rechtsanwälten, Zeugen, Kriminalermittlern und bedrückten Familienangehörigen. Für LaMoia war es nicht so sehr ein Gerichtsgebäude, sondern eine Verfahrensstätte, in der das Gesetz auf eine Reihe von Auftritten, Verhandlungen und Kompromissen reduziert wurde. Als Polizist konnte er nicht daran denken, ohne ein Gefühl wachsender Entmutigung oder sogar Depression zu verspüren. Er betrachtete Delgato nicht als Frau, sondern als Anwältin, wusste aber nicht, wie er ihr das klarmachen sollte.

»Ich habe das Raubdezernat angerufen, weil ich dachte, die würden die Übergabe überwachen«, erklärte Delgato. »Als ich den Sender KSTV erwähnte, hat man mich an Sie verwiesen. Mir wurde gesagt, das hätte mit dem Sender zu tun, und ich erwiderte, dass ich es nur einmal machen wollte. Und das wiederhole ich jetzt Ihnen gegenüber.« Sie war offensichtlich verärgert, weil er auf ihre Annäherungsversuche nicht reagierte. Sie würde es nicht noch einmal versuchen. Dann klopfte sie an die Tür eines Geschworenenzimmers und führte ihn dorthin, wo Polizei- und Antwaltsarbeit enden und die Rechtsprechung beginnt.

Wenngleich er schon Hunderte Male in Gerichten gewesen war, hatte LaMoia sich nur selten in einem Beratungszimmer befunden. Es roch nach Desinfizierungsmittel mit Kieferduft. Die Kante des langen ovalen Tisches war schon häufig das Opfer nervöser Kritzeleien von Geschworenen geworden. LaMoia konnte beinahe die Beratung hören – aufgebrachte Stimmen, die von den Wänden zurückgeworfen wurden. Unter dem Kugelschreiber-Graffiti entdeckte er eine eingeritzte Henkerschlinge. Er setzte sich auf einen der Stühle und ließ den Fingernagel um den Hals einer hingekritzelten Comicfigur kreisen. Dann sagte er: »Wissen wir, dass diese Information brauchbar ist?«

»Der Sender graviert sein Kürzel auf seine Geräte. Der Anrufer hat das richtig beschrieben.«

»Und das Lösegeld?«

»Er fing mit dreitausend an. Der Sender erklärte sich dann mit tausend einverstanden – die Summe, die auf ihrer Police abzugsfähig ist.«

»Und damit gab er sich zufrieden?«

»Offensichtlich.«

»Das ist kein Junkie, das ist ein Geschäftsmann.«

»Ein Junkie hätte sie zu einem Pfandleiher gebracht«, sagte sie.

»Was vielleicht geschehen ist«, gab LaMoia zu bedenken. »Wer weiß, woher dieser Kerl sie hat.«

»Er verlangt, dass diese Sprecherin, Stevie McNeal, sie in Empfang nimmt.«

»Kommt gar nicht in Frage!«

»Er will ein Gesicht, das er kennt.«

»Das können wir nicht zulassen.«

»Nun ja, der Sender hat diese Bedingung aber schon akzeptiert. Das ist nicht mehr verhandlungsfähig. Deshalb kamen sie ja zu uns. Ihre Sicherheitsleute bestehen darauf, uns – Sie – einzuschalten.«

»Hauptsendezeit, live? Das geht nicht!«

»Ist nicht mehr verhandlungsfähig«, wiederholte sie. »Sie sind schließlich dazu da, zu schützen und zu dienen.« Dann fuhr sie fort: »Es kommt noch schlimmer.«

»Ist doch gar nicht möglich«, sagte er. »Die machen Witze! Die bitten uns um Hilfe bei der Wiederbeschaffung von gestohlenem Eigentum und stellen dann Bedingungen, nachdem wir uns bereit erklärt haben?«

»Ich glaube nicht, dass die das so sehen«, entgegnete sie.

»Das ist doch hier keine Episode über Polizeieinsätze!«

»Sie haben uns Zeit und Ort der Übergabe nicht genannt. Wenn sie ohne uns handeln, könnten wir sie der Behinderung der Strafverfolgung beschuldigen, aber um ehrlich zu sein, würde das nie bis vor ein Gericht kommen – und wenn, würden wir verlieren. Die Medien sind wie ein schlüpfriger Aal. Sie würden dieses Filmband nie zu sehen bekommen.«

»Wenn es überhaupt einen Film gibt«, murmelte er. In diesem Zimmer wurde von Lebensmittelverkäufern, Hausfrauen und öffentlichen Bediensteten über Menschenleben entschieden. Er machte sich kaum jemals Gedanken über die Konsequenzen seiner Berufswahl, aber die in den Tisch gekerbte Henkerschlinge schlug ihm doch auf den Magen.

»Es gibt noch einige unbeantwortete Fragen«, gab sie zu. »Wie weit wollen Sie sich daran beteiligen?«

»Wenn etwas Brauchbares für uns auf diesem Film ist – falls es überhaupt einen Film gibt – kann ich das nicht in alle Welt senden lassen. Eine Frau wird vermisst. Ich muss ein Leben schützen, vielleicht sogar Hunderte von Leben.«

»Wenn ein Film in der Kamera ist, können wir bis zur Gerichtsverhandlung gewiss in den Besitz gelangen. Wenn sie auf Übergabe drängen, werden sie wohl Recht bekommen. Es wird von der Zeiteinteilung abhängen. Aber die eindeutige Grundhaltung muss sein: Sie bekommen Einsicht in alles, was da ist.«

»Arrangieren Sie die Übergabe der Kamera«, wies er sie an.

»Das ist die richtige Einstellung«, ermutigte sie ihn.

»Warum fühle ich mich dann nicht besser dabei?«

Sie ging zur Tür und blieb noch einmal stehen. »Ich bin anders, wenn ich die Anwaltsrobe nicht anhabe«, sagte sie und ersparte ihm eine Antwort, indem sie aus der Tür eilte.

LaMoias Blick fiel wieder auf die eingeritzte Henkerschlinge. Die Konturen waren mehrere Male nachgezogen worden. Die Rille war schwarz von getrockneter Tinte. Er hatte kaum Zweifel, wie dieser »Künstler« beim Urteilsspruch gestimmt hatte.

31.

Der Mann, der angeboten hatte, die Kamera dem Sender KSTV zu verkaufen, wählte die Mittagspause des Mittwoch und eine steinerne Bank neben den Wasserspielen bei der alten Nordstrom-Terrasse für die Übergabe. Es war ein sonniger Tag in der letzten Augustwoche, der Jogger, Touristen, Schnorrer und Skateboarder ins Freie lockte. Büroangestellte suchten sich Stellen, wo sie in Ruhe ein Sandwich essen und sich zwanzig Minuten bräunen konnten. Frauen zogen ihre Röcke über die Knie hinauf. Männer lockerten ihre Krawatten und krempelten sich die Ärmel hoch. Sommerzeit in der Smaragdstadt. Am anderen Ende der Stadt versammelte sich eine Schar von dreihundert Asiaten zum Marsch auf das Rathaus. Fünfzig Polizisten waren außerplanmäßig zum Dienst geholt worden.

Unter die Menge beim Springbrunnen gemischt, behielten elf verdeckte Ermittler Stevie McNeal im Auge, die tausend Dollar in bar, eine Einkaufstasche mit der Aufschrift KSTV und einen ernsten Gesichtsaudruck trug, der im Widerspruch zu ihrer Fernsehpersönlichkeit stand. Stevie hatte ein Lavaliere-Mikrofon an ihren Büstenhalter geklemmt. Der Draht war an ihren Rücken geklebt. LaMoia als leitender Polizeibeamter dieses Einsatzes wartete mit einem Kopfhörer in einem umgebauten Dampfreinigungs-Lieferwagen, der vor Jahren bei einem Drogeneinsatz beschlagnahmt worden war und derzeit als Mobiles Kommunikationszentrum oder »MoKo« benutzt wurde. LaMoia hatte einen ungehinderten Blick auf die Wasserspiele und die betreffende Bank aus einem verspiegelten Seitenfenster. Das laute Geräusch des Wassers störte den Tontechniker, ein kleiner Mann mit einem Silberstecker im linken Ohrläppchen, der nach seinen Funktionsmerkmalen auch bei den blutigsten Schießereien die Ruhe bewahren sollte.

»Diese Fontäne da ist sehr laut. Stevie McNeal trägt einen Kondensator, und das ist ein Problem. Wir werden nicht sehr viel verstehen können.«

»Na, da ist ja dann wenigstens etwas Gerechtigkeit dabei«, meinte LaMoia. »Vielleicht wird die TV-Sendung dann auch nicht so gut.« Das KSTV-Team befand sich in einem neutralen blauen Lieferwagen vor dem KidsGap. Auch sie hörten Stevies Mikrofon ab.

»Bereithalten!«, sagte der Techniker. »Die Show beginnt.«

Als Stevie sich auf die Steinbank setzte, holte sie tief Luft, um sich zu beruhigen. Die Springbrunnenskulptur war ein fünf Meter hohes L-Tor, durch das man gehen konnte, ohne nass zu werden, während zu beiden Seiten der schmalen Öffnung Wasservorhänge herunterprasselten. Kinder rannten quietschend vor Vergnügen hindurch. Auf der windabgewandten Seite der Skulptur lag ein kühlender Sprühnebel in der Luft.

Sie hatte den Mann nicht kommen sehen. Er setzte sich neben sie und hielt eine Tasche an den Tragegriffen. »Sie sehen anders aus als auf dem Bildschirm«, sagte er.

»Habe ich schon öfters gehört.«

Er war Mitte vierzig mit beginnender Glatze und trug Kleidung, die vor einem Jahrzehnt modisch gewesen war. Seine Nase flehte förmlich um plastische Chirurgie. Sein öliges Haar glänzte feucht im Sonnenlicht. Er rauchte eine Filterzigarette, die an seiner von Speichel feuchten Unterlippe klebte. Seine Augen schielten ständig, um die stechende Rauchspirale und das helle Sonnenlicht zu vermeiden.

Er hielt den Kopf hoch erhoben und hatte einen wachsamen Blick, trotz des Schielens. Die Cops hatten Stevie gewarnt, dass ein Mann, der bereit war, ein solches Risiko einzugehen, entweder dumm, gierig oder beides war. Vielleicht auch gewalttätig. Jedenfalls nicht vertrauenswürdig. Sie beobachtete ihn sorgfältig.

»Wie wollen Sie es ablaufen lassen?«, fragte sie.

»Sie geben mir den Umschlag«, antwortete er mit immer noch nach vorn gerichtetem Blick, »und ich lasse die Tasche zurück.«

»Erst muss ich sie sehen.«

»Von mir aus.« Er schob die Tasche zu ihr hin. »Sehen Sie nach.«

Stevie zog die Tasche zu sich herüber. Vorsichtig machte sie den Reißverschluss auf und lugte hinein. Poliertes Aluminiumgehäuse mit dem Markennamen SONY. Es würgte ihr in der Kehle, als sie daran dachte, dass sie es gewesen war, die Melissa diese Kamera gegeben hatte. Sie hasste sich jetzt dafür. Schlimmer noch war, dass der Filmanzeiger der Kamera auf »leer« stand. Es war kein Film darin. Voller Enttäuschung griff sie hinein. »Ich muss sehen, ob unsere Markierungsbuchstaben darauf sind.«

»Sind da«, erwiderte er. »Schauen Sie nur.«

Sie drehte die Kamera so herum, dass die Buchstaben zu sehen waren. Dann bemerkte sie: »Da ist aber kein Film.«

»Wenn Sie mehr wollen«, sagte er, »müssen wir darüber reden.«

»Sie reden«, bot sie an. »Ich höre.«

»Sie sind also interessiert daran, was da drin war«, stellte er fest.

Ihr Herz schlug heftig. »Schon möglich.«

»Dann müssen Sie aber noch fünf Hunderter springen lassen.«

»Das hätten Sie vorher sagen sollen.«

Er erwiderte: »Ich hatte nicht gesehen, dass das Ding geladen war, bis wir die Abmachung getroffen hatten.«

»Was ist denn auf dem Film?«, fragte sie.

»Keine Ahnung«, sagte er.

»Fünfhundert für ein möglicherweise leeres Band?«

»Nicht mein Problem. Wollen Sie das Band, oder wollen Sie es nicht?«

»Haben Sie's denn dabei?«

»Fünfhundert, und Sie haben es«, sagte er und warf den Zigarettenstummel weg, der in einem Funkregen auf dem Pflaster landete. »Also, was ist nun? Ich habe nicht den ganzen Tag Zeit.«

»Wir hatten eine Abmachung«, beharrte sie. »Ich gebe Ihnen tausend Dollar, und Sie geben mir die Kamera. Das Band gehört dazu.«

»Das Band gehört *nicht* dazu«, entgegnete er heftig. »Haben Sie eine ATM-Karte?«, fragte er dann.

»Ich höre«, gab Stevie zur Antwort.

Der Mann sprach weiter: »Sie geben mit die tausend jetzt und nehmen die Kamera. Dann heben sie die fünf Scheinchen mit der ATM-Karte ab und treffen mich in zehn Minuten wieder hier.«

»Wir gehen zusammen«, widersprach sie.

»Kommt nicht in Frage. Wir treffen uns in zehn Minuten wieder hier.«

»Und Sie haben das Band bei sich«, sagte sie, wobei sie versuchte, entschieden zu klingen.

»In zehn Minuten«, wiederholte er.

Stevie starrte auf die Wasserspiele.

»Was ist denn nun?«

»Ich überlege«, erwiderte Stevie.

Im MoKo-Wagen diskutierte LaMoia das Angebot des Erpressers. Der Dispatcher wartete auf seine Entscheidung, hütete sich aber, ihn zu drängen. »Hast du alles mitbekommen?«, fragte LaMoia Boldt.

»Ja«, erwiderte Boldt. Er hatte das Gespräch mit Walkman-Kopfhörern mitgehört. LaMoias Angebot, in den MoKo-Wagen zu kommen, hatte er abgelehnt. Als der Tagschicht-Sergeant, der die Vermisstenanzeige aufgenommen hatte, war LaMoia Leiter dieses Falls. Wenngleich er gerne den Fall übernommen hätte, war Boldt sich bewusst, dass der leitende Beamte volle Autorität haben musste. Eine Observierung konnte binnen Sekunden eine unerwartete Entwicklung nehmen. »Das ist dein Ding«, erinnerte er LaMoia.

Boldts Chevy Cavalier war nur ein paar Meter weiter im absoluten Halteverbot geparkt. Das Handy am Ohr, genoss er einen Tasse Earl-Grey-Tee auf einem Kunststoff-Rasenstuhl des Restaurants »Seattle's Best Coffee« vor dem Westlake Center, von wo er eine etwas erhöhte und ziemlich entfernte Sicht auf die besetzte Bank neben den Wasserspielen hatte. Der SONY-Walkman war in Wirklichkeit ein Polizeiband-Funküberwacher, dessen Allwetterhörer er immer noch in den Ohren hatte, trotz der Handys.

LaMoia fragte: »Was, zum Teufel, führt der im Schilde?«

»*Du* musst entscheiden, John. Sie wartet.«

»Also gut. Okay!«, bestätigte LaMoia dem Dispatcher, der daraufhin einen Schalter an seiner Konsole umlegte und damit das Bestätigungssignal gab.

LaMoia lehnte sich nervös zurück und sagte: »Ich hasse diesen Scheiß.«

Keine sieben Meter von der Granitbank entfernt, auf der Stevie und ihr Besucher saßen, schüttete ein Obdachloser plötzlich eine ganze Mülltüte voller zerdrückter Aluminiumbüchsen auf das Pflaster. Ihr Gesprächspartner sprang auf. Eine frische Zigarette hüpfte zwischen seinen Lippen; Asche rieselte herunter, die sich der Mann aus dem Schoß klopfte. Während er auf diese Weise abgelenkt war, warf Stevie einen raschen Blick über die linke Schulter, wie man sie angewiesen hatte. Eine Frau, die keine vier Meter entfernt stand – Ermittlerin Bobby Gaynes, obwohl Stevie sich nicht an den Namen erinnern konnte –, hielt den Daumen hoch, wodurch sie die Genehmigung für die zweite Freikaufsumme anzeigte. Gaynes ging weiter, vorbei an Andy Milner, dem verdeckten Ermittler, der den fleißig Büchsen sammelnden Penner mimte.

Stevie reichte dem Mann auf der Bank den Umschlag mit den tausend Dollar, von denen sie wusste, dass die Seriennummer jedes Scheins notiert war. »Okay«, sagte sie, »machen wir's so.«

Stevie ließ sich Zeit auf dem Weg zum ATM-Geldautomaten, denn sie nahm an, dass die Polizei jede Minute brauchen würde, sich umzugruppieren und ihr zu folgen. Sie erkannte ein paar der Kripoleute, obwohl die Vorstellungen während ihrer Einweisung schnell und flüchtig gewesen waren und sie sich an keinen einzigen Namen erinnern konnte.

Mit gleichgültiger Miene spazierte sie die leicht ansteigende Fourth Avenue hinauf und näherte sich der ATM-Zweigstelle, wo sie einen weiteren der Kripoleute zu erkennen glaubte. Der Mann blickte sie kurz an und zeigte rasch auf seine Armbanduhr. Dieses Zeichen bedeutete, dass sie mehr Zeit brauchten.

Der Ermittler verließ die ATM-Filiale. Stevie schätzte die Polizei plötzlich wie nie zuvor. Das Überwachungsteam blieb trotz der Änderung im Plan an ihr dran. Die Gegenwart des Teams verlieh Stevie ein Gefühl der Sicherheit. Dennoch spürte sie einen Adrenalinschub, als sie zum ATM-Geldautomaten ging.

Sie schob ihre Karte ein und tippte ihre PIN-Nummer. Zwanzig Sekunden später wurde das Geld und danach ihre Karte ausgestoßen. Sie drehte sich gerade rechtzeitig um, dass sie zwei Punker genau auf sie zukommen sah. Die Absichten der Typen waren an ihren entschlossenen Blicken unschwer zu erkennen. Sie war ausgetrickst worden. Film oder nicht, die beiden würden ihr am hellichten Tag die fünfhundert Dollar rauben. Stevie machte aus lauter Angst einen Schritt zurück zum ATM-Automaten.

In diesem Moment brachen rechts von ihr undeutlich im Augenwinkel erfasste Aktivitäten aus. Ein Obdachloser prallte mit einer Frau zusammen, entriss ihr zwei Einkaufstüten und stieß sie so heftig um, dass sie auf den Gehsteig stürzte. Dann sprintete er von ihr weg, direkt auf die beiden Jugendlichen zu, die sich Stevie näherten.

Die zu Boden gestoßene Frau rief laut um Hilfe. Zwei uniformierte Polizisten rannten um die Ecke des Gebäudes, riefen den Obdachlosen an und packten ihn schließlich. Beim Anblick der Cops flitzten die beiden Punker davon – der eine die Fourth Avenue hinunter, der andere in östlicher Richtung auf der Olive Street.

Stevie trat vom ATM-Automaten weg und sammelte sich. Es waren alles Kripoleute, erkannte sie – der Obdachlose, die beraubte Frau. Der Vorfall war inszeniert worden, um die Punker abzuschrecken. Schutzengel nahmen mitunter die seltsamsten Gestalten an.

Auf halbem Weg die Straße hinunter ergriff eine Hand fest ihren Ellbogen. »Gehen Sie weiter«, sagte der Mann.

»Lassen Sie mich los«, zischte Stevie.

Während er sie immer noch am Arm hielt, drückte der Mann ihr einen Garderobenschein in die Hand. »Das Kunstmuseum«, sagte er dabei. Stevie schaute auf den Schein hinunter.

»Eine Frau wurde überfallen«, sagte sie.

»Das ist eine gefährliche Stadt.«

»Denken Sie, ich gebe Ihnen fünfhundert Dollar für einen wertlosen Garderobenschein?«

Er antwortete: »Wenn Sie's nicht tun, werden Sie nie erfahren, was auf dem Band ist.«

»Sie bekommen das Geld nicht, bis ich das Band habe.«

»So funktioniert das nicht.«

»O doch«, widersprach Stevie. »Genau so.«

»Wenn Sie nicht mitspielen wollen«, erklärte der Mann, »haben wir uns nichts mehr zu sagen.« Er zog sie aus dem Strom der Fußgänger zur Seite.

»Denken Sie daran: Ich habe hier fünfhundert Dollar, die für Sie bestimmt sind.«

»Geben Sie mir das Geld«, sagte der Mann begierig.

»Gehen wir doch«, schlug sie vor. »Zehn Minuten, und sie sind um fünfhundert Dollar reicher.«

»Nee, so funktioniert das nicht«, wiederholte er.

»Dann eben nicht.« Sie langte in ihre Tasche und hielt ihm den Garderobenschein hin, wobei sie sich fragte, ob er das Zittern ihrer Finger bemerkte.

»Behalten Sie ihn. Geben Sie mir nur das Geld«, bat er.

»Also, gehen wir ein Stück«, sagte sie forsch. Mit dem wieder eingesteckten Garderobenschein ging sie los – in dem Bewusstsein, dass er keine andere Wahl hatte, als ihr zu folgen. Sie zählte im Stillen *tausendundeins ... tausendundzwei ...*, und ihre gespannte Erwartung wuchs, als sie den Fußgängerüberweg erreichte, wo die Ampel auf Grün schaltete. Sie ging über die Straße.

»Ich habe keine Zeit für so was«, hörte sie die Stimme des Mannes über ihre linke Schulter.

»Doch, haben Sie«, widersprach sie und blickte dabei starr nach vorn. »So schnell haben Sie noch nie fünfhundert Dollar kassiert.« Sie ging weiter und wusste nicht, ob er ihr noch folgte, doch sie verlangsamte ihre Schritte nicht.

»Die Frau hat Nerven«, bemerkte LaMoia im MoKo-Fahrzeug, das Handy am Ohr. »Also, wie wär's, wenn wir jetzt den Deckel zumachen? ... Furzen Sie hier drin?«, fragte er dann den Dispatcher.

»Aber nein, Sir«, erwiderte der Dispatcher und drehte langsam die Deckenöffnung des Wagens auf.

»Es stinkt, als hätte ein Hund hier drin geschissen«, meinte LaMoia und wedelte dabei die Luft von seiner Nase.

»Ich gehe jetzt zu Fuß hinterher«, kündigte Boldt über Handy an.

»Wir haben sie doch gut im Blick«, entgegnete LaMoia.

»Trotzdem, ich gehe zu Fuß hinterher.«

LaMoia erklärte: »Wir lenken das Team zum Museum um. Wir haben schon vier Mann zu Fuß. Die können dich unterstützen.«

Boldt erwiderte: »Wenn er wieder Hand an sie legt,

John, wenn er auf den Gedanken kommt, sich die fünfhundert Dollar mit Gewalt zu nehmen, schnappen wir uns den Burschen.«

»Verstanden«, sagte LaMoia und fügte hinzu: »Wenn wir das vermasseln, werden wir zum Gespött der Nation.«

Vor dem Kunstmuseum stand eine riesige Stahlskulptur eines Mannes, der einen ebenfalls riesigen Hammer wuchtete. Für Stevie sah es russisch aus – wie ein Überbleibsel des Stalinismus, eine Huldigung an die Arbeiterklasse. Je näher sie kamen, umso nervöser wurde ihr Begleiter. Vielleicht spürte er die Falle, die für ihn ausgelegt war. Stevies eigene Spannung stieg ebenfalls mit jedem Schritt; sie fürchtete, dass die Polizei noch niemanden dort hatte.

Eine Gruppe japanischer Touristen hatte sich im Hof versammelt und wartete auf ihre Fremdenführerin. Stevie fühlte, wie mehrere der Männer sie anstarrten. Andere machten Aufnahmen von dem »russischen Arbeiter«.

»Sie brauchen mich dafür doch nicht«, klagte der Mann.

»Ich traue Ihnen nicht«, sagte sie, drehte sich um und sah ihm ins Gesicht.

»Sie Bild machen von uns?«, fragte ein Japaner Stevie, hielt ihr seinen Fotoapparat hin und wies auf seine lächelnden Freunde. Zögernd nahm Stevie den Apparat.

»Dafür habe ich keine Zeit«, protestierte ihr Begleiter wieder.

»Beruhigen Sie sich«, flüsterte sie. Bei der Bildsuche betätigte sie aus Versehen den Zoom des Apparats. Hinter der Gruppe der grinsenden Touristen sah sie, wie der Dampfreinigungs-Lieferwagen sich durch den Verkehr schlängelte und an der Gehsteigkante hielt. Sie betätigte den Verschluss und bekam dabei nur die Köpfe der Touristen aufs Bild. Die Kavallerie war eingetroffen.

Boldt näherte sich dem tiefer liegenden Hof des Museums und wünschte sich, McNeal würde den Fotoapparat absetzen und zu ihm schauen. Er verlangsamte seine Schritte, blieb aber nicht stehen. Im Abstand von ein, zwei Metern ging er so an dem Mann an ihrer Seite vorbei. Ermittler Mulgrave erschien zu seiner Linken und betrat vor ihm das Museum. Es würde jetzt alles sehr schnell gehen, obwohl er das Gefühl hatte, dass alles in Zeitlupe ablief.

An den Glastüren des Museums hielt er und schaute auf das Spiegelbild, als Stevie McNeal dem japanischen Touristen den Fotoapparat zurückgab. Als sie sich dem Eingang zuwandte, fragte er sich, ob sie ihn von hinten erkennen würde und sagte sich dann: wahrscheinlich.

Stevie McNeal sah nicht so aus, als könnte ihr viel entgehen.

Hinten im MoKo sagte LaMoia ins Funkgerät: »Wenn es nach Süden geht, wenn unser Junge abhaut, bleibt Mulgrave an ihm dran. MoKo wird folgen. Lynch, du schützt McNeal mit deinem Körper, falls nötig.«

»Verstanden.«

»Wenn wir uns den Burschen schnappen müssen, dann muss alles schnell und präzise gehen. Es sind Passanten in der Nähe. Verstanden?«

Im Funkgerät hörte man mehrere deutliche Knackgeräusche, als die verdeckten Ermittler ihre Funkgeräte zur Bestätigung betätigten. LaMoia wusste nun, dass seine Leute in Bereitschaft waren. Der Einsatz stand kurz bevor.

Stevie ging zur Garderobe und gab der Asiatin hinter der Theke den farbigen Schein. Sie fragte sich, ob diese Frau auch einst eine Illegale gewesen war, und erkannte, dass sie Vorurteile hatte. Ihr Begleiter hatte drei Meter hinter ihr im Strom der kommenden und gehenden Museumsbesucher gehalten und kam ihr vor wie ein Hund an einem Rinnstein, der überlegt, wann er zur anderen Straßenseite hinüberlaufen kann. Sein Gesicht war gerötet, beinahe fiebrig. Im Hof war er sogar in Schweiß ausgebrochen.

Auch Stevie schwitzte. Es schien, dass ihre Chance, Melissa zu retten – falls es überhaupt noch eine Chance gab –, von den nächsten paar Minuten und dem versprochenen Videoband abhing. Boldt ging neben ihr an die Theke und sagte deutlich vernehmbar zu einer der Garderobieren:

»Was ist, wenn ich meinen Garderobenschein verloren habe?« Er wollte Zeit schinden.

Stevie reichte der Frau den Garderobenschein. Diese drehte sich nach den Reihen von Fächern um. »Ohne den Schein geben wir nichts heraus«, erklärte ein männlicher Garderobenbediensteter Boldt.

Boldt klopfte auf die Taschen seiner Kleidung. »Aber wenn ich ihn nicht mehr habe?«, fragte er. Stevies Selbstsicherheit wuchs wieder, als sie ihn so dicht bei sich sah.

Die Garderobiere stellte die Kameratasche vor Stevie hin. Das Herz schlug ihr bis zum Hals. Sie hatte Melissa diese Tasche gegeben, als die beiden Frauen sich zum letzten Mal gesehen hatten.

Stevie drehte sich um. Der Mann sagte: »Okay, das wär's dann also.«

»Noch nicht.«

»Mist«, zischte er und lehnte sich mit seinem Tabakatem zu ihr hinüber. »Jetzt reicht's mir aber. Geben Sie mir jetzt die fünf Scheine.«

Stevie wollte erst nachschauen, ob das Videoband tatsächlich da war, bevor sie das Geld übergab.

Eine kräftige Hand packte ihren Oberarm.

»Nach draußen«, befahl der Mann. »Wir sind hier fertig.« In seinen Koteletten schimmerten Schweißperlen.

Stevie zögerte kurz, während ihre Finger über dem Reißverschluss der Kameratasche schwebten. Sie bewegte sich zur Wand, wo ein Springbrunnen sprudelte, sodass der Mann sie loslassen musste. Er ließ sie gehen und folgte ihr in Richtung der Wand. Stevies Arm prickelte, als der Schmerz verebbte.

Sie zog den Reißverschluss auf und spürte, dass sie trotz ihrer Bemühung, die Ruhe zu bewahren, von der Spannung schier überwältigt wurde. Sie öffnete die Tasche und schaute hinein. Darin war ein Paar schwarzer

Pantoffeln mit gestickten roten Rosen an den Spitzen. Ihr wurde die Kehle eng – die Pantoffeln gehörten Melissa. Sie schob sie zur Seite. Da war auch noch ein kleines Band. Tränen traten Stevie in die Augen, und sämtliche rationalen Gedanken wurden fortgespült, als die Erinnerungen an Melissa plötzlich alles darstellten, was noch wichtig war. Sie packte den Mann an seiner Sportjacke, starrte ihn an und rief: »Wo *ist* sie? Was haben Sie mit ihr gemacht?«

Der überraschte Mann schob die Hand in ihre Einkaufstasche und holte ihre Brieftasche heraus. »Das Geld!«, zischte er. Er hob den Kopf mit blitzenden dunklen Augen, als er sah, wie einer der verdeckten Ermittler nach einer Waffe langte.

Blitzschnell steckte der Mann die Brieftasche ein, packte Stevie, drehte sie herum und stieß sie in Boldts Richtung. Er stürmte zum Eingang, wand sich zwischen den Touristen hindurch und benutzte die Körper als Schutz. Stevie stolperte in Boldts Arme. Er hielt sie kurz fest und stürmte dem Mann dann hinterher.

Ermittler Mulgrave rief laut: »Polizei! Alle stehen bleiben!« Die Besucher, die Englisch verstanden, warfen sich auf den Teppichboden. Die Japaner lächelten und reagierten ein wenig später. Rufe und Schreie erklangen. Ein uniformierter Museumswächter eilte zu einer der Eingangstüren, um sie abzusperren.

Boldt und Mulgrave liefen zum Eingang, während der Verdächtige mit der Schulter den Wächter rammte, sodass dieser durch die Glastür geschleudert wurde und zu Boden krachte. Der Verdächtige floh nach draußen. Boldt und Mulgrave hielten sich unmittelbar hinter ihm.

Boldt rief dem Verdächtigen hinterher. Mulgrave forderte über sein Funkgerät Unterstützung an. Der Mann rannte an der Verkehrsampel, die Rot anzeigte, über die Straße und dann weiter in südlicher Richtung auf der First Avenue.

Boldt sah LaMoia und einen Mann in Uniform; gleichzeitig beobachtete er, wie ein Kameramann, der schwarze Kabel hinter sich herschleifte, aus einem großen blauen Lieferwagen von KSTV sprang, der im Verkehr gestoppt hatte. Der Kameramann rannte auf dem Gehsteig weiter. LaMoia und der Uniformierte strauchelten über die Kabel, und die drei Männer gingen zu Boden.

Boldt schlängelte sich durch den Verkehr und lief hinter dem Verdächtigen her. Mulgrave rief weiterhin Anweisungen in sein Funkgerät.

Der Verdächtige rannte an der nächsten Straßenecke nach links und verschwand aus dem Blickfeld.

Mit brennenden Lungen und einem Ziehen im rechten Knie verlor Boldt gegenüber Mulgrave an Boden. »Was ist mit Unterstützung?«, rief er keuchend.

»Kommt!«, antwortete der Detective.

Sie mussten diesen Mann unbedingt fassen. Ihn hier zu verlieren, wäre eine Katastrophe. Beide Cops schwenkten an der Ecke nach links, und Mulgrave stürmte über die Fahrbahn – aber der Verdächtige war nirgends mehr zu sehen.

Sirenengeheul näherte sich. Die Straße stieg an. Kein

Verdächtiger. Mulgrave war inzwischen auf der anderen Straßenseite und bog in eine Seitengasse ein.

Boldt blieb stehen und drehte sich im Kreis. Der Flüchtige hatte entweder eines der Gebäude betreten oder war ebenfalls in der Gasse verschwunden. Boldt stand jetzt vor einer schwierigen Entscheidung: entweder die Funkwagen und Uniformierten abwarten, sodass alles abgeriegelt werden konnte, damit der Verdächtige keine Möglichkeit hatte sich davonzuschleichen, oder eines der Gebäude zum Durchsuchen auswählen, bevor der Verdächtige eine weitere Chance zur Flucht hatte. Boldt musterte die Wand aus Ziegelgebäuden, die entlang der Nordseite der Straße standen. Seine Augen schweiften von Fenster zu Fenster, von einem Gebäude zum nächsten.

Erst sah es wie ein Schatten aus, dann wurde es ein Bild: Eine Frau an einem Fenster im zweiten Stock hielt eine Hand ans Glas gedrückt. Offenbar war sie eine Treppe hinuntergestiegen und hatte dabei jemandem ausweichen müssen. Diese an das Glas gedrückte, gespreizte Hand überzeugte Boldt – genauer die Furcht, die diese Geste ausdrückte. Boldt ging das Risiko ein.

Die Polizeimarke an die Brusttasche seiner Jacke gesteckt, nahm er jeweils zwei Stufen der Treppe auf einmal und stürmte an der Frau mittleren Alters vorbei, die jetzt auf dem Treppenabsatz des ersten Stocks stand. Sie zeigte nach oben. Boldt rannte keuchend weiter hinauf, ohne das Tempo zu verlangsamen. Die Überraschung war jetzt auf seiner Seite. Deshalb musste er schnell sein, bevor er diesen Vorteil verlor.

Als er den dritten Stock erreichte, war er fast völlig außer Atem, stieg aber weiter hinauf. Die Bewegung war auf der rechten Seite, als Boldt sich nach links zur letzten Treppenflucht wandte, und machte sich als Farb- oder Lichtveränderung bemerkbar, als ob jemand einen Vorhang zuziehen oder mit einer Fahne winken würde. Es war wie eine Woge glühender Hitze, die Boldts Rückgrat hinaufschoss. Sein rechter Arm fuhr instinktiv hoch, doch in diesem Moment traf ihn auch schon der Schlag gegen die Rippen. Er wurde aus dem Gleichgewicht gebracht und krachte gegen einen Stuhl, der neben einem schweren Ständeraschenbecher auf dem Treppenabsatz stand. Er packte ein Bein des Stuhls, warf ihn in die ungefähre Richtung, in der sein Angreifer sich befinden musste, und griff zugleich nach seiner Pistole. Die vier Metallbeine des Stuhls kreischten wie Fingernägel auf einer Schiefertafel. Dann flog der Stuhl zu den Treppen und – als wäre es genau so berechnet – gegen die hintere Wand, von der er abprallte und die Treppen hinunterpolterte.

Nachdem er Boldt den Stoß versetzt hatte, flitzte der Verdächtige die Treppen hinunter und sah den Stuhl gar nicht kommen. Er polterte ihm nach, als wäre er an dem Mann befestigt, sprang in die Luft, krachte wieder hinunter und gewann dabei an Geschwindigkeit. Boldt war wieder auf den Beinen, als der Stuhl den Mann traf, ihn aus dem Gleichgewicht brachte und die restlichen Stufen der Treppenflucht hinunterschleuderte. Es war wie eine Szene eines Klamaukfilms.

Trotz des schweren Sturzes kam der Mann wieder auf die Beine, brach aber zusammen, als der Schmerz ihn durchraste. Augenblicke später hatte Boldt ihn gepackt. Eine Handschelle schnappte um das Gelenk des Mannes. Boldt klopfte ihn nach Waffen ab, während er ihn über die Gründe der Verhaftung und seine Rechte aufklärte. Er nahm den Mann wegen Handelns mit gestohlenen Gütern und tätlicher Gewalt gegen einen Polizeibeamten fest.

»Ich habe doch nichts gestohlen!«, protestierte der Mann, als er die Treppen hinuntergeführt wurde.

»Von hier bis zum Polizeirevier können Sie nachdenken«, erklärte Boldt. »Wenn Sie nur ein bisschen Verstand haben, packen Sie aus.«

»Ja, ja, schon gut – aber ich sage Ihnen, ich habe nichts gestohlen!«

»Wenn Sie klug wären, würden Sie mit diesem blöden Spruch aufhören«, riet ihm Boldt. »Aber«, fügte er hinzu, »*wenn* Sie klug wären, dann wären wir jetzt nicht hier, stimmt's?«

32.

Gaylord Riley zog die Finger über seine schwitzende Wange, als riebe er eine Wunschlampe à la Aladin. Er war stolz auf seine Weigerung, mit der Polizei zu reden; außerdem erwartete er seinen Rechtsanwalt. Rileys fleckiges Polyesterhemd klebte ihm wie Zellophan auf der Haut. Die Atmosphäre im »Kasten« hatte sich durch LaMoias wachsenden Zorn und seine Frustration so aufgeheizt, dass beide Männer nach einem Glas Wasser lechzten.

»Die Sache ist, dass eine miese Type wie du, Riley, nicht versteht, dass jetzt nicht die Zeit ist, die Rechtsanwaltskarte zu spielen.«

»Als ob es Ihrer Meinung nach jemals eine richtige Zeit dafür gäbe!«

»Ich habe einen Polizeijuristen da draußen, der dir alles wiederholen würde, was ich dir gesagt habe. Du bist ein bekannter Hehler und beim Betrugsdezernat aktenkundig.«

»Aber ich bin nie verurteilt worden!«

»Wenn du uns sagst, wer dir das Gerät gebracht hat, kannst du hier rausgehen, ohne irgendwelche Folgen fürchten zu müssen.«

»Das ist doch Quatsch! Das wissen Sie so gut wie ich. Dieser große Bulle da ... der sagte was von tätlichem

Angriff auf einen Polizeibeamten. Der ist doch von sich aus zu Boden gegangen ... über ’nen Schnürsenkel gestolpert oder so. Ich hab doch keine Gewalt gegen ’nen Cop angewendet.«

»Willst du, dass ich ihn herhole? Warte mal einen Moment.« LaMoia ging zur Tür. Boldt, der durch das Spiegelglas geschaut hatte, war schon an der Tür, als LaMoia öffnete.

Boldt trat ein. Ganz wie früher: Er und LaMoia bei der Bearbeitung eines Verdächtigen. Alles was sie noch brauchten, um das Bild abzurunden, war Daphne. Boldt sagte: »Wenn Sie reden, können Sie gehen. Das habe ich Ihnen doch schon klargemacht.«

»Ich möchte es lieber von einem Rechtsanwalt hören«, erwiderte der Verdächtige.

»Bis dahin werden Sie’s nicht mehr hören«, meinte Boldt.

LaMoia setzte sich und lehnte sich im Stuhl zurück. »Dumm sein ist *eine* Sache. Du warst dumm, dass du dich darauf eingelassen hast. Es war blöd von dir, den Sender anzurufen und das Treffen zu vereinbaren. Aber nun sei nicht idiotisch. Sei kein Arschloch. Wir wissen mehr als du darüber, wie das hier läuft. Wir haben die Gefängnisse voll von Trotteln, die sich für besonders schlau hielten, das kannst du mir glauben. Wenn du auf dem Rechtsanwalt bestehst, setzt du Dinge in Bewegung, die wir nicht mehr aufhalten können. Wenn du die Collegeboys hier reinholst, sitzen du, ich und der Lieutenant auf Stühlen in der Ecke und müssen uns ansehen, wie die den Tanz beginnen. Möchtest du das? Ehrlich?« Er konnte spüren, dass er den Burschen beinahe schon überzeugt hatte. Gaylord Riley sah aus, als würde ihm gleich ein Blutgefäß platzen.

»Wir wollen doch nur zu einem Gespräch mit Ihnen kommen«, ermutigte ihn Boldt. »Damit ein paar Worte fallen, die schließlich zur Wahrheit führen. Wenn wir das in angemessener Weise tun, gibt es keinen Grund, einen Rechtsanwalt hinzuzuziehen. Ihr kleiner Lösegeld-Erpressungsversuch ist dann gar nicht passiert.«

»Ich habe niemanden erpresst!«

»Sag ich ja«, erwiderte Boldt. »Ist gar nicht passiert.«

LaMoia warnte Riley: »Wir haben dich auf Videoband, auf Tonband und auf Fotos, mein Junge. Dann sind da noch ein Dutzend Zeugen – alles Strafverfolgungsbeamte. Was meinst du, was du und dein Rechtsanwalt dagegen ausrichten können?«

Der Mann schaute von einem Ermittler zum anderen, wie ein verschreckter kleiner Junge. LaMoia genoss jeden Augenblick. Er hatte nicht die erforderlichen Ausbildungsabschlüsse, glaubte aber, ein guter Unterhändler in Fällen von Geiselnahme sein zu können – einer, der dem Bombenleger ins Auge schaut und ihm in aller Ruhe sagt, er solle doch den Knopf drücken, wenn er wirklich den Mut dazu habe. Er fühlte sich rundum wohl, wie nach einem Schäferstündchen.

Der Verdächtige stieß hervor: »Er war Chinese ... ungefähr einundzwanzig, zweiundzwanzig Jahre alt. Kräftig, klein. Hab ihn nie zuvor gesehen, und seitdem auch nicht wieder. Wusste nicht, was er hatte – dachte, es ist ein Camcorder.«

»Ein Bandenmitglied?«, fragte Boldt und versuchte, sein Erstaunen zu verbergen. In seinem Innern brodelte es vor Erregung. Er fragte erst gar nicht, ob der Fremde einen Namen genannt hatte.

»Gibt's denn da welche, die keine Bandenkids sind?«, erwiderte Riley. »Nicht die geringste Ahnung von den Burschen, was?«

»Hat er Englisch gesprochen?«, wollte LaMoia wissen.

»Nein. So 'n Kauderwelsch«, antwortete der Mann.

»Tätowierungen? Irgendwelche Kennzeichen?«, erkundigte sich Boldt.

»Nein. Bloß ein junger Bursche, der auf Geld aus war. Hatte ein bisschen Schiss bei der Sache.«

»Angst, sich damit rauszuwagen«, verbesserte LaMoia.

»Genau.«

»Sie meinen, das Ding war heiß?«, sagte Boldt.

»Natürlich war es heiß«, erklärte der Mann. »Sehe ich denn wie 'n Einkäufer von Macy's aus?«

»Der Junge hat es also einen Camcorder genannt«, wiederholte LaMoia.

»Ja. Hatte keine blasse Ahnung davon. Er kam rein und wollte etwas Geld dafür. Gab ihm zwei Hunderter, und er ist damit verschwunden. Die ganze Sache dauerte vielleicht ein, zwei Minuten.«

»Zwei Hunderter für eine Zwölftausend-Dollar-Kamera!«, stieß LaMoia hervor.

»Ja. Die Anfangsbuchstaben des Senders sind am Boden eingraviert. Ich glaub, das ist dem Burschen gar nicht aufgefallen. Der wusste doch auch nicht, wie teuer dieser Digitalkram ist. Der wusste wirklich nicht, was er da hatte, dieser Typ. Außerdem war er auch – entweder war er 'n Junkie oder hatte unheimlich Schiss, dass er das Ding verscherbelte. Bei der kräftigen Gestalt glaube ich allerdings nicht, dass er 'n Junkie war. Kam mir wie ein Kid vor, das die Autostereoanlage seiner Mutter geklaut hat.«

»Er hat das Gerät wohl gefunden«, sagte Boldt zu La-Moia. »Entweder gefunden, oder er hat's ihr abgenommen ...«

LaMoia nickte. »Und es keinem erzählt.«

»Wer?«, fragte der Verdächtige. »*Ich* habe doch von keinem was genommen!«

»Halt die Schnauze!«, rief LaMoia. »Jetzt reden *wir*!«

Boldt fügte hinzu: »Er fand das Ding und wollte damit ein paar Extradollars machen.«

»Also verscherbelt er es an diesen Komiker hier«, meinte LaMoia.

Boldt wandte sich an Riley. »Wir werden Ihnen einige Fotos zeigen.«

»Verbrechervisagen.«

»Genau«, antwortete der Lieutenant. »Wenn Sie ihn identifizieren, können Sie hier rausgehen, frei wie ein Vogel. Also, Sie ...«

»He! Das war aber nicht abgesprochen! So 'n Mist!«

LaMoia stand abrupt auf, wodurch der Mann erschrak. Der Sergeant beugte sich über den Tisch. »Unterbrich den Lieutenant nicht, Arschloch! Der Mann will dir was sagen.«

Boldt wiederholte: »Sie schauen sich die Fotos an, zeigen ihn uns und können noch heute Abend hier raus. Wenn Sie ihn nicht finden, werden Sie wegen des tätlichen Angriffs eine Nacht in der Zelle verbringen und sich morgen weitere Fotos anschauen. Sie geben uns ein Gesicht und wir Ihnen einen Pass.«

»Das ist doch Scheiß!«

»Das ist 'ne Chance für dich, hier rauszukommen«, sagte LaMoia. »Oder möchtest du lieber, dass wir *unsere* Anwälte rufen und ihnen sagen, dass du nicht zur Zusammenarbeit bereit bist?«

»Aber ich *habe* jetzt doch mit Ihnen zusammengearbeitet!«, protestierte Riley.

LaMoia wandte sich Boldt zu: »Meinst du, er arbeitet mit uns zusammen, Sarge?«

»Ich meine, der erzählt uns hier Märchen«, erwiderte Boldt.

»Ich habe erzählt, wie's wirklich gewesen ist!«, rief der Mann.

»Und dann schreit er uns auch noch an«, fügte LaMoia hinzu.

Boldt sagte noch einmal: »Sie geben uns ein Gesicht, und wenn es stimmt, können Sie hier rausmarschieren.«

»Wenn du dir hier irgendwas ausdenkst, bist du geliefert«, warnte LaMoia.

»Das war bloß irgend so 'n junger Typ! Ein Chinese. Wie soll ich den von anderen China-Kids unterscheiden?«

»Willst du damit sagen, die sehen alle gleich aus?«, fragte LaMoia in drohendem Tonfall. »Den Bären kannst du uns nicht aufbinden.« Dann log er, um den Mann unter Druck zu setzen: »Besonders nicht dem Lieutenant hier, der ist nämlich mit 'ner hübschen Chinesin verheiratet und hat fünf kleine Töchter von ihr.«

Der Verdächtige sah aus, als hätte er einen Eiswürfel verschluckt.

Boldt musste sich zur Tür umdrehen, um sein Grinsen zu verbergen. »Fangen wir an«, sagte er zu seinem Sergeant und fragte sich, woher LaMoia solche Einfälle hatte.

33.

Als Reporterin hatte Stevie die Kunst vervollkommnet, sich Menschen zunutze zu machen, und obwohl die letzten Jahren als Nachrichtensprecherin und Kommentatorin diese Talente ein wenig hatten verkümmern lassen, so waren sie doch nicht völlig verloren gegangen. Stevie war sich der starken Wirkung bewusst, die ihr Aussehen auf Männer hatte – und auch des Neids, den sie bei Frauen auslöste –, und sie verstand es, dies für ihre Zwecke einzusetzen. So wie jetzt. Brian Coughlie hatte Zugangsmöglichkeiten zur Stadtpolizei Seattle, die Stevie nicht besaß. Sie hatte das beste Restaurant der Stadt ausgesucht und trug ein tief ausgeschnittenes Tealkleid, das Aufsehen erregte. Sie war bereit.

Ihr Körper schmerzte vor Müdigkeit und Erschöpfung nach dem Vorfall mit der Polizei, doch sie wollte dem nicht nachgeben, bis sie das Diner hinter sich und erreicht hatte, was sie erreichen wollte. Der Oberstaatsanwalt Milton Abrams vom King County verweigerte dem Sender KSTV Einsicht in das Videoband, das Stevie selbst gerettet hatte. Boldt, Abrams und andere hatten sie ausgetrickst, und ihre einzige Chance, sich dafür zu revanchieren, bot der Mann, der ihr jetzt am Tisch gegenübersaß.

Das *Campagne* war eines der besten Restaurants der

Stadt. Brian Coughlie, der auf Stevies Einladung gekommen war, sah hier ein wenig deplatziert aus, doch sie ließ sich davon nicht stören. Ihre Bekanntheit hatte gleich bei ihrem Erscheinen im Restaurant Tuscheln und Murmeln hervorgerufen, und Stevie spielte dies nun hoch in der Hoffnung, Coughlie damit zu beeindrucken, der schließlich bloß eine Arbeitsbiene des Staates war und sich nur einen schlechten Schneider leisten konnte. Sie waren ein ungleiches Paar, und Stevie beabsichtigte, ihn so sehr zu melken, wie sie nur konnte. Ins Bett würde sie allerdings nicht mit ihm gehen – aber das konnte Coughlie ja nicht wissen.

Ein Anflug sexueller Anspielung, ein gelegentliches Kompliment, ein gut abgestimmtes Lächeln, eine flüchtige Geste – Stevie hatte ein ganzes Arsenal zur Verfügung.

Coughlie war nicht der Mann, der die Einladung einer Frau wie Stevie ausschlug. Er hatte schon versucht, sich etwas einfallen zu lassen und irgendwie an sie heranzukommen, wenn sie allein war, um so viel wie möglich über ihre vermisste Freundin herauszubekommen. Als bekannte Journalistin besaß Stevie McNeal Verbindungen und Hilfsquellen, die er nicht besaß. Nachdem sie ihn am späten Nachmittag informiert hatte, dass die Polizei angeblich Beweismittel beschlagnahmt hatte, die dem Sender gehörten, kam Coughlie ihre Einladung zum Diner wie gerufen. Sie brauchte ihn – die Basis jeder Beziehung geschäftlicher oder persönlicher Natur.

Wenn er sie dabei noch ins Bett bekommen konnte – umso besser. Nach ihrem Aussehen zu urteilen, würde es ein unvergesslicher Abend werden. Die Art, wie sie ihr Hinterteil auf dem Stuhl hin und her bewegte, erregte ihn. Sein Hauptinteresse galt jedoch erst einmal ihrem Wissen und nicht der Frage, wie gut sie im Bett sein mochte. Die Stadtpolizei schottete sich gegen die Einwanderungsbehörde ab und umgekehrt – wie gewöhnlich.

Coughlie beschäftigte sich mit dem Essen und dem Wein und beschränkte sich auf gelegentliche Kommentare. Frauen reden gern, wenn man ihnen nur die Gelegenheit dazu gibt. Und so, wie sie dem Wein zusprach, würde sie ihm schon bald irgendeine Schlüsseladresse verraten. Auch Coughlie nippte am Wein. Ganz anständiges Gesöff. Yuppie-Wein. Der Markenname hatte irgendwas mit Bogenschützen zu tun. Ein *peanut noir*, nannte er ihn scherzhaft. Er würde allerdings jederzeit einen Chablis vorziehen. Doch mit den sechzig Dollar die Flasche wollte sie ihn offenbar beeindrucken. Netter Versuch, dachte er sich. Aber es gehörte mehr dazu als ein paar tolle Brüste und ein gewandtes Auftreten, um Brian Coughlie zu beeindrucken.

»Wie kommt man dazu, zur Einwanderungsbehörde zu gehen?«, fragte Stevie und schaute ihm in die Augen.

»Wie kommt man dazu, jeden Nachmittag sein Gesicht einer Million Leute zu zeigen?«

»Es sind vierhunderttausend«, verbesserte sie ihn, »und das ist kein angemessener Vergleich. In der Öffentlichkeit steht die Einwanderungsbehörde für Grenzposten ... Torwächter.«

»Oh, Schmeicheleien hört man immer gern.«

»Sagen Sie, ob ich Unrecht habe.«

Er versuchte, eine dünne Scheibe Schinken mit irgendeinem italienischen Namen auf seine Gabel zu spießen. Die geizigen Brüder hier schnitten die Scheiben verdammt dünn. »Wenn ich ein Held hätte sein wollen, wäre ich Feuerwehrmann geworden.«

Sie lachte.

Er fuhr fort: »Aber mal im Ernst. Man fängt bei uns an in dem Bewusstsein, zu einer Gruppe zu gehören, die Menschen eine Chance für ein Leben in diesem Land mit seiner Freiheit und seinen Möglichkeiten bietet. Man findet aber auch viel falsch verstandenen Patriotismus bei uns. Und die Macht, die mit unserem Job einhergeht, wird manchmal missbraucht. Ob es auch Rassismus bei uns gibt? Vielleicht. Einige der Burschen, die bei uns eintreten, möchten nichts lieber, als irgendeinem Mexikaner mit einem Polizeiknüppel die Schnauze zu polieren. Habe ich auch schon gesehen. Solche Typen werden aber schnell ausgesondert, glauben Sie mir. Keiner möchte sie behalten. Die Kehrseite ist, dass wir das schützen, was von diesem Land geblieben ist – für die, welche ein Recht darauf haben. Illegale stören das Gleichgewicht. Die profitieren von Sozialprogrammen, in die sie nie einen Cent gezahlt haben. Wenn man kein Eintrittsgeld nimmt, geht man Pleite.«

»Aber das Zahlen kann verschiedene Arten annehmen. Was ist mit den Festgenommenen?«, fragte Stevie. »Sie waren drei oder vier Wochen in einem Schiffscontainer mit Leichen eingesperrt. Wie hoch soll da der Preis noch sein? Haben diese Menschen nicht genug für ihre Freiheit gezahlt?«

»Wir beide wissen doch, wofür diese Frauen bestimmt waren«, erinnerte er sie. »Sklavenwerkstätten oder Bordelle.«

»Ich möchte Sie um einen Gefallen bitten«, sagte sie brüsk, langte nach der Weinflasche und schenkte beiden nach.

»Muss ich jetzt überrascht sein? Bei so einem Abendessen? Trotzdem schade. Ich dachte, Sie fänden mich unwiderstehlich.«

»Die Cops haben mich benutzt.«

»Willkommen im Club.«

»Beschlagnahmte Beweismittel.«

»Ich habe es gesehen.«

»Schauen Sie sich die Fernsehsendungen an?«

»Jeden Tag«, erwiderte er.

»Ich bin geschmeichelt. Was die Sendungen Ihnen aber nicht erzählten: Man hat ein Videoband gefunden. Nicht VHS, sondern digital. Darauf hat Melissa Aufnahmen gemacht, *nachdem* ich ihr diese Kamera gegeben hatte.«

Coughlie nahm einen weiteren Schluck Wein und sagte: »Sie wollen, dass ich dieses Digitalband für Sie los eise.«

»Man hat mich hintergangen. Das Band gehört rechtlich mir. Wenn das Band etwas enthält, dann hat es mit den Illegalen zu tun – das war nämlich die Geschichte, an der wir gearbeitet haben. Melissa wollte die Digitalkamera, weil sie klein und leicht zu tragen ist. Das ist wie bei einer Observierung. Nach den VHS-Bändern zu urteilen, auf denen sie Aufnahmen machte, bevor ich ihr die Digitalkamera besorgte, glaube ich, dass sie in einen Bus gestiegen war – zu einer Autowaschanlage, aber ich bin nicht sicher. Doch was immer sie aufgenommen hat, muss mit illegalen Einwanderern zu tun haben – und das ist *Ihre* Spielwiese.«

Ihm war, als hätte man ihn in den Magen geboxt, sodass er keine Luft mehr bekam. *Autowaschanlage?* Wo, zum Teufel, hatte sie Wind davon bekommen? Höchste Zeit, Rodriguez anzurufen und damit aufzuhören. Es drängte Coughlie, alles stehen und liegen zu lassen und sofort anzurufen.

Stattdessen sagte er: »Also soll ich darauf bestehen, Einblick in dieses Digital-Filmband zu bekommen? Und wenn die es mir gestatten – was dann? Soll ich Ihnen einen Bericht über den Inhalt liefern?«

»Genau. Sie erzählen mir, was Sie gesehen haben«, antwortete Stevie.

»Und was bekomme ich dafür?«

»Ich zeige Ihnen die VHS-Bänder – die ersten drei Bänder, die Melissa aufnahm. Eine Hand wäscht die andere.«

»Diese Autowaschanlage ...«, fühlte Coughlie vor. Er musste erfahren, wie viel sie wusste. War es zu viel, würde er einige harte Entscheidungen treffen müssen.

»Ich zeige Ihnen mein Ding, wenn Sie mir Ihr Ding zeigen«, sagte sie lächelnd.

Er konnte ein Grinsen nicht unterdrücken. Die Frau war gut, wirklich gut. Außerordentlich gut sogar. »Sie sind echt okay«, sagte er.

»Ich bin noch besser, als Sie glauben, Brian. Sie müssen mir einfach vertrauen.«

»Ich arbeite daran«, sagte er, zwinkerte ihr zu und erntete ein breites Lächeln.

34.

DONNERSTAG, 27. AUGUST
10 TAGE VERMISST

Boldt beschloss gegen die Empfehlungen der Juristen, sich das digitale Videoband anzuschauen. Das Verschwinden von Melissa Chow sowie die mögliche Verbindung zu den toten Illegalen, den beiden ermordeten Zeugen und dem Verschwinden Gwen Kleins verlangte nach Taten. Er hatte gar keine andere Wahl. Wenn sich ein Gericht schließlich gegen ihn entscheiden sollte, indem es alles, was das Band enthalten sollte und sämtliche Argumentationen, die darauf aufbauten, für unzulässig erklärte, musste er mit diesen Beweisen eben einen anderen Weg einschlagen, den er sich dann noch überlegen müsste. Er würde jedenfalls nicht zulassen, dass Anwälte sein Vorgehen bestimmten.

»Warum der Anzug?«, fragte LaMoia. »Gehst du zu 'ner Beerdigung?«

»Parzelle 17«, erwiderte Boldt. Parzelle 17 war das »Grab des unbekannten Opfers« im King County – ein Stück Waldland von fünf Morgen, wo sämtliche Unbekannten zur letzten Ruhe gebettet wurden. Die Familie Unbekannt zählte jetzt schon mehr als zweihundert Angehörige. »Die Frauen aus dem Container.«

»Im Ernst?«, erkundigte sich LaMoia. »Du machst mir doch was vor mit dieser Parzelle 17.«

»Ja.« Doch Boldt nannte ihm den wahren Grund nicht, trotz ihrer Freundschaft. Gerüchte verbreiteten sich zu schnell im Präsidium.

Beide Männer stiegen die Treppen hinunter. Boldt fühlte sich behänder als seit Jahren. Liz' Krankheit hatte ihn fünfundzwanzig Pfund Kummerspeck gekostet. Die Pfunde waren nicht zurückgekommen, und Boldt war froh darüber.

»Was hältst du von der Kamera und diesen Pantoffeln?«

»Gefällt mir nicht.«

»Mir auch nicht. Eine Frau ohne Fußbekleidung ist wie ein Auto ohne Reifen. Du weißt, was ich meine?«

»Nein.«

»Natürlich weißt du's.«

»Du meinst, sie ist tot?«

»Ich neige zu dieser Ansicht.«

»Tu's nicht.«

»Gern, aber wieso nicht?«

»Tu's einfach nicht«, erwiderte Boldt. »Ich will sie lebend.«

»Es ist zehn Tage her, seit jemand sie das letzte Mal gesehen hat, Sarge.«

»Ich bin jetzt Lieutenant. Also hör auf, mich so anzureden.«

»In Ordnung, Sarge.«

Boldt blieb auf dem Treppenabsatz stehen und schaute LaMoia in die Augen. Beide Männer wussten, das er etwas auf der Zunge hatte, aber er sagte es nicht.

»Lofgrin hat angerufen«, teilte LaMoia ihm mit. Lofgrin war Leiter des Kriminallabors und der Spurensicherung. »Er sagt, er hat Fischschuppen an den Sohlen der Pantoffeln gefunden. Er möchte, dass ich mal zu ihm komme, sobald ich Zeit habe.«

Obwohl die Entdeckung der Fischschuppen ihn wegen ihrer offensichtlichen Verbindung zu der unbekannten Toten brennend interessierte, fühlte Boldt einen Stich des Neids und der Furcht. Er wollte, dass das Kriminallabor *ihn* anrief, nicht seinen Sergeant. Aber wegen seiner Beförderung zum Lieutenant war das eben nicht möglich. Das Labor und der Gerichtsmediziner benachrichtigten den Leitenden Ermittler zuerst, und ein Lieutenant war selten, wenn überhaupt, Leitender Ermittler. Aufsichtführender, Berater, das ja – aber nicht Leitender. Boldt war nicht sicher, warum ihm das so viel bedeutete, aber es war nun einmal so. Er wollte nicht der Zweite sein, der etwas erfuhr – nicht die »Brautjungfer«. Er wollte, dass etwas auf *seinem* Pager ankam – obwohl er die Dinger hasste –, dass *sein* Telefon klingelte, dass *er* entscheiden konnte. Wenn bei einem Fall etwas schief ging, wurde er jetzt ins Büro statt zum Tatort gerufen, und das gefiel ihm ganz und gar nicht. Und es erklärte, warum er jetzt den schmucken Anzug trug. Er hatte nämlich die Einladung zu einem Vorstellungsgespräch für eine neue Stelle. Nicht einmal Liz wusste davon. Er rang mit sich, ob er dort hingehen sollte. Um wie viel mehr würde er mit sich kämpfen, wenn der neue Job ihm tatsächlich angeboten würde.

Sie hielten an der Feuerschutztür zum Kellergeschoss.

Sie war so oft überstrichen worden, dass sie ledern aussah. »Wenn irgendetwas Brauchbares auf diesem Video ist«, sagte Boldt, »müssen wir darüber nachdenken, auf welche andere Weise wir's in unseren Besitz bringen können, falls ein Richter es wegen der Beschlagnahme als Beweismittel vor Gericht ausschließt.«

LaMoia nickte. Seine Hilfsquellen waren legendär. Er hatte Freunde, die wiederum Freunde hatten, die Zugang zu den empfindlichsten und bestgehüteten Informationen besaßen – Informationen finanzieller und anderer Natur. Einige sagten, dies läge an LaMoias vielen verflossenen Freundinnen, andere behaupteten, er sei früher mal bei einem militärischen Geheimdienst gewesen. Er selbst verlor nie ein Wort darüber, ließ die Legende wachsen und gedeihen und hielt seine Quellen geschützt.

»Geht in Ordnung«, sagte er zu Boldt.

Boldt erklärte ihm nun doch, warum er einen Anzug trug: »Ich muss zu einem Einstellungsgespräch, aber ich möchte nicht, dass jemand davon erfährt.«

LaMoia reagierte verwundert, ja, erschrocken. »Ein Einstellungsgespräch? Dann hoffe ich für uns alle, dass es schief geht.« Er zögerte einen Moment und fügte dann warm hinzu: »Lieutenant.«

Boldt zog die Tür auf.

Der Zauberlehrling bei den Technischen Diensten sagte etwas über »... mussten das Digitale auf einen SVHS-Master runtersynchronisieren« und reichte LaMoia den Zauberstab der Fernbedienung – ein Zeichen mehr, wer hier Leitender Ermittler war. Dann sagte er ihm, er solle ihn rufen, wenn sie etwas brauchten oder fertig waren. Er ließ die beiden Männer in einem kleinen verdunkelten Raum vor einem Farbbildschirm von siebenundzwanzig Zoll allein.

»Wie 'ne private Filmvorführung«, meinte LaMoia und ließ das Band laufen. »Wer kauft das Popcorn?«

Boldt war nicht nach Scherzen zumute.

Das Bild – mit Tonspur – zeigte eine Straße im Tageslicht, bei etwa hüfthoch gehaltener Kamera. Auf der Video-Zeitanzeige stand das Datum; zehn Tage waren seit der Aufnahme vergangen, und es war 18.19 Uhr. Die beiden Hintergrundgespräche, die zu hören waren, stammten von einem Paar, das sich über ein Indianerfestival unterhielt, und von zwei oder drei Männern, die über ihre Arbeit klagten.

»Die Kamera ist verdeckt«, stellte Boldt leise fest.

»Vielleicht in einer Tasche.«

»Kann sein.«

Die Szenerie wurde plötzlich verwischt, und ein näher kommender Stadtbus erschien.

»Eine Bushaltestelle«, sagte LaMoia.

»Ja.«

»Sagt dir das was?«

»Wollen mal weitersehen«, meinte Boldt.

Die Luftdruckbremsen zischten, und der Bus hielt. Von der Hüfte aufgenommen sah die Szene wie aus der Perspektive eines Kindes aus. Boldt dachte dabei an Miles und Sarah, seine eigenen Kinder, und sagte sich, dass er sie nicht oft genug zu Gesicht bekäme. Auch Liz sah er kaum noch – wenn er die Stunden nicht mitzählte, in denen sie schlief und er wach lag, von Sorgen und Ängsten geplagt.

Boldt und LaMoia sahen Melissa zum ersten Mal ganz kurz als Spiegelbild auf einem glänzenden Stück Stahl oder Aluminium oder vielleicht auf einem Spiegel im Bus. Es ging so schnell, dass sie sich dessen kaum bewusst wurden. Aber da war sie – Mitte zwanzig, ziemlich hübsch, in Jeans und einem Wazoo-T-Shirt –, wie sie die Stufen hinauf in den Bus stieg. Es herrschte zu viel Lärm, um ein bestimmtes Gespräch heraushören zu können, aber die Kamera schien sich auf die linke Seite des Busses konzentrieren zu wollen. Es war offensichtlich, dass Melissa bemüht war, diesen Blickwinkel aufrechtzuerhalten, da sie die ganze Zeit durch den Gang zwischen den Sitzplätzen ging.

»Was meinst du?«, wollte LaMoia wissen.

»Ich weiß nicht«, erwiderte Boldt. Er mochte es nicht, dass LaMoia alle paar Sekunden etwas sagte. Er wollte sich das Video genau anschauen, wollte sich in die Bilder vertiefen und nicht ständig in den Betrachtungsraum und zu seinem Sergeant zurückgerissen werden.

»Jemand auf der linken Seite interessiert sie.«

»Wollen wir es doch mal ganz ohne Kommentar durchlaufen lassen. Meinst du nicht auch?«

»Ja, sicher.«

Melissa setzte sich nach etwa zwei Dritteln der Buslänge, gegenüber der Hintertür, doch die Linse blieb auf die gleiche Seite im Innern des Busses gerichtet. Draußen vor den Fenstern huschten Bilder vorüber.

»Sie will den Bus sofort verlassen können, falls nötig«, sagte LaMoia.

Boldt schwieg.

Nach ein paar Sekunden verschwand das Bild plötzlich; dann zeigte die Zeitanzeige elf Minuten später an: Melissa hatte die Kamera abgestellt und elf Minuten später wieder eingeschaltet. In der Dunkelheit machte Boldt sich eine Notiz über diese Unterbrechung.

»Du willst mich wohl einschüchtern, Sarge. Sollte *ich* Notizen machen?«

»Die Notizen mache ich«, antwortete Boldt.

Der Bus fuhr nun über eine Innenstadtstraße, wie man an den Gebäudefassaden erkennen konnte. Es war jetzt merklich dunkler draußen – Zwielicht. Dann senkte sich der vordere Teil des Busses: Es ging steil bergab.

»Der Bustunnel an der Third Avenue«, bemerkte LaMoia dazu.

»Ja.«

»Sie verfolgt jemanden. Willst du wetten?«

»Schauen wir einfach zu, ja?«

LaMoia gab ein schnaufendes Geräusch von sich. Boldts Einsilbigkeit ging ihm auf die Nerven.

Der Bus hielt im Tunnel, und ein Dutzend Passagiere stellten sich zum Aussteigen auf. Die Kamera nahm eine Hüfte und einen Torso nach dem anderen auf, als die Leute vorbeigingen. Dann schwankte das Bild, als auch Melissa mit der Kamera aus dem Bus stieg und zur Haltestelle ging, wo einige Passagiere zu den Ausgängen eilten, während andere stehen blieben, um auf Anschlussbusse zu warten. Zum ersten Mal konzentrierte sich die Kamera nun auf einen bestimmten Mann.

»Da ist er«, sagte LaMoia aufgeregt. »Wer er auch sein mag.«

Der Mann wurde größer, als die Kamera sich ihm näherte. Einen Moment war er im Profil zu sehen, doch eine Deckenleuchte brannte ein grelles weißes Loch ins Bild und löschte das Gesicht des Mannes aus.

»Verdammt!«, stieß LaMoia hervor. »Wir hatten ihn doch schon!«

»*Sie* hatte ihn«, verbesserte Boldt. »Die Frage muss jetzt lauten: Hatte er sie auch?«

»Meinst du, *er* fiel ihr auf?«

»Wir wissen, dass es so war, John«, antwortete Boldt. »Aber nicht, wann.«

»Dieser Scheiß geht mir langsam auf die Nerven.«

»Das merke ich.«

»Ich meine den Film.«

»Ja«, sagte Boldt.

Melissa hielt vor einem Stadtplan, drehte sich wieder um und setzte sich, wahrscheinlich auf eine Bank. Die Kamera schwenkte ganz leicht und hielt den Rücken des Mannes im Bild fest.

»Das kann sie gut. Prima Ausrichtung aufs Ziel.«

Das Bild schwankte. Nach der Anzeige in der unteren rechten Ecke waren sieben Minuten vergangen. Der Rücken des Mannes war immer noch auf dem Bildschirm. Er trug eine alte Trainingsjacke voller Mottenlöcher mit einer Kapuze, dazu schwarze Jeans und Stiefel mit Waffelsohlen. Seine schwarzen, welligen Haare und sein Körperbau wiesen auf einen Südländer hin – ein Latino vielleicht, oder ein Mann aus dem Südpazifik. Massig, kräftig. Aber Genaueres war nicht zu erkennen.

»Warum dieser Kerl?«, dachte LaMoia laut.

»Das ist der springende Punkt«, pflichtete Boldt bei.

»Vielleicht im Zusammenhang mit Gwen Klein? Hat sie die vielleicht mit diesem Frito Bandito in Verbindung bringen können?«

»Das ist eine rassistische Beleidigung, John. Du bist doch jetzt Sergeant.«

»Okay. Tommy Taco. Zufrieden?«

»Schon besser.«

»Danke.«

Ein Bus hielt an der Haltestelle. Leute stiegen aus. Der Verdächtige stieg ein – einen Moment später von der Kamera und der sie tragenden Frau gefolgt. Ein weiterer Schnitt. Zeitunterschied siebzehn Minuten.

Boldt überlegte, sich den Zeitplan verschiedener Buslinien anzuschauen, fragte sich aber, wie viele da wohl in Frage kämen.

»Abgang, rechts von der Bühne runter«, sagte LaMoia, als wäre er der Regisseur des Films.

Der breitschultrige Mann in der Trainingsjacke stieg die Busstufen hinunter. Die Kamera bewegte sich zur Tür hin, stoppte dann abrupt. Nur der Mann in der Trainingsjacke stieg aus. Melissa hatte es sich offensichtlich anders überlegt, als ihm auf einem dunklen Stück Gehsteig in der Mitte von Nirgendwo zu folgen.

»Also ist sie nicht völlig dumm«, bemerkte LaMoia dazu.

»Erkennst du die Gegend, die Stelle?«

»Machst du Witze? Die Türen waren doch höchstens fünf Sekunden offen«, erwiderte LaMoia.

»Schauen wir's uns noch mal an.«

LaMoia sagte wie ein Reporter: »Meine Damen und

Herren, unsere Buskamera wird jetzt die Szene noch einmal wiederholen, in der der Star unserer Show die hinteren Stufen hinunterschreitet.« Er war äußerlich so nervös wie Boldt innerlich. Die vermisste Frau war einem Mann gefolgt – einem wuchtigen Mann, vielleicht einem Bau- oder Transportarbeiter, der vielleicht kein Weißer war. Sie war ihm den größeren Teil einer Stunde gefolgt, am Abend, in zwei verschiedenen Bussen, während sie eine Tasche mit einer Kamera trug.

Boldt und LaMoia versuchten dreimal in Folge, ein Merkmal der Gegend oder irgendeinen Teil des Wolkenkratzer-Panoramas der Stadt zu erkennen, während die Bustüren geöffnet waren, aber ohne Erfolg.

Der nächste Schnitt erfolgte so abrupt wie die anderen.

»Das ist jetzt ein Tag später«, erklärte Boldt. »Die letzte Aufnahme. Noch mal ... ja, siehst du?«

Die Kamera schwenkte von links nach rechts. Kleine weiße Lichter glühten in der Dunkelheit. Als die Blende sich einstellte, beugten die Männer sich gleichzeitig ruckartig vor. Dutzende chinesische Frauen – alle mit geschorenen Köpfen, alle in Jeans und T-Shirts – saßen hinter großen industriellen Nähmaschinen bei der Arbeit. Andere standen an Zuschneidetischen und arbeiteten wie besessen mit Messern und Scheren, die mit Ketten an den Tischen befestigt waren. Melissas schneller Atem vermischte sich mit dem Rattern der Maschinen und drang laut aus den Stereolautsprechern.

»Guck dir das an«, flüsterte LaMoia.

Der Zoom wurde betätigt, und das Licht wurde besser, als einige der Näherinnen in Großaufnahme gezeigt wurden. Den Schürfwunden und blauen Flecken nach, schien man sie geschlagen zu haben. »O Gott!«, sagte Melissa in einem heiseren Flüstern. Die nächste Aufnahme zeigte einen angeketteten Fußknöchel, blutig und roh. Melissa keuchte, als sie das Bild scharf einstellte. Dann ein weiterer angeketteter Fußknöchel und noch einer. »Der Friedhof«, flüsterte Melissa heiser.

»Hilltop?«, fragte LaMoia.

Boldt warf ihm einen Blick zu. Hatte Melissa eine Verbindung zu ihrer »Jane Unbekannt« hergestellt? Aber wie? Und wann?

Wieder änderte sich das Bild. Boldts Aufmerksamkeit war jetzt voll gefesselt.

Das bedrohlich klingende Dröhnen der Maschinen ging unablässig weiter, monoton und nervenaufreibend. Die Kamera richtete sich auf eine schwarze Fläche, in der plötzlich ein kleines Loch von der Größe eines Silberdollar erschien. Die Linse näherte sich diesem Loch und stellte sich automatisch scharf ein. Es war ein kleiner Raum, spärlich von einer Baulampe beleuchtet. Das Geräusch plätschernden Wassers war zu hören. Dann waren nackte Frauen zu sehen, deren Kopf- und Schamhaare geschoren waren. Wasser lief aus Schläuchen über ihre Körper. Sie flüsterten miteinander. Es klang chinesisch.

Ausnahmsweise behielt LaMoia seine Kommentare für sich.

Wieder eine andere Szene. Eine Frau – Melissa? – stand in einem dunklen Badezimmer und hantierte mit einem Rasiermesser an ihrer Kopfhaut. Es dauerte nur ein paar Sekunden. Sie wandte das Gesicht zur Kamera und lächelte. Dann sagte sie flüsternd: »Hier ist Melissa Chow für die KSTV-Nachrichten. Ich tauche nun völlig unter und werde mich den Insassinnen der Sklavenwerkstatt anschließen. Jetzt werde ich eine von ihnen.«

»O Scheiße!«, rief LaMoia aus.

Die Frau streckte die Hand aus und schaltete die Kamera ab. Der Bildschirm wurde schwarz.

»Der Ton ist seltsam hohl«, bemerkte Boldt, dessen Musikerohren hochempfindlich waren.

Dann wieder chinesisch sprechende Frauenstimmen. Der Bildschirm erhellte sich wieder, und die Kamera zeigte die extreme Großaufnahme eines Frauengesichts. Die Frau war kahl und flüsterte auf Chinesisch, wobei ihr Tränen über die Wangen liefen. Das Interview dauerte fast eine Minute. Die Kamera bewegte sich über den Kopf, stoppte an der Oberseite ihres Schädels und dann an der Spitze des Kinns. Die Großaufnahme dramatisierte ihre Worte. Auch ohne Übersetzung vermittelte die Aussage etwas von furchtbaren Lebensumständen und schrecklicher Furcht. Wieder ein Wechsel, eine weitere Großaufnahme, diesmal von einer anderen Frau. Es waren im Ganzen drei Interviews – alle flüsternd und auf Chinesisch geführt; kein englisches Wort fiel. Das dritte Interview wurde von einer streng klingenden Frauenstimme unterbrochen. Vielleicht eine Warnung. Die Kamera schwenkte ein auf einen Schlafraum mit geflochtenen Matten und Decken aus Kunstvlies. Mehrere Frauen schliefen, aber die meisten Matten waren leer. Der Bildschirm wurde schwarz; dann war nur noch Schnee zu sehen.

LaMoia und Boldt starrten auf den leeren Bildschirm. LaMoia stellte den Ton leiser und ließ das Band bis zum Ende im Schnellgang vorlaufen, um sicher zu gehen, dass sie auch ja nichts übersahen. »Ist dir auch so übel?«, fragte er dann.

»Hast du jemals ›chinesische Handschellen‹ gespielt, als du Kind warst?«, fragte Boldt. »Diese geflochtenen Schläuche? Hast du deine Finger mal da reingesteckt?«

»Natürlich erinnere ich mich an die Dinger. Was soll damit sein?«

»Der Schlauch zog sich zusammen. Man konnte seine Finger reinstecken, aber nicht mehr rausziehen.«

»Das an den Fußknöcheln waren doch Ketten, Sarge.«

»Ich meine, so ergeht es Melissa jetzt«, erklärte Boldt. »Sie ist in diese Hölle hineingekommen, kann aber nicht mehr raus.«

»Wie bei den chinesischen Handschellen.«

Boldt nickte. »Die gute Nachricht ist, dass sie die Sprache sprechen kann –, und mit ihrem geschorenen Kopf sieht sie aus wie die anderen Frauen.«

»Du meinst, sie ist noch am Leben?«, sagte LaMoia, wobei seine besorgte Stimme kaum mehr als ein Flüstern war. Das Filmband hatte eine bedrückende Stimmung erzeugt.

»Ja, das glaube ich«, erwiderte Boldt. »Dagegen spricht das Auftauchen der Kamera, ich weiß. Aber weshalb haben wir sie nicht bereits gefunden?«, fragte er rhetorisch. »Weil *die* sie auch noch nicht gefunden haben!« Er wandte sich LaMoia in der Dunkelheit zu, wobei seine Silhouette vom fahlen Licht des flimmernden

Bildschirms beleuchtet wurde, sodass er kränklich und bleich aussah. »Wer weiß«, sagte Boldt. »Sie wissen vielleicht gar nicht, dass sie da drin ist.«

35.

»Kann Ihnen schönen Anzug billig besorgen«, sagte Mama Lu zu Boldt. Sie nahm den größten Teil des Torwegs eines Gebäudes ein, das nur mit chinesischen Buchstaben gekennzeichnet war. Sie trug ein rotes Baumwoll-Zeltkleid, Ledersandalen und hielt einen Bambusstock mit Gummispitze in der Hand, der bei ihr fehl am Platze wirkte. Im Tageslicht, außerhalb ihres trüben Baus, sah sie für Boldt viel jünger aus, vielleicht Mitte fünfzig.

»Sie mögen diesen Anzug nicht?«, fragte Boldt.

»Der schon okay. Ein bisschen groß an Ihnen, denke ich. Schlechte Farbe. Zu dunkel für Hautton. Ich habe Cousin.«

»Hautton?« Boldt hatte den Anzug vor vielen Jahren bei einem Ausverkauf erstanden. Mama Lus Kommentare machten ihn befangen. Er fragte sich besorgt, welchen Eindruck sein Anzug wohl bei seinem bevorstehenden Einstellungsgespräch machen würde.

Sie kam Boldt jetzt wie ein weiblicher Winston Churchill vor, wie sie den Stock hielt und sich leicht vor ihm verbeugte, während er sprach.

Boldt hatte diesen Besuch zwischen dem Abschluss der Videobetrachtung mit LaMoia und dem Einstellungsgespräch eingeschoben, weil er aus Mama Lu Informationen über die Lage von Sklavenwerkstätten herausholen wollte. Da sie Boldts Ungeduld und Eile spürte, hatte Mama Lu verlangt, dass sie sich an einem Ort ihrer Wahl trafen: einem unscheinbaren Gebäude an einer geschäftigen Straße im Herzen des Internationalen Bezirks.

»Ich habe noch eine Verabredung nach dieser hier«, fuhr Boldt fort.

»Das wird hier nicht lange dauern«, sagte Mama Lu. Sie bestimmte ihre eigenen Schritte, ihr eigenes Tempo. »Seien Sie so freundlich.« Sie wies auf die Tür.

Boldt öffnete und kam dabei nahe genug an Mama Lu heran, um einen schwachen Duft von Jasmin wahrzunehmen, was ihn an ihr Geschlecht erinnerte – etwas, das man leicht vergaß, wenn man sich in ihrer beherrschenden Gegenwart befand. Als sie an ihm vorbeiging, sagte er leise: »Eine weitere tote Frau wurde gefunden. Auch Chinesin. Kopf geschoren. Erbarmungswürdiger Zustand.« Er ertappte sich dabei, wie er ihre abgehackte Ausdrucksweise übernahm.

»Chinesin oder chinesische Amerikanerin? Sie wissen müssen, es gibt da für uns großen Unterschied, Mr. Both. Ich zeigen Ihnen.« Sie führte Boldt einen kurzen roten Korridor hinunter und durch eine hellrote Tür in einen großen, offenen Raum, in dem sich fünfzig oder mehr asiatische Kinder befanden. In Gruppen von fünf oder sechs saßen sie an niedrigen Tischen. Fingermalbilder hingen an den mit Stoff verkleideten Wänden. Über der Schiefertafel war ein handgemaltes englisches Alphabet wie ein Banner drapiert. Da waren Wurfsäckchen, Puppenstuben, Kunststoffburgen und eine Bücherwand. Alles war geschäftig, aber nicht laut. Xylophone hämmerten chinesische Halbtonmelodien.

Boldt las ein bescheidenes Plastikschild an der Wand und verstand sofort, dass Mama Lu hier Politik spielte. Unter den ins Auge springenden chinesischen Schriftzeichen auf dem Schild standen die Worte: *Kinderzentrum und Frauenhaus Hongyang Lu.* Mama Lu war der einzige Eigentümer.

Wie auf ein Stichwort – was ihm zu denken gab – kamen mehrere entzückende Kinderchen herbeigerannt, um die Große Dame zu begrüßen, ihr Zeltkleid zu ergreifen und zu ihren Armen hinaufzuspringen. Kleine Puppen. Boldt dachte an seine eigene Sarah und wie schnell die Kindheit doch dahinging. Er machte wieder Überstunden – eine Gewohnheit, die er während Liz' akuter Erkrankung unterbrochen hatte –, und obwohl es eine Million Rechtfertigungen dafür gab, fragte er sich plötzlich, ob er eigentlich arbeitete oder vor irgendetwas davonrannte. Daphne hatte diese Gedanken in ihm wachgerufen, und Boldt konnte ihnen nicht entfliehen.

Mama Lu unterbrach seine Gedanken. »Dies meine Kinder, amerikanische Bürger. Sie hier geboren, leben hier. Wachsen auf, machen Geld, zahlen Steuern.« Dann sprach sie Chinesisch zu dem halben Dutzend Kindern, die sich um sie drängten, worauf alle wieder zu ihren Plätzen rannten. »Ältere Mädchen oben«, sagte sie und zeigte dabei auf die Decke. »Andere Probleme.«

Boldt zählte zehn junge Frauen, weit mehr für die vorhandene Kinderzahl, als in der Tagesstätte seiner eigenen Sprösslinge. Eine trat auf die beiden zu und sagte irgendetwas mit weicher, freundlicher Stimme; es schien sich um eine Begrüßung zu handeln; dann ging die junge Frau zu den Kindern zurück. Mama Lu sagte zu

Boldt: »Dieses Mädchen früher in Frauenhaus gewesen. Jetzt Lehrerin. Gibt Gemeinde zurück. Dies kostenlose Kindertagesstätte. Jeder willkommen.«

»Sie sind eine sehr großzügige Frau.«

»Gar nicht! Sie aufpassen! Kinder *Amerikaner*. Keine Illegalen. Hier geboren bedeutet amerikanische Bürger.«

»Ob ihre Eltern nun Illegale waren oder sind – ja, ich weiß, wie das Gesetz arbeitet.«

»Das Gesetz nicht arbeitet«, widersprach Mama Lu. »Diese Kinder später arbeiten, Mr. Both. Sie aufwachsen, Steuern zahlen. Amerikanische Bürger.«

»Ich verstehe«, erwiderte Boldt.

In drohendem Tonfall zischte sie: »Sie nichts verstehen.«

Boldt sagte: »Es gibt da ein Videoband und noch andere Beweise dafür, dass es in dieser Stadt eine Sklavenwerkstatt gibt ... Die Leute, die sie betreiben, werden wir verhaften und bestrafen.« Er ließ seine Worte in der Luft hängen, die erfüllt war von den Xylophonklängen und dem freudigen Kinderquietschen. »Wer mit uns zusammenarbeitet«, fuhr er dann fort, »wird in den Augen des Gesetzes anders behandelt.«

»Gesetz keine Augen hat. Gesetz blind. Gesetz sieht Eltern nicht, nur Kinder.« Dabei schwenkte sie ihre dicke Hand über den Raum.

»Die *Gerechtigkeit* ist blind«, korrigierte Boldt.

Mama Lu blickte mit zusammengekniffenen Augen zu ihm auf, wie jemand, der in die Sonne schaut. »Warum Sie machen solchen Aufruhr?«

»Diese Leute haben nichts getan, um diesen Frauen zu helfen, als sie krank wurden. Man braucht keine Gesetze, um zu wissen, dass das ein Verbrechen ist! – Wenn eines dieser Kinder die Grippe bekäme, würden Sie es einfach sterben lassen?«

»Sie sich da nicht sicher«, stellte sie ihn auf die Probe.

»O doch, wir sind sicher.« Boldt beugte sich nahe zu ihr hinunter und flüsterte: »Die Frau auf dem Friedhof – ohne Sarg, ohne Grabrede einfach in den Schlamm geworfen – war brutal vergewaltigt worden.« Widerwillig fügte er dann hinzu: »In jeder Körperöffnung.«

Diese Nachricht überraschte Mama Lu offensichtlich. Heiße Wut blitzte in ihren dunklen Augen auf.

»Verhungern lassen, vergewaltigt und in ein Grab geworfen«, wiederholte Boldt, bevor er sich wieder zurücklehnte. »Man hatte ihren Körper eingefroren – wir sind nicht sicher, wie lange oder warum. Wir wissen, dass die Frau zu einer Sklavenwerkstatt gehörte. Ihre Finger ...«

Mama Lu stand da und stützte sich in bestürztem Schweigen auf ihren Stock, während die fröhlichen Schreie der Kinder um sie herumschwirrten.

»Eine Sklavenwerkstatt könnte in dieser Stadt nicht arbeiten, ohne dass Sie davon wüssten, Große Frau«, sagte Boldt kühn. »Ich will damit nicht sagen, dass Sie daran beteiligt sind, sondern nur davon wissen.« Er fügte hinzu: »Können Sie so etwas hinnehmen? Helfen Sie mir, dem ein Ende zu setzen, Mama Lu! Sie werden eine Heldin sein, eine große Gönnerin und Freundin unserer Stadt.«

»Leute kommen von Übersee«, sagte sie gleichfalls leise. »Sie keinen Platz, wo Arbeit finden. Regierung ihnen nicht erlaubt zu arbeiten. Brauchen aber diese Arbeit sehr, Mr. Both. Was tun? Körper verkaufen? Diese Art von Arbeit? Dann an Krankheiten sterben? Das nicht fair. Gar nicht fair.«

»Man hat die Frau hungern lassen und sie vergewaltigt!«, wiederholte Boldt. »Ist *das* fair?«

Mama Lu schwieg betreten.

»Sehen Sie?«, sagte Boldt. »Wir glauben, dass sich diese Sklavenwerkstatt in einer Konservenfabrik befindet – wahrscheinlich einer ehemaligen.«

»Einmal viele Konservenfabriken gewesen. Große Stadt. Weite Gegend.«

»Eben«, sagte er. »Helfen Sie mir, Große Dame. Wenn wir die Sklavenwerkstatt finden, werden wir nicht mehr woanders herumstochern. Finden wir diese Werkstatt aber *nicht,* werden wir eine Menge Razzien durchführen.«

»Und diese Kinder?«, fragte Mama Lu. »Ihre Mütter einmal die Kleidung machten, von der Sie reden. So sie konnten überleben. Was wird aus denen?«

»Vier Frauen sind tot. Der Gerichtsmediziner sagt, drei hatten schon Geburten gehabt. Ihre Kinder haben keine Mütter mehr. Ist es das, was Sie wollen?«

»Sie selbst haben zwei Kinder«, erwiderte Mama Lu und überraschte Boldt mit ihrem Wissen. »Ein Junge, Miles. Und Tochter Sara«, sprach sie den Namen auf chinesische Weise aus. »Sie lieben Ihre Tochter, Mr. Both?«

Er antwortete nicht, starrte sie nur an, während sein Herz raste. Plötzlich wünschte er, er wäre ihr nie begegnet. Er schluckte schwer, als er an die Zeit dachte, da Sarah entführt worden war. Diese Hölle kannte er aus erster Hand und erlebte sie fast jede Nacht wieder. Es war die Quelle seiner Schlaflosigkeit.

»Sehen Sie Kind da?«, fragte Mama Lu und zeigte auf ein kleines Mädchen, das nicht älter als zwei Jahre war. »Ihre Mutter das Kind geboren, ja? In China Leute nur ein Kind haben dürfen. Wenn Junge, er aufwächst, Familienheim übernimmt, für Eltern sorgt. Mädchen zieht weg mit Ehemann. Mädchenkind also nicht gut. Viele Töchter geboren werden, aber auf Straße gelegt – niemals mehr gesehen werden. Ja?«

Boldt konnte nur an Sarah und Miles denken. Warum hatte Mama Lu sie erwähnt? Woher wusste sie so viel über ihn und seine Familie?

»Viele Töchter zu Cousins und Cousinen in Amerika geschickt werden. Hier, Seattle. Ja? Mutter zahlt viel Geld dafür. Mutter kommt später, auf Boden von Schiff. In Container. Ja? Amerikanische Regierung sagt, sie kein politischer Flüchtling, hat kein Recht, in Amerika zu leben. Man verweigert ihr Möglichkeit, mit eigener Tochter zu leben, Mr. Both, ja? Sie arbeitet schwer, viele Jahre, ohne Papiere. Verdient viel Geld. Beschafft Greencard. Jetzt Bürgerin.« Mit einem schwachen Lächeln fügte sie hinzu. »Das Amerika – alles zu kaufen.«

Boldt hielt den Mund, immer noch in Gedanken bei Sarah und den Töchtern, die bei der Geburt ausgesetzt oder in ein fernes Land geschickt wurden. Ihm war kalt und speiübel.

»Wir kennen ihren Namen nicht«, sagte er schließlich. »Die Frau, die wir in dem Grab fanden. Vergewaltigt, verhungert. Kein Name. Sie wird ihre Freiheit nicht mehr erkaufen. Sie wird gar nichts mehr kaufen.« Er versuchte wieder, ihr seinen Standpunkt glasklar deutlich zu machen: »Es gibt Leute, die sagen, eine Sklavenwerkstatt kann in dieser Stadt nicht arbeiten, ohne dass Sie davon wissen.«

Sie beugte sich drohend vor. »Sie glauben solche Sachen?«

»Eine Frau wird vermisst. Ich muss sie finden. Ich muss diese Leute stoppen, die Frauen so behandeln. Das muss aufhören, Mama Lu, mit Ihnen oder ohne Sie. Ich wäre Ihnen sehr dankbar für einen Hinweis, der mir sagt, wo wir nach dieser Werkstatt suchen müssen. Glauben Sie mir, niemand braucht jemals zu erfahren, aus welcher Quelle ich eine solche Information bekam.«

»Lassen Sie Hände davon, Mr. Both«, erwiderte sie. »Das gefährlich, für jeden, der darin verwickelt. Auch für Sie. Sie helfen mir sehr durch Herkommen und mir diese Dinge erzählen.«

»Ich kam doch nicht her, um *Ihnen* zu helfen. Ich kam her, um Sie zu bitten, *mir* zu helfen.«

Sie zeigte auf die Tür. »Natürlich ich werde Ihnen helfen. Kein Problem. Aber Sie zuhören müssen, ja? Diese Frau, die Nachrichten in Fernsehen macht – sie macht falsche Leute wütend. Ihr Name, Mr. Both, auch wird erwähnt. Sie müssen diese Frau dazu bringen, dass sie nicht mehr so viel Ärger macht. Schlecht für alle.« Sie fügte eine dunkle Warnung hinzu: »Sie aufpassen auf Schatten, Mr. Both – Schatten, der nicht von Ihnen geworfen wird. Falsche Leute wütend gemacht.«

Boldt fühlte, wie seine Kehle trocken wurde, als er betonte: »Wir immer mehr Beweise. Wir werden Verantwortliche finden, ganz sicher. Und wir werden ihnen

Geschäft zerschlagen.« Er ertappte sich wieder dabei, wie er seine Gedanken in abgehackte Sätze fasste. Soviel er wusste, sprach Mama Lu fließend Englisch – wenn sie wollte. »Diese Leute und alle Beteiligten werden ins Gefängnis gehen.«

Ihre Antwort lautete nur: »Gehen Sie nach Hause zu Ihren Kindern und Ihrer Frau, Mr. Both.«

»So geht das nicht«, widersprach Boldt. »Die Gerechtigkeit mag blind sein, Große Dame, aber die Polizei ist es nicht. *Wir* sind das Gesetz und kein anderer. Nicht Sie oder sonst jemand.«

»Wir beide Idealisten. Ja?« Als sie grinste, zeigte sie ihr Gebiss, so regelmäßig wie ein Staketenzaun. Diese Zähne gehörten nicht in solch ein Gesicht. Sie beraubten es seines Charakters. »Umso schlechter für uns beide.«

36.

Boldt wartete zehn Minuten vor den Büros des Personalchefs der Firma Boeing, allein mit seiner abgenutzten Aktentasche, seinem zehn Jahre alten Anzug und einem Magen, in dem die Nerven bloßlagen. Stets war Boldt in der Rolle desjenigen gewesen, der die Fragen stellte, niemals der, der sie beantworten musste. Der Gedanke, dass ein leitender Angestellter mit Titeln, die so lang waren, dass sie nicht auf eine Visitenkarte passten, ihn nach seinem Leben, seiner Familie, seinen Träumen ausfragte, kam ihm plötzlich sehr beunruhigend vor. Wie konnte er erklären, dass er den Job eigentlich gar nicht wollte und nur das höhere Einkommen brauchte? Dass es eine grausame Art der Folter war, an einem Schreibtisch zu sitzen, während andere »auf Jagd« gingen?

Auf dem dicken Glas des Kaffeetisches lagen Flug- und Golfzeitschriften. Am anderen Ende des ziemlich antiseptischen Empfangsraums war eine Sekretärin in mittlerem Alter fleißig mit ihrem Telefon und dem Computer beschäftigt, obwohl sie nicht so sehr in ihrer Arbeit aufging, dass sie nicht wiederholt die Zeit gefunden hätte, verstohlene Blicke auf den nervösen Boldt zu werfen. Er klopfte sich die Schultern seines dunklen Anzugs ab und schaute nach dem Sitz seiner Krawatte. Dann fuhr seine Hand rasch vorn über die Hose, um sich davon zu überzeugen, dass der Schlitz geschlossen war. Der Sekretärin entging diese Bewegung nicht. Sie betrachtete sie offenbar als ein Signal, hob den Kopf ein wenig, lugte über ihre Halbbrille und sagte: »Es wird nicht mehr lange dauern.«

Melissa Chow war jetzt schon zehn Tage nicht mehr gesehen worden. Das war die einzige Uhr, die in Boldts Kopf tickte.

»Glaube ich auch«, erwiderte er, womit er Erstaunen auf dem sonst so ausdruckslosen Gesicht der Sekretärin hervorrief.

Er schaute auf die Armbanduhr. Statt des Minuten- oder Stundenzeigers sah er aber nur das Datum. Zehn Tage. Das Regelbuch würde sagen, dass Melissa Chow tot sein musste. Doch Boldt hatte das Band und glaubte es deshalb nicht. Und da die Sklavenwerkstatt jetzt auf einem Videoband war, hatte er einen Beweis, dem er nachgehen konnte. Er blickte auf die Luftfahrt-Zeitschriften, während es in seinem Kopf schwirrte.

LaMoia, der trotz der Risiken weiterhin Stevie McNeal überwachte, würde Gaynes auf die Suche nach Herstellern und Importeuren von Kunstvlies ansetzen. Andere Ermittler würden bei Discountgeschäften, Einzelhandelsläden und Straßenverkäufern nachsehen und Lofgrin und das Labor mit Proben von jedem Kleidungsstück aus blauem Kunstvlies versorgen, das im King County zu finden war. Ferner brauchten sie eine Liste von jedem leer stehenden Gebäude in dem Bezirk, von Konservenfabriken über ehemalige Schulen bis hin zu Flugzeughallen. Sie *mussten* diese Sklavenwerkstatt finden. Doch die Arbeit schien endlos.

Boldt schaute zu einem Schwarzweißfoto an der

Wand hinauf und glaubte zuerst drei Grabhügel zu sehen, erkannte dann aber, dass es die grauen geschwungenen Dächer von Flugzeughangars waren, keine frisch ausgehobenen Gräber. Doch solch eine Vorstellung erinnerte ihn an das Videoband und Melissas Erwähnung »des Friedhofs«. Waren auch noch andere Frauen auf diese Weise auf dem Hilltop-Friedhof begraben worden? War ihnen das bislang entgangen?

Boldt nahm das Telefon und wählte seine eigene Pagernummer an. Zehn Sekunden, nachdem er aufgelegt hatte, summte der Pager laut. Er schaute darauf und nahm seine alte, abgeschabte Aktentasche. »Da ist etwas Dringendes hereingekommen«, sagte er zur Sekretärin. »Ich muss zurück in mein Büro.«

»Der Chef wird jede Minute mit dem Gespräch fertig sein«, flehte sie ihn beinahe an. Boldt spürte, dass es ihre Aufgabe war, ihn zurückzuhalten. Ihr Problem.

»Es ist dringend. Dienstlich.«

Die Frau nickte erleichtert. Offizielle Polizeiangelegenheiten enthoben sie anscheinend ihrer Aufgabe. »Darf ich einen neuen Termin festsetzen?«

»Ich rufe an.«

»Wir können es gleich machen. Ich habe den Terminkalender hier.« Sie blätterte ein paar Seiten um.

»Meiner liegt im Büro«, erwiderte er.

»Er wird sehr enttäuscht sein, Sie nicht mehr anzutreffen.« Sie schaute zum Cheftelefon in der offensichtlichen Hoffnung, dass die Besetztleuchte erlosch. Offenbar hatte sie beschlossen, Boldt doch zurückzuhalten. Keiner sollte vor einem angesetzten Gespräch hier herausgehen. »Man hört viel Gutes über Sie.«

»So?«, erwiderte er. »Na, da bin ich froh.« Er wand sich innerlich. Der Gegenstand von Lobhudeleien zu sein, behagte ihm gar nicht.

Ihr Zeigefinger mit dem rotlackierten Nagel blätterte durch den Terminkalender ihres Chefs. »Wie steht's mit Ihrem Golfspiel?«, fragte sie.

Boldt warf ihr einen verdutzten Blick zu und schaute nach unten auf die Zeitschriften auf dem Kaffeetisch. Er hatte das Golfspielen mal in einem anderen Leben versucht, damals, als Liz noch völlig gesund und Kinder erst geplant gewesen waren. Seitdem hatte er es nur ein paar Mal mit Minigolf versucht.

»Die Herren brauchen am Freitag einen vierten Mann«, sagte die Sekretärin. Mit nach wie vor gedämpfter Stimme fuhr sie fort: »All die großen Geschäfte und Abmachungen werden auf dem Golfplatz gemacht. Ich könnte mir vorstellen, dass Sie eine ganze Menge von dem Platz zu sehen bekommen.«

»Bin ein bisschen eingerostet«, antwortete Boldt. »Außerdem sollte ich wirklich erst in meinem eigenen Terminkalender nachschauen.« Er setzte sich über den Kodex der Umgangsformen hinweg und ging zu den Türen.

»Werden Sie anrufen?«, fragte die Sekretärin ein wenig verzweifelt.

Wieder wand Boldt sich innerlich. Er würde nämlich nicht anrufen. Jedenfalls einige Zeit nicht. Erst einmal würde er Liz einweihen, damit sie mitentscheiden konnte. Sie hatte nämlich vor, ab dem Erntedankfest wieder ganztags zu arbeiten. Deshalb würde sie seinen Jobwechsel als hartnäckige Weigerung betrachten, ihre Heilung anzuerkennen.

Die Tage der relativen beruflichen und privaten Unabhängigkeit waren vorbei, eigentlich schon seit mehreren Monaten, obwohl Boldt das nicht akzeptieren wollte. Auf seltsame Weise war er von Liz' Krankheit abhängig geworden, hatte sein Leben so ausgerichtet, dass er die Dinge auf sich zukommen ließ, hatte sich auf nichts als die letzten sechzehn Monate konzentriert, hatte die Rolle des einsamen Vaters, des verwaisten Ehemannes und Haushaltsvorstands gut gelernt, war von Liz' Abhängigkeit selbst abhängig geworden. Seine Entscheidungen wurden wieder in Frage gestellt. Seine Monarchie war wieder zu einer Demokratie geworden.

Bei den Fahrstühlen betrachtete er sich in einem Wandspiegel. Mama Lus Angebot eines besseren Anzugs störte ihn noch immer. Es war nicht so sehr der schlechte Sitz – seine ganze Stimmung, seine Einstellung war falsch. LaMoia hatte Recht: Sonst trug er Anzüge nur bei Beerdigungen und offiziellen Diners.

Wenn er wieder zum Einstellungsgespräch zurückkehrte, würde er Kakihosen und einen Blazer tragen. Aber er würde ja nicht zurückkehren – nicht so bald jedenfalls. Er kannte Liz' Meinung darüber schon jetzt, ehe er sie überhaupt gehört hatte. Er fragte sich, ob er sich an diese Art von Teilhaberschaft wieder gewöhnen konnte – und wenn nicht, was er dann dagegen tun sollte.

37.

Boldt traf auf dem Hilltop-Friedhof ein. Die Endgültigkeit des Todes überfiel ihn. Melissa hatte diesen Friedhof auf ihrem Digitalvideoband erwähnt. Es war an der Zeit, diesem Hinweis nachzugehen. Deshalb der Besuch.

Als Angehöriger der Mordkommission hatte Boldt ständig mit dem Tod zu tun, aber nicht auf diese Weise. Die Grabsteine aus Granit und Marmor ragten über dem üppigen grünen Rasen empor. Sie trugen Namen, die durch Jahrzehnte in der salzhaltigen Luft unleserlich geworden waren, sodass die Steine zu bloßen anonymen Zeugen des Todes selbst wurden. Die Einsamkeit überwältigte Boldt. Er hoffte, dass entweder LaMoia oder Daphne erschienen, da er ihnen Nachrichten hinterlassen hatte. Der Besuch eines Friedhofs schien ihm zu sehr mit seiner Familie verknüpft. Er konnte Liz' Krankheit nicht mehr aus seinen Gedanken vertreiben, und plötzlich überfielen ihn Kummer und Furcht. Er trat vor und lehnte sich an den Stein einer gewissen Lillian Grace Rogers, die schon dreiundsiebzig Jahre in dieser schlammigen Erde lag.

»Glaubst du an Gott?« Es war Daphne, die ganz nahe stand, unmittelbar hinter ihm. Wegen der Tränen in seinen Augen drehte Boldt sich nicht sofort um. Daphne schien stets seine Gedanken lesen zu können.

»Ja, natürlich«, antwortete er.

»Hast du Vertrauen in Gott?«, wollte sie wissen.

»Ich weiß nicht ... ich glaube nicht«, gab er zu. »Nicht nach zwanzig Jahren in diesem Job.«

Leichter Regen setzte ein. Boldt zog sich von Lillian Grace Rogers zurück.

»Liz hat Gottvertrauen«, sagte Daphne. »Eine tiefe und feste Zuversicht. Ich kann das hier nicht beurteilen, denn mir ist es fremd. Aber bis du den Unterschied zwischen deinem Glauben und ihrem Vertrauen verstehst, bis du diese Lücke füllen kannst, solange kannst du auch nicht hoffen, *sie* zu verstehen.«

»Ich *muss* sie verstehen«, sagte er in den leichten Regen hinein.

»Ja.«

»Also ist es ganz allein *meine* Aufgabe?«

Sie antwortete nicht.

»Meinst du das?«

Ein Düsenflugzeug zog mit blinkenden Positionsleuchten und dröhnenden Triebwerken über ihren Köpfen dahin. Die Luft schien zu zittern. Boldt hoffte, dass es die Luft war und nicht er selbst.

»Warum der Anzug?«, fragte Daphne.

»Ich hatte ein Einstellungsgespräch bei Boeing«, antwortete er, und es kam ihm wie eine Beichte vor. Gerade Daphne sollte es vor allen anderen erfahren. »Es kam zwar nicht dazu, aber ich hatte einen Termin.«

»Ah, ja.« Dann fügte sie hinzu: »Und wessen Idee war das?«

»Liz weiß nichts davon.«

»So.«

»Du denkst wohl, ich laufe weg? Flüchte vor der Arbeit oder vor Liz?«

»Ich hab doch gar nichts gesagt.«

»Ich verstehe sie spirituell nicht. Jetzt habe ich's gesagt. Okay?«

»Aber du hast es versucht.«

Boldt drehte sich um. Daphne war klug genug gewesen, eine Goretex-Regenjacke anzuziehen. Sie war grün und passte zu ihren Augen. »Wie kommt man dorthin? Wie überquert man diese Brücke?«

»Du musst keine Brücke überqueren. Du musst nur die andere Seite zur Kenntnis nehmen ... sie existieren lassen, deiner eigenen gleichwertig.«

»Aber sie ist nicht gleichwertig!«

»Dann weißt du, woran du arbeiten musst.«

»Ich soll wohl anfangen, die Bibel zu lesen«, erwiderte er sarkastisch.

»Vielleicht nur darüber sprechen«, schlug Daphne vor. »Das ist die beste Brücke von allen.« Sie zog an ihrer Kapuze, und Wasser strömte über ihre Schulter und tropfte von ihrem Ellbogen. »Warum sind wir eigentlich hier?«

»So langsam frage ich mich das auch«, gab Boldt zu. »Ich dachte, ich würde hier mehr Gräber finden, mehr Leichen.« Dann fügte er hinzu: »Vielleicht nur, um zu finden, was begraben ist.«

»Noch mehr Leichen?«

»Wenn diese Mistkerle hier eine Tote begraben haben, warum nicht auch noch andere? Vorhin saß ich in diesem Vorzimmer bei Boeing und sah Gräber auf Fotos von Flugzeughallen, und da dachte ich mir, dass unsere ›Jane Unbekannt‹ hier oben nicht allein war.«

»Ist das nicht reichlich kompliziert, mit Exhumierungen anzufangen?«

»Äußerst schwierig sogar, besonders da wir ja nicht wissen, wo wir anfangen müssen. Aber wenn hier noch andere Frauen begraben sind, könnten sie uns Informationen bieten, die wir dringend brauchen. Diese vermisste Reporterin erwähnte ›den Friedhof‹ in ihrem Video. Ich glaube, das ist die Verbindung, die uns fehlt.«

»Ob sie wohl jemandem hierher gefolgt war?«, meinte Daphne. »Oder jemandem *von* hier folgte?«

»Dem Totengräber vielleicht – jemandem, der sagen konnte, wann ein frisches Grab verfügbar war. Die Mörder halten die Frauen so lange eingefroren, bis sie eine Möglichkeit haben, sie loszuwerden.«

»Und Melissa hat diese Verbindung hergestellt?«

»Vielleicht. Aber wenn der Totengräber sich bestechen ließ ...«

»Musste er eine Möglichkeit haben, mit diesen Leuten in Verbindung zu treten«, vollendete Daphne den Satz.

»Mein Job ist, Melissa zu finden, bevor sie hier oben endet.«

Der Regen hörte allmählich auf, und Daphne klappte die Kapuze hinunter. Sie lockerte ihr Haar und schüttelte den Kopf von einer Seite zur anderen. Dann sagte sie: »Ist dir klar geworden, wie kompliziert eine solche Operation ist? Die Schiffe, die Container, die Ladungen, die Treffen, Transportmittel, falsche Ausweispapiere, Friedhöfe, Bordelle, Sklavenwerkstätten ...«

»Bei dreißigtausend Dollar pro Passagier sind die Profitspannen recht hoch.«

»Aber wer könnte so was aufziehen? Und mit der Einwanderungsbehörde im Nacken – wie lange könnte er damit ungeschoren durchkommen?«

»Es müssen mächtige Leute sein«, erwiderte er. »An einem Ende würde die chinesische Triade das Geschäft kontrollieren – am anderen Ende Leute wie Mama Lu. Deshalb bin ich so interessiert an ihr. Du hast Recht: Es ist eine Riesensache. Keine Mama-und-Papa-Geschichte, das ist mal sicher.«

»Aber damit durchkommen ...«, sagte sie und kam damit zu ihrem ursprünglichen Gedanken zurück. »*Mein* Job bei all dem besteht jedenfalls darin, ein psychologisches Profil zu erstellen, eine Persönlichkeitsskizze unseres Verdächtigen. Ich habe da schon ein Modell konstruiert. Das Nächstbeste, das ich fand, war ein Bienenkorb. Viele Arbeitsbienen führen Befehle aus. Die kümmern sich von Tag zu Tag um die Arbeit.«

»Die Banden.«

»Genau. Dann kommen die Drohnen. Die können Befehle erteilen, aber sie bekommen auch welche. Wenn ich diese Kette der Macht nach oben verfolge, komme ich immer wieder darauf zurück, dass in den oberen Rängen, nahe der Spitze, jemand in einer Position der beinahe vollkommenen Stärke sitzen muss. Nicht Kraft, nicht physische Macht – das meine ich nicht. Stärke im Hinblick auf Verbindungen, Wissen, Einblick ...« Sie fügte hinzu: »Welches Modell man auch anwendet, ohne jemanden in solch einer Position ist eine solche Sache nicht lange durchzuziehen. Das Glück ist meist kurzlebig. Wenn man ein so großes Spiel spielt, darf man sich *überhaupt nicht* auf das Glück verlassen.«

»Die Karten vorher entsprechend mischen«, meinte Boldt.

»Ja, die Karten entsprechend mischen.«

»Sie haben jemanden bestochen«, sagte Boldt. »Das meinst du doch.«

»Ja.«

Es fing wieder an zu regnen. Daphne zog sich die Kapuze über den Kopf.

Boldt stand im Regen. »Bildverarbeitungssysteme«, sagte er schließlich.

»Was?«

»Ich habe es mit Miles im Fernsehen gesehen. Da war ein Archäologe, der von den Erdölgesellschaften entwickelte Methoden anwandte. Er fand damit Dinosaurierknochen – ohne jede Grabung.«

»Dinosaurier?«

»Warum nicht auch Menschen?«, fragte er, blickte in die Runde und wies auf all die Grabsteine.

38.

FREITAG, 28. AUGUST
11 TAGE VERMISST

Die Polizei weigerte sich, ihr Einblick in das Videoband zu gewähren, und von Brian Coughlie war kein Wort gekommen. Außerdem war Freitag. So sah Stevie sich wieder einem langen und betrüblichen Wochenende gegenüber. Deshalb beschloss sie, sich an ihre Zuschauer um Hilfe zu wenden, wobei ihr bewusst war, dass es ein großes Risiko bedeutete. Doch jetzt, am elften Tag nach Melissas Verschwinden, hatte sie keine andere Wahl mehr, das fühlte sie. Nie hatte sie die grellen Studiolichter so empfunden – sie kamen ihr mehr wie die Lampen bei Verhören in alten Schwarzweißfilmen vor, blendend und einschüchternd, dazu bestimmt, die Wahrheit ans Tageslicht zu bringen.

Die Meldungen auf dem Nachrichtenpult vor ihr ausgebreitet – und auf den Teleprompten wiederholt –, kamen Stevie das Sprecherpult, die drahtlosen Mikrofone und das penetrante Starren der Klarglas-Kameralinsen plötzlich furchterregend vor. Hinter dem dicken Glas der Kontrollkabine schaute Jim Corwin zu – mit einem Ausdruck, der eine Mischung aus Bestürzung, brennender Neugier und tiefer Besorgnis zeigte. Schließlich kam es nicht jeden Freitagmorgen um 5.30 Uhr vor, dass Stevie McNeal um einen Zwei-Minuten-Teil der Frühnachrichten und eine weitere Minute der Einblendungen »Seattle Today« in der bundesweiten Morgenshow bat. Corwin hatte solche Auftritte als Teil ihrer Abmachung akzeptiert, als er Stevie die Container-Berichterstattung zuteilte, hatte aber nie damit gerechnet, dass sie je davon Gebrauch machen würde.

Eine beängstigende Stille herrschte im Studio. Die Morgenmannschaft stand unter Hochspannung, weil sie nicht genau wusste, was sie zu erwarten hatte. Hinzu kamen Stevies ermüdetes Aussehen und das fehlende Make-up; sie hatte nur etwas Lippenstift aufgelegt – das »Haarmädchen« und den »Puderjungen« hatte sie weggeschickt. Sie trug ein dunkles Baumwollkleid mit Rollkragen, das sie sehr schlicht erscheinen ließ. All dies – dazu ihr streng nach hinten gekämmtes Haar – bedeutete offensichtlich, dass sie nicht verführerisch wirken wollte. Sex in den Nachrichten musste bis zum nächsten frischen Gesicht warten.

Jetzt, wo die Finger der Regieassistentin rhythmisch zurückzählten – sechs, fünf, vier, drei –, zog Stevie sich in sich selbst zurück und suchte nach dem Gefühl der Ruhe, von dem sie wusste, dass es immer da war, wenn sie es am meisten brauchte. Schließlich waren die Kameras auf sie gerichtet, und Hunderttausende von Zuschauern hingen an jedem ihrer Worte, jeder Silbe, jeder Nuance. Nichts war mit Livefernsehen vergleichbar.

Sie dachte jetzt nicht an den Container, und sie strebte nicht danach, die Zuschauer zu beeindrucken. Sie wollte eine Freundin, eine Schwester retten – ihre kleine Schwester.

Mi Chow war sie damals genannt worden, denn den Namen Melissa McNeal hatte sie noch nicht erhalten. Stephanie konnte sich nicht genau erinnern, wie alt sie damals gewesen waren, aber sie wusste noch, dass sie stehen musste, um aus dem Seitenfenster des von einem Chauffeur gefahrenen Chrysler schauen zu können, wenn dieser an einem Markt vorbeifuhr, wo die wettergegerbten Gesichter der chinesischen Frauen und Männer sich unter riesigen Strohhüten versteckten, die als Schutz gegen die unerträglich heiße Sonne getragen wurden.

Jetzt fiel Stevie ein, wie Mi die Mitte der Rückbank eingenommen hatte, flankiert von Vater und einer schönen englischen Frau, die Stevie schon auf Vaters Partys gesehen hatte. Stevie erinnerte sich an den Hut dieser Frau, ihren schwarzen Schleier, den hellen Lippenstift und das dunkelblaue Kleid. Sie trug blaue Lederschuhe mit Pfennigabsätzen.

Stephanie sah Fahrräder und Staub, hörte das Gackern von Hühnern und roch gebratene Nudeln. Diese Fahrt erregte sie bis in ihr Innerstes, denn es war viel Geflüster, viel Geheimniskrämerei darum herum, obwohl Stephanie es nur fühlte.

Ihre Tante Su-Su, vorn auf dem Beifahrersitz, weinte leise und hatte eine Hand nach hinten ausgestreckt, die Mi Chow aber nicht berührte. Tränen rannen ihre Wangen hinunter.

»Nicht weinen, Su-Su«, sagte Stephanie, doch sie weinte nur umso mehr. Sie schaute zurück zu Vater, dessen beeindruckende Größe, die weiße Haut, das goldene Haar und der dichte brau-

ne Schnurrbart Mi Chow einst so verängstigt hatten, dass sie sich versteckte.

Der Markt zog in einem verschwommenen Bild aus Aktivität und Bambuskisten und leuchtend grünem Gemüse vorüber. Die Glücklicheren trugen Sandalen, die anderen gingen barfuß. Alle trugen olivgrüne Kittel. Nur auf den riesigen Postern des großen geliebten Führers und in der Stadt kleideten die Leute sich anders. Vater trug einen Nadelstreifen-Anzug, ein weißes Hemd, goldene Manschettenknöpfe und eine breite, rote Krawatte mit goldenen Kronen darauf. Er hatte eine Metallbrille auf und rauchte eine Zigarette. Mit tiefer Befehlsstimme sagte er Stephanie, sie solle sich festhalten.

Draußen zogen die Gebäude in einem verwaschenen farbigen Strom vorüber. Stephanie gab es auf, sich auf ein bestimmtes Bild zu konzentrieren – Hütten, Eckmärkte, Fahrräder –, die wie Wasser um das Auto herumströmten. Su-Sus leises Jammern beanspruchte all ihre Gedanken. Irgendetwas stimmte nicht.

Vater sagte etwas mit lauter Stimme, und plötzlich drehte Su-Su sich um, beugte sich über die Rücklehne und nahm Mi Chows Hände. Sie flüsterte etwas auf Chinesisch, von dem Stephanie immerhin so viel verstand, dass Mi keine Angst haben sollte und dass Su-Su, Steph und Onkel Patrick sie sehr liebten, dass Onkel Patrick ein großer Mann sei und dass Mi auf die englische Frau, die sie begleiten würde, hören und ihr gehorchen sollte.

Vater war zu sehr damit beschäftigt, aus dem Wagenfenster zu schauen, um etwas davon mitzubekommen. Er rief dem Fahrer ungestüm etwas zu. Dieser schaute ständig in den Rückspiegel. Plötzlich bog das Auto scharf ab und hätte um ein Haar einen Mann auf einem Fahrrad angefahren. In einer

Wolke aus wirbelndem braunem Staub kam der Wagen zum Stehen. Die englische Frau hob Mi auf ihren Schoß, als Vater die Tür auf seiner Seite aufriss und ausstieg. Mi klammerte sich an Vater, und beide verschwanden in dem Staub, den ein zweites Auto aufwirbelte, das hinter ihnen hielt. Dieser Wagen war der Gegenstand von Vaters vorheriger Ablenkung gewesen. Es gab viel Rufen und Verwirrung.

Su-Su rief ihrer Nichte zu: »Sei tapfer, Kind. Steffie und Onkel Patrick werden später am Abend wieder bei dir sein.«

Eine Autotür wurde laut zugeschlagen. Der Staub wirbelte um Vater herum, der plötzlich allein inmitten der neugierigen Bauern stand.

»Werde ich kleine Schwester heute Abend wiedersehen?«, fragte Stephanie Su-Su auf Chinesisch.

»Du lange Fahrt machen«, erwiderte sie. »Lange, lange Fahrt über Meer.«

»Und du?«, wollte Stephanie wissen.

Die Frau, in Tränen aufgelöst, verbarg das Gesicht in den Händen. »Mein Kind ...«, sagte sie, »mein Kind.«

Stevie betrachtete Fernsehkameras als die stärksten Waffen der Welt. Sie hatten viel mehr Wucht als eine Bombe. Stevie hatte dreizehn Jahre gebraucht, um diese Macht vollständig zu begreifen und sie sich zunutze zu machen. Sie glaubte, dass jemand zur richtigen Sendezeit in nur zwei Minuten die Welt verändern konnte.

Für sie gab es nun keine langweiligen Interviews mit Leitern von Einwanderungsbehörden, Reedereidirektoren und Politikern mehr. Sie war der Ansicht, die Polizei an den Verhandlungstisch zurückbringen zu können, wenn sie sie verärgerte, indem sie sich mit der Bitte um

Hilfe an die Öffentlichkeit wandte. Sie wollte das Videoband haben. Sie wollte Melissa zurück.

Die Regieassistentin gab ihr ein Zeichen. Das rote Licht der Kamera leuchtete auf. Sie war auf Sendung.

»Guten Morgen, liebe Zuschauerinnen und Zuschauer. Seit elf Tagen wird eine Reporterin dieses Senders vermisst – Melissa Chow. Hier sind Aufnahmen von ihr, die vor zwei Monaten gemacht wurden und an die sich manche von Ihnen möglicherweise erinnern werden.«

Auf dem Bildschirm stand Melissa hoch auf einem Steilufer; im Hintergrund waren die grünen Wasser des Sunds zu sehen. Melissas pechschwarzes Haar wehte im Wind. Eine weiße Passagierfähre glitt ins Bild, als sie in die Kamera sprach: »Das Passagierfährennetz des Staates Washington hat nie mehr Menschen befördert als in den letzten zwölf Monaten. Was aber dringt über aufgeschobene Wartungsabeiten, zweifelhafte Einstellungspraktiken, Gerüchte von Veruntreuungen und betrunkenen Steuermännern an die Öffentlichkeit?«

Die Fernseh-Bildschirme des Staates Washington zeigten wieder Stevie am Sprecherpult.

»Das war Melissa Chow. Sie ist fünfundzwanzig Jahre alt und gebürtige Chinesin, doch sie spricht ein fast akzentfreies Englisch. Melissa ist ungefähr einssechzig groß und wiegt etwa 95 Pfund. Man nimmt an, dass sie zur Zeit ihres Verschwindens über einen Fall recherchierte, bei dem es um das Einschleusen illegaler Einwanderer ging, und es wird befürchtet, dass sie sich in großer Gefahr befindet. Auf dem

Bildschirm sehen Sie jetzt Bilder, die Melissa vor ihrem Verschwinden aufnahm. Das erste zeigt eine Angestellte des Kraftfahrzeugamts, Gwen Klein, die derzeit von der Polizei zur Befragung gesucht wird. Die nächste Aufnahme zeigt einen bislang unbekannten Mann, an dem Melissa offensichtlich interessiert war, kurz bevor sie verschwand. Die unheilverkündenden Umstände ihres Verschwindens sprechen für sich. Die Polizei hat wenige oder gar keine Spuren. Wer Informationen liefern kann, die zu Melissas Auffinden führen, erhält von diesem Sender eine Belohnung von zehntausend Dollar in bar ...«

Jimmy Corwin sprang von seinem Stuhl auf der anderen Seite des schalldichten Glases, warf die Arme hoch und winkte wild. Dann raufte er sich das wenige Haar, das ihm noch geblieben war, und rief seiner Mannschaft mehrere knappe Befehle zu. Stevie hoffte, dass man nicht einfach abschaltete und auf Werbung ging.

»Sämtliche Informationen werden von der Polizei vertraulich behandelt. Es wird niemals veröffentlicht, wer sie liefert, ob es nun ein völlig Unbeteiligter ist, der zufällig etwas sah, oder einer der für Melissas Verschwinden Verantwortlichen. Wir wollen nur Melissa zurück.

Sie, die Einwohner des Staates Washington, sind unsere beste Chance. KSTV hat eine seiner Mitarbeiterinnen verloren. Wir bitten Sie, unsere Zuschauer, um Informationen – jede Information, die uns helfen kann, Melissa sicher zurückzubringen. Die auf Ihrem Bildschirm eingeblendete Telefonnummer ist gebührenfrei und verbindet sie direkt mit der Po-

lizei. Sie kann von jedem Telefon vierundzwanzig Stunden am Tag angerufen werden.
Bitte helfen Sie uns, unsere Freundin zu finden.
Wir danken Ihnen.«

»Aus!«, rief die Regieassistentin.

Die Stille, die Stevies Bekanntmachung folgte, wurde durch Corwins brüllende Stimme unterbrochen, die über die Interfon-Anlage in den Raum drang.

»Wer, zum Teufel, hat das genehmigt? Dieser Text lag nicht hier in der Kabine! McNeal, in mein Büro – sofort!«

Stevie sagte ruhig ins Mikrofon, das noch an ihren Rollkragen geklammert hing: »Wenn das Geld ein Problem ist, Jimmy, mach dir keine Sorgen – ich werde die Belohnung aus meiner eigenen Tasche zahlen. Und wenn du mit mir sprechen willst, dann in *meinem* Büro. Aber du musst schon warten, bis du an der Reihe bist. Erst mal mache ich jetzt Pause, und außerdem wird mein Telefon bald klingeln.«

39.

Boldt war gerade aus der Dusche gekommen, als er das verdammte Piepen seines Pagers hörte. Fast gleichzeitig begann auch das Telefon auf dem Nachttisch zu klingeln, und Boldt wusste sofort, dass es entweder eine neue Leiche oder irgendwelchen anderen Ärger gab. Er fühlte sich an diese Geräte gekettet und nie mehr wirklich allein; er hatte keinen privaten Augenblick mehr, nicht einmal ein paar Minuten unter der Dusche.

Liz stieg nackt aus dem Bett, und Boldt wand sich innerlich, als er wieder zur Kenntnis nehmen musste, dass der Körper, der einst so viel Verlangen in ihm erweckt hatte, jetzt kaum mehr als eine Erinnerung war. Liz' war immer noch so abgemagert, dass man ihre Rippen zählen konnte. Sie bedeckte sich nicht, als sie nach dem Telefon langte. »Hallo? Ja, Captain, er ist unter der Dusche.« Dann hörte sie aufmerksam zu, bevor sie mit den Worten endete: »Ja, ich werde es ihm ganz bestimmt sagen.«

»Ich schalte den Fernseher für dich ein«, sagte sie dann zu Boldt. »Das war Sheila Hill. Du weißt ja, dass ich sie nicht gern mit ihrem Rang anrede. Warum macht es mir nur so viel aus, dass mein Mann der Untergebene einer Frau ist, die kaum die Hälfte seiner Erfahrung und seines Verstandes besitzt, aber viel mehr Gehalt bezieht?

Sie möchte, dass du sofort Kanal vier schaust. Angeblich ist es von Interesse für dich.«

Boldt ging triefend ins Wohnzimmer, ein Handtuch um die Hüfte gewunden. Zehn Minuten später bahnte er sich mit zuckendem Blaulicht eine Bahn durch den Verkehr, während er in sein Handy sprach.

»Man wird uns mit Anrufen überschwemmen«, warnte er LaMoia. »Wir haben sie ausgetrickst, und jetzt hat sie das Gleiche mit uns gemacht. Sie hat uns schlichtweg überrumpelt.«

»Was ist zu tun?«, fragte ein schlaftrunkener LaMoia.

»Wir müssen handeln, bevor die Flutwelle kommt. Wenn nicht, wird sie uns ertränken. Ruf Coughlie bei der Einwanderung an. Wir brauchen eine Liste der Standorte jeder möglichen Sklavenwerkstatt in der Stadt. Sag ihm, dass wir ein paar Türen eintreten werden und ihn *unbedingt brauchen*. Das wird ihn anstacheln.«

40.

Leer stehende Gebäude sind eine Plage für jede Stadt, denn sie verwandeln sich früher oder später in Crackhäuser, Bandenschlupfwinkel und Ziele für Brandstifter. Letzteres machte sie für die Feuerwehr von Seattle interessant. Diese spürte allen Häusern nach, die mehr als ein Jahr leer standen. Boldt wusste dies von einer Ermittlung her, die zwei Jahre zurücklag.

Binnen einer halben Stunde nach seinem Ersuchen hatte Boldt eine zehnseitige Liste von jedem bekannten leer stehenden Gebäude im King County. Er faxte die Liste an Dr. Virginia Ammond, die ihre eigene Liste ehemaliger Fischkonservenfabriken für Boldt zusammenstellte. Nach Vergleich der von ihm eingesandten Liste mit ihrer eigenen zog Dr. Ammond zwei Gebäude in die engere Wahl – beide leer stehend, beide ehemalige Fischkonservenfabriken.

Als Brian Coughlie anrief und einen Bundes-Durchsuchungsbefehl anbot, um den Vorgang zu beschleunigen, akzeptierte Boldt. Ohne offizielle Erwähnung hatten sie ein Sonderkommando gebildet. Obwohl ihre Vorgesetzten – Hill und Talmadge – sich über dieses Konzept streiten konnten, waren Boldt und Coughlie entschlossen, Hand in Hand zu arbeiten.

Der einzige Einblick ins Innere des Gebäudes bot sich, als sich eine riesige Garagentür hob, um einen Ford-Minivan einzulassen, der so neu war, dass er noch die vorläufige Sonderzulassung des Händlers an der Rückscheibe trug. Einer von Boldts Leuten las diese Nummer mit einem Fernglas ab und gab sie zur Überprüfung durch das Fahrzeugamt an die Zentrale durch. Boldt saß auf dem Beifahrersitz von Coughlies Buick, der in der Qualität beträchtlich über seinem eigenen Chevy lag.

»Was ist eigentlich mit diesem Video, das ihr da habt? Schon mal daran gedacht, es mit uns zu teilen?«, fragte Coughlie.

»Das wäre zu machen. Die Abteilung für Öffentliche Angelegenheiten könnte aber noch das ein oder andere Wort dazu zu sagen haben.«

»Ich bitte *die* doch nicht darum.«

»Sollten Sie aber.«

Als die Mitteilung eintraf, dass die vorläufige Händler-Autozulassung gestohlen war, fragte Boldt: »Können Sie mir irgendeinen Grund sagen, warum eine Sklavenwerkstatt einen ›heißen‹ Lieferwagen braucht?«

»Um ihre Arbeiter zu transportieren«, erwiderte Coughlie ohne zu überlegen. »Ich kann mich an keine Fahrzeugsbeschlagnahmung entsinnen, die wir in den letzten drei Jahren durchgeführt haben, bei der nicht entweder ein gestohlenes Fahrzeug oder gestohlene Kennzeichen im Spiel waren. Wie stellt sich uns denn die Sachlage dar?«, fragte er rhetorisch. »Keiner von diesen Leuten existiert. Können Sie sich das vorstellen? Sie existierien einfach nicht! Es gibt keine Schriftstücke, keine Geburtsurkunden, keine Kreditinformationen, keine

Steuerunterlagen – nichts. Wir müssen gegen Phantome kämpfen. Wir geben ihnen irgendwo auf der Straße das Zeichen zum Anhalten, und sie stieben auseinander und verschwinden, und wir haben nichts, um ihnen auf der Fährte zu bleiben. Ein als gestohlen bestätigtes Fahrzeug? Von der wahrscheinlichen Ursache her gesehen ist das um ein ganzes Stück leichter.«

»Stimmt«, sagte Boldt.

»Hat man in der letzten Zeit schon mal auf Sie geschossen?«

»Nur mein Captain«, sagte Boldt im Scherz und erntete ein Lachen von Coughlie.

»Ich halte es mit George Patton«, erklärte er und langte nach hinten, wo eine kugelsichere Weste lag. »Ich schicke meine Jungs nicht in die Schlacht, ohne selbst daran teilzunehmen.«

»Sie haben keine Kinder«, bemerkte Boldt dazu.

»Keine Kinder, keine Familie – niemanden«, erwiderte Coughlie trocken. Er band sich ein Kehlkopf-Mikrofon um und drückte sich einen Knopfhörer ins Ohr. Diese Vorrichtungen erlaubten freies Sprechen mit den Mitgliedern des Teams. Dann befingerte er einen kleinen schwarzen Kasten, der an seinem Gürtel befestigt war. »Hört ihr mich?«, sagte er zu seiner Mannschaft. »Okay. Wir gehen rein.«

Die kugelsichere Weste aus Kevlar war physisch nicht schwer, aber ihr bloßes Vorhandensein war es. Sie bedeutete Kampf, Gefahr. Für Boldt war eine kugelsichere Weste jedoch auch ein Symbol der Jugend. Es war schon weit mehr als ein Jahr her, dass er selbst eine getragen hatte. Als er sich in leichtem Trab hinter vier schwer bewaffneten Männern der Stadtpolizei-Sondereinsatzgruppe dem Nordtor des Hangars näherte, ertappte er sich dabei, wie er sich um seine Hände Sorgen machte, nicht um sein Leben. Er wollte sich seine Klavierspielerhände nicht bei irgendeinem Nahkampf brechen. Einige seiner wenigen Freuden im Leben war das Klavier – sein abendliches Üben und die gelegentliche Vorstellung während der Happy Hour bei »The Joke's On You«. Sich einen Finger zu brechen oder ein Handgelenk, war für ihn mehr als die Beschädigung von Knochen und Sehnen – es bedeutete die Unmöglichkeit, seine Persönlichkeit auszudrücken.

Anders als bei einer typischen verdeckten Operation der Stadtpolizei hatte Boldt hier keine Möglichkeit, die Fernmeldeverbindungen zu überwachen. Seine eigenen Sondereinsatzleute waren mit Funkgeräten ausgerüstet, hatten aber keine für ihn und LaMoia, die sich auf Handsignale verlassen mussten. Absurderweise benutzten die Bundesleute im Namen der Regierungsgeheimhaltung ihre eigenen geschützten Funkfrequenzen, was bedeutete, dass die beiden Teams – Einwanderungsbehörde und Sondereinsatzgruppe der Stadtpolizei – die jeweils andere Funkfrequenz nicht hören konnten, selbst wenn sie es wollten. Also wurden zur Verständigung der beiden Einheiten Handsignale benutzt. Boldt wusste, dass sie diese gemeinsame Aktion ein wenig zu schnell – vielleicht sogar überstürzt – unternommen hatten und dass er sich nun auf Männer verlassen musste, die er nicht kannte.

Er hielt mit dem Sondereinsatzmann vor ihm Schritt, wobei er wachsam auf Handsignale achtete. Als dann die Hand mit gespreizten Fingern nach oben zeigte und sich zu einer Faust schloss, machte Boldt sofort Halt und kauerte sich nieder. Als die Hand Nummern angab – vier und vier – schloss Boldt sich einem anderen Sondereinsatzmann an und stellte sich links vom Tor auf.

Die acht Männer duckten sich. Das Tor wurde mit einem Rammbock eingestoßen, und sie strömten ins Gebäude und teilten sich zu Paaren auf. Boldt folgte den gelben Buchstaben POLICE auf der schwarzen Nylonjacke des Mannes vor ihm.

Es war eine Ausschlachtwerkstatt, keine Sklavenwerkstatt. Die Halle war voller Autoteile und Fahrzeuge in verschiedenen Stadien der Demontage. Die Luft roch nach Schweißbrennern und verbranntem Lack. Boldts Team nahm hinter der ausgeweideten Hülle eines Kleinlieferwagens Deckung; Coughlies Team duckte sich hinter einem Stapel Autotüren.

Der erste Schuss, der durch die Halle peitschte, kam von der entgegengesetzten Seite. Männer stoben in alle Richtungen. Die Männer der Einsatzkommandos antworteten mit so geballter Feuerkraft, dass Boldt und die anderen eine Zeit lang taub wurden. Einige ihrer Gegner fielen mit gespreizten Armen zu Boden. Der Rest floh wie Ratten.

Ein paar Handsignale, und die Waffen schwiegen. Grauer Rauch stieg auf. Insgesamt neun Männern wurden Handschellen angelegt; dann wurden ihnen ihre Rechte vorgelesen. Stadtpolizisten erwischten noch zwei weitere Verdächtige, die zu Fuß fliehen wollten. Der Rest entkam.

Binnen einer Stunde trat eine gewisse Ordnung ein, nachdem die Verdächtigen zur Identifizierung zum Hauptquartier transportiert worden waren. Ein Computer wurde beschlagnahmt, und eine gründliche Bestandsaufnahme begann.

Bernie Lofgrins Techniker von der Spurensicherung der Stadtpolizei machten sich an die Arbeit, fotografierten, katalogisierten, bestäubten Gegenstände auf der Suche nach Fingerabdrücken und Blutspuren der Verwundeten – alles in dem Versuch, die künftigen Anklagen wasserdicht zu untermauern. Flächen wurden gefegt, Beweise in Tüten verstaut und abtransportiert.

Als Boldt sich ein paar Augenblicke freimachen konnte, rief er Liz an.

»Hi, Liebling. Was gibt es?«, fragte sie.

»Du erfährst Dinge auf die seltsamste Art«, sagte er.

»Was meinst du damit?«

»Ach, nichts. Ich wollte nur deine Stimme hören.«

»Geht es dir gut?«

»Ja, sehr«, antwortete er.

»Was für Dinge hast du denn gemeint?«, wollte sie wissen.

»Darüber können wir später reden.«

»Können wir, aber tun wir es auch?« Sie wartete, dass er etwas sagte.

»Also ... ich wollte nur mal wieder deine Stimme hören«, wiederholte er.

»Ich liebe dich.«

»Wir reden später«, sagte er und unterbrach die Verbindung.

»Wenn dieses Gebäude nicht ziemlich vorn im Alphabet gewesen wäre, hätten wir's wohl erst in ein paar Wochen gefunden«, erklärte Ermittler Chuck Bandelli vom Raubdezernat über Boldts Schreibtisch im Gebäude für Öffentliche Sicherheit hinweg. Bandelli sah mitgenommen aus, wie einer, den man im Regen hatte stehen lassen. »Aber wie die Dinge jetzt liegen, erhielten zwei von uns den Auftrag, alle Leute zu benachrichtigen, deren Fahrzeuge da ausgeschlachtet wurden, und wir haben die Liste in drei Gruppen geteilt – A bis C, D bis F, in der Art –, um die Sache schneller erledigen zu können. Ich habe unter anderem den Buchstaben C bekommen, und als ich den Namen des Mädchens auf der Liste sah, dachte ich mir, ich sollte Ihnen das hier zeigen.«

CHOW, M. /VIN:3678-90-8754Cb5E7/6131 1st AVE. # 2C SO./SE

Boldt starrte lange auf diese Zeile des Computerausdrucks. Eine Welt voller Verwirrungen. Ihr Auto, ein Lieferwagen, war gestohlen und ausgeschlachtet worden: Ersatzteile für den Export.

»Hören Sie, Bandelli«, sagte er, »ich würde es sehr schätzen, wenn das hier im Haus nicht bekannt wird. Falls die Medien Wind davon bekommen, wird das ganz schön Staub aufwirbeln.«

»Natürlich, Lieutenant.«

Boldt wusste, dass die Information trotzdem durchsickern würde. Die Frage war nur, wann.

41.

Der Totengräber sah nicht so aus, wie Boldt es erwartet hatte. Beim ersten Mal hatten ihn andere befragt, und deshalb waren seine schmächtige Gestalt, sein ältliches, mageres und hohles Gesicht und seine eisblauen Augen eine Überraschung für Boldt. Er hatte ihn sich als schweren, stämmigen Mann mit Erde unter den Fingernägeln und einer kalten Distanz in den Augen vorgestellt. Das Haupterfordernis für diesen Job jedoch war, wie sich herausstellte, die Fähigkeit, mit einer Spitzhacke umgehen zu können.

Boldt stand auf der anderen Seite der Beobachtungsscheibe und hoffte, dass der Mann eine Verbindung zu jemandem herstellen könnte, der die unbekannte Tote in das Grab gelegt hatte.

Melissas Erwähnung des Friedhofs und Boldts darauf folgender Besuch des Hilltop hatte bei ihm einen Gedanken ausgelöst – sie waren absichtlich irregeführt worden.

Es war jetzt LaMoias Befragung, an einem Freitagnachmittag. Alle wollten nach Hause.

LaMoia schwang seine Zweitausend-Dollar-Stiefel auf den Formicatisch und lehnte den Kopf zurück. »Sie wissen, warum Sie hier sind?«

»Noch mehr Fragen.« Die Stimme des Mannes war so dünn wie sein Körper.

»Da haben Sie Recht.« LaMoia wartete einen Augenblick. »Was glauben Sie denn, was wir Sie fragen werden?«

»Dieses Mädchen?«

»Welches?«

»Das ich gefunden habe – das chinesische Mädchen.«

»Ja, das müssten wir klären«, sagte LaMoia. »Das ist ein guter Ansatzpunkt.«

»Was ist denn mit der Kleinen?«

»Wir glauben, dass nicht Sie es waren, der sie gefunden hat.«

»Natürlich war ich es! Ich rief doch auch die Polizei an. Ihr müsst doch in euren Aufzeichnungen ...«

»Ja, Sie haben die Polizei angerufen. Und Sie spielten das alles recht gut. Aber jemand anders fand die Leiche. Ist es nicht so, Mr. Caldwell? Jemand, der früh an dem Morgen dem Hilltop-Friedhof einen Besuch abstattete. Vielleicht eine alte Frau – ein alter Mann? Diese Person erzählte Ihnen von der Toten, und Sie sagten sich, dass Angriff die beste Verteidigung sei und riefen die Polizei an. Sie dachten sich, dass wir Sie nicht so genau unter die Lupe nehmen würden, wenn Sie selbst anriefen, nicht wahr? Und so war es dann ja auch.«

Caldwell blinzelte, reckte das Kinn vor und antwortete: »Das ist nicht wahr.«

»Was davon ist nicht wahr?«, wollte LaMoia wissen. »Und ich warne Sie! Sie sollten jetzt sehr vorsichtig sein. Das ist ein unglaublich wichtiger Augenblick für Sie, Mr. Caldwell. Wenn Sie mit mir zusammenarbeiten, sehe ich die Möglichkeit, dass Sie dieses Gebäude als freier Mann verlassen. Aber wenn Sie mir Rauch in den Arsch blasen, werden Sie für ein paar Jahre vom Staat gelieferte Drillichkleidung tragen. Verstanden? Also würde ich mir an Ihrer Stelle meine Antworten genau überlegen und nichts erfinden, denn Sie wissen nicht, was ich weiß, und das bringt Sie unzweifelhaft in eine unvorteilhafte Lage.«

Der Mann runzelte die Stirn und blinzelte wieder.

»Also versuchen wir's noch mal«, sagte LaMoia. »Sie wussten die ganze Zeit, dass die Leiche da war.«

Der alte Mann schüttelte schwach den Kopf. »Ich wusste nur, dass *etwas* da drin war.«

»Haben Sie die Frau in das Grab gelegt?«

»Nein!«, rief der Mann.

»Aber Sie wussten, dass da etwas lag, weil Sie das schon mal gemacht hatten. Ein kleiner Nebenverdienst. Bar auf die Hand, kann ich mir vorstellen.« Er wartete. »Jetzt ist kein guter Zeitpunkt, irgendetwas zu erfinden.«

»Ein Mexikaner. Bulliger Kerl. Bot mir hundert Mäuse an, wenn ich die Gräber am Abend und nicht am Morgen des nächsten Tages ausheben würde, wie ich es gewöhnlich tue.« Melissas Video hatte einen stämmigen Mann im Bus gezeigt. Vielleicht ein Mexikaner. LaMoia registrierte das.

»Riefen Sie ihn an, oder schickten Sie eine Mitteilung auf seinen Pager?«

»Was für'n Ding? Nein, ich hab den Mann nur einmal gesehen. Und dann habe ich abends zu graben angefangen. Das ist alles. Ist ein paar Mal geschehen. Habe dann immer am nächsten Morgen einen Briefumschlag mit Geld in meinem Werkzeugkasten gefunden.«

»Wie oft?«

»Ein paar Mal.«

»Genauer.«

»Zweimal.«

»Zusammen wohl ein Tausender?«

»Richtig«, sagte der alte Mann.

»Dieser Mexikaner – können Sie ihn beschreiben?»

Der Mann schüttelte wieder seinen schmalen Kopf. »Es regnete. Hab ihn nicht richtig sehen können. Er trug so eine ...«, der Mann strich sich über die Brust, »Schürze oder so was Ähnliches. Aus Gummi – schwarzer Gummi.«

»Wie ein Fischer?«

»Ich kenne keinen Fischer. Ein großer Kerl. Das ist alles, an was ich mich entsinnen kann. Sah gefährlich aus, wissen Sie? Die brutale Sorte.«

»Wer fand eigentlich die Leiche?«, wollte LaMoia wissen.

»Eine alte Frau. 'ne schäbige alte Wachtel. Sagte, jemand habe 'nen Sarg geklaut und die Leiche dagelassen. Ich habe ihr gesagt, dass ich das schon machen würde.« Er schaute zu LaMoia auf. »Ich rief dann bei Ihnen an, weil ich nicht sicher war, was sie tun würde.« Er fügte hinzu: »Und vielleicht, weil ich mich dabei sowieso nicht ganz wohl gefühlt habe.«

»Nun tischen Sie mir mal nicht die Geschichte vom guten Bürger auf«, warnte LaMoia. »Spucken Sie alles aus, wenn Sie schon dabei sind.«

»Ich sage Ihnen ganz ehrlich – mir war nicht wohl dabei.«

»Dann wollen wir uns mal ein paar Fotos anschauen.«

»Verbrecheralbum?«

»In der Art. Einverstanden?«

»Brauche ich jetzt einen Rechtsanwalt?«

LaMoia blickte über die Schulter auf die Spiegelscheibe, hinter der Boldt stand. Er zögerte einen Augenblick und sagte dann: »Nein. Sie werden heute hier wieder rausgehen können. Aber Sie müssen für uns verfügbar bleiben. Und keine nächtlichen Grabereien mehr!«

»Kann ich hier irgendwo pinkeln gehen?«

»Den Gang hinunter. Ich hole die Fotos.«

42.

Um 23.00 Uhr am Freitagabend, im Licht greller Halogenscheinwerfer, die von einem lauten, stinkenden Generator gespeist wurden, brachte die Forscherin des Fachbereichs Archäologie die ersten Sondierungsladungen zur Detonation. Da sie zwei Meter unter dem Boden waren, hörte man es kaum. Rote und schwarze Drähte verliefen von dort zum Aluminiumtisch der Frau mit seiner Anordnung von Computern und elektronischen Geräten.

LaMoia stieß Boldt mit dem Ellbogen an und flüsterte: »Wir verlieren die Welt an die Technik-Hexer. Denk mal darüber nach. Die steuern die Computer, und die Computer steuern alles von Ferngesprächen bis zu Interkontinentalraketen. Ich sag dir, wir sind nicht mehr sicher, wo diese Hexen an den Schaltern sitzen.«

»Wir können keine Exhumierung vornehmen, wenn wir nicht Beweise über eine nicht erklärbare Leiche haben. So lautet die gerichtliche Anordnung.«

»Das verstehe ich ja«, klagte LaMoia, »aber was ich sagen will ... eine Frau! Ich meine, wer will schon, dass die überall das Sagen haben? Eine Sheila Hill reicht mir.«

»Du hast zu viel in die Röhre geschaut.«

»Bei meiner wenigen Freizeit?«

»Ihr Name ist Mack, Heidi Mack. Sie wurde von der Nekroforschung in Denver empfohlen.«

»Sieht schnuckelig aus.«

»Bleib ja beim Dienstlichen, Sergeant!« Er winkte LaMoia zu der Frau hinüber.

LaMoia hatte Recht, obwohl Boldt es nicht gern zugab. Sein Partner konnte eine gut aussehende Frau hundert Meter vor jedem anderen Mann erkennen. Heidi Mack hatte warme, dunkle Augen, ein energisches Gesicht und einen ausgesprochen weiblichen Körper. Boldt fand ihre Augen und ihren Mund so anziehend, dass er sie hätte anstarren können, aber er schaute stattdessen auf die Geräte. Auf dem Computermonitor war etwas, das einem Sonogramm ähnlich sah.

»Sie meinen, das ist ein Gerät wie in ›Jurassic Park‹?«, sagte sie mit weicher, sinnlicher Stimme. »Den Film meine ich – nicht das Buch. Nein, so etwas gibt es nicht, jedenfalls noch nicht. Vielleicht irgendwann einmal. Bis dahin ist das hier das Beste, das wir haben.« Sie bediente die Computermaus, um das Bild schärfer einzustellen. »Wir nennen es Tomografie, wenn wir nicht nach einer Leiche suchen, sonst wird es forensische Tathonomie genannt. Wir benutzen GPR – Bodendurchdringungsradar – in Verbindung mit einer geophysischen Ausrüstung, die für die Erdölindustrie entwickelt wurde. Damit können wir die Tiefe der Bodenstörungen bestimmen. Mit dem eigentlichen Inhalt ist es schwieriger. Wir haben Glück, dass wir hier auf einem Hügel sind, weil salzgesättigter Boden dem GPR große Schwierigkeiten macht. Das Programm, das wir hier anwenden, befindet sich in der Betaphase. Alles in der Software, verstehen

Sie? Natürlich ist das erst im Versuchstadium, aber es ist schon sehr effektiv.«

»Was habe ich dir gesagt?«, flüsterte LaMoia Boldt zu und stieß ihn wieder mit dem Ellbogen an.

Boldt zeigte auf den Bildschirm. »Das da?«

»Gutes Auge, *Detective.* Ja.«

»Meine Frau hatte Sonogramme bei beiden Kindern.«

»Sind Sie auch verheiratet?«, fragte LaMoia.

Heidi Mack und Boldt schauten ihn gleichzeitig an. Mack antwortete: »Ich habe ein Mädchen von drei Jahren.«

»Warum rufst du die Spurensicherung nicht an, Sergeant?« sagte Boldt. »Werden wir graben?«, fragte er Heidi Mack dann ohne Umschweife.

LaMoia blieb stehen. Mack zeigte auf den Bildschirm, wo Schnörkel und Schleifen verschiedener Farben in drei deutlich unterscheidbaren Gruppierungen zu sehen waren. Sie erinnerten Boldt an Sarahs Buntstiftzeichnungen an seiner Bürowand. »Wir haben hier die Auslesung aller drei Grabstätten, die Sie uns angegeben haben.« Ihr Finger wies auf einen ungleichmäßigen, gelb-grünen Fleck unten an der mittleren Gruppierung. »Dieser Bereich ist tiefer und sehr gestört, besonders wenn man ihn mit den anderen beiden vergleicht. Das kann möglicherweise durch Graben von Hand erklärt werden – Schaufeln statt Hacken. Sehen Sie sich die anderen beiden Stellen an. Sie sind längst nicht so gestört. Eine Hacke stört die Wandungen weit weniger als Schaufeln von Hand.«

»Was ist mit Knochen?«, wollte Boldt wissen.

»Die Nekroforschung hat schon jahrelang Versuche mit vergrabenen Schweinen gemacht.«

»Schweine?«, platzte LaMoia heraus.

»Ja, Schweine«, erwiderte sie. »Man arbeitet an Bilderzeugungssystemen zur Identifizierung von Knochenmasse. Von der Perfektion ist man allerdings noch weit entfernt. Das Beste, was wir hier machen können, sind Schätzungen aufgrund einiger dieser Versuchsergebnisse.« Sie wartete auf einen weiteren Ausruf von LaMoia, aber der hielt sich jetzt zurück. Mack fuhr fort: »Gewöhnlich werden Leichen außerhalb von Friedhöfen in etwa einem halben Meter Tiefe vergraben, und das ist auch die Tiefe bei den Experimenten. Das hier ist viel schwieriger – eine Tiefe von ungefähr einsachtzig bis zwei Meter zehn. Aber die Schattierungen hier und diese Echos dort«, sagte sie, die Fingerspitze auf dem Bildschirm, »sind die besten Ergebnisse. Hier zeichnet sich der Sarg ab. Diese scharfe gerade Linie und diese unerklärlichen Echos befinden sich mit ziemlicher Sicherheit unterhalb dieser Linie. Es sind keine Steine. Vielleicht Wurzeln, vielleicht auch Knochen. Mein Problem stellt sich so dar: Ich habe schon Dutzende, vielleicht Hunderte von GPR-Echobildern aller Art von Versuchsvergrabungen gesehen. Dabei lernt man die Anomalitäten zu erkennen.« Wieder zeigte sie auf den Bildschirm. »Dies hier ist das Problem. Sehen Sie das? Wir haben zu viele Echos, und die auch noch in verschiedenen Schichten. Sehen sie es, ja? Eine ... zwei ... vielleicht drei verschiedene Schichten.«

»Drei?«, flüsterte Boldt.

»Was, zum Teufel, geht da vor?«, platzte LaMoia heraus.

Bold wandte sich ihm zu und sagte: »Mrs. Mack?«

»Wenn ich das richtig sehe«, erklärte Heidi Mack LaMoia, »liegt da nicht eine, sondern drei Leichen vergraben.«

»Wir haben Hinweise, dass das Gewebe eingefroren war!«, rief Doc Dixon vom Boden des offenen Grabes herauf. Es war 2.00 Uhr am Samstagmorgen, Tag zwölf. Eine weitere Batterie von Halogenlampen war aufgefahren worden, um gegen die Schatten in dieser Tiefe anzukämpfen. Heidi Mack war auf Boldts Bitte hin geblieben – alle gesammelten Daten würden in die Nekroforschungs-Datenbank eingegeben. »Mäßige Zersetzung. Wann wurde dieses Grab ausgehoben?«

»Vor fünf Wochen«, antwortete LaMoia.

»Kommt hin.«

»Und die Fußsohlen?«, fragte Boldt.

»Davon ist wenig bis nichts übrig«, erwiderte Dixon. »Die Spurensicherung muss den Boden nach Resten durchsieben. Hoffen Sie Fischschuppen zu finden?«

»Wäre schön«, gab Boldt zu.

»Fischschuppen?«, fragte Heidi Mack.

»Das vergessen Sie mal schnell wieder«, riet Boldt. Er hatte sie vorher schon gewarnt, dass einiges von dem, was sie entdecken würden, eine Zeit lang geheim bleiben müsste. Sie nickte.

»Können wir jemanden an diesem Ende graben lassen?«, fragte Heidi Mack dann und zeigte am Bildschirm auf einen Bereich, der ein Stück vom Grabstein entfernt war. »In diese Wand hier?«

»Was ist denn damit?«, fragte Boldt.

»Eine weitere Anomalität, die ich der Software wegen nachprüfen möchte. Könnte sonst was sein.«

»Dixie? Könntest du mal ’ne Minute mit ’ner Schaufel arbeiten?«

»Steht nicht in meiner Tätigkeitsbeschreibung!«, protestierte der Rechtsmediziner scherzhaft vom Boden des Grabes herauf.

Boldt reichte ihm eine Schaufel hinunter.

»Wo denn?«, fragte Dixon.

Mack ging zu ihren Geräten zurück, kam dann wieder zum offenen Grab und zeigte auf einen Bereich ganz in einer Ecke. »Es müsste nur ein paar Zoll tiefer als der Pegel sein, wo Sie jetzt stehen. Höchstens dreißig Zentimeter.«

Dixon stieß die Schaufel in die Erde und begann zu graben. Beim weiten Ansetzen stieß er auf irgendetwas. »Sie verstehen Ihren Job!«, rief er zu Mack herauf, während seine behandschuhte Hand nach unten langte und den Schatz herausholte. »Es ist ein Seil«, rief er. »Halt mal«, sagte er dann und schaute sich den Gegenstand genauer an, »es ist eine Kette!« Er klopfte Erde davon ab und hielt sie hoch, damit sie alle sehen konnten.

Doch Boldt brauchte gar nicht hinzuschauen. Es war ja schon auf dem Videoband zu sehen gewesen – eine Kette, um einen Fußknöchel an eine Nähmaschine zu fesseln.

»Könnte an dem untersten Opfer befestigt gewesen sein«, rief Dixon von unten herauf, um sich über dem Lärm des Generators verständlich zu machen. »Wisst ihr, was ich glaube?«

»Was denn?«, rief Boldt nach unten, während Erregung durch sein Inneres pulsierte. Die drei Leichen standen fast mit Sicherheit sowohl mit der »Jane Unbekannt« als auch mit dem Einschleusen von Illegalen in Verbindung. Coughlie würde benachrichtigt werden müssen. Die Spurensicherung war schon unterwegs.

»Ich glaube, wir lagen vorher falsch.«

»Falsch?«, rief Boldt nach unten.

Dixon schaute auf, die Kette noch in der Hand. »Ich meine, wir haben eine neue Kandidatin für das erste Opfer.«

43.

Sonnabend, 29. August
12 Tage vermisst

»Mrs. McNeal?«, fragte eine Frau mit zitternder Stimme.

Stevie erkannte die Stimme sofort. »Mrs. Klein?«

»Ich habe Sie im Fernsehen gesehen. Die Belohnung und das alles.«

Mrs. Klein klang nervös. Stevie betrachtete das als Vorteil.

»Ich habe nichts mit einer vermissten Frau zu tun, das möchte ich Ihnen gleich sagen, aber ... ich habe mir so Gedanken gemacht ... über diese Belohnung. Wenn ich Ihnen helfen könnte, wie sähe es da mit der Belohnung für mich aus?«

»Wenn Sie ...«

»Sie werden es noch schaffen, dass man mich umbringt. Verstehen Sie? Diese Leute würden mich im Handumdrehen töten!« Dann fügte sie hinzu: »Also müssen wir das genau überlegen, Sie und ich.«

»Ich habe mir dazu schon etwas überlegt, und ...«

»Ich weiß, ich weiß. Mein Mann sagt, ich würde noch viel Unglück über unsere Familie bringen, und meine Familie ist alles für mich – *alles*. Aber wenn da zehntausend Dollar für mich drin wären ...«

Stevie fühlte sich, als hätte sie eine Luftblase geschluckt oder zu hastig Eis gegessen. Sie sprach etwas zu schnell für die überlegene, erfahrene Journalistin, die sie zu sein versuchte. »Es ist besser für Sie, wenn Sie mit mir reden, als die Polizei anzurufen. Wir können uns da etwas überlegen, Mrs. Klein. Warum erzählen Sie nicht von Anfang an und sagen mir *alles,* was Sie wissen?«

»Ich stehe hier an einem Münztelefon auf einem Wohnwagenplatz. Wenn Sie mit mir reden wollen, müssen Sie zu mir kommen, weil ich nicht in meinem Auto gesehen werden möchte.«

»Vor wem haben Sie denn Angst? Nennen Sie mir doch einen Namen, Mrs. ... Gwen. Ich brauche etwas, *irgendetwas,* um zu wissen, dass Sie die Wahrheit sagen. Verstehen Sie?«

»Vergessen Sie's. Ich mache das nicht übers Telefon.«

»Also gut. Wo?«, fragte Stevie. »Sagen Sie mir, wo Sie sind.«

Klein beschrieb einen Wohnwagenplatz östlich von Avondale, wo sie auf Stevie warten würde.

Unmittelbar bevor Stevie den Hörer auflegte, vernahm sie ein Klicken in der Leitung und dachte, es sei Mrs. Klein, die ebenfalls einhängte.

Der Verkehr war zum Halten gekommen; die Wagen standen Stoßstange an Stoßstange. Stevie nahm die Schiffsbrücke nach Bellevue, normalerweise eine Fahrt von fünfzehn Minuten, die jetzt eine dreiviertel Stunde dauerte. Sie fuhr dann nach Norden in Richtung Redmond, dem Sitz des Microsoft-Campus, immer noch im dichten Verkehr gefangen. Es war nun schon mehr als eine Stunde her, seitdem Gwen Klein angerufen hatte. In einer Gegend, die einst Waldland gewesen war, waren überall Wohngebiete entstanden. Reihenhäuser, Eigentumswohnungskomplexe, frei stehende Häuser – Sackgassen-Nachbarschaften, in denen sich die Gespräche beim Abendessen um »Bandbreite« und »Portgeschwindigkeit« drehten. Stevie fuhr auf der Avondale Road durch den noch vorhandenen Teil des Waldes und sah ab und zu im Dämmerlicht das Flüsschen Bear Creek zu ihrer Rechten. Furcht stieg in ihr auf, als ihr der ständige Strom von Autoscheinwerfern hinter ihrem Wagen verdächtig wurde. Schon anderthalb Stunden. Jedes dieser Autos könnte sich an sie geheftet haben, konnte ein Verfolger sein. Stevie wehrte sich gegen diesen Gedanken und konzentrierte sich auf das Nächstliegende: Die Schlüsselzeugin in dem Fall wollte reden.

Eine Stunde und fünfundvierzig Minuten.

Als sie nur noch weniger als eine Meile vor dem Treffpunkt war, zog Stevie nach rechts und hängte alle Autos hinter ihr ab.

Das Blut rauschte ihr vor Erregung in den Ohren. Sie leckte sich die Lippen und sprach ein paar Worte, um die Kehle freizubekommen.

Sie schaute noch einmal auf den Zettel mit der Notiz, um sicher zu gehen, dass es auch Nummer sieben war, wo Licht brannte. Sie stieg aus. Die obligatorischen Lachsalven verschiedener TV-Shows schallten über den Asphalt und an den Propanflaschen und den mit Mehltau bedeckten Wäscheleinen vorbei. In einiger Entfernung klingelte ein Telefon, und eine Frauenstimme rief: »Ich hol's schon.«

Die Fliegengittertür mit Aluminiumrahmen an Nummer sieben hing schief. Der Rahmen war pockennarbig und von Korrosion geschwärzt. Stevie schlug dagegen und rief: »Hallo!« Die Stufen aus Rotholz, die zur Eingangstür des Wohnwagens führten, waren schlüpfrig. Die Luft roch nach Morast – nass und süßlich von Fäulnis. Dies hier war eine Stelle, die kein Sonnenlicht kannte.

Da wehte ein Hauch von Propangas aus dem Wohnanhänger. Stevie schob sich näher heran. Die Jalousien waren heruntergezogen, aber der Geruch entwich auch durch die Leisten und das Fenster. Das Herz schlug ihr bis zur Kehle.

Immer noch auf Zehenspitzen lehnte Stevie sich weit nach rechts und drückte ein Auge auf einen Spalt zwischen den Innenjalousien. Zwei Beine. Vielleicht eine sitzende Frau. Stevie klopfte wieder, schaute noch einmal. Die Beine hatten sich nicht bewegt. Der Adrenalinstoß schien in ihren Zehen zu beginnen und bis in ihr Gesicht hinaufzuschießen, das vor Panik heiß wurde.

Sie rüttelte an der Tür – verschlossen. Verzweifelt schlug sie dagegen. Innen mussten sich Stahlriegel befinden. Am entfernten Ende des Wohnwagens war eine andere, kleinere Tür, ebenfalls abgeschlossen. Stevie drückte sich mit Gewalt dagegen; ein Spalt entstand zwischen dem billigen Kunststoff-Gussmaterial der Wohnwagen-Karosserie und der Tür. Mit einer Kreditkarte öffnete Stevie den Riegel. Die Tür schwang nach innen und gab einen Übelkeit erregenden Geruch nach Propangas frei. Ihr drehte sich der Magen um, als sie sich abwandte und nach frischer Luft schnappte.

»Beeil dich!«, flehte sie sich selbst an.

Sie stürmte in dem Bewusstsein ins Innere des Wohnwagens, dass der kleinste Funke das Gas entzünden würde. Die Innenräume waren klein und vollgestellt. Stevie brannten die Augen, und ihre Lungen schmerzten. Gwen Klein saß auf einem Suhl; ihr Kopf war nach vorn gefallen, die Augen geschlossen. Die dunkelviolette Zunge hing ihr weit aus dem verzerrten Mund. Stevie erbrach Galle, hustete und taumelte. Schwindel überkam sie. Sie ergriff den Körper der Frau und riss sie vom Stuhl. Er schlug auf dem Boden auf. Die Tote schien mehrere Tonnen zu wiegen. Stevie schob die Frau aus der Tür und fiel mit ihr die Treppen hinunter, bedeckt von dem reglosen Gewicht. Sie stöhnte, drückte die Arme nach oben und warf den Körper von sich. Dabei zielte die aufgedunsene Zunge nach ihrer Wange, als ob die Tote einen obszönen Kuss erheischte.

Wieder übergab sich Stevie und erhob sich panikartig von der nassen Erde, der Kälte, dem Schlamm. Sie tastete nach ihrem Handy und wählte die Notrufnummer 911.

44.

LaMoia fand es schwierig, seinen großen Körper auf den Beifahrersitz des 325i zu pressen. So viel Geld für so wenig Platz! Stevie trank eine dampfend heiße Tasse Kaffee, die ihr einer der Polizisten gereicht hatte. Der Motor des Autos lief, denn es war kalt. Das Glas war beschlagen, und LaMoia ließ das Fenster auf seiner Seite einen Spalt nach unten gleiten.

»Sie sind an Ort und Stelle geblieben«, sagte er. »Danke.«

»Ich ... Ich habe noch nie eine Leiche angefasst, wissen Sie.«

»Sie sagten, die Frau wollte Ihnen etwas erzählen.«

»*Sie* sagte, sie hätte mir etwas zu erzählen«, korrigierte Stevie.

»War sie auf die Belohnung aus?«

»Sie hat es versucht, ja.«

»Und Sie sagten ihr, dass Sie sie als Ihre Quelle schützen würden?«

»Natürlich.«

»Wem haben Sie noch davon erzählt?«

»Keinem!«

»Einem Redakteur, einem Kameramann?«

»Keinem!«

»Zufall?«, fragte er. »Boldt wird das gar nicht mögen.«

»Ja, das stimmt«, sagte Boldt. Er reichte jedem einen Becher Kaffee und besorgte sich dann selbst einen. Nach ein paar Schluck tauschte LaMoia die Plätze mit seinem Lieutenant. Boldt fuhr das Seitenfenster wieder hoch, und LaMoia ging zum Tatort zurück.

»Sie geriet in Panik und hat Selbstmord begangen«, meinte Boldt.

»Glauben Sie wirklich?«

»Nein.«

»Sie wusste, dass diese Mörder sie kriegen würden. Sie sagte es ja auch. Wenn ich nicht im Verkehr stecken geblieben wäre ... wenn ich rechtzeitig gekommen wäre ...«

»Wem haben Sie davon erzählt?«

»Niemandem.« Sie machte eine Pause und stieß dann hervor: »Sie glauben mir nicht?«

»Nein. Aber das macht nichts.«

»Mir schon.«

»Es tut nichts zur Sache«, sagte er.

»Für mich schon.«

»Sie haben Informationen mit Agent Coughlie geteilt.« Als er ihre verdutzte Miene sah, erklärte er: »Wir hören so allerlei.«

»Ich habe ihm nichts gesagt!«

»Sind Sie sicher?«

»Verdächtigen Sie etwa Coughlie?«, platzte sie heraus.

»Das habe ich nicht gesagt.«

»War auch nicht nötig.«

»Wenn eine Menge Geld im Spiel ist, verdächtigen wir jeden.«

»Die Einwanderungsbehörde? Mein Gott ...«

»Auch die Küstenwache, und unsere eigenen Leute. Die Liste ist ziemlich lang.«

»Sie täuschen sich bei Coughlie«, warnte sie.

»Ich habe doch nichts über Coughlie gesagt. Es ist nur so, dass seine Juristen – die Bundesstaatsanwaltschaft – heute das Video beschlagnahmen wollten. Und da ich hörte, dass Sie sich mit ihm getroffen hatten, dachte ich, vielleicht ...«

»Na, da haben Sie falsch gedacht!«

»Wie kann ich denn anders denken, wenn ich nicht weiß, was vor sich geht?«

»Sie haben mir das Band gestohlen.«

»Ich habe da eine schlechte Entscheidung getroffen«, meinte Boldt. »Und wenn ich bereit wäre, diese Entscheidung rückgängig zu machen?«

»Was wollen Sie als Gegenleistung?«

»Einen Blick auf das Video. Und erzählen Sie mir jetzt bloß kein Märchen. Auch wenn Sie Reporterin sind, dürfen Sie Polizisten nicht anlügen. Jedenfalls nicht mich.«

»Mir ist kalt«, klagte sie. Sie wusste, wann Diskussionen zwecklos waren.

»Wir bringen Sie nach Hause«, bot er an. »Unsere Leute werden Sie begleiten.«

»Wenn es kein Zufall war«, sagte sie, »wusste jemand, dass ich hierher kam.«

»Ja. Haben Sie ein Handy benutzt?«

»Nicht im Büro. Gwen Klein hat mich in meinem Büro angerufen.«

»Auf Ihrem Handy?«

»Auf meinem Bürotelefon.«

»War niemand im Zimmer? Keine anderen Anfrufe? Abbestellung eines Essens oder so was?«

»Nichts.«

»Dann war es vielleicht doch Zufall«, meinte Boldt. Er fügte hinzu: »Aber es war kein Selbstmord. Noch nicht mal ein guter Versuch, es so darzustellen. Geplatzte Blutgefäße in den Augen – Tod durch Erwürgen. Wir glauben außerdem, dass der Täter sie vergewaltigt hat. Falls ja, geschah es allerdings nach Eintritt des Todes.«

Stevie saß wie gelähmt hinter dem Lenkrad. »Wollen Sie mich zur Zusammenarbeit bewegen, indem Sie mir Angst machen?«

»Keineswegs. Ich berichte doch nur Tatsachen. Komisch, nicht? Da berichte *ich Ihnen*. Und *Sie* sind hier, um zu ermitteln.«

»Gar nicht komisch.«

»Wir können Zeugen schützen«, sagte er.

»Die sind doch nicht hinter *mir* her, Lieutenant. Ich kam zu spät.«

»Aber die Frau hat sich mit Ihnen in Verbindung gesetzt«, erwiderte Boldt. »Die könnten das erfahren haben. Wie oft werden die Telefone bei Ihrem Sender überprüft?«

»Das ist lächerlich.«

»Ich bin bereit, die Videobänder mit Ihnen auszutauschen, Mrs. McNeal«, wiederholte Boldt mit der Hand auf der Türklinke. »Dieses Angebot steht – auch das Schutzangebot.«

»Wäre schön, wenn mich jemand nach Hause fahren

könnte. Ich werde noch auf die Angebote zurückkommen.«

»Na, das ist doch wenigstens ein Anfang«, erwiderte er. »Denken Sie auch mal über das andere nach.«

45.

Stevie kam erschöpft und voller Angst in ihre Wohnung. Melissa wurde nun schon sehr lange vermisst, und Gwen Klein war tot aufgefunden worden – und die Verbindung zwischen beiden Vorfällen war offensichtlich. Schlimmer noch: Es war eine Verbindung, der Stevie nachgegangen war – trotz Warnungen. Sie schloss die Wohnungstür hinter sich ab und aktivierte die Alarmanlage. Dann trank sie einen Schluck Armagnac. Die Flasche hatte sie sich unter den Arm geklemmt, noch bevor sie abgeschlossen hatte. Sie öffnete die Schlafzimmertür, schaute hinein; dann ging sie ins Badezimmer, wo sie Badewasser einlaufen ließ und sich auszog. Der Schluck Alkohol ließ das Bild vom Körper Gwen Kleins, wie er zusammengesunken auf dem Stuhl saß, nicht verschwinden. Stevie konnte immer noch fühlen, wie der tote Körper im Dreck auf ihr gelegen hatte, lauwarm und steif, und sie schauderte.

Sie blieb lange in der Wanne, wobei sie warmes Wasser nachlaufen ließ und den Stöpsel zog, sodass es nicht überlief. Sie schrubbte sich ab, fühlte sich aber nicht sauber. Der Alkohol war so warm wie das Wasser auf ihrer Haut. Sie füllte den Kognakschwenker mit schlüpfrigen Fingern nach, in der Hoffnung, dadurch ihre Dämonen vertreiben zu können, aber immer, wenn sie die

Augen schloss, fühlte sie Gwen Klein auf sich liegen. Sie ertappte sich bei dem Wunsch, jetzt mit jemandem zusammen zu wohnen, einer Freundin, einem Geliebten oder einem Ehemann – einem Gefährten, der sie verwöhnte und tröstete. Ihre Einsamkeit wurde ihr bewusst und erzeugte einen Schmerz, den nichts lindern konnte.

Schließlich stieg sie aus der Wanne, trocknete sich ab und hüllte sich in einen teuren Frottee-Bademantel. Dabei fragte sie sich, warum sie sich dem Gefühl hingab, so verwundbar und bedroht zu sein. Sie blickte aus ihrem Sanktuarium hinaus, das einen weiten Ausblick auf die nächtliche Skyline der Stadt mit deren Lichtern und Geräuschen bot. An den vielen kleinen Booten draußen konnte man erkennen, dass es ein Wochenende war. Stevie sehnte sich nach Müdigkeit, aber dies war kein Abend für Wünsche, die erfüllt wurden. Sie dachte an den vielen Schiffsverkehr, der da kam und ging, an die Tausende von Containern auf dem Weg von einem Ort zu einem anderen, an die Leichensäcke, die aus dem aufgebrachten Container gezogen worden waren, an die Familien der Opfer, die Kette von Ereignissen, die nach dieser Entdeckung ihren Anfang genommen hatte. Sie wollte Melissa sicher und wohlbehalten zurück und mit ihr diesen Anblick teilen. Sie sehnte sich schmerzlich nach der Rückkehr der Freundin. Sie weinte darüber, weinte heftig, trank den Rest des Kognaks und sah sich nach der Flasche um, die sie an der Badewanne hatte stehen lassen. Sie hörte Stimmen und fragte sich, ob sie in ihrem Kopf oder tief unten auf der Straße waren. Dann weinte sie wieder.

Als ihr kalt wurde, schaute sie nach, ob sie Fenster offen gelassen hatte, und wanderte in einem Zustand von Schock und Reue durch die dunkle Wohnung. Die Nachtluft, die die Geräusche trug, war für sie noch das Schönste, obwohl sie an diesem Abend ja eigentlich Wärme suchte. Sie band ihren Bademantel zu, prüfte das Schloss an der Balkontür – wozu sie sich sonst nie die Mühe machte, da sie ja im Penthouse wohnte – und ging zum Bett.

Sie sah einen Schatten auf dem Balkon und fuhr zusammen; dann aber erkannte sie, dass es eine ihrer tropischen Pflanzen war, die von der Meeresbrise bewegt wurde.

Der Weg zum Bett schien zu lange zu dauern und schloss einen Halt an der Wohnungstür ein, um noch einmal nachzusehen. Stevie wünschte, sie hätte mehr als nur ein Schloss, ob nun mit Absteller oder nicht, und massive Riegel und Ketten oder dergleichen, doch die Hausordnung untersagte so etwas ausdrücklich. (Die Leute, die schon lange in dem Gebäude wohnten, waren der Meinung, das läge an einem Prozess, den die Familie eines Mannes angestrengt hatte, der an einem Herzanfall gestorben war. Obwohl er die Notrufnummer 911 angerufen hatte, hatte er die Kette innen an seiner Wohnungstür eingehängt gelassen, sodass der Notdienst kostbare Zeit verlor.) Der Gang zum Schlafzimmer zog sich unmöglich lang hin, vorbei an einem eingebauten Kleiderschrank, am Wäscheschrank, einem Gästezimmer und einem zweiten Bad. Nie war ihr der Weg so lang vorgekommen. Sie schloss die Schlafzimmertür ab und schlüpfte aus dem Bademantel in einen Baumwollpyjama. Der Pyjama war etwas Ungewöhnliches für sie, normalerweise schlief sie nackt. Sie füllte den Kognakschwenker nach und nahm ihn mit zum Bett. Sie wusste, dass sie betrunken sein musste, oder wenigstens nahe daran, aber sie fühlte nichts. Seltsam – gewöhnlich warf so viel Armagnac sie um. Sie hatte Angst, das Licht im Zimmer auszuschalten, und sah deshalb fern, wobei sie von einem Kanal zum nächsten zappte, was zu einer endlosen Parade von Werbespots wurde. In den schwarzen Bildschirm-Intervallen und den Pausen zwischen dem Umschalten sah sie stets das verfärbte Gesicht und die geschwollene Zunge von Gwen Klein. Sie sah den Tod. Die Zeit schien gleichzeitig zu langsam und zu schnell abzulaufen. Stevie fühlte, wie ihr Herz raste und dachte, dass es vielleicht die Wirkung des Alkohols sei. Sie trank mehr und entschied, dass dem nicht so war.

Das Telefon wurde ihr Feind, denn es narrte sie, verhöhnte sie. Jeder, den sie anrief, würde antworten – von in der Nähe wohnenden Freunden bis hin zur halben Belegschaft der Stadtpolizei Seattle, aber sie wollte den Hörer nicht abnehmen, wollte sich ihre eigene Angst nicht eingestehen und noch viel weniger anderen davon erzählen. Sie konnte sich das Gelächter hinter ihrem Rücken vorstellen, die Witze, die gemacht würden. Nein, sie würde sich dem nicht aussetzen. Boldt hatte ihr seine Karte gegeben. Sie konnte ja sagen, dass ihr noch etwas im Zusammenhang mit Gwen Klein eingefallen sei; sie könnte Boldt zu einem langen Besuch herholen, bis seine Gegenwart sie davon überzeugen würde, dass sie sicher war, oder bis der Alkohol ihre Nerven schließlich doch einlullte.

Dann aber schlief sie doch ein, die Fernbedienung des Fernsehers in der Hand, während ein Sender einen eingefärbten Uraltfilm durch den Äther schickte. Sie schlief halb sitzend, mit verbogenem Hals; ihr Kopf befand sich in einer Lage, als könnte er jederzeit hinunterfallen. Der Kognakschwenker war halb leer und ihr Hirn halb voll. Die Nachttischlampe brannte, und die Lautstärke des Fernsehers war gedämpft. Eine Baumwolldecke war bis zur ihrer Hüfte hochgezogen, und die Uhr auf dem Nachttisch zählte die ablaufenden Minuten. Stevie schlief halb innerhalb, halb außerhalb des Bewusstseins – eine tödliche Verbindung von Visionen und einem vom Alkohol erzeugten Koma. Die Träume, lebhaft und gefährlich, ließen sie nur halb schlafen, ständig im Griff eines endlosen Albtraums.

Vom Alkohol benommen erwachte sie von dem vagen, aber deutlich vernehmbaren Rumpeln des Fahrstuhls. Zuerst dachte sie, es sei das Dröhnen einer Schiffssirene, und wunderte sich dann, warum das Fahrstuhlgeräusch sie hatte wecken können, als sie es erkannt hatte. Die Uhr zeigte 3.20. Stevie schüttelte leicht den Kopf, um völlig wach zu werden. Ihre Penthouse-Wohnung lag auf einer kontrollierten Etage. Das bedeutete, dass der Fahrstuhl einen elektronischen Schlüssel benötigte, um bis zu ihr hinaufzufahren, und nur der Portier oder Nachtwächter hatten Zugang dazu – noch nicht einmal die Wartungsfirma. Aber warum sollte Edwards, der Nachtwächter, zu dieser Zeit unangekündigt zu ihr hinaufkommen? Das erschien ihr unvorstellbar. Unerklärlich.

Die Digitaluhr sprang auf 3.21. Es kam Stevie vor, als ob ihr jemand zublinzelte. Allmählich wurde sie klar im Kopf, nahm die Geräusche deutlicher wahr. Das alles war völlig falsch: die falsche Zeit, das falsche Stockwerk – alles. Sie lauschte, konnte plötzlich alles deutlich hören: die Ventilation, das ferne Geräusch des nächtlichen Stadtverkehrs, ihre eigene Atmung, ihr zum Zerspringen klopfendes Herz. Sie stieg aus dem Bett und schlich wie ein Geist dahin, wie eine Erscheinung in einem wogenden Pyjama und mit schlackernden Gliedern, trüb beschienen vom Außenlicht, das durch die Jalousien sickerte.

Ihre Finger drehten gewandt den Verschlussknopf der Schlafzimmertür und entriegelten ihn, wobei sie keinen Gedanken an die zusätzliche Sicherheit verschwendete, die diese Tür bot. Wenn der Korridor ihr vorher schon lang erschienen war, so kam er ihr jetzt noch einmal so lang vor. Er erstreckte sich vor ihr wie ein Tunnel, der zum vorderen Teil der Wohnung führte. Ihre nackten Füße spürten den Teppichboden.

Andere Gedanken tauchten in ihrem Hirn auf: die Telefone, die in jeder Richtung in der gleichen Entfernung von ihr standen; die Pistole, die in der Nachttischschublade lag, aber die sie nicht aus dem Schlafzimmer mitgenommen hatte; ihr Vater; Melissa; die geschwollene Zunge von Gwen Klein – eine Parade von Gedanken und Vorstellungen, welche die Hauptstraße herunterkamen und über sie hinwegmaschierten, sie niedertrampelten, ihr die Konzentration stahlen, sodass sie sich nicht klar darüber werden konnte, was zum Teufel eigentlich außerhalb ihrer Wohnung vor sich ging.

Und dann hörte sie, wie ein Schlüssel im Schloss ihrer Wohnungstür gedreht wurde. Das Geräusch stürzte über sie ein und lähmte sie. Allein die Vorstellung, dass jemand in ihre Wohnung einzubrechen versuchte, war völlig unmöglich, doch Sekunden später kam die Erkenntnis, dass genau das geschah. Bilder der geschwollenen Zunge Gwen Kleins erschienen vor Stevies innerem Auge, und sie wusste ohne einen Zweifel, was ihr nun bevorstand: Vergewaltigung, Strangulierung, ein voll aufgedrehter Gasofen.

Stevie wusste nicht, was ihre Füße zur Tür trieb, sie wusste nur, dass sich auf der anderen Seite jemand befand, lediglich durch eine fünf Zentimeter dicke Holzplatte von ihr getrennt. Sie zerrte einen Stuhl mit gerader Rückenlehne heran und klemmte ihn unter den Türknauf, wie sie es in Filmen gesehen hatte. Er sah jämmerlich zerbrechlich aus, wie er so schräg dastand.

Ihre Augen fanden den kleinen Sicherheitsmonitor, einen 5-Zoll-Fernsehbildschirm, der abwechselnd Bilder von der Eingangshalle, dem Innern des Fahrstuhls und dem Flur vor ihrer Wohnungstür zeigte.

Die Eingangshalle schien leer zu sein, obwohl um halb vier in der Frühe Edwardo dort am Schreibtisch sitzen sollte. Die einzige mögliche Erkärung war, dass er eine Zigarettenpause machte oder zur Toilette war. Oder war er vielleicht derjenige, der auf der anderen Seite der Tür stand? Sollte sie es wagen, nach ihm zu rufen? War das alles bloß eine Verwechslung? Glaubte Edwardo vielleicht, dass sie Hilfe brauchte? Hatte sie beim Aktivieren der Alarmanlage auf den falschen Knopf gedrückt? Edwardo besaß den einzigen anderen Schlüssel zu ihrem Fahrstuhl. Das machte Sinn, wie jede vernünftige Erklärung die Panik vertreibt. In diesem Moment fühlte sie Erleichterung – das alles war bloß ein Irrtum. Die Spannung, die sie beinahe gelähmt hatte, fiel von ihr ab. Sie konnte sich wieder bewegen.

Das nächste Bild, das auf dem kleinen Sicherheitsmonitor erschien, war der leere Fahrstuhl: Edwardo war anscheinend mit dem Lift hinaufgekommen.

Doch als Kratzgeräusche auf der anderen Seite der Tür erklangen, brach Stevies Theorie zusammen. *Edwardo wusste, welchen Schlüssel er nehmen musste.*

Das nächste Videobild zeigte den Rücken eines Mannes, der an ihrer Tür stand. Er war groß und bullig und trug eine Trainingsjacke mit einer Kapuze. Es war nicht Edwardo.

Das Schloss öffnete sich, der Wohnungsalarm heulte los, und der Stuhl begann zu wackeln.

Stevie rannte über den Gang, der mit jedem Schritt länger zu werden schien.

Ihr Sender hatte einmal einen Beitrag über Sicherheitsanlagen gebracht, sodass Stevie einiges darüber wusste. Die durchschnittliche Reaktionszeit der Polizei betrug zwanzig bis dreißig Minuten. Zuerst zeigt der Alarm der privaten Sicherheitsfirma einen Einbruch an. Diese ruft dann den Bewohner an, um sich zu erkundigen, ob es nicht ein falscher Alarm sein könnte, und um sicherzustellen, dass es sich wirklich um das betreffende Haus oder die Wohnung handelt. Dann schickt die Sicherheitsfirma ihre eigenen Leute los, und erst dann, falls erforderlich, ruft sie die Polizei an. In Stevies Fall jedoch handelte es sich eindeutig um einen Einbruch, sodass die Polizei sofort zu benachrichtigen war. Dies konnte erfahrungsgemäß die Reaktionszeit der Polizei um mindestens zehn Minuten verkürzen. Aber das würde ihr kaum helfen. Der Alarm war zur Abschreckung gedacht – etwas, das einem kleinen Ganoven Angst machen sollte. Einen entschlossenen Vergewaltiger oder Mörder würde der Alarm nicht von seinem Vorhaben abhalten.

Der Gang zog sich immer länger vor Stevie hin.

Der Stuhl knirschte; dann war das Krachen von Holz zu hören. Stevie empfand die Geräusche wie Messerstiche in ihrem Rücken. Die Tür am Ende des Gangs schien nicht größer zu werden, nicht näher zu kommen – ein aus der Panik geborenes albtraumhaftes Trugbild.

Das Krachen und Splittern des Stuhls hörte sich wie Pistolenschüsse an. Stevie schaute sich nicht um, verschwendete keine Bewegung. Sie musste es bis ins Schlafzimmer schaffen, die Tür zuschlagen und verschließen. Der Fremde war ein massiger Kerl. Die Kapuze seiner Trainingsjacke verbarg sein Gesicht. Er lief wie ein Wasserbüffel, den Kopf wie zum Angriff gesenkt. Stevie schlug die Tür zu und drückte den Verriegelungsknopf.

Als der Mann sich gegen die Tür warf, sprangen der gesamte Rahmen und die Türpfosten heraus, weil die Fasergipsplatten nachgaben. Stevie stürzte zum Telefon auf dem Nachttisch und versuchte gleichzeitig die Notrufnummer 911 zu wählen und die Pistole aus der Schublade zu nehmen. Das Telefon war tot. Sie hob die Pistole und drückte ab. Die Kugel fuhr in die Decke über der Tür. Noch ein Schuss. Er zerschmetterte den Bildschirm ihres Fernsehapparats, der zweieinhalb Meter von der Tür entfernt stand, auf die Stevie ihrer Meinung nach gezielt hatte.

Sie hörte noch einen Schuss – diesmal von der anderen Seite der Tür – und warf instinktiv ihre Pistole weg, als ob sie ihr nicht gehörte. Dann starrte sie auf die Waffe und fragte sich, was sie da eigentlich getan hatte. Sie fiel auf die Knie und griff nach der Pistole.

Von der anderen Seite der Tür drangen die Geräusche eines Kampfes.

Stevie kauerte bei der Tür, die eine Hand an der Waffe, die andere bereit, die Schlafzimmertür zu entriegeln. Als sie eines der Fenster krachen hörte, drehte sie den Türknauf. Jemand war da draußen, der sie verteidigte! Der Verriegelungsknopf sprang heraus. Die Geräusche zerbrechender Möbel und das dumpfe Klatschen von Fäusten wurden lauter und deutlicher zu unterscheiden.

Den ohrenbetäubenden Lärm der Alarmanlage im Ohr, rannte Stevie mit vorgestreckter Pistole den Gang hinunter.

Der bullige Mann mit der Kapuze kroch über den Teppichboden und versuchte, die offene Wohnungstür zu erreichen. Blut strömte ihm aus der Nase.

Ein anderer Mann, groß und schlank, taumelte über den Teppichboden und schlug das, was von Stevies Hondel-Lampe für sechstausend Dollar noch übrig war, dem bulligen Mann auf den Hinterkopf. Das Opfer fuhr hoch, drehte sich um und stieß dem anderen Mann den Fuß ins Gesicht, wodurch dieser zur Seite geschleudert wurde. Nun packte der Bullige die Lampe, aber der

Schlanke rollte sich weg und trat seinerseits mit einem Fuß aus. Sein Tritt traf den bulligen Mann an der Schulter.

Stevie sah den bläulichen Schimmer von Stahl – eine Pistole, die auf dem Küchenboden lag. Der Anblick erinnerte sie an ihre eigene Waffe. Stevie riss sie hoch und drückte ab. Der Schuss ging in die Decke, sodass Verputz- und Rigipsstücke auf sie niederregneten. Die beiden Männer wurden für Sekundenbruchteile abgelenkt. In diesem Augenblick stieß der Bullige die Arme vor, bekam den Gegner am Jackett zu fassen, stand auf und schob den Mann zwischen sich und Stevie. Dann riss er ihn herum, stieß ihn ins Wohnzimmer und rannte zur Wohnungstür – alles, bevor Stevie begriff, was geschah.

Der schlanke Mann fiel gegen ein Tafelglasfenster, das in tausend Stücke zerbrach. Er taumelte und sank auf die Trümmer draußen auf dem Balkon. Der Eindringling floh so schnell aus der Wohnungstür, dass Stevie ihn nur noch als verwischten, großen farbigen Fleck wahrnahm.

Dann stand sie da und umklammerte die Pistole mit beiden Händen, zitternd, innerlich wie zu Eis erstarrt. Sie machte zwei Schritte nach rechts, zielte aus kurzer Entfernung auf die Alarmsirene an der Decke und brachte die Sirene mit einem Schuss zum Schweigen. Stille breitete sich aus.

Dann hörte Stevie, wie die Feuerschutztür am Ende des Treppenabsatzes zugeschlagen wurde, und dann vernahm sie nur noch das schwere Atmen des Fremden, der durchs Fenster auf den Balkon geschleudert worden war, und das Pochen ihres eigenen Herzens.

»Wer sind Sie?«, fragte sie, hielt die Pistole in Anschlag und trat vor, blieb aber vor dem zerbrochenen Glas stehen. »Ich schieße!«, warnte sie.

»Sie werden nicht treffen«, stöhnte der Mann. Dann hob er den Kopf. Es war John LaMoia.

46.

Auf dem flimmernden Bildschirm zeigten zwei nackte, nahtlos gebräunte Frauen große Gewandtheit mit ihren Zungen.

Fast eine Minute lang schaute Brian Coughlie sich an, wie sie sich bearbeiteten. Das war kein Liebesakt, auch nicht Sex – bloß eine Aufeinanderfolge mechanischer Handlungen, die nur dazu dienen sollten, die zehn Dollar Eintrittsgeld zu rechtfertigen. Ihm war übel. Sein Mund wurde trocken. Offensichtlich hatten diese bejammernswert mageren Mädchen – Koreanerinnen – noch nicht einmal die Zwanzig erreicht, und doch war ihr Leben praktisch schon vorbei. In einem oder zwei Jahren würden sie die Todesfallstatistik bereichern.

Rodriguez hielt sich den Pappbecher mit Sodawasser und Eis ans rechte Auge. »Es war Cop«, stieß er hervor.

»Wieso? Der Bursche war zu schnell da. War also kein Cop – vielleicht ein Freund von ihr.« Coughlie hasste inzwischen diese kurzen Zusammenkünfte mit Rodriguez. Nachdem er ihn wegen illegaler Einwanderung verhaftet hatte, fand er heraus, dass Rodriguez von den mexikanischen Behörden wegen einer Vielzahl von Verbrechen gesucht wurde, einschließlich Körperverletzung und Mord. Sie waren eine gefährliche Verbindung eingegangen, die zunehmend schlechter geworden war.

Der Mann nahm offensichtlich harte Drogen, und Coughlie hatte seinen Niedergang beobachtet. Es war nur eine Frage der Zeit, bis etwas unternommen werden musste. Aber was, wo und durch wen, wusste Coughlie noch nicht.

Lange Zeit war es Coughlie gewesen, der von ihnen beiden die Fäden in der Hand gehabt hatte, denn er konnte Rodriguez mit Auslieferung drohen. Aber jetzt hatten sich die Rollen praktisch umgekehrt. Rodriguez war fast von Anfang an dabei gewesen – er wusste zu viel.

»Der Kerrl verrdammt zuschlagen konnte«, klagte Rodriguez.

»Du wirst es überleben.«

»Wir sie müssen zum Schweigen bringen.«

»Nein.«

»Sie Ärrger bringt, die Frau.«

»Ich sagte nein. Du solltest sie nur erschrecken und die Bänder holen. Und so ungeschickt du dich dabei auch angestellt hast, wenigstens hast du ihr Angst eingejagt.«

»Der Mann war Cop, ich sage Ihnen.« Rodriguez zeigte auf die Leinwand. »Schauen Sie. Sie sehen das? Können Sie glauben, dass so was gezeigt wird? Verdammt!«

»Vergiss die Frau. Hast du verstanden? Sie ist jetzt eingeschüchtert.«

»Sie glauben wirklich?«

»Sie hat die tote Gwen Klein gesehen. Du kannst dich darauf verlassen.«

»Sie starke Nerrven hat. Sehr schade, dass ich sie nicht ...«

»Genug jetzt!« Coughlie wollte keine Vertraulichkeiten mit Rodriguez. In einer perfekten Welt würde er niemals etwas mit einem Mann wie Rodriguez zu tun haben wollen, aber die Welt war eben nicht perfekt. Mittlerweile hatte er nach jedem ihrer Treffen das Bedürfnis, sich zu duschen. Es gefiel ihm gar nicht, dass ihre Unterhaltungen zu einsilbigen Gaunergesprächen verkommen waren. Coughlie sagte sich, dass er Abstand wahren musste. Geschäfte mit dem Teufel zu machen, hatte seinen Preis – und er fragte sich, wann die Rechnung fällig sein würde. »Vergiss die Frau!«

»Gut, gut, ich sie verrgesse. Sie geben Befehl, und alle sie verrgessen.«

»Du tust nichts ohne meine Anweisung!«, erinnerte Coughlie ihn und starrte wieder auf die Leinwand. »So etwas wie die Sache mit dem Gabelstapler kommt mir nicht mehr vor! Das war dämlich! Wir bleiben in Bereitschaft für die nächste Lieferung. Ich will nicht der Nächste sein, der einen plötzlichen Unfall hat. Verstanden? Nach der nächsten Lieferung haben wir erst mal Pause.«

Coughlie nahm Zuflucht zu dem einzigen Betäubungsmittel, von dem er überzeugt war, dass es wirkte: Er steckte dem Mann einen Bonus von zweihundert Dollar für den Einbruch in die Wohnung McNeals zu. Wenn Rodriguez Glück hatte, würde es übers Wochenende reichen.

47.

Ich erinnere mich nicht mehr an alles. Es ging so schnell.« Stevie McNeal trug ein T-Shirt über ihrem Pyjama. Das T-Shirt hatte eine Werbeaufschrift für einen Fünfmeilenlauf zur Geldbeschaffung für die Krebsbekämpfung mit dem Sender KTV als Sponsor. Fast zwei Stunden lang waren ganze Polizeimannschaften in Stevies Wohnung gewesen. Die Sonntagmorgensonne versuchte, die Nacht vom Himmel zu stehlen. Die Wohnung roch noch nach Männern.

Ermittlerin Bobbie Gaynes, die so müde aussah wie alle anderen, nickte mitfühlend.

LaMoia, der eine blaue Eispackung an die eine Seite seines Gesichts drückte, regelte den Verkehr im Wohnzimmer, wo die Spurensicherung Fotos machte und nach Fingerabdrücken suchte.

Stevie überlegte, dass die Polizei schlimmer war als die Medienvertreter, wenn es darum ging, einen Ort zu einem Zoo zu machen.

Lou Boldt saß auf einem Stuhl gegenüber der Fernsehsprecherin. Er sah älter aus als beim letzten Mal. »Wenn Sie sich angezogen haben«, sagte er, »werden wir Sie in ein Hotel bringen. Gaynes wird dort bei Ihnen im Zimmer bleiben, wenn Sie nichts dagegen haben. Wir werden einen Uniformierten im Flur vor einem Zimmer neben dem Ihren aufstellen – einem leeren Zimmer.«

»Was ist mit Edwardo passiert?«, fragte sie. »Der Nachtwächter.«

»Ist auf der Intensivstation. Gehirnerschütterung«, antwortete Boldt. »Wir werden ihn am Morgen befragen.«

»*Das* habe ich nicht gemeint«, sagte Stevie.

»Die wussten, was sie taten«, erklärte Gaynes. »Sie schlugen ihm eins über den Schädel, nahmen seine Schlüssel, setzten die Gebäude-Telefonanlage außer Betrieb und ließen das Sicherheitsvideo verschwinden. Ohne Sie hätten wir nichts.«

»Ich habe Ihnen so viele Einzelheiten erzählt, wie ich konnte.«

»Bestimmt haben Sie das«, sagte Boldt geduldig, obwohl er offensichtlich enttäuscht war.

»Waren hier Profis am Werk?«, fragte Stevie.

Gaynes schaute erst Boldt und dann wieder Stevie McNeal an. »Sie ... oder er allein ... wussten, was zu tun war. Kannten das Gebäude, die Lage Ihrer Wohnung, den Fahrstuhl-Codeschlüssel. Wir nehmen an, dass es nicht reines Glück war, das den Burschen zu Ihnen hinauf führte, und bestimmt war es keine Tat, die aufs Geratewohl ausgeführt wurde.«

»Nicht aufs Geratewohl ...«, wiederholte Stevie, die diese Worte noch einmal hören musste, um sie richtig zu begreifen.

»Sie hatten das Gebäude ausgekundschaftet«, sagte Boldt. »So sieht es für uns jedenfalls aus.«

Stevie konnte kaum einen klaren Gedanken fassen. »Also wollten diese Leute ...«

»Wir wissen nicht, was sie wollten«, unterbrach Boldt absichtlich und verhinderte damit, dass die Worte ausgesprochen wurden. Vielleicht war er abergläubisch.

»Gwen Klein ...«

»Das wissen wir nicht«, unterbrach diesmal Gaynes.

Boldt wandte sich wieder einem früheren Thema zu. »Wir möchten Sie hier möglichst schnell herausbringen, Mrs. McNeal – wenn Sie fertig sind und wenn Sie sich in der Lage dazu fühlen.«

»Werden Sie mir Fotos zeigen?«, fragte sie. »Vielleicht erkenne ich den Kerl.«

»Wir können's versuchen – aber später am Tag oder Montagmorgen, wenn Sie wollen«, erwiderte Boldt, doch es war offensichtlich, dass er nicht glaubte, dass Stevie den Mann identifizieren könnte.

»Und ich soll in ein Hotel«, murmelte Stevie.

»Wenn Sie sich in der Lage fühlen.«

»Ich hasse das.«

»Ja, kann ich verstehen«, erwiderte Boldt.

»Wie war das denn mit dem Sergeant?«, wollte Stevie wissen und wies mit einer Kopfbewegung zur offenen Schlafzimmertür. »Wie, zum Teufel, konnte der so schnell reagieren?«

»Wir hatten diesmal Glück«, antwortete Boldt.

»Das beantwortet meine Frage nicht«, sagte Stevie. Boldt blieb ungerührt. Er würde diese Frage nicht beantworten. »*Folgte* er mir?«, fragte sie entrüstet. »Observieren Sie mich etwa?«

Boldt bemerkte die drei grauen Kästchen neben ihrem Fernsehapparat. Er musste sich zurückhalten, sie nicht an sich zu nehmen; stattdessen fragte er: »Sind das die Videobänder?«

»Die sind Privateigentum.«

»Wer wusste von den Bändern? Wir, ja – aber wer sonst? Ein Produzent, ein Redakteur?«

»Niemand.«

»Wir gingen davon aus«, fuhr Boldt fort, »dass der Einbrecher hinter Ihnen her war, wer immer der Mann gewesen ist. Aber wenn wir uns irren, was dann? Vielleicht sollte es wie ein ganz normaler Einbruch aussehen, der aus dem Ruder lief. Die Beute waren ein Videorecorder, ein paar Schmuckstücke, die Videobänder ... und Sie wären dabei zufällig getötet oder verletzt worden.«

Stevie wurde blass, zögerte längere Zeit, schaute Boldt in die Augen und gestand schließlich ein: »Ich habe die Bänder Brian Coughlie gegenüber erwähnt – sowohl die VHS-Bänder als auch die digitalen. Ich bat ihn um Hilfe, Einblick in die Digitalbänder zu bekommen. Sie hätten mir das erlauben sollen!«

»Wann war das?«

»Mittwochabend. Beim Diner. Coughlie wusste, dass ich die VHS-Bänder hier oben habe. Es waren die ersten Bänder, die Melissa aufgenommen hatte, und das sagte ich Coughlie.« Sie wartete auf eine Reaktion Boldts. »Sie denken doch nicht, dass ...?«

»Ich habe zur Kenntnis genommen, was Sie gesagt haben«, erwiderte er kurz angebunden.

Die gedämpften Geräusche des Großstadtverkehrs konkurrierten mit dem leisen Summen der Ventilation. In der Ferne tutete ein Schiffshorn, gefolgt von einer Polizeisirene, die wie eine verwundete Katze heulte. Diese Geräusche waren ein Teil dieser Stadt.

»Aber das muss doch nicht bedeuten«, sagte Stevie, »dass Coughlie ...«

»Nein, tut es auch nicht«, unterbrach Boldt. Er blickte sich um, schloss die Schlafzimmertür und sagte: »Okay, jetzt noch mal von Anfang an.«

48.

MONTAG, 31. AUGUST
14 TAGE VERMISST

Sie schloss jeden Tag mit den gleichen Worten: »Das waren Stevie McNeal und William Cutler von ›Kanal vier um fünf‹. Wir wünschen Ihnen einen guten Abend und danken Ihnen für Ihre Aufmerksamkeit.« Am Ende jeder Sendung wurde die anfängliche Kühle im Studio A durch die Wärme aus den Dutzenden von Deckenleuchten und der eindrucksvollen Anhäufung hoch entwickelter Elektronik gemildert. Das Wetter über der künstlichen Skyline hinter dem Sprecherpult änderte sich nie, und auch nicht die Tageszeit. Es war der Anblick eines der seltenen Sonnenuntergänge in Seattle mit einer Sicht von dreißig Meilen. Die Nachrichten wiederholten sich – Tod, Krankheit, Katastrophen. An diesem Tage hatte der Tod von Gwen Klein im Mittelpunkt der Meldungen gestanden – ihr ›fraglicher Selbstmord‹, berichtet von Stevie McNeal, die den Vorfall als Zeugin in der ersten Reihe erlebt hatte. Billy Bob Cutler, der wie ein Pfadfinder aussah, beschäftigte sich mit einem Skandal im Kongresszentrum, bei dem es um überhöhte Lieferantenrechnungen ging.

Nun war es schon zwei Wochen her, seit Stevie zum

letzten Mal Melissa gesehen hatte – eine Tatsache, die sie wie eine Krankheit mit sich herumtrug. Es kam ihr vor, als würde sie von innen verfaulen.

»Fertig!«, rief die Regieassistentin. »Wir sind schwarz in fünf, vier, drei ... Wir sind aus. Danke an alle!«

Zwei Wochen. In gewisser Weise kam es Stevie vor wie ein Tag – dann wieder, als wäre es Jahre her.

Billy Bob sprang von seinem Stuhl auf wie ein Footballstürmer, der sich aus dem Block der gegnerischen Verteidiger befreit. Er legte seine Audio-Ausrüstung ab und ging geradewegs auf den Ausgang zu – auf ein Bier mit seinem Publikum –, wobei er freundlich Schultern klopfte.

Stevie hätte ihr Mikrofon selbst ablegen können, aber da sie keine Eile hatte, irgendwo hinzugehen, wartete sie auf den Toningenieur. Sie hatte das Studio den ganzen Tag nicht verlassen, zum Teil aus Sicherheitsgründen, aber auch wegen der endlosen Zusammenkünfte. Das Management – zweifellos in der Hoffnung, seine Investition zu schützen – wollte zwei Leibwächter für Stevie engagieren. Sie aber wollte ihre Unabhängigkeit und brachte das Argument vor, der Einbruch habe zufällig bei ihr stattgefunden und stünde in keiner Verbindung mit dem Tod von Gwen Klein und den Ereignissen um ihre Untersuchung. Dieses Argument stieß jedoch auf taube Ohren. So wurde ein Kompromiss geschlossen: Da Stevie ja schon unter anderem Namen in das Hotel »Four Seasons« gezogen war, würden sich dort die Hotel-Sicherheitsleute ihrer annehmen. Die Polizei hatte bereits ihre Wache auf dem Flur abgezogen. Der Sender würde seine Sicherheitsmaßnahmen verstärken, was schon im Etat eingeplant war, sodass Stevie und alle anderen innerhalb des Sendergebäudes gut geschützt sein würden. Sie konnte nach eigenem Gutdünken kommen und gehen, solange sie der Sicherheitsorganisation ihre Bewegungen mitteilte. Sie würde einen kleinen GPS-Sender in ihrer Handtasche tragen, der jederzeit ihren Standort melden konnte. Für den unwahrscheinlichen Fall, dass ihr etwas geschah, würde man sie rasch aufspüren können.

Da die heutige Sendung zu Ende war, ging Stevie für einen Moment in ihr Büro, um nach E-Mails und anderen Benachrichtigungen zu schauen; dann wollte sie den Sender so schnell wie möglich verlassen, um bitter benötigten Schlaf nachzuholen. Sie hatte das Gefühl, dass die Welt um sie herum zusammenfiel und fragte sich, wie lange das alles noch dauern könne, wie lange ihr achtunddreißig Jahre altes Gesicht das noch aushalten würde, wie lange das Publikum und der Sender sie noch würden haben wollen. Es war ein mitleidloses Geschäft. Karrieren konnten durch Einschaltquoten beendet werden. Immer wartete irgendwo ein anderes, frisches Gesicht. Während Männer Nachrichten noch mit fünfzig oder sechzig bearbeiten und sprechen konnten, blieben Frauen selten über vierzig hinaus vor der Kamera.

Als sie Brian Coughlie im Gespräch mit Corwin im Kontrollraum erblickte, begann ihr Herz schneller zu schlagen. Ihr erster, kindischer Einfall war, sich zu verstecken, damit Coughlie sie nicht finden konnte. Dann überkam sie Angst. Nach der Befragung durch Boldt hatte sie den Verdacht, dass Coughlie die Hand im Spiel hatte – entweder bei der Einschleusung von Illegalen oder sogar bei den Todesfällen und Melissas Verschwinden. Es war ihr noch nicht bewusst geworden, dass er mit seinem Ausweis jederzeit und ohne Fragen den Sender betreten konnte. Doch Stevie wollte ihn nicht hier haben. Sie wollte überhaupt nichts mehr mit diesem Mann zu tun haben!

Einen Moment später betrat er ihr Büro.

Coughlie war in der Hoffnung zu diesem unangemeldeten Besuch gekommen, Stevie entweder so einschüchtern zu können, dass sie sich von allem abkapselte und ihre Recherchen aufgab, oder um sie dazu zu bringen, ihm Einblick in die Videobänder zu gewähren, die Melissa von ihrem Wagen aus aufgenommen hatte. Würde sie verschwinden oder ermordet, würden die bundesweiten Medien auf den Fall aufmerksam, und er könnte sich solchen Nachforschungen dann nicht entziehen. Das wäre die Aufdeckung. Nein, er musste eine andere Methode finden, um Stevie zum Schweigen zu bringen. Er musste sie zu einer Verbündeten machen oder wenigstens seine eigene Autorität so sehr festigen, dass er Stevie beeinflussen konnte.

Er kam ihrer Aufforderung nach und setzte sich auf eine bunte Kattun-Couch, während sie ihr Make-up vor einem hell beleuchteten Spiegel leicht mit einem Schwamm abtupfte.

»Ich habe von dem Einbruch gehört«, sagte er.

»Ich schätze unangemeldete Besuche nicht – weder in meiner Wohnung noch hier im Sender.«

»Ich komme nicht als Besucher, sondern als Bundesbeamter«, erklärte er. »Ich möchte Sie vor den Leuten warnen, gegen die Sie vorgehen.«

»Mich warnen? Zuerst der Mord an Gwen Klein, dann der Einbruch in meine Wohnung – und da wollen Sie mich noch *warnen?*«, fragte sie.

»Die Belohnung auszusetzen, war ein Fehler. Vielleicht wollten Sie die Polizei mit einer Flut von Anrufen bestrafen, weil Sie sich wegen des Digitalbands geärgert hatten. Stattdessen aber haben Sie sich *selbst* in die Mitte gestellt.«

»Die Samthandschuhe sind ausgezogen.«

»Ich hörte, dass der erste Polizist am Tatort LaMoia war«, sagte er, womit er seine Angriffsstrategie änderte. »Lassen Sie mich eines fragen: Wie kommt ein Sergeant dazu, um diese nachtschlafende Zeit der erste Cop am Tatort zu sein?«

»Was wollen Sie damit sagen?«

»Denken Sie doch mal nach. Er hätte zu Hause im Bett liegen oder in seinem Büro sitzen können, um den Schreibkram im Fall Gwen Klein zu erledigen. Wenn Sie eine so gute Reporterin sind, würden Sie das wissen, Mrs. McNeal.«

»Worauf spielen Sie an?«

»Die Polizei observiert Sie. Was sonst würde erklären, dass ein Sergeant – und nicht ein einfacher Streifenpolizist – der erste Cop am Tatort war?«

Stevie verspürte einen Stich im Magen, fasste sich aber schnell und blieb in der Offensive, indem sie überzeugend log: »Das war ganz natürlich, denn nach dem Mord an Gwen Klein bat ich um Schutz rund um die Uhr. Gleich werden Sie mir noch sagen, dass auch Sie mir gefolgt sind, dass Sie meine Telefone angezapft und mir Wanzen in die Wohnung gesetzt haben.«

Er versuchte ruhig zu bleiben, doch sie betrachtete sein Blinzeln als Anzeichen für angespannte Nerven. »Das ist alles eine große Verschwörung, nicht wahr? Die chinesische Mafia oder wer sonst dahintersteckt, hat jeden in der Strafverfolgung bestochen, und nur die Medien stehen im Wege bei dem Versuch, alles schön ruhig aus dem Bewusstsein der Öffentlichkeit verschwinden zu lassen. Ist es so was in der Art?«

»Sie sollten mit solchen Dingen nicht scherzen«, warnte er sie. »Diese Leute spielen ein raues Spiel.«

»Wissen Sie das aus erster Hand?«

»Absolut.«

»Aber Sie haben damit nichts zu tun, hoffe ich.«

»Machen Sie Witze? Sind Sie sich bewusst, wie groß der Felsblock ist, den Sie ins Rollen bringen wollen?«

»Ich werde jeden Felsbrocken wegrollen, der nach meiner Meinung auf Melissa liegt. Schade, dass Sie nicht für diese Leute arbeiten, sonst würde ich Ihnen sagen, Sie sollen denen raten, Melissa einfach freizulassen, sie an mich zurückzugeben. Wenn sie lebendig an meiner Türschwelle auftaucht, wird diese Geschichte so schnell von der Bildfläche verschwinden, dass Sie es nicht glauben können!« Es schien ihr ein gutes Faustpfand zu sein – eines, das er für realistisch halten konnte, auch wenn nichts davon stimmte.

»Hat man Ihnen von der Razzia in der Ausschlachtwerkstatt erzählt?«, fragte er.

Sie blickte verwirrt drein. »Natürlich«, log sie, konnte ihren Gesichtsausdruck aber nicht schnell genug überzeugend ändern. Ihre Stimme wurde rau, als sie fragte: »Bedeutet das, was ich denke?«

»Nach außen hin bedeutet es, dass ihr Wagen gestohlen und wiedergefunden wurde, das ist alles. In dieser Stadt würde das normalerweise keinen besonderen Vorfall darstellen. Aber im Hinblick auf das, was wir schon wissen, nimmt es allerlei Bedeutungen an. Ich war es, der die Razzia leitete. Es waren *unsere* Verhaftungen – die der Bundesbehörden. Mitglieder von Chinesenbanden, jeder Einzelne. Verbindung zu den Illegalen? Werden wir wohl nie beweisen können. Aber warum hatte eine Ausschlachtwerkstatt, die von einer Bande geführt wird, den Wagen Ihrer Freundin? Können Sie mir diese Frage beantworten?«

Sie konnte nicht mehr ruhig atmen und versuchte, den Spray aus ihren Haaren zu bürsten, um diesen Moment der inneren Lähmung zu überwinden. Zwei Wochen ...

»Aus denen können wir nichts rausquetschen, das garantiere ich Ihnen. In deren Welt stirbt man, wenn man quatscht. Ob man nun mit dem Fall zu hat oder nicht, spielt keine Rolle. Die Regeln sind nun mal so.«

Sie drehte sich auf dem Stuhl um und blickte ihn an. »Was denken Sie?«

»Wir müssen zusammenarbeiten«, erwiderte er, ohne ihre Frage zu beantworten. »Die Stadtpolizei kann Ihnen bei einer Untersuchung über illegale Einwanderer nicht helfen. Haben Sie das begriffen? Die Ausschlachtwerkstatt ... das war *unsere* Razzia! Die Leute von der Stadtpolizei konnten nicht schnell genug einen Durchsuchungsbefehl bekommen. Das ist es, was ich sagen will.

Wir können viel schneller vorgehen als die. Wir können uns sämtliche Freiheiten nehmen, die der Polizei verwehrt bleiben. Soll eine Telefonzelle angezapft werden? Dann *machen* wir es. Die brauchen zwei Wochen, um dafür eine richterliche Ermächtigung zu bekommen. Wenn eine Razzia in einer Sklavenwerkstatt vorgenommen werden soll, was meinen Sie, an wen die Stadtpolizei sich dann wendet? Natürlich an uns«, sagte er. »Wir können hinreichende Verdachtsmomente vorbringen – die nicht. Bei Tag und bei Nacht greifen wir ein. Wissen Sie, was ich denke?« Er ließ ihr gar keine Zeit für eine Antwort und fuhr fort: »Ich denke, Sie und ich sollten ein Geschäft machen. Wir werden mit diesen Videobändern anfangen und uns nach hinten durcharbeiten. Sie wollen Ihre Freundin zurück? Dann fangen wir da an.«

Stevie war jetzt ohne ihr übliches Studio-Make-up und fühlte, dass sie dadurch viel älter aussah. Ihre grimmige Miene verband sich mit ihrer Erschöpfung und dem Kummer zu einem Bild des Schmerzes und der Ungeduld. Sie riss sich den Papierlatz, der ihr Kleid schützte, herunter und zerknüllte ihn zu einer Kugel, die sie umklammert hielt, sodass ihre Faust straff und blutlos aussah.

Er redete weiter auf sie ein: »Ich meine, Sie sollten mir die VHS-Bänder übergeben und in Urlaub gehen. Ich werde mich stark machen, auch die Digitalbänder zu bekommen. Verlassen Sie die Stadt für eine Weile – so lange, dass wir es für Sie hier sicher machen können.«

»Und wenn ich bleibe?«

»Nach dem, was Sie durchgemacht haben?«, fragte er. »Wer kann jemanden so gut schützen? Sie kennen diese

Leute nicht so gut wie ich. Diese Bandenmitglieder sind wertlose Imitationen menschlicher Wesen. Fragen Sie mal Boldt und LaMoia ... die werden Ihnen das Gleiche erzählen. Ein Fehler, und es gibt eine Kugel in den Hinterkopf. Peng!« Er klatschte laut in die Hände und rüttelte damit an Stevies Nerven. »Keine Erklärung, kein Mitleid. Wollen Sie *solche* Leute herausfordern?«

»Berufsrisiko. *Sie* fordern die doch täglich heraus, nicht wahr? Und Sie sehen mir doch noch ganz gesund aus.« Sie schaute ihm fest in die Augen. »Wie machen *Sie* das denn?«

»Wenn die einen Bundesagenten um die Ecke bringen, haben die keine ruhige Minute mehr. Aber bei einer Reporterin? Ihre Freundin Melissa weiß inzwischen, wie wenig denen Reporter wert sind.«

»Warum benutzen Sie mich dann nicht als Köder?«

»Das tut man nicht. Sie sind Zivilistin, und wir setzen Zivilisten keiner Gefahr aus – niemals.«

»Sie glauben also, dass Melissa tot ist? Wenn *Sie* diese schmutzigen Sachen steuern würden, hätten Sie sie auch schon umgebracht? Was würden Sie mit ihr anstellen?«

»*Ich?*«, stieß er hervor.

»Nur gesetzt den Fall«, erklärte sie unerschütterlich.

Er starrte zurück und versuchte auf ihrem Gesicht zu lesen, was sie wusste.

»Wenn etwas sie am Leben erhalten hat, dann die Tatsache, dass man das zweite Digitalband nicht gefunden hat. Ohne dieses Band sicher in Händen zu haben, wären diese Leute ja dumm, Melissa zu töten. Sie ist der einzige Mensch, der weiß, wo es ist.«

»Wenn diese Mistkerle etwas von ihr wollen, foltern

sie Melissa und bekommen es«, sagte er lapidar. »Diese Leute spielen doch nicht fair.«

Stevie wandte den Blick von ihm ab. »Aber sie kennen Melissa nicht. Ihre Eltern waren Helden in China. Sie überlebten sieben Monate Folter durch das Mao-Regime. Sieben Monate – das muss man sich mal vorstellen! Sie sind wahre Legenden. Die Ehre von Melissas Familie steht auf dem Spiel. Verstehen Sie? Für Chinesen ist Familienehre alles. Wenn diese Leute Melissa töten, laufen sie Gefahr, das Band niemals zu finden. Sie könnten aber auch abwarten, ob Melissa nicht doch irgendwann mürbe wird. Was meinen Sie?«

»Ich weiß alles über Chinesen und ihre Familien«, verteidigte er sich ein wenig zu heftig.

»Was ist, wenn Melissa nicht redet, Mr. Coughlie?«

»Sie sollten Urlaub machen, sich ein paar Wochen freinehmen. Die wollen doch wohl nur, dass Sie schweigen. Wenn ich Sie wäre, würde ich darüber nachdenken.« Coughlie rutschte zur Kante der Couch vor. »Wenn Sie bleiben, machen Sie einen großen Fehler.«

Er stand auf und ging zur Tür, hielt aber dann noch einmal inne. »Wenn dieser Einbruch Sie etwas gelehrt hat, dann hoffe ich, ist es die Einsicht, dass es zu spät zum Verhandeln ist. Fragen Sie mal Gwen Klein. – Passen Sie gut auf sich auf, Mrs. McNeal.«

Er ging hinaus.

Als die Empfangssekretärin kurz darauf anrief, war Stevie überzeugt, dass Coughlie es noch einmal bei ihr versuchen wollte. Die Ankündigung, dass Boldt in der Lobby war, überraschte sie. Sie erteilte den Auftrag, Boldt zum Studio zu führen, weil sie sich zur Abwechslung einmal auf ihrem eigenen Territorium mit ihm treffen wollte. Kurz darauf betrat Bold das riesige Studio und betrachtete neugierig wie ein Student alle Einzelheiten.

»Haben Sie ihn beim Hinausgehen gesehen?«, fragte Stevie.

»Wen?«

»Brian Coughlie. Er kam, um mir zu sagen, dass ich die Stadt verlassen soll. Ich soll Urlaub machen.«

»So, hat er das gesagt?«, erwiderte Boldt nachdenklich. »Nicht der schlechteste Rat. Wir können ihn deshalb kaum festnehmen.«

»Ich bot mein Schweigen für Melissas sichere Rückkehr an.« Stevie forderte Boldt nicht auf, Platz zu nehmen, weil sie nicht wollte, dass er lange blieb. Sie unterhielten sich zwischen zwei großen Roboterkameras, die auf die Imitation des Sonnenaufgangs in Seattle gerichtet waren, welche von mehreren Tausend-Watt-Scheinwerfern angestrahlt wurde, um realistisch auszusehen.

»Wenn ein Opfer das erlebt, was Sie jetzt erleben«, sagte Boldt, »betrachten wir es als unentbehrlichen Zeugen.«

»Ist Melissa tot, Lieutenant?« Es war die einzige Frage, die wichtig war. Die einzige Frage, die sie standig quälte.

»Wir müssen zusammenarbeiten, müssen uns vertrauen. *Sie* brauchen es für ihre Sicherheit. *Ich* brauche es, damit wir Melissa finden. Ich habe Grund zu der Annahme, dass man sie wohl noch nicht gefunden hat.«

»Aber Sie haben doch ihren Lieferwagen gefunden«, sagte Stevie und überraschte ihn mit diesem Wissen. »Warum, zum Teufel, habe *ich* nichts davon gehört?«

»Coughlie?«, fragte er nach ihrer Quelle.

Wütend stieß sie hervor: »Man hätte mich benachrichtigen sollen!«

Boldt schüttelte den Kopf. »Nicht ohne vereinbarte Grundregeln. Er spielt uns gegeneinander aus. Merken Sie das nicht? Ich muss alles wissen, was Sie und Coughlie besprochen haben. Wir könnten uns sehr in ihm täuschen.«

Sie musterte ihn. »Dem kann ich nur beipflichten.« Dann fügte sie hinzu: »Also, was wollen Sie von mir, Lieutenant? Warum dieser Besuch?«

Er schaute ihr in die Augen. »Druck von der Polizei ist nicht immer der wirksamste. Die Medien haben Möglichkeiten, die wir nicht besitzen.«

»Sehen Sie? Sie hassen uns, bis Sie uns brauchen.«

»Sind Sie so anders?«, fragte er.

»Wenn man sich nach Lou Boldt erkundigt«, sagte Stevie, »hört man allerlei Lobeshymnen. Als Reporterin traut man solchen Mythen nicht. Solche Burschen gibt es nämlich nicht mehr. Die lebten in anderen Zeiten.«

»Und wenn man sich nach Stevie McNeal erkundigt«, erwiderte Boldt, »bekommt man zu hören, dass sie viel mehr ist als nur ein hübsches Gesicht – eine von den wenigen Fernsehsprecherinnen in der Stadt, die in der Lage sind, eine Geschichte wirklich zu erzählen und nicht nur in die Kamera zu glotzen.«

»Was soll ich tun?«, wollte sie wissen.

»Sie müssen Ihren Sprecherstuhl benutzen, um jemanden herauszufordern.«

Stevie überlegte lange und eingehend. Dann schaute sie Boldt eigentümlich an, wobei sie den Kopf etwas zur

Seite geneigt hielt, als wollte sie hinter ihn schauen. »Ich werde alles tun, was notwendig ist.«

Boldt griff in die Hosentasche und holte das beschlagnahmte Digitalvideoband hervor. »Also, an die Arbeit«, sagte er.

49.

Da stimmt was nicht.« Boldt zeigte auf den Bildschirm. Sie hatten gemeinsam alle Bänder durchgesehen und waren jetzt beim zweiten Durchlauf des Digitalbandes.

Stevies Miene war ernst; ihr Gesicht schien um ein Dutzend Jahre oder mehr gealtert – eine ganz andere Frau als die, welche sich jeden Tag auf den Sprecherstuhl setzte. Boldt fragte sich, welches Gesicht das wirkliche war. Hatte das Verschwinden Melissas dies bewirkt, oder verbarg die Kosmetik jeden Tag eine Stunde lang Stevie McNeals Alter? Boldts Tochter war einst entführt worden, sodass er diesen Schrecken aus erster Hand kannte – die hohle Resonanz der Stimmen von Leuten, wenn sie mit einem sprachen; wie die Zeiger der Uhr sich zu weigern schienen, sich weiterzudrehen; die Schlaflosigkeit; die quälende Angst.

»Was haben Sie gesagt?«, reagierte Stevie endlich auf seine Worte.

»Sehen Sie das da? Da ist ein zeitlicher Unterschied von fast vierundzwanzg Stunden zwischen den VHS-Bändern und diesem hier. Ich glaube, da fehlt noch ein Band.«

Stevie schaute auf die Zeitangaben auf den beiden Bildschirmen – der eine zeigte den hinteren Teil des Busses, als dieser in den Bustunnel einfuhr, der andere das erste Bild des Digitalbandes, wie Melissa in einen anderen Bus einstieg. Weil beide Bänder Busse zeigten, kam man leicht auf den Gedanken, das eine Band sei gleich nach dem anderen aufgenommen worden – aber dem war offensichtlich nicht so.

Stevie erwiderte: »Ich habe Brian Coughlie erzählt, dass noch ein Band fehlt, aber es war bloß eine Erfindung von mir, weil ich Melissa damit Zeit erkaufen wollte. Ich nahm an, dass das andere Band, das ich ihr gegeben hatte, leer sein würde – aber Sie haben Recht mit dem Datum.«

»Also könnte sie noch mit einem zweiten Digitalband gefilmt haben.«

»Möglich.« Stevies Stimme war klanglos und erstarb in ihrer Kehle. »Oder sie hatte einen Tag lang nichts Interessantes zum Aufnehmen. So etwas kommt vor. Sie wissen ja – Observierungsarbeit.«

»Nehmen wir mal an«, sagte Boldt, »dass die Kamera, als sie gefunden wurde, das *zweite* Digitalband enthielt, nicht das erste. Dass das erste Band also schon Aufnahmen enthielt und irgendwo deponiert worden war. Und dass derjenige, der die Kamera fand, deshalb nur das zweite Band hatte.«

Stevie erwiderte heiser: »Also *gibt* es vielleicht ein zweites Band.«

»Wir müssen uns vergegenwärtigen, wie diese Kamera aufgetaucht ist. Wenn derjenige, der hinter all dem steht, sie gefunden hätte – würde er sie verkauft haben? Unwahrscheinlich. Zerstören, ja, aber verkaufen? Wir haben Rileys Aussage – der Mann, den Sie an der Fontäne trafen –, dass es ein Straßenbanden-Mitglied gewesen ist, das ihm die Kamera gebracht hat. Also hatte dieser Bursche sie wohl gefunden oder gestohlen. Vielleicht hatte Melissa sie versteckt. Dann wäre die Entdeckung zufällig gewesen. Der Finder erzählte keinem davon, sondern verscherbelte die Kamera einfach. Melissa könnte sie aber auch verwendet haben, um sich das Schweigen dieses Burschen zu erkaufen oder seine Hilfe, um zu fliehen. Vielleicht nahm sie auch jemand in der Sklavenwerkstatt – einer der Anführer – und verkaufte sie. Das will nicht heißen, dass sie *Melissa* gefunden haben«, betonte er.

»Ich habe doch ihr Foto senden lassen«, flüsterte Stevie. »Sie kennen sie jetzt.«

»Das können wir nicht bestätigen.«

»Das Bild war in den Zeitungen, und auch andere Sender haben es gebracht. Man müsste schon ganz abgeschieden leben, um es nicht gesehen zu haben.« Leise fuhr sie fort: »Ich habe es völlig vermasselt.« Sie blickte Boldt wütend an. »Und das alles, weil ihr Kerle eure Ärsche zu langsam bewegt habt.« Er hatte schon darauf gewartet. Auf Zorn folgten stets Beschuldigungen.

Boldt ließ einen Moment verstreichen, damit Stevie sich beruhigte, und sagte dann sachlich: »Wir werden ein Bild von der Autowaschanlage kopieren und es an alle Streifenwagen verteilen. Jemand wird sie erkennen. Und für Sie habe ich zwei Aufgaben: Einmal, dieses Digitalband hier noch einmal durchzusehen und es zu übersetzen. Ich meine nicht die Sprache – das haben wir schon getan. Ihre Freundin ließ sich die Geschichten der Frauen erzählen, die Zustände auf dem Schiff. Was ich brauche ... was *wir* brauchen ... wir müssen in Melissas Hirn eindringen, ihre Gedanken und Gefühle erraten. Warum legt sie eine so starke Betonung auf die Zustände auf dem Schiff, wo wir doch annehmen müssen, dass diese Frauen nur das Innere des Containers gesehen haben? Aber Melissa erwähnt das Schiff immer wieder. Brauen Sie mir irgendeine Horrorstory zusammen. Wie lange dauert so was?«

Stevie überlegte, wobei ihr Gesicht eine Mischung aus Neugierde und Besorgnis zeigte. Dann antwortete sie: »Hängt davon ab. Ein paar Stunden bis zu einigen Tagen. Kommt darauf an, auf wen es sich richtet, und was wir über die Person haben.«

»Muss ja nicht lang sein, nur durchschlagend.«

»Sie hören sich jetzt wie ein Produzent an, nicht wie ein Cop.« Stevie versuchte zu lächeln, brachte aber nur eine Grimasse zustande.

»Kennen Sie eine Frau, die Mama Lu genannt wird?«, fragte Boldt.

Sie lehnte sich zurück, öffnete weit die Augen und sagte ein wenig zynisch: »Die Herrin der Unterwelt? Sie wollen mich wirklich umbringen lassen, was?«

»Die *frühere* Herrin der Unterwelt«, verbesserte Boldt. »Heutzutage ist sie eher Politikerin. Jedenfalls hat *sie* die Antworten.«

»Mama Lu steht hinter Melissas Verschwinden?«, wollte Stevie wissen. »Sie ist es, die Coughlie schützt?«

»Wir wissen nichts Genaues. Mein Gefühl sagt mir aber, dass Mama Lu die Anworten hat. Einige? Alle? Ich weiß es nicht, aber ich werde nie welche bekommen, wenn ich ihren Panzer nicht aufbreche. Sie wird älter. Sie will in der Gemeinde akzeptiert werden. Das ist der Punkt, an dem wir ansetzen müssen.«

»Lassen Sie mich mal in den Clip-Archiven nachsehen«, erwiderte Stevie, womit sie bereits einwilligte, ihm zu helfen. »Bis wann brauchen sie das?«

50.

DIENSTAG, 1. SEPTEMBER
15 TAGE VERMISST

Mama Lus Imperium umfaßte das größte Verteilerunternehmen für asiatische Lebensmittel im King County sowie die Teilhaberschaften an asiatischen Restaurants in der Stadt, von denen eines der Imbiss ohne Namensschild war, wo Boldt Mama Lu vor einer Schüssel mit brauner Brühe, Garnelen, grünen Zwiebeln und Ingwer sitzen sah, deren Geruch ihn ermutigte, ihr Angebot anzunehmen und ebenfalls eine Schüssel zu essen, wobei er darauf bestand, sie aus eigener Tasche zu bezahlen, was Mama Lu tolerierte.

Sie schien noch dicker geworden zu sein als beim letzten Mal; ihr Fleisch war von Gelenk zu Gelenk geschwollen, von der Hand bis zum Ellbogen, und die Haut sah zum Platzen straff aus. Als sie lächelte, wurden ihre Augen zu schwarzen Strichen, wie Kohlesplitter im Gesicht eines Schneemanns.

»Wie geht es Ihrer Frau, Mr. Both?«, fragte Mama Lu.

Er dachte daran, wie oft diese Frage ihm in den letzten achtzehn Monaten gestellt worden war, und an die Hunderte von Variationen, die sie angenommen hatten – von Bekundigungen der Teilnahme bis zu tastender

Neugier. Besserung wurde nicht als Zustand, sondern als Wartezeit betrachtet, als hätte der Krebs sich nur eine Zeit lang zurückgezogen.

»Haben die Chinesen Sprichwörter über den Zufall?«, fragte Boldt.

»Ich nicht Konfuzius, Mr. Both, ich nur einfache Geschäftsfrau. Sie nicht wollen sprechen von Ehefrau? Wie wär's denn, wir reden von Kindern?«

»Das ist nicht der Grund meines Besuchs«, antwortete Boldt, wobei seine Haut prickelte. Er würde seine Familie keiner Gefahr aussetzen. Durch diese Hölle war er schon einmal gegangen. Dann aber dachte er an Mama Lus Kindertagesstätte, und seine Bedenken verflogen. »Meine Kinder sind das Licht meines Lebens. Es ist so viel Staunen in ihren Augen. So vieles ist neu für sie. Ich lerne jeden Tag etwas von ihnen.«

»Kinder sind Fenster zur Vergangenheit und Zukunft. Viel zu lernen von Kinder.«

»Und *Ihre* Kinder?«, fragte er. »Die ich neulich gesehen habe?«

»Ja«, erwiderte sie nur und lächelte.

Dann aßen sie schweigend, redeten nur mit Blicken. Am Ende der kurzen Mahlzeit fühlte sich Boldt seltsam zuversichtlich.

Mama Lu schob die Schüssel mit dem Unterarm zur Seite, tupfte sich den Mund mit einer Papierserviette ab und rülpste leise. »Das war gut für zweimal schmecken«, meinte sie. »Also, Mr. Both, was ist Grund für Besuch?«

Auch Boldt schob die Schüssel zur Seite. »Wir – das heißt die Polizei – erfahren bei unseren Nachforschungen von dem Schiffskapitän, und der Mann ertrinkt. Wir erkundigen uns nach dem Geschäftsführer der Geräteausleihfirma, und der Mann fliegt mit seinem Gabelstapler in die Luft. Wir hören, dass eine Angestellte im öffentlichen Dienst Führerscheine verkauft, und die Frau erstickt – alles sehr nützliche Zufälle für den, der vom Einschleusen der Illegalen profitiert.«

Mama Lu antwortete nur: »Unglück kommt zu dritt.«

»Man braucht keinen großen Scharfsinn, um den Verdacht zu schöpfen, dass es jemand mit Insiderwissen gibt, der uns immer einen Schritt voraus ist.«

»Veränderungen beginnen in unserem eigenen Hause«, sagte Mama Lu und berührte ihre gewaltige Brust. »In uns drinnen.«

»Wir, die Polizei, haben der Einwanderungsbehörde jeden unserer Schritte mitgeteilt.«

Ihre Augen wurden noch dunkler, falls das überhaupt möglich war.

»Und *nur* dieser Behörde«, fügte er hinzu.

»Auch mir Sie haben manches gesagt«, warf Mama Lu ein.

»Der Staat bezahlt seine Bediensteten nicht gut«, sagte er. »Es kann sich da leicht eine Unzufriedenheit mit dem System einstellen, die sich beispielsweise in der Bereitschaft äußert, Bestechungsgelder anzunehmen.« Dann fuhr er vorsichtiger fort: »Sie, Mama Lu, könnten von solch einem Bediensteten gehört haben, und obwohl ich es verstehen, sogar respektieren würde, wenn Sie keinen Namen nennen wollen, können Sie mir vielleicht irgendeine Andeutung machen ... irgendein Zeichen vielleicht, damit ich meine Zeit nicht verschwendet habe.«

»Sie mich überschätzen, Mr. Both. Ich einfache Geschäftsfrau – ein paar Geldanlagen hier, ein paar da.«

Da es mit dem Zuckerbrot nicht funktionierte, entschloss sich Boldt, es mit der Peitsche zu versuchen. »Ein bestimmter Fernsehsender will eine Serie über die Macht und den Einfluss im Internationalen Bezirk und über die Asiatische Gemeinde und deren Einfluss auf den Zustrom illegaler Einwanderer in diese Stadt senden.« Boldt zog eine Videokassette aus der Jackentasche und legte sie auf den Tisch. »Sie könnten sich ja mal etwas von dem ansehen, was die senden wollen. Verhaftungen, die man sich hätte sparen können. Gerichtsverfahren, die ohne Spruch der Geschworenen enden.« Er schaute ihr in die Augen und fuhr fort: »Es ist unfair, wie die Medien schmutzige Wäsche waschen können. Über Gerichtsverfahren zum Beispiel, die von den meisten längst vergessen wurden.«

»Sie wohl haben Einfluss bei diesem Sender«, meinte Mama Lu gelassen.

»Einfluss ist zu viel gesagt. Die sind zur Polizei ebenso ungerecht wie zu einer unschuldigen Geschäftsfrau. Bei der Suche nach den Schuldigen machen die vor nichts Halt. Für die Polizei sind die Regeln völlig anders.«

Mama Lu schwieg und überdachte, was Boldt ihr da erzählt hatte. Als sie sprach, klang sie so munter, als würde ihr nichts davon Sorgen bereiten.

»Sie besitzen Stolz im Wissen von Astrologie, Mr. Both?«

»Ich bin auf dem Gebiet so unwissend wie ein neugeborenes Kind«, gestand er.

»Sie geben Acht auf Kalender – persönlich, beruflich?«

»Nur wenn es sich um Zahltage handelt.« Er lächelte über diesen Fleischberg vor sich, dessen Züge zu schmelzen begannen wie Wachs, das man zu nahe ans Feuer hält.

»Sie wissen müssen, Chinesen besonders Acht geben auf Kalender. Da sind die Mondphasen, zum Beispiel. Wichtig für Ernten, den Zyklus der Frau, die Meere. Und ganz, ganz wichtig für Kriegsführung, nicht? Die Dunkelheit von *Neumond* ist Verbündete von jedem General.« Ihm entging die Betonung nicht.

Er suchte in ihren Augen: »Ich höre.«

Sie runzelte die Stirn, weil sie nicht zu direkt sein wollte. »Diese Leute, die neue Bürger liefern, sie fühlen sich *in Krieg* mit Regierung, nicht? Sie nicht vergessen dürfen, Mr. Both, der Sturm, den man Mary nannte, viel Verspätung auf See verursachte. Sie selbst gesagt, Lebensmittel und Wasser ausgingen.«

Dann erkannte Boldt, was sie andeutete: Die Ankunft der *Visage* war für Neumond geplant gewesen, wenn die sich daraus ergebende Dunkelheit helfen würde, die Umladung vom Kran zum Lastkahn zu verbergen. Das war einfach und überzeugend zugleich. »Ein Zeitplan«, meinte Boldt optimistisch.

»Da haben Sie's«, pflichtete Mama Lu bei und öffnete ihre riesige Gummihand, als wollte sie einen unsichtbaren Inhalt anbieten.

»Der Neumond.«

»Ich glaube, wird bald wieder kommen«, sagte sie. Dann kramte sie in der zu ihren Füßen stehenden

Handtasche und holte ein kompliziertes Rad mit chinesischen Schriftzeichen und Zahlen heraus. Sie drehte die verschiedenen Teile des Rades in die gewünschte Stellung und erklärte: »Donnerstag, zwei Tage von nun an.«

Boldt schaute auf die Armbanduhr – jede verstreichende Minute war jetzt wichtig. »Ist es das also?«, wollte er wissen, erstaunt über ihre Bereitschaft zur Mitarbeit. Oder wollte sie ihn absichtlich irreführen?

In der Erwartung, dass er misstrauisch sein würde, sagte Mama Lu: »Ich nicht Fernsehsendung will. Richtig. Aber mehr als das, Mr. Both. Körper einer Frau ist Gottes Schatz. Seine Magie macht Kinder, gibt Milch, bringt Leben. Vergewaltigen, in Frau eindringen, ohne dass sie Zustimmung gibt, ist am meisten unverzeihliche Sünde in Gottes Welt. Ich eher getötet werden möchte, als solches Schicksal erleiden. Sie mir bei letztem Besuch von Vergewaltigung von Frau erzählten, die sie fanden. Ich herausgefunden, dass stimmt, was Sie sagten. Kein Essen, kein Wasser, sogar Krankheit. Ist bedauerlich, aber verständliche Zustände in solch Krieg. Diese Vergewaltigung aber unverzeihlich. Muss aufhören.«

Er wandte ein: »Zwei Tage sind nicht mehr viel Zeit.«

»Schiff rechtzeitig von Hongkong abfahren, dass bei Neumond in Seattle ankommt. Wie viele Schiffe das sein können?« Sie blickte ihn wie eine tadelnde Lehrerin an. »Polizei viel Ärger machen wegen Mietkran«, erklärte sie, was Boldt aufhorchen ließ. »Ihre Arbeit, Mr. Both. Wenn kein Kran gemietet, was dann machen?«

Boldt verdaute ihre Nachricht. »Der Container muss an Land.«

»Sie guter Zuhörer.«

Boldt holte fünf Dollar für die Brühe hervor. Mama Lu winkte ab, doch er ließ das Geld trotzdem liegen.

Dann sagte sie: »Ich mache Ausnahme und schaue Fernsehen heute Abend.« Sie schob die Videokassette zurück zu ihm. »Vergangenheit hat keinen Platz in Gegenwart. Lassen Sie Vergangenheit, wo hingehört.«

»Ich werde sehen, was ich tun kann«, sagte Boldt. Er ertappte sich dabei, wie er sich leicht verbeugte.

»Und was angeht die andere Sache, die Sie da haben angeschnitten, Mr. Both«, rief sie ihm hinterher, sodass er stehen blieb. »Sie gute Instinkte haben. Chinesen nie Vertrauen zu jemand in Regierung.«

Er eilte davon, denn er fühlte sich unter großem Zeitdruck. Eine weitere Sendung Illegaler stand bevor. Was das für Melissa bedeutete, war nicht schwer zu erraten.

51.

Hätte Boldt Stevie nicht gebeten, sich Melissas Digitalband mehrmals anzuschauen – sie hätte es auch von allein getan, denn sie war schrecklich aufgeregt über all die düsteren Bilder aus der Sklavenwerkstatt und die grauenhaften Zustände, die in den Interviews mit Nahaufnahmen beschrieben wurden. Boldts Bemerkung, dass Melissa vielleicht noch am Leben, ja sogar vom Feind unentdeckt geblieben war, erfüllte Stevie mit neuer Hoffnung.

Sie versuchte, die Wechselbäder ihrer Gefühle unter Kontrolle zu bekommen. Ihre Kehle war staubtrocken, und ihre Augen brannten. Sie konnte sich nicht entsinnen, wann sie das letzte Mal etwas gegessen hatte. Schlaf fand sie ebenfalls nicht, denn das Hotelzimmer gab ihr kein Gefühl der Sicherheit, trotz der Präsenz von Sicherheitsleuten. Auch verstand sie nicht, warum sie solche Schwierigkeiten hatte, sich zu konzentrieren. Sie ertappte sich immer wieder bei dem Gedanken an Melissa; ihr Blick war davon getrübt. Es war ihr, als hätte man ihre Sinne gestohlen, sie ihrer Existenz beraubt. Sie musste sich davon befreien – nicht mehr nur Melissas, sondern auch ihrer selbst wegen. Wenn ihr das nicht gelang, würde sie völlig zusammenbrechen, würde nicht mehr arbeiten, nicht mehr leben können.

Stevies Blick richtete sich auf das Standbild eines Stadtbusses auf dem Video, nicht direkt auf den Bus selbst, sondern auf seine Liniennummer, die elektronisch an einer Seite angezeigt wurde. Die Nummer war kurz zu sehen, als Melissa in den Bus einstieg, um dem bulligen Mann mit der Kapuzen-Trainingsjacke zu folgen. Mexikaner? Chinese? Stevie war nicht sicher. Aber diese Liniennummer... Ein kurzes Nachprüfen des anderen Videos bestätigte, dass der bullige Mann mindestens einmal den Bus gewechselt hatte, und Melissa war ihm jedes Mal gefolgt. War der Mann beide Male in die gleiche Buslinie umgestiegen? Und wenn er mit diesem Bus zu der Sklavenwerkstatt gefahren war...? Wie wäre es, wenn sie die Buslinie mit der Liste der leeren Gebäude verglich, die von der Polizei untersucht wurden, wie Boldt ihr gesagt hatte? Ob sie dadurch die Ratte bis zum Nest verfolgen konnte?

Stevie zitterte vor Erregung, war plötzlich hellwach. Das schien ihr jetzt so offensichtlich. Was konnte es ausmachen, wenn sie das auf eigene Faust nachprüfte? Welchen Schaden konnte sie anrichten, wenn sie mit dem Bus durch die Stadt fuhr? Vielleicht konnte sie Boldt dann damit überraschen, dass sie ihm die Lage der Sklavenwerkstätte nannte ...

Sie schaltete die Geräte aus, nahm die Bänder heraus und schloss sie in ihrem Büro ein, obwohl es nur Kopien waren – die Originale waren sicher bei Boldt.

Sie musste eine Busfahrt machen.

52.

Der Herbst war eine Zeit des Sterbens, das jährliche Ritual des Übergangs von dem üppigen Wohlstand des Sommers zum trüben Bankrott des Winters. Der Volunteer-Park erstreckte sich hinter einem wohlhabenden Viertel zweistöckiger Häuser im Kolonialstil. In dem Park befanden sich das Museum für Asiatische Kunst sowie ein Wasserturm. Nachts wurde der Volunteer vom harten Kern der Rauschgiftsüchtigen für ihre Umtriebe genutzt. Alle Gesellschaftsschichten schätzten eben eine schöne Aussicht.

Boldt traf sich mit seiner Frau auf dem Museumsparkplatz, von wo der Hügel zu den heranrückenden Hochhäusern und den graugrünen Wellen des Sunds auslief. An einem Spätnachmittag im August wimmelte es hier von Onlineskatern und verschiedenartigen Kinderwagen. Boldt roch den Herbst in der Luft, was einen Hauch von Angst in ihm erregte. Liz' Aufforderung, sich außerhalb der Innenstadt mit ihm zu treffen, deutete Unliebsames an, zumal sie wusste, dass es für ihn schwieriger war, hierher zu kommen, besonders um diese Tageszeit.

»Alles in Ordnung?«, fragte er deshalb.

Liz unternahm alle möglichen Anstrengungen, um das Gewicht wiederzugewinnen, das ihr durch die Chemotherapie geraubt worden war, aber sie sah dennoch nicht anders aus als zuvor – immer noch wie ein getrocknetes Stück Obst, dem man den Lebenssaft ausgesaugt hatte. Boldt liebte sie, schätzte sie, akzeptierte sie aber nicht als vollkommen gesund – teilweise wegen ihrer Erscheinung, teilweise wegen seines Widerstands gegen die Vorstellung, dass er nun die Führung der Familie mit ihr teilen sollte. Ihrer Krankheit wegen hatte Boldt sämtliche Verantwortung und alle Pflichten für die Kinder übernommen. Obwohl er die Entlastung von diesen Pflichten einesteils begrüßte, fühlte er sich doch ein bisschen wie ein Diktator, der sich dagegen sträubte, die Demokratie anzuerkennen.

»Wo bist du so lange geblieben?«, fragte Liz vorwurfsvoll.

»Na, jetzt bin ich doch hier.«

»Aber du warst noch wo.«

»Jetzt bin ich aber hier, Liz.«

»Du gleitest wieder in das alte Fahrwasser, weißt du das? Die Zwölf-Stunden-Tage. Weggehen, bevor die Kinder auf sind, und nach Hause kommen, wenn sie schlafen.«

Hatte sie ihn zum Volunteer-Park bestellt, um ihm einen Vortrag zu halten, dass er sich nicht von seinen Gewohnheiten lösen konnte?

»Ich arbeite an einer wichtigen Sache«, sagte er. »Möchte etwas herausfinden.«

»Es ist offenbar schwer für dich, wieder mit mir als gesunder Frau zu leben«, meinte Liz.

»Es ist eine wirklich wichtige Sache.«

Liz nahm seine Hand. Die ihre war eisig. Niemals war

Wärme in einer ihrer Extremitäten, so als käme sie gerade vom Schwimmen in einem kalten See.

»Man hat mich aus der Praxis von Dr. Wood angerufen«, sagte sie.

Boldt wurden die Knie weich. Die Welt schien stehen zu bleiben. Alle Geräusche wurden durch ein Pfeifen in seinen Ohren verdrängt. Die Umgebung verschwamm vor seinen Augen. »Was?«, fragte er mit heiserer Stimme.

»Die Tests – meine jährlichen Untersuchungen. Es gibt offenbar einen neuen, genaueren Test, den sie durchführen können. Sie möchten, dass ich mich dafür anmelde. Du sollst darüber mitentscheiden.«

»Das weiß ich zu schätzen«, erwiderte er.

Liz starrte aufs Wasser.

»Es ist ja nicht so, dass ich deinen Glauben nicht achte. Ich verstehe ihn einfach nicht«, sagte er.

»Ich möche tun, was für meine Familie richtig ist.«

»Aber wenn ich sage, du sollst diese Tests machen, dann bin ich der Ungläubige.«

»*So* ist das nicht.«

»Ich weiß nicht genug vom Beten, um mich darauf zu verlassen«, sagte er.

»Man hat mir gesagt, ich soll zu einer Grippeimpfung kommen. Aber ich kenne doch Katherine. Es geht um diese Untersuchungen. Die Grippeimpfung ist bloß ein Vorwand, mich in die Praxis zu holen.«

»Wie fühlst du dich denn?«, fragte er.

»Gut«, antwortete sie ohne Zögern. »Ich kann gut schlafen, habe keine Übelkeit und keine Schmerzen irgendwelcher Art. Ich weiß, dass mein Gewicht ein Problem ist, aber das macht mir keine Sorgen. Entweder kommt es wieder oder nicht.«

»Es ist deine Entscheidung, Liz«, sagte er. »Wenn du die Tests nicht machen lassen willst, akzeptiere ich das.«

»Du musst voll hinter mir stehen«, sagte sie. »Ich brauche ...«

»Meinen Glauben?«

Sie lächelte. »Ich erwarte keine Wunder.«

»Wenn du meinst, dass sich dadurch etwas ändert, Liz, dann lass die Untersuchungen machen.«

»Du hast Angst«, sagte sie.

»Es ist verdammt schwer für mich.«

»Es wird leichter«, erwiderte sie und drückte seine Hände. Er war nicht sicher, aber ihm kam es vor, als ob ihre jetzt wärmer wären.

53.

Boldt traf bei Dixon ein, als dieser gerade mitten in einer Autopsie war. Eine fünfundachtzig Jahre alte Witwe war von einer Leiter gefallen, als sie eine Glühbirne wechseln wollte, und hatte sich das Genick gebrochen. Das Gesetz verlangte, dass Dixon die Frau obduzierte, und wenngleich es ein typischer Fall für einen seiner Assistenten war, musste er ihn wegen der noch andauernden Sommerferien selbst übernehmen. So ging er mit der Begeisterung eines Parkplatzkassierers vor.

Der Raum roch übel trotz der Ventilation. Boldt hasste den Geschmack, den er im Mund zurückließ.

»Grippeimpfung?«, sagte Dixon. »Da stimme ich Liz zu – die wollen mit ihr reden, ihr irgendwas anbieten.«

Boldt erwiderte: »Aber das hat mich nachdenklich gemacht. Was ist, wenn die Illegalen nicht die Einzigen sind, die diese Krankheit haben? Die Frauen, die wir auf dem Hilltop fanden, waren vergewaltigt worden. Was ist, wenn die Hautreizung der ersten Leiche von einem industriellen Reinigungsmittel stammt, wie man es zum Beispiel in *Autowaschanlagen* verwendet?«

Offensichtlich beeindruckt meinte Dixon: »Nicht so weit hergeholt.«

»Du hast gesagt, dass die Krankheit sehr ansteckend ist. Was ist, wenn sie sich ausbreitet? Wenn ein paar von diesen Kerlen wirklich krank sind? Wenn in den Abendnachrichten berichtet würde, dass gerade ein Impfstoff und ein Antibiotikum verfügbar geworden sind, die beide speziell als Mittel gegen die ›Containergrippe‹ eingesetzt werden können, wie die Behörden es nennen?«

»Das Antibiotikum wäre nicht speziell gegen diese Grippe«, entgegnete Dixon.

»Sie könnten ja eine Berichtigung senden. Der springende Punkt ist doch, dass wir es als Köder benutzen könnten. Wir haben Wachen auf den Videos gesehen. Die wiederum haben Aufseher. Das ist wie im Knast. Da sind also Leute bei diesen Frauen gewesen – ganz nahe. Und jemand hat sie ja auch zum Friedhof gebracht und in die Gräber gelegt.«

Die behandschuhten Hände des Arztes verursachten Sauggeräusche im Körper der Leiche. Er sagte: »Das ist doch nicht der Ebola-Virus oder so was – nur eine schlimme Grippe.«

»Aber wenn die Nachrichten die Sache aufbauschen? Wenn gesagt wird, dass eine Behandlung nur in einer bestimmten Klinik möglich ist, in der wir unsere Leute haben, und wenn diese Klinik dann das Ausfüllen eines Fragebogens verlangt, der ein wahrscheinliches Ansteckungsdatum enthält ...«

»Das ist vollkommen unnötig!«

»Aber das wissen *die* doch nicht. Die unbekannte Tote starb lange vor dem Aufbringen des Containers. Wenn wir jemanden dazu bringen können, ein Datum *vor* der Ankunft des Containers zu nennen, weil der Betreffende seine Ansteckung erklären muss ...«

»Kein Fernsehsender würde solch eine Geschichte

bringen. Das ist medizinisch unprofessionell. Die recherchieren doch dementsprechend. Deine einzige Hoffnung sind die Skandalblätter, glaub mir.«

»Meine einzige Hoffnung liegt darin, dass diese Dienststelle hier eine Mitteilung an die Medien herausgibt«, erklärte Boldt ohne Umschweife.

Dixons Hände hielten inne und tauchten aus der Leiche auf. »Nun, dann hast du soeben alle Hoffnung verloren«, sagte er mit Bestimmheit. »Ich verstehe ja, was du erreichen willst, Lou. Auf verrückte Weise macht das sogar Sinn. Ist gar keine so schlechte Idee. Aber ich kann diese Abteilung nicht auf eine solche Weise missbrauchen. Wenn wir unsere Integrität und das Vertrauen verlieren ... wenn die Öffentlichkeit den Eindruck gewinnt, dass wir bereit sind, die Wahrheit zum Nutzen der Stadtpolizei zu manipulieren ... Das geht einfach nicht. Wir sind hier ein Team von Medizinern. Glaub mir, wir haben auch ohne eine solche Sache genug Imageprobleme. Nein, das kann ich nicht, Lou.«

»Aber es könnte funktionieren, nicht wahr?«

»Ich würde da mit großen Bedenken zustimmen – mit *sehr* großen Bedenken –, wenn sich jemand aus der Medienwelt bereitfinden würde, das zu veröffentlichen. Aber dafür wirst du niemanden auftreiben können.«

Boldt erwiderte: »Da sei mal nicht so sicher.«

54.

Stevie erkannte, dass sie noch nie in einem Stadtbus von Seattle gefahren war, da sie bis jetzt stets die Limousinen mit Chauffeur des Senders oder ihren eigenen 325i zur Fortbewegung benutzt hatte. Sie war überrascht von der Vielfalt der Fahrgäste und dem seltsamen und unerwarteten Nachbarschaftgefühl, das in einem Bus herrschte. Sie hatte die Busse stets als ein Verkehrsmittel für Arme betrachtet, für die Obdach- und Mittellosen, »die unsichtbare Minderheit«, wie sie in einem Dokumentationsbericht von N4@5 genannt worden waren. Stattdessen befand sie sich an diesem Dienstagnachmittag unter Teenagern, College-Studenten, Müttern mit Kindern und einem oder zwei Geschäftsmännern. Sie lasen Bücher und Zeitungen, strickten, lauschten Walkmans, führten Gespräche oder blickten zu den Fenstern hinaus – wie auch Stevie, die ständig Ausschau nach Erkennungszeichen hielt, die ihr verraten konnten, wo der Mann ausgestiegen war, den Melissa gefilmt hatte. In ihrer rechten Hand hielt Stevie einen Ausdruck des Digitalvideos zum Vergleich.

Die Bushaltestellen zogen vorüber. Die Sitze wurden ständig von anderen Leuten eingenommen. Die Türen öffneten und schlossen sich zischend. Die Summtöne teilten dem Fahrer die Haltewünsche der Fahrgäste für die nächste Haltestelle mit.

Stevie notierte die Fahrtzeiten bis zu den Haltestellen auf einer Touristenkarte. Da das Video Zeitangaben trug, schien ihr das eine Möglichkeit zu sein, jene Haltestelle herauszufinden, an der der Mann ausgestiegen war.

Die Busfahrt zog sich dahin. Die Zeit rückte näher, da sie die Nachrichten im Sender sprechen musste. Nach weiteren zehn Minuten, als sie sich der Freemont-Brücke näherten, erkannte Stevie, dass sie für heute Schluss machen musste. Sie hatte eine Verabredung mit Boldt, um zu besprechen, ob sie die Clips von Mama Lu senden konnte. Obwohl ihr der Gedanke gar nicht gefiel, die Suche vorerst aufgeben zu müssen, stieg Stevie aus, überquerte die Straße und nahm einen anderen Bus zurück zur Innenstadt. Boldt wartete schon auf sie.

55.

Brian Coughlie war von dem Gedanken an Stevie geradezu besessen. Er war sich bewusst, dass die Polizei sie nach dem fehlgeschlagenen Angriff auf ihre Wohnung nun höchstwahrscheinlich unter ihrem Schutz halten würde. Trotzdem setzte Coughlie auch zwei Agenten seiner eigenen Behörde darauf an, Stevie aus der Ferne zu beobachten und ihm nicht nur von jeder ihrer Bewegungen zu berichten, sondern auch darüber, wer sie noch beschattete. Als seine Leute ihm mitteilten, dass Stevie in einen Stadtbus gestiegen sei, reagierte Coughlie verwundert. So sehr er auch darüber nachdachte – er konnte sich nicht vorstellen, warum sie mit einem öffentlichen Verkehrsmittel bis zur Freemont-Brücke und wieder zurück in die Innenstadt gefahren war. Ging es um etwas, das sie von einem der Videobänder hatte? Ein Tipp von einem Informanten? Oder etwas anderes? Noch wichtiger: Wie konnte er sie aufhalten?

Coughlie hatte schon lange nicht geschlafen und dies durch eine reichliche Dosis Amphetamine und so viel Kaffee kompensiert, wie er in sich hineinschütten konnte. Er lebte von einer Nachrichtensendung zur anderen, immer in der Angst, was sie sich als Nächstes ausdenken würde; er diskutierte mit sich selbst über seine Möglichkeiten, ohne dass ihm eine zugesagt hätte. Ihre Nachrichtensendung anzuschauen, kam ihm wie Lepra vor: Er musste beobachten, wie seine eigene Karriere allmählich verfaulte und sich immer mehr Stücke davon lösten.

Noch zwei Tage. Die größte seiner Sorgen blieb die letzte Sendung Illegaler, die noch eintreffen sollte. Doch auch die letzte Entdeckung der Polizei – drei weitere vergrabene Leichen auf dem Hilltop-Friedhof und das, was die Experten daraus erkennen würden – machte ihm zu schaffen. Und Rodriguez war mittlerweile zu einer Belastung geworden.

Noch erschreckender für ihn war jedoch, dass seine Bitte an die Stadtpolizei, ihm Einblick in die Informationen über die Funde auf dem Hilltop-Friedhof zu gewähren, unbeantwortet geblieben war. LaMoia hatte noch nicht einmal zurückgerufen. Was sollte *das* bedeuten?

Er konnte nicht einfach seinen Gewinn zusammenraffen und davonlaufen, auch wenn er es gewollt hätte. Dabei ging es nicht um eine Flucht vor der Stadtpolizei oder einer anderen Behörde, vielmehr machten ihm die chinesischen »Geschäftsleute«, die ihn in der Hand hatten, die größten Sorgen. Vor solchen Leuten lief man nicht weg – unter gar keinen Umständen. Man musste bleiben und die Suppe auslöffeln. Man musste andere in die Schuld am Fehlschlag mit einbeziehen – notfalls, indem man sie mit Wort und Tat verleumdete.

Je mehr Coughlie über dies alles nachdachte, umso stechender wurde der Schmerz hinter seinen Augen, umso trockener seine Zunge. Er musste ein paar Dinge erledigen. Er war zuversichtlich, die Initiative von der

Stadtpolizei zurückzugewinnen und den Schaden zu begrenzen, wenn er seine nächste Ladung ohne Zwischenfall ins Land bringen könnte.

Der Erfolg der nächsten Sendung bedeutete jetzt alles. Sein Leben hing davon ab.

56.

Stevie McNeal richtete sich im Sprecherstuhl gegenüber den drei Roboterkameras auf, während sich eine Salve von Licht, Farbe und Wärme über sie ausschüttete.

Auf Boldts Bitte hin bereitete sie sich nun auf eine Lüge vor; sie würde ihr Sprecherpult zum eigenen Nutzen verwenden und ihr vertrauensvolles Publikum manipulieren, um ihre kleine Schwester zu retten. Wenn das jemals herauskam, war es beruflicher Selbstmord, doch Stevie fühlte sich verpflichtet, alles zu unternehmen, was Melissas Chancen erhöhen könnte – *absolut alles*.

Sie würde den für die Nachrichten vorbereiteten Text unterbrechen und von ihren eigenen Karten ablesen. Dadurch beschwor sie den größten Ärger herauf, wenn die Leiter des Senders jemals herausfanden, dass die Informationen ungenau waren – das künstliche Gebilde einer Stadtpolizei, die verzweifelt versuchte, einen Durchbruch in ihren festgefahrenen Untersuchungen zu erzielen. In den nächsten paar Sekunden würde Stevie ihre ganze Karriere aufs Spiel setzen. Wenn jemals ruchbar wurde, was sie jetzt tat, würde sie noch nicht einmal Arbeit in einem Kuhdorf finden.

Die Stimme des Sendeleiters drang in ihren Ohrhörer: »Alles in Ordnung, Stevie?«

Sie hob als Antwort die Hand, doch ohne die Augen zu öffnen, so konzentriert war sie auf Melissa.

Überraschenderweise musste sie an ihren Vater denken, allein und ungeliebt in einem Veteranenkrankenhaus, der Gnade der US-Bundesregierung ausgeliefert. Sie machte ihm Vorwürfe wegen der Jahre, die sie in New York verbringen musste, und dass er sie einem sexbesessenen Produzenten ausgeliefert hatte, dessen Vorstellungen über den Leistungsbeweis angehender Reporterinnen darin bestand, sie ins Bett zu bekommen. Seit ihrem Weggang von New York hatte Stevie nicht mehr mit ihrem Vater gesprochen. Aber jetzt, wo sie kurz davorstand, auch ihren Vater zu kompromittieren, dachte sie plötzlich an ihn und daran, wie sie ihn nun im Stich lassen und den Namen McNeal beschmutzen würde – und sie erkannte, dass ihr Dad immer noch große Macht über sie hatte, auch von dem entfernten Ort, an dem er sein mochte, im Kampf gegen irgendeine tückische Krankheit. Sie konnte die äußere Verbindung abbrechen, aber nicht die innere Bindung.

»Fünf ... vier ... drei ... zwei ...«

Sie schlug die Augen auf. Der Finger der Regieassistentin war bedrohlich auf sie gerichtet. Trotz des grellen Scheins der Leuchten war Stevie kalt.

»Guten Abend. Sie sind live bei ›Kanal vier um fünf‹. Hier ist Stevie McNeal.«

Jetzt wich sie vom vorbereiteten Text ab:

»Die örtlichen Gesundheitsbehörden haben soeben berichtet, dass das Grippevirus, das für den Tod von mehreren illegalen Einwanderern verantwortlich sein kann – einschließlich dreier Frauen, die vergangenen Monat in einem Schiffscontainer gefunden wurden –, eine viel größere Bedrohung für die Bevölkerung darstellt, als bisher angenommen.«

Corwin erhob sich hinter seiner Konsole in der schalldichten Kabine, winkte aufgeregt zu Stevie hinüber und zeigte auf ein dünnes, rosafarbenen Textblatt, das er in einer Hand hielt und dessen gelbe Kopie vor ihr auf dem Sprecherpult lag, sowie auf den Text, der auf dem Ablesebildschirm unterhalb der Kameralinse stand. Stevie sah ihn nur aus dem Augenwinkel, weil ihre Aufmerksamkeit hauptsächlich auf die Karten gerichtet war, aber auch auf die Kamera mit dem roten Licht. Corwins verärgerte Stimme drang aus ihrem fleischfarbenen Kopfhörer; er versuchte, sie abzulenken, während sie weiter von ihren Karten ablas. Doch Stevie war ein alter Hase und ließ sich nicht aus dem Rhythmus bringen.

»Kanal vier um fünf hat erfahren, dass dieses hoch ansteckende Virus, das grippeähnliche Symptome wie hohes Fieber und Blutandrang auslöst und zu Bronchialinfektion, Magenkrämpfen und Durchfall führen kann, auch verantwortlich ist für den Tod weiterer vier Personen, deren Leichen in der letzten Woche in den Gräbern anderer Verstorbener auf dem Hilltop-Friedhof gefunden wurden. Nach unbestätigten Meldungen breitet sich das Virus schnell unter den illegalen Ein-

wanderern im Internierungslager Fort Nolan der Einwanderungsbehörde aus.«

»Zum Schutz der Bevölkerung haben die Gesundheitsbehörden eine kostenlose Impfungsstelle in der Klinik New Care gegenüber dem Harborview Medical Center eingerichtet. Jede Person, die in direktem Kontakt mit jemandem gestanden hat, bei dem das Virus festgestellt wurde, wird hiermit dringend aufgefordert, bis zu anders lautenden Bekanntmachungen sich täglich in der Zeit von 12 bis 13 Uhr und 20 bis 22 Uhr in der Klinik New Care impfen zu lassen oder speziell für diese Krankheit entwickelte Antibiotika entgegenzunehmen. Sprecher der Gesundheitsbehörde betonen den Ernst der Lage, die systematische Natur der Ansteckung und die Wichtigkeit des Vorbeugungsprogramms. Weitere Informationen bekommen Sie unter der folgenden kostenfreien Telefonnummer rund um die Uhr ...«

Stevie verlas die 888-Nummer, die Boldt ihr gegeben hatte – eine Rufnummer, die direkt mit dem vierten Stockwerk des Gebäudes für Öffentliche Sicherheit verband und sowohl die Funktionen Anruferidentifizierung als auch Anrufortssuche auslöste.

»Und nun zu weiteren Nachrichten des heutigen Tages ...«

Damit kehrte sie zu den offiziell vorbereiteten Nachrichten zurück; der Text auf dem Teleprompter lief zurück zu der Stelle, die Stevie gerade las. Corwin musste bei der ersten Werbeeinblendung etwas von seinem Text wegfallen lassen oder den Wetter- oder Sportbericht kürzen, denn Stevies unerwartete Meldung hatte einige Zeit gekostet, und eine Werbung wurde niemals gestrichen – da hatte der Sender seine eisernen Prioritäten.

Ein erstaunliches Gefühl der Erleichterung durchströmte Stevie. Jede Bemühung, Melissa zu retten, war den Preis wert. Boldts Falle war gelegt. Sie, Stevie, hatte sich mit der Stadtpolizei verbündet. Sie fragte sich, ob sie ihr Sprecherpult noch ein Jahr, eine Woche oder einen Tag behalten würde. Wenn sie ehrlich war, kümmerte es sie nicht; Hauptsache, Melissa kam durch diese 60-Sekunden-Manipulation der Wahrheit zurück.

Dann, in einem plötzlichen Einfall, den sie als Eingebung betrachtete, stand sie vom Sprecherpult auf, als sie ihre Meldungen verlesen hatte, nahm das Mikrofon und den Ohrhörer ab – was ihren Sprecherkollegen Billy Bob Cutler ein wenig ablenkte, aber nicht so sehr, dass er beim Ablesen stockte – und ging von der Bühne. Doch als sie sich nicht in Richtung Garderobe wandte, sondern zum Studio-Ausgang, lief die Regieassistentin ihr nach.

»Mrs. McNeal!«, zischte sie, sodass Stevie anhielt und sich umdrehte. »Ist etwas nicht in Ordnung?«

Jimmy Corwins magere Gestalt erschien in der Tür zur Kontrollkabine und erstarrte dort, als er Stevies Absicht von ihrem Gesicht ablas. Dann sagte er erstaunlich ruhig: »Wenn diese Geschichte stimmt, warum sollte sie dann nicht eingebaut werden?« Corwin war ein Nachrichtenmann. Noch bevor er einen einzigen Telefonanruf machte, wusste er Bescheid.

»Wer ist Ihre Quelle?«, wollte er wissen.

Stevie schaute ihm in die Augen. »Billy Bob wird den Rest von meinem Text sprechen müssen. Er kann das ohne Schwierigkeiten.«

»Mr. Cutler? Die ganze Sendung?«, fragte die Regieassistentin.

Corwin stieß hervor: »Sagen Sie mir, ob diese Geschichte Hand und Fuß hat. Was geht hier eigentlich vor?«

Stevie mochte Corwin und tat ihm – und dem Sender – das alles nicht gern an. Sie holte tief Luft und sagte: »Ich muss dringend zu einem Bus.«

57.

Ich brauche dich. *Pronto*. Sie ist zu früh aus dem Sender verschwunden. Ich stecke hier in Schwierigkeiten.« Coughlie hatte Rodriguez auf dessen Pager die Nachricht hinterlassen, ihn zurückzurufen. Er war ein großes Risiko eingegangen, dabei sein Handy zu benutzen, sah aber keine andere Möglichkeit. Der Anruf war fast umgehend beantwortet worden. Coughlie hörte Kneipengeräusche im Hintergrund und wusste, dass Rodriguez irgendwo bei der »Happy Hour« war und »Kanal vier um fünf« schaute. Sie beide hatten das zur täglichen Routine gemacht.

Er folgte dem BMW zur Innenstadt und fragte sich dabei, was Stevie McNeal nun wieder vorhatte. Zuerst diese Geschichte über die Grippeimpfung, dann ihr plötzliches Verlassen des Senders. Er wusste, wie Rodriguez auf diese Geschichte reagieren würde. Also musste er den Mann mit der Beobachtung McNeals beschäftigen, um ihn davon abzuhalten, die Klinik aufzusuchen. Aus dem Munde McNeals hatte die Geschichte plausibel geklungen, sogar offiziell, aber aus einer Reihe von Gründen war Coughlie äußerst misstrauisch. Beispielsweise hätte man es der Einwanderungsbehörde mitgeteilt, wären die Insassen von Fort Nolan irgendeiner Gesundheitsgefahr ausgesetzt. Mit der Geschichte stimmte etwas nicht, doch Coughlie konnte den Zweck nicht erkennen, der damit verfolgt wurde. In der Furcht vor irgendeiner Falle, einem Trick, musste er Rodriguez von dieser Klinik fernhalten. Der Kerl war in den letzten Wochen verdammt erkältet gewesen, hatte Frauen zum Friedhof gebracht, die an den gleichen Symptomen gestorben waren, und mehrmals geklagt, dass er sich nicht wohlfühle.

Coughlie fürchtete, dass der Mann den Köder schlucken würde. Wenn Rodriguez überhaupt eine Neigung zu etwas hatte, dann galt sie jeder Art von medizinischer Behandlung und Medikamenten.

Rodriguez erwiderte: »Vergessen Sie es. Kann ich nicht tun. Habe Termin.« Der große Kerl zog Rotz die Kehle hinunter. Es klang widerlich.

»Etwa diese öffentliche Klinik? Lass das ja sein! Es ist eine Falle.«

»Habe zu tun.«

»Das ist eine Falle. Die Cops haben die Frau dazu gebracht. Hör zu, ich bin ihr auf den Fersen«, sagte Coughlie, »und brauche Hilfe.«

»Habe zu tun.«

»Jetzt hör mal ...«

Rodriguez unterbrach: »Versuchen Sie später.« Die Verbindung wurde beendet.

»Hallo?«, rief Coughlie, erstaunt, dass der Mann ihn einfach so unterbrach. Das war noch nie passiert. »He!«, rief er, starrte auf das Handy in seiner Hand, hielt es dann wieder ans Ohr und wiederholte: »He!« Nichts.

Stevie parkte den BMW.

Coughlie zog an den Rinnstein und fürchtete schon, er müsse ihr zu Fuß folgen. Seine Gedanken rasten: Rodriguez hatte bei einem Gespräch mit ihm einfach aufgelegt! Die Klinik! Eine Falle!

Stevie McNeal ging zu einer Bushaltestelle und blieb dort stehen. Eine Bushaltestelle? Sie hatte ihm gegenüber erwähnt, dass eines von Melissas Observierungsvideos einen Bus zeigte. Rodriguez war die einzige ihm bekannte Person, die regelmäßig den Bus benutzte. Alles ging auf Rodriguez zurück. Er verabscheute diesen Kerl.

Er versuchte es wieder mit dem Pager. Diesmal summte sein Handy nicht. Kein Rückruf kam.

Ein Stadtbus hielt an der Haltestelle. Leute stellten sich auf. Stevie stieg ein.

58.

Als Stevie sich in der Nähe der hinteren Tür des Busses setzte, ließ sie im Geiste Melissas Videoaufnahmen von dem wuchtigen Mann in der Trainingsjacke mit Kapuze vor sich ablaufen, die zeigten, wie der Mann aus dem Bus stieg. Dann betrachtete sie das kopierte Standbild der Aufnahme, da sie wusste, dass die Erinnerung nicht ihr bester Verbündeter war. Sie hatte diesmal aus ihrer Beobachtung der Buslinie eine Wissenschaft gemacht, indem sie sich den genauen Zeitpunkt, da der Bus von der Haltestelle des Untergrundtunnels abfuhr, und die darauf folgenden Fahrtzeiten notierte, um sie mit der Zeitangabe von zweiundzwanzig Minuten und siebzehn Sekunden auf dem Digitalvideo zu vergleichen. Sie war überzeugt, dass sie hier eine Spur hatte, und wollte ihre Theorie überprüfen, bevor sie sich an die Stadtpolizei Seattle wandte. Zu ihrer gesteigerten Erregung kam noch das Gefühl hinzu, dass sie – so unabsichtlich es auch gewesen sein mochte – ihren Aufpasser abgehängt haben könnte, indem sie den Sender zu einer Zeit durch den Hinterausgang verließ, zu der man angenommen hatte, dass sie eine Livesendung machte.

Ihr Blick fiel immer wieder auf den Ausdruck, den sie im Schoß hielt, mit dem unheimlichen dunklen Abbild des wuchtigen Mannes als verwaschener Fleck an der Bustür, aber mit deutlicher, wenn nicht sogar bezeichnender Ansicht der Hochhäusersilhouette, die durch die Busfenster zu sehen war. Stevie schaute wieder aus dem Fenster und ließ ihren Blick absichtlich verschwimmen, um ihn der vagen Abbildung auf dem Videobild anzupassen. Doch der Hintergrund bot auch auf diese Weise keine Ähnlichkeit mit den verwaschenen Bildern auf Melissas Video. Frustration stieg in Stevie auf, und sie war den Tränen nahe. Sie hatte das Gefühl, kläglich zu versagen: Melissa brauchte sie, doch es gelang ihr nicht, der kleinen Schwester zu helfen.

Wieder stoppte der Bus an einer Haltestelle. Es war die Freemont-Brücke, der Ort, an dem Stevie das letzte Mal umgekehrt war. Wieder schaute sie auf die Videobildkopie und dann nach draußen, mit brennenden Augen, während Niedergeschlagenheit und Kummer sie beherrschten. Wenn Melissa nur wüsste, wie viel sie ihr bedeutete, wie sehr sie sie liebte! Hätte sie sich nur die Zeit genommen, sich mehr mit Melissa zu beschäftigen, sie stärker in ihr Leben einzubinden – vielleicht wären die Dinge dann anders, und sie würde sich jetzt besser fühlen. Aber sie hatte es nun mal nicht getan und bereute es jetzt bitter.

Doch bevor Stevie Zeit hatte, sich weiter in ihre Sorgen zu vertiefen, stieg Brian Coughlie in den Bus.

Er ging bedächtig den Gang zwischen den Sitzen entlang, selbstsicher und entschlossen. Er schaute Stevie direkt an, wandte den Blick nicht mehr von ihr ab. Einen

Moment durchfuhr sie ein Stich der Angst. Wo, zum Teufel, kam *der* denn jetzt her? Was wollte er?

Der Sitz neben ihr war frei. In diesem Moment wünschte sie, er wäre vom ungepflegtesten, stinkendsten Straßenstreicher besetzt, obwohl die Entschlossenheit in Coughlies Augen zeigte, dass auch dies ihn nicht davon abgehalten hätte, sich neben sie zu setzen. Der Bus fuhr wieder an. Coughlie nahm Platz und blickte starr geradeaus.

»Ich habe Ihren Auftritt und Abgang mitbekommen«, sagte er dann, während er immer noch nach vorn blickte. »Auf einem Watchman-Fernseher. Hilfreiches kleines Ding. Ich habe jetzt immer einen bei mir, wohin ich auch gehe. Man könnte sagen, ich bin geradezu nachrichtensüchtig geworden.«

»Was für ein Zufall«, erwiderte Stevie, »dass wir beide in einem Bus zusammentreffen.«

»Das ist ganz und gar kein Zufall«, gab er zur Antwort. »Die Stadtpolypen haben den Anschluss verloren, als sie aus dem Sender stürmten. Nicht meine Jungs. O nein, die nicht. Das ist eben der Unterschied zwischen den Örtlichen und den Bundesbeamten – das merken Sie sich mal. Seien Sie froh, dass wir auf Ihrer Seite stehen.«

»Sie sind mir also gefolgt«, sagte Stevie voller Abscheu.

»Ha, Sie haben doch so viele Leute, die auf Ihren Hintern aufpassen, dass Sie so was wie 'ne Parade anführen können. Sie sind doch 'ne regelrechte Tambourmajorin geworden!« Seine Arroganz beunruhigte sie. Das war ein anderer Mann als der, der vor gar nicht langer Zeit um ihre Zuneigung gebuhlt hatte.

Der Bus rumpelte über ein unebenes Fahrbahnstück. Alle Köpfe hoben und senkten sich gleichzeitig. Stevies Zähne schlugen heftig aufeinander, aber das hatte nichts mit den ruckartigen Bewegungen des Busses zu tun.

»Erzählen Sie mir doch mal von Ihrem Bravourstück.«

»Bravourstück?« Sie war so nervös, dass ihre Beine zitterten.

»War das Ihre Idee oder Boldts? Diese Grippegeschichte ... Ist doch 'ne einfache Frage.« Er wartete, aber sie konnte keine plausible Antwort finden, konnte überhaupt nicht mehr sprechen. »Sie haben berichtet, dass diese Grippe sich in Fort Nolan ausgebreitet hat. Wer hat Ihnen das denn gesagt? Wer ist Ihre Quelle für diese Information? Oder haben Sie das einfach erfunden? Erfinden die Nachrichtensender jetzt ihre Meldungen? Hören Sie, das ist *meine* Spielwiese.« Sein rötliches Gesicht nahm im Licht der Neonröhren an der Decke des Busses einen grünlichen Ton an. »Man wird mir deswegen die Hölle heiß machen, wissen Sie das? Gesundheitsinspektoren – ACLU.« Er spitzte die Lippen und rückte auf dem Sitz nach vorn. »Diese Geschichte ist doch eine dreiste Lüge.«

»Das Amt zur Bekämpfung ansteckender Krankheiten brachte ...«

»Das CDC? Das ist doch Unsinn! Wir hätten das doch vor allen anderen erfahren! Begreifen Sie das denn nicht? Das ist *unsere* Inhaftierungseinrichtung, von der hier die Rede ist. Wir wären zuerst benachrichtigt und die Insassen zuerst geimpft worden. Die haben Sie wohl getäuscht und als Werkzeug benutzt. Oder sind Sie etwa mit von der Partie?«, fragte er ungläubig.

Ihre Blicke trafen sich. Seine Augen waren blutunterlaufen und halb blind vor Wut. Stevie wollte den Bus verlassen. Er hielt, doch sie schaute nicht auf. »Alles, was notwendig ist, um sie zu retten, muss unternommen werden«, sagte sie.

»Es war also Boldts Einfall«, stieß Coughlie hervor.

»Ich wollte Ihnen doch sagen, dass das CDC eine Warnmeldung herausgebracht hat.«

»Und *ich* sage Ihnen, dass das nicht möglich ist. Man hat Sie getäuscht.« Dann schaute er sich um. »Was soll das hier eigentlich bedeuten? Sie und ein Stadtbus – das passt nicht zusammen. Ist es wegen der Videos?«

»Die Polizei fand einen Fahrschein«, log sie. »Es war einen Versuch wert.«

»Wenn die ’nen Busfahrschein gefunden hätten, würden *die* mit dem Bus fahren. Was ist los mit Ihnen? Warum lügen Sie mich an?«

»Warum lassen Sie mich verfolgen? Schutz? Wovor? Vor wem? Oder wollen Sie, dass ich Ihre Arbeit für Sie mache? Eine Bundesdienststelle überwacht eine Reporterin ...«

»Eine Zeugin.«

»Nein, Brian. Nicht ich. Ziehen Sie Ihre Leute von mir ab, oder ich hänge die Sache an die große Glocke.«

»Sie machen einen Fehler – einen *schlimmen* Fehler.«

»Das überlassen Sie mal mir«, erwiderte sie.

»Wie Sie wollen«, antwortete er. Bei seinem Lächeln drehte sich ihr den Magen um. »Machen Sie’s, wie Sie es für richtig halten. Aber denken Sie daran: Manche Fehler müssen teuer bezahlt werden.«

Der Bus stoppte wieder an einer Haltestelle. Coughlie stand auf und stieg aus. Er drehte sich nicht mehr um.

59.

Eine Ermittlerin namens Laura Stowle vom Sittendezernat war in einen weißen Schwesternkittel gesteckt worden, um die Empfangsbedienstete der Klinik zu spielen. LaMoia konnte sich des Kommentars nicht enthalten, dass eine »stramm gefüllte Uniform« eine unwiderstehliche Wirkung auf ihn habe, sodass er bei dieser Gelegenheit Stowle angesichts ihres dunklen, hübschen Gesichts und ihres verführerischen Aufzugs einfach um ein Rendezvous bitten *musste*.

Boldt sagte ihm lediglich, er solle seine Gefühle in der Hose lassen.

Die Klinik hatte sich mit dem Austausch einverstanden erklärt, weil eine Empfangsbedienstete keine medizinische Ausbildung brauchte und auch nicht mit dem übrigen Personal in engerem Kontakt stand, wenn nicht ein Arzt oder ein Sanitäter sich näher für sie interessierte.

»Das einzige Problem mit Stowle bei diesem Einsatz besteht darin, dass sie etwas zu hübsch dafür ist, selbst mit zurückgekämmtem Haar – mehr wie ein Seifenopernstar als eine farbige Mindestlohn-Bedienstete, die man allgemein in diesem Job erwartet«, sagte LaMoia.

»Einmal wird dein großes Maul dir so viel Ärger einbringen, dass du dich nicht mehr herausquatschen kannst«, warnte ihn Boldt.

»Dieses Maul sollte als Waffe registriert werden – wegen dem, was es mit Frauen anstellen kann.«

»Du machst keine Punkte, John. Geh rein und nimm dir einen Stuhl. Du willst Stowle weiter anstarren? Hast meine Erlaubnis. Dann brauche ich dir wenigstens nicht mehr zuzuhören.«

LaMoia nahm für die nächsten zwei Stunden den Stuhl in der hintersten Ecke ein und fragte sich dabei, warum Warteräume immer nur ganz alte Zeitschriften boten und Wanduhren von der Größe einer Pizza aufwiesen. Es setzte ihm ein wenig zu, wie jung die Leute waren, die hier die Dienste der freien Klinik in Anspruch nahmen, und dass es sich bei vielen – auf die eine oder andere Art – um Rauschgiftsüchtige handelte. Siebenmal hatte Stowle die vier verdeckten Ermittler im Gebäude und Boldt im Leitstellenfahrzeug alarmiert. Das Lavaliere-Mikrofon war in ihren dunklen Haaren versteckt; das dünne Kabel verlief ihren Nacken hinunter in ihr Kleid. Es waren sieben verschiedene Personen, die alle wegen einer Impfung mit dem Grippeserum RH-340 kamen – alle Bedienstete im Gesundheitswesen oder Dockarbeiter, die bei der Anlandung des Containers dabei gewesen waren.

Als Laura Stowle LaMoia zum achten Mal das Zeichen gab, erschien ein großer Mann, ein Latino, der eine dunkle Trainingsjacke mit Kapuze trug. LaMoia verbarg sein Gesicht in einer sechs Wochen alten Ausgabe der Zeitschrift *People*. Der Hausmeister mit dem Eimer und dem Mopp kniete sich nieder, um einen Kaugummi von den Steinfliesen zu entfernen. Eine drahtig aussehende Frau in Hotpants und Plateauschuhen holte ihren Lippenstift hervor und schaute in den Spiegel ihrer Puderdose, um einen Blick nach hinten werfen zu können. Eine andere Frau in unauffälliger Kleidung, die hinter Stowle saß und auf einem Computerkeyboard tippte, nahm die Finger von den Tasten und ergriff ihre unter dem Tisch angebrachte Pistole.

Der große, wuchtige Mann wurde gebeten, sich ein wenig zu gedulden. Er setzte sich zwei Stühle von LaMoia entfernt, der die Kühnheit besaß, sich zu ihm hinzuwenden und zu fragen: »Na, wie steht's?«

»Fühl mich beschissen, Mann«, antwortete der andere mit laufender Nase und rauer Stimme.

»Das hört man«, sagte LaMoia und wandte sich wieder seiner Zeitschrift zu.

Nach fünf Minuten wurde dem südländisch aussehenden Mann ein Formular zum Ausfüllen gegeben. Er betrachtete es mit Verachtung. Laura Stowle hatte sich vor ihm aufgestellt und erklärte ihm in gelangweiltem Tonfall, als hätte sie es schon viele Male heruntergerasselt: »Wir brauchen Ihren Namen, die Arbeitsstelle, falls vorhanden, und eine Telefonnummer für die Nachbesprechung. Das ist alles sehr wichtig. Wenn Sie die Ausführung in Spanisch benötigen ...«

»Ja«, sagte der Mann.

Sie kam mit einem anderen Clipboard zurück und sagte auf Spanisch: »Sie können die Frage nach der Krankenversicherung auslassen, weil die Behandlung, um die Sie gebeten haben, kostenlos ist. Die vierte Zeile – Datum der möglichen Ansteckung – ist aber *äußerst* wichtig, weil davon abhängt, wie viel Ihnen von dem Impfstoff gespritzt werden muss. Wiederholte mögliche

Ansteckungszeiten sind für den Arzt nicht von Bedeutung. Der erste mögliche Ansteckungszeitpunkt ist kritisch für die richtige Diagnose und die anschließende Behandlung. Wenn ich Ihnen bei irgendetwas helfen kann ...«

»Sie könnten die Dinge ein bisschen beschleunigen«, warf LaMoia ein. »Oder mit mir auf einen Drink kommen, wenn Sie hier fertig sind.«

Laura Stowle starrte ihn böse an.

Der Lateinamerikaner schnüffelte durch die Nase, hustete und kritzelte seinen Namen in ungelenker, aber lesbarer Handschrift auf das Formular: Guermo Rodriguez.

Stowle kehrte zu ihrem Platz hinter dem Schalter zurück.

LaMoia wurde ein paar Minuten später unter dem Namen Romanello aufgerufen. »Wurde aber auch Zeit«, sagte er und legte die Zeitschrift hin. »Viel Glück, Mann«, fügte er dann zu dem anderen gewandt hinzu. »Du wirst 'n paar Jahre älter sein, wenn sie *dich* aufrufen.«

Rodriguez stand ebenfalls auf und gab das Clipboard mit dem Formular der Empfangsdame, die es an die Typistin am Keyboard weiterreichte, die ihre schussbereite Pistole noch immer am Knie unter dem Tisch hatte.

LaMoia ging durch die Tür und stellte sich im Zimmer neben dem Raum, in dem Rodriguez untersucht werden sollte, so auf, dass er den Zugang zum Hinterausgang des Gebäudes versperrte. Jetzt hatten sie ihn in der Falle. LaMoia wartete ungeduldig auf Meldungen vom Hauptquartier. Die Eingabe des Ambulanzpatienten-Formulars durch die Datentypistin ging nicht zum Archiv der Klinik, sondern an das Kriminalarchiv. Die Überprüfung des Namens Guermo Rodriguez verlief negativ: keine Verhaftungen oder Verurteilungen. Es war auch kein Führerschein oder ein registriertes Kraftfahrzeug festgestellt worden. Ein Guermo Rodriguez existierte nicht. Er war ein Typ, den man sich in einem Stadtbus vorstellen konnte. Wahrscheinlich hatte Rodriguez eine falsche Adresse und falsche Telefonnummer auf dem Klinikformular angegeben, denn er war wohl selbst ein illegaler Einwanderer – was ihn leicht in die Dienste eines korrupten Beamten der Einwanderungsbehörde zwingen konnte. Boldt fragte sich, was die mexikanischen Behörden wohl anhand der Fingerabdrücke und des Namens feststellen würden.

»Das muss unser Mann sein«, sagte Boldt über Funk, wobei seine Stimme die Aufregung verriet. »Das ist eindeutig die Trainingsjacke, die wir auf den Videos gesehen haben.«

Ein paar Minuten später wurde Rodriguez ein Suggestionsmittel injiziert. Man riet ihm, Aspirin zu nehmen und viel Wasser zu trinken. Dann wurde er entlassen.

Als Guermo Rodriguez die Klinik verließ, hatte die Stadtpolizei fünfzehn Beamte in zehn Fahrzeugen auf seine Beobachtung angesetzt – ihr größter Observierungseinsatz in den letzten elf Monaten.

60.

Die Observierungsleute der Stadtpolizei überwachten jeden Schritt Rodriguez', beinahe jeden Atemzug. Sie folgten ihm vorsichtig, zuerst zu einer Nachtdienst-Apotheke, wo er eine Flasche Aspirin, Hustensaft und Nasenspray kaufte, und dann zu »einer Stelle an der Military Road in Federal Way«, wie LaMoia Boldt erklärte, der zur Zentrale zurückgekehrt war, um die Überwachung vom Lagebesprechungsraum aus zu leiten. »Er steigt ins Führerhaus von einem Achtzehnrad-Tieflader und pennt zwei Stunden. Ich glaube, der Laster ist zur Zeit seine Bleibe. Aber dann fährt er damit los. Was sagt dir das, Sarge?«

»Mama Lu hatte Recht mit dem Neumond«, erwiderte Boldt. »Da kommt eine Sendung rein. Morgen? Übermorgen? Jedenfalls bald.« Der Tieflader sollte einen Container transportieren.

»Er fährt ein paar Meilen, parkt den Laster und nimmt einen Snack in einem Mex-Imbiss. Es ist schon nach Mitternacht, aber er zeigt kein Anzeichen von Eile.«

»Seid ihr ganz sicher, dass er da drin ist?«, bohrte Boldt nach.

»Cranshaw sitzt jetzt auch da drin, bei Apfelkuchen und Kaffee. Wir haben ihn in Sicht.«

»Ob er auf jemanden wartet?«, sagte Boldt.

»Vielleicht – oder auf einen Anruf. Sollen wir ihn für ein Schwätzchen reinbringen?«

»Nein«, befahl Boldt. Die Beweise gegen Rodriguez waren nur von untergeordneter Bedeutung – sie reichten nicht aus. In einem Wahljahr würde der Staatsanwalt so etwas nicht vor Gericht bringen. »Ich könnte aber mal versuchen, eine Fangschaltungs-Erlaubnis für das Kundentelefon des Imbissladens zu bekommen ...«

»Na, das wäre doch was!«

»Die Aussichten sind aber gleich Null«, schränkte Boldt ein.

»Hoffen wir, dass die Freundin von diesem Kerl nicht auf Vergnügungen im Führerhaus steht. Dann verschwenden wir hier nämlich unsere Zeit.«

»Hast du nichts anderes als Sex im Kopf?«

»Ach wo«, antwortete LaMoia ungerührt. »Geld gefällt mir auch sehr.«

Am frühen Mittwochmorgen um 3.00 Uhr fuhr der Tieflader mit Rodriguez vom Parkplatz des Imbissladens ab. Boldt wurde aus seinem Schlummer im Lagebesprechungsraum geweckt, wo ein Kojenbett für Ermittler stand. Observierung zu dieser Nachtzeit war schwierig, und da Boldts Antrag auf Fangschaltung abgelehnt worden war, konnte die Stadtpolizei nicht mehr als raten, wen Rodriguez vom Restaurant aus anrief, wie man beobachtete hatte, und ihm unauffällig folgen.

Dreißig Minuten später öffnete er mit einem Bolzenschneider das Tor eines Marinedepots, das – wie sich später herausstellte – zu den 1988 geschlossenen Militär-Stützpunkten gehörte, wodurch die ansonsten starke Wirtschaft des King County einen kurzzeitigen Einbruch hinnehmen musste. Rodriguez fuhr den Tieflader zu einem Dockbereich, wo ein Paar Kräne hoch in den Nachthimmel ragten. Diese Kräne waren es, die die Aufmerksamkeit aller Verfolger erregten.

Fünfzehn Minuten später, als LaMoia und die beiden anderen Ermittler sich zu einem besseren Beobachtungspunkt begaben, wurde Rodriguez gesehen, wie er zu Fuß durch das Seitentor des Marinedepots ging. Kurz darauf zog er ein Motorrad aus einem Gebüsch, mit dem er davonfuhr, ohne das Licht einzuschalten. Das Observierungsteam war darauf nicht vorbereitet, und LaMoia war gerade dabei, die Kette eines Tores durchzuschneiden, das den Zugang zu einer dunklen Landzunge gewährte, die in einen kleinen Wasserarm des Depots hineinragte. Ermittler in unauffälligen Wagen nahmen die Verfolgung auf, doch Rodriguez fuhr von der Straße herunter und verschwand.

»Entwischt?«, rief Boldt ins Telefon.

»Wir haben's vermasselt, Sarge.«

»Ist viel zu milde ausgedrückt«, kommentierte Boldt.

»Ein Motorrad hatten wir nicht erwartet.«

»Versuch jetzt nicht, mein Mitleid zu erregen. Ihr habt unseren Hauptverdächtigen entkommen lassen!«

»Aber wir haben doch noch den Tieflader«, erinnerte ihn LaMoia in einem Versuch, noch etwas zu retten, »und die beiden Kräne. Gaynes ist immer noch an Coughlie dran. Er hat dem Sender einen Besuch abgestattet und fuhr dann eine kurze Strecke in einem Stadtbus. Hast du gehört, Sarge? In einem Stadtbus!« Dann fügte er vorsichtig hinzu: »Dieses Marinedepot *muss* es sein. Ist perfekt, schon wegen der Kräne. Ich lasse eine Suchmeldung für Rodriguez herausgeben, und wir werden auf dem Depot lauern. Wenn wir mit der nächsten Ladung richtig liegen, Sarge, sollten wir uns auf totalen Krieg vorbereiten. Ich denke da an Mulright und die Sondereinsatzgruppe.«

»Ich muss das Hill berichten, John.«

»Verstehe.«

»Bleib am Ball.«

»Jawohl.«

Als die Sonne den schiefergrauen Himmel heraufkroch wie ein Insektenlicht hinter einem Vorhang, schoben drei Männer einen Lieferwagen auf den ausgesuchten Beobachtungspunkt, damit sie den Motor nicht anzulassen brauchten, was auffallen konnte. LaMoia und zwei Techniker stiegen hinten in den Lieferwagen ein – hundemüde, hungrig und gedemütigt. Sie wechselten sich mit Nickerchen von zwanzig Minuten ab, aber nichts half LaMoia. Ein Fehlschlag war die schlimmste Art der Ermüdung.

Die kahle Landzunge mit ihrem groben Kies und Glasscherben war übersät von den Resten kommerziellen Fischereigeräts: Bojen, Maschinenteile, Ausleger, Winden und Meilen beschädigter Netze, die auf riesigen Spulen zusammengerollt waren. Wasser schwappte gegen einen Deich aus großen Steinen, Brocken von ehemaligem Straßenbelag und den Kadavern von Autos und Eisenbahn-Güterwagen. Das Wasser, das einen dunkelgrünen

Farbton besaß, blitzte wie Quecksilber, wenn das Licht der sich durchkämpfenden Morgensonne darauf fiel. Eine leichte, aber stetige Brise erfüllte die Luft mit einem salzigen Meeresdunst.

Um zehn Uhr an diesem Mittwochmorgen erhielt LaMoia über Funk die Meldung, dass seine Leute, die in der Nähe des Tores lauerten, Probleme hatten. Er schlüpfte aus dem Lieferwagen und fragte sich, was da nun schon wieder los sei. Immer wenn er mal nicht da war, gab es Schwierigkeiten.

Das Problem war diesmal der Wachmann einer Sicherheitsfirma mit Namen Collier Security. Er trug eine graublaue Uniform und eine Pfeffersprühdose, wo bei einem Cop die Pistole saß. Das Firmenlogo auf dem Arm der Uniform sah dem der Stadtpolizei verdächtig ähnlich. Auf dem Namensschild über der rechten Brusttasche stand »Stilwill«.

»Also, Mr. Stilwill, was gibt es?«, erkundigte sich ein erschöpfter LaMoia.

»Was ich dem Beamten klarmachen will ... ich habe hier einen Job zu erledigen. Lieutenant.«

»Sergeant«, korrigierte LaMoia.

»Polizisten oder nicht, Sie können sich jedenfalls nicht auf diesem Gelände aufhalten, ohne dass der Eigentümer davon weiß.«

»Wir werden ihn benachrichtigen«, beruhigte LaMoia den Mann. »Zurzeit wäre es aber für alle viel besser, wenn Sie Ihre Runden fortsetzen würden. Vergessen Sie uns einfach. Wir sind gar nicht hier. Das würde uns eine Fahrt in die Stadt und eine Menge juristischen Hickhack ersparen.«

»Hm ... trotzdem. Sie dürfen sich hier nicht aufhalten. Ist Privateigentum, und das Gerät darauf ebenfalls. Haben Sie eine Vollmacht?«

»Wir sind wegen eines dringend Tatverdächtigen hier. Das ist eine wichtige Ermittlung«, entgegnete LaMoia jetzt schärfer, weil er allmählich die Geduld verlor. »Sie haben hier eine klare Wahl, Stilwill – für das Richtige oder das Falsche.«

Ermittler Heiman stieg aus einem Zivilfahrzeug und kam über die Straße gerannt. Atemlos sagte er: »Beim Hafenamt ist die Ankunft von sechs Frachtern für die nächsten zwölf Stunden gemeldet worden. Drei der Schiffe haben zuletzt Hongkong angelaufen.«

»Warten Sie bitte einen Moment, *Detective*«, antwortete LaMoia, dem klar war, dass der Sicherheitsmann es gehört hatte.

Stilwill schaute zum Wasser und auf die Kräne. »Diese Containersache? Sie sind an der Containergeschichte dran?«, fragte er.

»Es handelt sich um eine verdeckte Ermittlung Mr. Stilwill«, erklärte LaMoia und vermied dabei eine direkte Antwort. »Wenn Sie wollen, dass ich etwas Gutes über Sie sage, dann gehen Sie jetzt einfach weiter – sonst wird so viel Scheiße auf Sie runterprasseln, dass Sie daran ersticken.«

Stilwill schaute sich nervös, fast hilfesuchend um.

»Machen Sie jetzt einfach weiter«, wiederholte LaMoia, »und vergessen Sie das hier alles. Hören Sie auch gut zu, Mr. Stilwill?«

»Na klar«, antwortete der Mann, wobei seine Aufmerksamkeit auf den Küstenstrich des Marinedepots gerichtet blieb. »Das da drüben wird schon seit Jahren nicht mehr benutzt. Hab nie irgendwelchen Betrieb dort gesehen. Wo kommt denn dieser Tieflader da her?«

»Versetzen Sie sich doch mal in unsere Lage.«

»Welche Lage?«, fragte Stilwill absichtlich naiv und lächelte LaMoia besänftigend an.

»So ist es schon besser«, sagte LaMoia. Er traute dem Mann nicht.

61.

MITTWOCH, 2. SEPTEMBER
16 TAGE VERMISST

Am nächsten Morgen leitete Live 7, das in der Publikumsgunst an zweiter Stelle hinter N4@5 lag, seinen Morgenbericht mit einer Meldung aus »verlässlicher Quelle« ein, dass die Polizei mit einer massiven Überwachungsaktion beschäftigt sei, die mit der Untersuchung über die illegalen Einwanderer zu tun habe.

Diese Meldung versetzte jeden in Wut – von Sheila Hill, die sich über die offensichtlich undichte Stelle aufregte, bis Jimmy Corwin, der sich schwarz ärgerte, dass dieser Bissen seinem Sender KSTV von der Konkurrenz weggeschnappt worden war. Adam Talmadge beschwerte sich heftig auf dem Dienstweg, dass die Einwanderungs- und Einbürgerungsbehörde weder in solch eine Überwachung einbezogen noch überhaupt davon informiert worden war.

Um 8.30 Uhr an diesem Morgen identifizierte die Sendeleitung den Sicherheitswachmann Clarence Stilwill als die Quelle dieser Information. »Auf Anraten von Rechtsanwälten« sei Stilwill untergetaucht und stehe zu einem Kommentar nicht zur Verfügung.

KPLU, der öffentlich-rechtliche Radiosender, meldete,

dass während dieser Überwachung nicht nur ein möglicher Verdächtiger verloren gegangen sei, sondern dass der vorläufige Bericht des Gerichtsmediziners des King County über die Autopsie der zuletzt auf dem Hilltop-Friedhof gefundenen Leiche, »Jill Unbekannt«, noch am gleichen Tag vorgelegt würde und dass dieser Bericht zusätzliche Informationen hinsichtlich der Untersuchung über die illegalen Einwanderer enthielte.

Politische Schockwellen breiteten sich aus, während eine Leugnung nach der anderen ausgesprochen wurde oder die Antwort »kein Kommentar« erfolgte. Ihr Echo erreichte die Medien und sickerte bis zu den Cafeterien und Fotokopierräumen der Büros durch. Das Verschwinden Melissa Chows und ihre mögliche Entführung waren zu einem gefühlsgeladenen Thema geworden, das von Möchtegern-Politikern, die sich im November um ein Amt bewarben, in ihren Reden aufgegriffen wurde. Als sich das Gerücht verbreitete, dass die Polizei wahrscheinlich den Hintermännern auf den Fersen war, überschlug man sich in den Radio-Talkshows mit den verschiedenartigsten Meldungen, deren Quellen niemand namentlich nennen wollte.

Boldt und LaMoia verspürten den Druck auf beruflicher und persönlicher Ebene. Sie erhielten die Anweisung, die undichten Stellen zu stopfen und den Fall zu lösen. Sheila Hill fasste es für beide wie folgt zusammen: »Bringen Sie uns rechtzeitig etwas für die Sechs-Uhr-Nachrichten, das sowohl den Bürgermeister als auch das Amt für öffentliche Angelegenheiten gut aussehen lässt – irgendetwas, das den Bestien zum Fraß vorgeworfen werden kann und sie satt macht. Finden Sie so etwas nicht, werde ich denen Ihre Versetzungen zum Fraß vorwerfen, meine Herren. Also nehmen sie die Sache nicht auf die leichte Schulter.«

Mit summenden Pagern verließen Boldt und LaMoia das Büro von Sheila Hill und machten sich sofort zu den Souterrainräumen des Gerichtsmediziners in der Harborview Medical Clinic auf. Der bärenhafte Mann führte sie mit langen, eiligen Schritten in sein Büro und schloss die Tür.

»Ich weiß nicht, wie das durchgesickert ist«, entschuldigte er sich, »aber wenn ich es herausfinde, wird der oder die Betreffende hier nie mehr arbeiten. Nie mehr! Und woanders auch nicht!« Er war sonst nicht der Mann, der leicht wütend wurde – deshalb war sein Anblick jetzt umso erstaunlicher.

»Und ich dachte schon, du wolltest mit uns über die Leaks sprechen, die undichten Stellen«, sagte Boldt. Obwohl LaMoia zur Überwachungsstelle im Marinedepot zurückkehren sollte, hatte es dort seit der Flucht von Rodriguez keine Aktivitäten gegeben. »Wie du dir sicher vorstellen kannst, Dixie, haben John und ich heute Vormittag viel zu tun.«

»Nein, nicht solche Leaks ...«, erwiderte Dixon mit einem Lächeln, wobei sein Zorn verrauchte. »Ich meinte *Leeks* – Lauch. Das Gemüse.«

»Lauch. Aha«, sagte LaMoia.

»Genau«, erwiderte der Gerichtsmediziner.

»Genau was?«, wollte Boldt wissen.

»Diese ›Jill Unbekannt‹«, antwortete Dixon. »Das ist

immer so beim ersten Opfer«, sagte er nachdenklich. »Die Fehler, die Hast – immer beim ersten Opfer.«

»Welche Fehler?«, fragte Boldt.

Dixon zeigte auf Boldt und sagte zu LaMoia: »Nimm dir ein Beispiel an ihm. Er ist der beste Mann weit und breit. Er weiß, wo er unterbrechen und was er fragen muss. Er weiß, wann er den Mund halten und andere reden lassen muss.« Er schaute Boldt an. »Also lass mich reden.« Er zog sich hinter den Schutz seines metallgrauen Schreibtischs zurück. Den Rollladen ließ er oben, vielleicht in der Hoffnung, Boldt abzulenken. »Sie hatten ›Jill‹ eingefroren, genau wie ›Jane‹. Sie hatten allerdings mehr Zeit – also haben sie die Frau steif frieren lassen, aber ich glaube, sie hatten vergessen, vorher die Kette abzunehmen. Als sie dann merkten, dass die Kette noch an ihr befestigt war – falls sie es *überhaupt* bemerkten –, mussten sie die Kette an ihrem Körper lassen. Sie begruben sie dann mehr als drei Meter tief in verhältnismäßig kühlem Boden – eine Woche, vielleicht auch zwei oder drei, vor ›Jane Unbekannt‹. Wisst ihr, worauf ich hinauswill?«

»Sie blieb gefroren«, meinte Boldt.

»Vollkommen richtig. Eine Zeit lang jedenfalls. Und das trug dazu bei, dass sie nicht nur erhalten blieb, sondern dass auch ihre Verwesung stark verzögert wurde.«

»Sie blieb da unten gefroren?«, fragte LaMoia.

»Hörst du überhaupt zu? Nein, sie blieb nicht steif gefroren, aber sie war in Erdreich mit einer Temperatur von vielleicht fünf Grad. Ihre Extremitäten tauten zuerst auf, gefolgt von der Epidermis im Allgemeinen. Die Wärme schritt von beiden Enden zur Mitte vor – wie beim Auftauen einer Lammkeule. Aber ihr wisst, wie lange das dauert. Legt man einen zwanzigpfündigen Puter oder eine Lammkeule von fünf Pfund bei, sagen wir, zwanzig Grad auf einen Küchentisch, dauert es den ganzen Tag – manchmal sogar länger – bis es auftaut. Und dann versucht das mal in einem Kühlschrank bei fünf Grad! Wenn man das Stück am nächsten Tag rausholt, hat es gerade angefangen aufzutauen. Versucht man das aber mit einem Menschen von hundertzwanzig Pfund Gewicht ...«

»Verstehe«, meinte LaMoia. »Und von welchem Nutzen sind all diese faszinierenden Einzelheiten für uns?«

»Die Cliff-Notizen, Dixie«, warf Boldt ein.

»Mageninhalt relativ intakt. Viele organische Stoffe, mit denen man arbeiten kann.«

Boldt fragte sich, ob er nicht doch den Vormittag verschwendet hatte.

Dixon fuhr fort: »Ist einem von euch brillanten Fahndern eigentlich schon mal eingefallen, dass diese Leute, wenn sie hundert Frauen eingesperrt haben, um sie als Arbeitssklaven einzusetzen, diese auch irgendwie ernähren müssen?« Er grinste breit. »Aha! Daran habt ihr nicht gedacht, wie ich sehen kann. Habt also das Offensichtliche übersehen. Ihr seid wohl auch zu sehr mit toten Dingen beschäftigt wie ich – aber bei euch sind es tote Beweise, tote Zeugen, tote Spuren –, dass ihr die Situation nicht auf das Offensichtliche bezogen habt: Diese Frauen müssen essen. Und diese hier, ›Jill Unbekannt‹, hat eine knollenartige Wurzel gegessen, eine essbare Zwiebel, die unserem Lauch ähnelt. Offenbar aß sie auch braunen Reis, aber es ist dieser Lauch, der für euch von Interesse ist, denn er ist der beste Beweis, den ihr bis jetzt in diesem Fall habt. Es ist *asiatischer* Lauch, der nicht in unseren Safeway-Läden verkauft wird. Wir haben jedenfalls nichts Vergleichbares auftreiben können.«

»Asiatische Lebensmittel«, murmelte Boldt, den diese Information faszinierte.

LaMoia meinte: »Mama Lu ist hier die Königin der asiatischen Lebensmittel. Was wollt ihr wetten, dass sie den Auftrag hat, die Lebensmittel für diese Leute zu liefern? Deshalb weiß sie auch so viel darüber, aber ist nicht so direkt beteiligt, dass sie uns fürchten muss.«

»Eine ›bescheidene Geschäftsfrau‹«, zitierte Boldt. »Das hat Mama Lu mir immer wieder unter die Nase gerieben.«

62.

Mrs. McNeal, ich bin's, Roy«, hörte sie eine bekannte Stimme, die sie aber nicht einordnen konnte, aus ihrem Handy. Stevie war im Moment mehr an der Eiscreme interessiert, die sie beim Zimmerservice bestellt hatte, als an diesem Anruf.

»Roy?«

Chopper Roy nannten sie ihn; er machte Stoßzeit-Verkehrsberichte für die Morgennachrichten von »Kanal vier um fünf« vom Hubschrauber aus. Jetzt, nachdem Stevie sich daran erinnert hatte, kam ihr die Stimme umso bekannter vor.

»Ja, Roy, was gibt's?«

»Der Sender hat mir Ihre Handynummer gegeben. Ich hoffe, Sie haben nichts dagegen, aber ich dachte mir, Sie wollen das hier hören.«

»Was hören?« Sie rutschte auf der Couch nach vorn und schob das Eis zur Seite. Ihr Herz schlug plötzlich schneller. Was hatte der Hubschrauberpilot zu berichten?

»Ich hab da 'nen Freund, Sam Haber, der arbeitet beim FBO für die Siebener SkyCam.«

Kanal sieben also. Die Konkurrenz. Schon mochte Stevie es nicht.

»Sam macht die Wartung und ist auch für die Ausrüstung zuständig. Hat mich angerufen, um 'ne Verabredung zum Spiel der Mariners abzusagen, das wir uns zusammen anschauen wollten, weil er den Vogel von Kanal sieben mit so 'nem Hightech-Infrarot-Apparat ausrüsten muss, den die für die Jagd auf ein Schiff brauchen – heute Nacht. Einen der Jungs, die diese Ausrüstung haben wollen, hörte er sagen, dass sie unseren Sender jetzt bei unserer eigenen Geschichte schlagen wollen, weil die Cops alle möglichen Fragen beim Hafenamt gestellt haben. Dachte mir, das würde Sie interessieren.«

»Ein Schiff«, wiederholte Stevie und kritzelte ein paar Notizen auf eine weiße Leinenserviette. »Unsere eigene Geschichte also.«

»Uns bei unserer eigenen Geschichte ausstechen, ja!«

»Wissen Sie etwas über diese Ausrüstung?«

»Nur, dass es kein Standard ist, sondern ein hochempfindliches Infrarotgerät. Sam sagte, dass so 'ne Art Professor von der Uni die eingebaut hat. Sie mussten den Hangar verdunkeln, um die Linsenkappe abnehmen und das Gerät prüfen zu können, so empfindlich ist das Ding. Tageslicht kann es zerstören! Der Bursche hat Sam angeschnauzt, weil er eine Tür aufgemacht hatte und Licht reinkam. Sam war verdammt sauer, kann ich Ihnen sagen. Sonst hätte er's mir wohl auch nicht erzählt. So ist Sam nun mal – der revanchiert sich, wenn man ihn anschnauzt.«

»Die machen also Jagd auf ein Containerschiff«, stellte Stevie fest. »Können wir denen noch irgendwie Steine in den Weg legen?«

»Scheißt der Papst in den Wald?«, erwiderte der Hubschrauberpilot.

»Machen Sie Ihren Vogel fertig.«

»Wird gerade aufgetankt.«

Als Stevie das Gespräch schon beenden wollte, dachte sie daran, wie sie ihren verschiedenen Bewachern entkommen könnte.

»Roy«, fragte sie, »gibt es Gebäude in der Stadt, auf deren Dach Sie landen können?«

»Können Sie zum Columbia SeaFirst kommen?«

»Geben Sie mir eine Nummer, unter der ich Sie erreichen kann«, erwiderte sie. »Ich werde Sie von dort anrufen.«

63.

LaMoia hatte sich so weit vorgewagt wie nie zuvor; er konnte bestimmte Gesetze nur umgehen, indem er Ermittler einsetzte, die auf die Überstundenbezahlung verzichteten und über ihre Einsätze schwiegen. Die Hauptperson war Bobby Gaynes, die so unbeirrbar treu zu Boldt stand, dass sie mit ihrem Auftrag nicht das geringste Problem hatte: Sie sollte einen Bundesagenten rund um die Uhr observieren, obwohl sie wusste, dass eine solche Überwachung Sondergenehmigungen, die Bildung eines Sondereinsatzkommandos und die Benachrichtigung der Leitung von Stadtpolizei und der betreffenden Bundesbehörde erforderte. Für LaMoia war so etwas allerdings nichts Neues. Als er sich durch die unteren Dienstränge quälte, nannte man ihn den »Beuger«. Dieser Spitzname besagte, wie er mit Gesetzen umging, und drückte Achtung aus, rief bei den Kollegen aber auch eine gewisse Distanz hervor. Alle wollten, was LaMoia ihnen beschaffen konnte – Informanten, Unterlagen von Bankkonten, Steueraufzeichnungen –, aber keiner wollte wissen, wie er sich diese Unterlagen beschaffte. LaMoia machte das nichts aus. Es festigte seinen Mythos.

LaMoia hatte keine Beweise gegen Brian Coughlie, nur einen tief verwurzelten Verdacht, der sich auf eine Anzahl unerklärlicher Zufälle gründete. Doch ohne Beweise konnte er keinen Fall aufbauen. Und aus rechtlicher Sicht war es nicht illegal, einer anderen Person zu folgen oder sie zu beobachten, solange die beobachtete Person sich nicht bedroht fühlte oder ihre Privatsphäre als verletzt ansah. Der Bundesstaat Washington hatte kein strenges Gesetz gegen Bespitzelung, aber ihr jetziges Vorgehen verlangte die Einhaltung bestimmter Kriterien, denen sich LaMoia und Gaynes einfach entzogen.

Bobby Gaynes rief von einer öffentlichen Telefonzelle an, um die Funkwellen des Handybetriebs und die begierigen Mithörer von Polizeifunk-Scannern zu vermeiden. LaMoia und Gaynes standen in einer Beziehung, die von respektvoller Distanz geprägt war. Seine Schürzenjägerei war schon so legendär, dass Gaynes ihm in dieser Beziehung geschickt auswich. Ihre Ermittlungsfähigkeiten und ihr Ansehen in Boldts innerem Kreis aber waren entscheidend für die so wichtige hohe Aufklärungsquote von LaMoias Gruppe. Sie begegneten einander mit einigem Respekt und trafen sich nie privat.

»Schießen Sie los«, sagte LaMoia, nachdem er sich auf den Beifahrersitz des Überwachungs-Lieferwagens gesetzt hatte, der immer noch mit Blick auf das Marinedepot geparkt stand. Trotz des Medienrummels früher an diesem Tag waren – soweit LaMoia und die anderen erfahren konnten – Fernseh- und Presseleute noch nicht darauf gekommen, wo genau die Überwachung eines Marinedepots stattfand.

»Ich glaube, ich habe ihn verloren.«

»Verloren?«

»Sagte ich doch«, gab sie verärgert zurück. »Er parkte und ging ins Rathaus«, berichtete sie.

»Ins Rathaus?«

»Das sagte ich doch!«, wiederholte sie. »Ist jetzt schon eine halbe Stunde her. Ich fürchte, er ist mir entwischt. Muss durch einen anderen Ausgang gegangen sein. Hat seinen Wagen hier stehen lassen.«

»Haben Sie das dem Sarge schon gesagt?«

»*Sie* haben doch die Leitung«, erinnerte sie ihn.

LaMoia fühlte sich nicht ganz wie der Leitende Ermittler und war sich auch nicht sicher, ob er sich jemals so fühlen würde. Er wusste nicht, ob es an Boldt oder seiner eigenen Persönlichkeit lag. Er war Boldt zu lange in dessen Fußstapfen gefolgt, um diese Gewohnheit aufgeben zu können. Nur seit letztem Jahr, als Boldt zur Abteilung Information und Überwachung der Kripo Seattle versetzt worden war, hatte er sich wie sein eigener Herr gefühlt. Aber jetzt, wo sie beide im Dezernat Gewaltverbrechen wieder vereinigt waren – Titel hin, Rang her – war es wieder »Sarge« Boldt, der die Show leitete, und niemand beschwerte sich darüber, am wenigsten LaMoia. Boldt kehrte nie den Vorgesetzten heraus; das hatte er nicht nötig. Er besaß den richtigen Riecher – eine Nase dafür, welcher Weg als nächster einzuschlagen war – und Führungsqualitäten. Der Mann hatte eine Aufklärungs- und Bewertungsrate von achtundachtzig Prozent – schon zehn Jahre lang und offenbar für alle Zeiten. LaMoias Quote lag bei vierundsechzig, und er war stolz darauf, denn das konnten andere, die schon Mitte vierzig waren, kaum vorweisen. Bobby Gaynes lag bei siebzig Prozent, bildete sich aber nichts darauf ein. Als einzige Frau im vierten Stock, die das goldene Abzeichen der Kriminalpolizei trug, war sie klug genug, nicht mit irgendeiner ihrer Fähigkeiten zu protzen. Sie kleidete sich so, dass ihre Körperformen nicht betont wurden, blieb keinem eine Antwort schuldig und konnte so viel Bier wie der Durchschnittsbulle trinken. LaMoia mochte sie, obwohl er hoffte, dass man es ihm nicht anmerkte. Wenn es zu Untersuchungen kam, fühlte er sich nicht wie der Leitende Ermittler, sondern wie der kommandierende Sergeant. In dieser Hinsicht war er unerschütterlich.

Er dachte laut: »Eine halbe Stunde im Rathaus ist doch eigentlich nicht lange bei diesen Drohnen da. Er könnte leicht noch drin sein.«

»Ja, könnte. Ist aber auch möglich, dass er sich aus den Nachrichten von heute Morgen zusammengereimt hat, dass er unter Beobachtung steht. Vielleicht wurde er auch von Schuldbewusstsein ergriffen und trifft Vorsichtsmaßnahmen. Soll ich mal nachsehen?«

»Nee, nicht weggehen! Immer sein Auto im Auge behalten. Ich komme gleich dorthin. Wir machen das beide. *Ich* werde mich mal drinnen umschauen. Wo stehen Sie denn genau?«

Sie sagte es ihm.

Er schlüpfte aus dem Überwachungswagen und machte sich auf den Weg in die Innenstadt.

LaMoia fing bei der Personenstandsstatistik an, denn er dachte sich, dass Sterbeurkunden der direkteste Weg waren, sich eine neue Identität zu schmieden, und dass Coughlie vielleicht hoffte, auf diese Weise einfach verschwinden zu können.

Coughlies Beschreibung rief keine Erinnerung bei der ostasiatischen Frau hinter dem ersten Schreibtisch hervor, und erst dann kam ihm in den Sinn, dass eine oder einer von diesen Geringverdienern mit einem Agenten der Einwanderungsbehörde unter einer Decke stecken könnte.

Dann versuchte er es bei *Staatseigentum-Steuerurkunden* – nur weil es die nächste Tür auf dem Gang war. Eine Tür nach der anderen: Die Bediensteten hinter den Empfangsschaltern waren meist Asiaten, Lateinamerikaner oder Schwarze; Weiße gab es kaum. LaMoia machte der Schmelztiegel nichts aus, solange jeder, der im Rathaus arbeitete, Englisch sprach, sich an die Geschwindigkeitsgrenze von 55 Meilen hielt und seine Steuern zahlte. Ihm gefiel das Wohlfahrtsprinzip nicht, und er hatte was gegen die Lebensmittelmarken, die an Arme ausgegeben wurden. Das musste zwangsläufig zur Korruption führen, um richtig zu funktionieren. Besser war es, die Schaufel oder den Kugelschreiber in die Hand zu nehmen und sich an die Arbeit zu machen, so wie die meisten anderen auch. *Das* war das Amerika, für das er seine Polizeimarke trug. Ein Trip durch die Gänge eines Rathauses konnte einen da schon aufregen.

Coughlie war nirgends zu sehen.

Auf dem nächsten Gang gab es noch einmal fünf Türen – überall das Gleiche. Zu viel Papierkram, zu viele Genehmigungsstempel, zu viele Hände unter dem Tisch, die begierig auf Geldscheine waren. Es bedrückte ihn.

Noch einmal ging es Marmortreppen hinauf. Wer, zum Teufel, konnte sich eigentlich Marmor leisten?

Die Tür zu *Zulassungen/Lizenzen* war nur durch einen Gummikeil blockiert. Hinter dem langen Schalter stand eine matronenhafte schwarze Frau, die einen Pullover strickte und ihre ergrauenden Haare offensichtlich nicht färben wollte. Sie hatte den Ausdruck einer Erstklassenlehrerin oder Bibliothekarin einer Stadtbücherei.

»Polizei«, stellte LaMoia sich vor und zeigte seine Dienstmarke. Als er ihr Brian Coughlies Beschreibung vorbetete, unterbrach sie ihn.

»Meinen Sie den Agenten der Einwanderungsbehörde, der eben hier war?«, fragte sie.

»Ja.« Coughlie hatte sich also als ein Agent der Einwanderungsbehörde zu erkennen gegeben, was LaMoia als schlechtes Zeichen wertete, denn man musste ja annehmen, dass Coughlie sich unschuldig fühlte. Er wollte jetzt endlich Klarheit haben, wollte den Mann entweder von seiner Liste der Verdächtigen streichen oder nicht. Nur raten wollte er nicht länger.

»Was wollte der denn hier?«, fragte LaMoia.

»Baugenehmigungen«, erwiderte sie. »Hat da drin etwa 'ne halbe Stunde gesucht.«

»Neuere, ältere?«

»Neuere. Sagte, dass auf den Baustellen oft illegale Einwanderer beschäftigt werden – fürs Grobe, wie er sich ausdrückte. Und er sagte, dass Baugenehmigungen eine gute Fahndungsquelle für die Einwanderungsbehörde sind.«

Das machte Sinn. LaMoia wurde noch niedergeschlagener. Sein Verdacht schmolz dahin. »Dann haben Sie ihn also schon vorher gesehen?«, fragte er sicherheitshalber.

»Wer, ich? O nein – niemals.«

»Sind Sie denn neu in dieser Abteilung?«

»Na hören Sie mal, Sie wollen mir wohl schmeicheln!«, erwiderte sie. »Ich habe hier schon achtzehn Jahre auf dem Buckel.«

»Da sind vorher also andere Agenten von der Einwanderung gekommen, ja?«

»Hierher? Nie – jedenfalls keiner, der sich als solcher zu erkennen gab.«

LaMoia überlegte alles sorgfältig und bat sie dann, ihm die Unterlagen zu zeigen, die Coughlie sich angeschaut hatte.

LaMoia brauchte zwanzig Minuten, um genau die gleichen Baugenehmigungen durchzusehen wie Brian Coughlie, aber konnte keine Verbindung zu seinem Fall entdecken. Er betrachtete alles aus jedem Winkel: Lage, mögliche Verbindung mit Mama Lu. Doch er fand nichts.

Dann stellte er ein Dutzend Fragen, auch die, ob Coughlie sich auf eine bestimmte Genehmigung konzentriert und bestimmte Fragen gestellt hatte. Doch die Frau konnte ihm nicht helfen.

Er fühlte, dass die Verbindung zu dem Fall greifbar vor ihm lag, konnte sie aber nicht entdecken. So beschloss er, erst einmal aufzugeben.

»Also, wohin jetzt?«, fragte Gaynes.

»Ich muss zum Observierungsposten zurück«, erwiderte LaMoia vom Beifahrersitz ihres Chevy. Er würde sich an so eine Karre nicht gewöhnen. Kein Stil, nichts Besonderes.

Er brachte ihr einen Becher Mokka, und sie schien gerührt, dass er wusste, wie sie ihn mochte. Sie schlürften beide laut. Der Kaffee war heiß.

»Und was soll *ich* machen?«, wollte sie dann wissen.

»Versuchen Sie's doch mal in seinem Bau. Gehen Sie zu seinem Büro. Lassen Sie sich irgendeinen Vorwand einfallen, wenn's nötig ist. Versuchen Sie, ihn zu finden. Halten Sie mich auf dem Laufenden. Wenn Sie zum Gebäude für Öffentliche Sicherheit zurückkommen, schauen Sie doch mal beim Labor rein. Der Doc sagte, er habe die Beweise über die ›Jill Unbekannt‹ an Lofgrin weitergegeben. Ich möchte wissen, wie weit die damit sind und wie es kommt, dass wir noch nichts von ihnen bekommen haben.«

»Was macht denn der Sarge?«

»Der ist wieder beim Geplänkel mit Mama Lu. Der könnte was haben – wenn wir ihn je wiedersehen.«

»Machen Sie darüber keine Witze«, tadelte sie ihn. »So was geht mir auf den Wecker.«

»Wer macht denn Witze?«, entgegnete LaMoia und nahm einen letzten geräuschvollen Schluck aus dem Plastikbecher, bevor er ausstieg.

64.

Wir arbeiten doch zusammen, Mr. Boldt?«, fragte Stevie McNeal über Handy.

»Wenn es nach mir geht, ja.« Doch in Gedanken war Boldt bei Mama Lu und dem Standort der Sklavenwerkstatt. Wenn die »Große Dame« nicht mitmachte, wäre ihre einzige Chance, Melissa zu finden und die Werkstatt zu zerschlagen, dahin. Er dachte an die für diese Nacht erwartete Schiffsladung. Stevie McNeal und ihre zahllosen Probleme waren Boldts Gedanken zurzeit fern.

»Zusammen nach dem Motto: Was ich habe, hast auch du – und umgekehrt.«

»Ja«, bestätigte Boldt, dessen Gedanken immer noch abschweiften.

»Was ist mit der Überwachung, von der berichtet wurde? Wie sind denn Ihre Aussichten auf Erfolg?«

»Bis die darüber berichtet haben, waren unsere Aussichten recht gut, würde ich sagen.«

»Und jetzt?«

»Nicht mehr so toll«, erwiderte er.

»Da wird doch was erwartet«, bohrte sie nach. »Eine Containerladung?«

Jetzt war er ganz bei der Sache. Woher hatte sie das? »Schon möglich«, gab er zu. »Wir wissen nicht genau, wann. Immerhin würde irgendeine Zeit um Neumond herum strategisch Sinn machen.« Dann fügte er hinzu: »Wir dachten, das Ausladen wird an einem verlassenen Marinestützpunkt erfolgen – bis es heute Morgen durchgesickert ist. Das hat uns einen Schlag versetzt. Ehrlich gesagt, inzwischen sind wir nicht mehr so sicher.«

»Wie ist denn jetzt Ihr Plan?«

Sein Verstand wollte ihn davon abhalten, dies mit ihr zu besprechen – *sag den Medien nichts davon!* –, doch seine Zunge setzte sich darüber hinweg. »Wir hatten vor, die Landung aus Verstecken zu beobachten und der Sendung zu folgen. Wir dachten, wir könnten dabei nicht nur die Sklavenwerkstatt und die Hintermänner finden, sondern vielleicht auch Melissa Chow.«

»Und jetzt, wo das an die Öffentlichkeit gedrungen ist?«, wollte sie wissen.

»Ein Schritt nach vorn, zwei zurück. Wir überwachen den von uns ausgesuchten Ort immer noch, aber ich glaube, die lecke Stelle hat uns einen Strich durch die Rechnung gemacht.«

»Also spüren Sie allen einlaufenden Frachtern nach«, stellte Stevie fest. Reporter und Polizisten dachten auf die gleiche Weise.

»Frachter, Tanker, Fischdampfer ...« Er zögerte. »Jedes Schiff, das in den nächsten sechsunddreißig Stunden in den Hafen einläuft. Von besonderem Interesse sind dabei diejenigen, die vorher Hongkong angelaufen haben. Ich werde zum Hafenamt fahren, und wir nehmen jedes Schiff genau unter die Lupe«, bestätigte er, obwohl seine Wangenmuskeln angespannt waren und seine eigene Stimme für ihn fremd klang. »Drei Schiffe, die für heute Nacht angekündigt sind, kommen in die engere

Wahl – alle haben Kowloon angelaufen. Das stimmt mit der *Visage* überein. Wir gehen nach Verdachtsmomenten mit der größten Wahrscheinlichkeit.«

»Das tue ich auch, und meine Verdachtsmomente sagen mir, dass Sie dabei wieder bloßgestellt werden«, warnte sie ihn. Dann erzählte sie ihm, was sie über die bevorstehende Aktion des Hubschraubers von Kanal sieben erfahren hatte.

Bold blieb eine Weile stumm, um seine Gedanken zu ordnen, die plötzlich ein Gewirr von Bestürzung und heller Wut waren. Die Medien *berichteten* also nicht mehr nur über Fälle, sie *griffen darin ein.*

»Wir haben nicht mehr viel Zeit«, warnte sie ihn.

»Ich höre.« Seine Kehle war trocken und kratzig, sein Ärger brach sich Bahn.

»Keiner – nicht Sie und auch nicht der Bürgermeister – können ein Nachrichtenteam daran hindern zu berichten.«

»Glauben Sie mir, ich bin mir dessen bewusst«, erwiderte er.

»Konkurrenz ist eine wundervolle Sache. Die Infrarottechnik hat aber ihre Grenzen: Sie kann kein Licht vertragen. Wenn wir – ich meine, mein Team – genug Licht auf die Infrarotkamera scheinen ließen, könnten wir das Gerät blenden. Wir würden die Leute natürlich wütend machen, aber wir würden damit gegen kein Gesetz verstoßen. Es wäre nur das Austricksen eines Nachrichtenteams durch ein anderes. Verstehen Sie?«

»Sie wollen also eine Liveberichterstattung sabotieren?«

Die Leitung knisterte von statischen Geräuschen. »Ich

werde Melissas Chancen erhöhen«, sagte Stevie. »Wenn die den Frachter live in die Nachrichten bringen, kann sonst was passieren. Wenn Leute in Panik geraten, sind sie unberechenbar.«

»Stimmt.«

»Wenn Sie beim Hafenamt wären, würde das helfen. Ich brauche Sie, damit Sie mir den genauen Standort dieser drei Frachter mitteilen«, schlug sie vor. »Vielleicht können wir den Hubschrauber von Kanal sieben in die Irre führen.«

Boldt blieb stumm.

»Sie müssen mir vertrauen«, sagte Stevie.

Eine Woche zuvor hätte er es wohl nicht getan, aber sie waren jetzt zwei Teile ein und desselben Puzzlespiels. Also erwiderte Boldt: »Geben Sie mir noch mal Ihre Nummer. Ich rufe Sie vom Hafenamt aus an.«

65.

LaMoia hielt vor einer roten Ampel neben einer Hochhausbaustelle. Da er immer auf der Suche nach einem hübschen Paar Beine oder einem Busen als Blickfang war, bemerkte er, wie ein Baukran Stahlträger hob. Die Ampel wechselte auf Grün. LaMoia fuhr an den Straßenrand, schaltete das Blinklicht ein und dachte nach. Und wenn es nun stimmte, dass Coughlie an der Sache beteiligt war? Wenn der Mann Verdacht geschöpft hatte, dass die Polizeiüberwachung, von der in den Nachrichten berichtet worden war, auf seinem Containerlandepunkt stattfand, dem Marinedepot? Es waren nur noch ein paar Stunden bis zum Einlaufen der Containerschiffe, bis zur Ankunft eines neuen Containers mit Illegalen, und die Kranverleihfirmen wurden von der Stadtpolizei genau überwacht – was Coughlie wusste. Welchen Ausweg würde er da suchen? Die Antwort lag auf der Hand: Er würde nach einer Baustelle am Ufer suchen, an der es einen Kran gab. LaMoia klappte sein Handy auf und wählte. Die Stadtpolizei konnte solche Baustellen binnen Minuten überwachen.

66.

Ein leichter Regen schlug an die Kunststoffglashaube des Verkehrsüberwachungs-Hubschraubers; von innen, über das Röhren der Rotorblätter hinweg, hörte es sich an, als würden Kiesel gegen Blech geworfen. Stevie McNeal konnte sich nicht an den Abgrund gewöhnen, der sich unter dem Boden aus Kunststoffglas unter ihr auftat. Halb von Übelkeit gepackt und halb im Adrenalinrausch schwebte sie hoch über den weißen Wellenkappen, und beängstigend schnell huschten graue Wolkenfetzen vorüber.

Boldt stand am Radargerät der Hafenbehörde. Alle siebzehn Sekunden wechselte das Bild des runden schwarzen Schirms mit den Echos von sämtlichen Schiffen, deren Deck mehr als einsachtzig über die Wasseroberfläche ragte oder das einen Radarreflektor trug, wie die meisten Sportboote. Die 1.100 Seemeilen lange Küste des Puget-Sunds war voller Radaranlagen, die sämtliche Daten hierher sandten, zwei Meilen südlich der Innenstadt. Es gab vier solcher Bildschirme, die alle Wasserstraßen erfassten, von der Strait of Juan de Fuca bis zur Küste der Elliott Bay. Die sechs Männer und Frauen in dem abgedunkelten Raum verfolgten die Bewegungen von Handelsschiffen, die sich in Richtung des Hafens von Seattle bewegten, vierundzwanzig Stunden am Tag, sieben Tage die Woche.

»Wenn sie in unseren Radarbereich einlaufen, Lieutenant Boldt«, erklärte der Mann mit dem militärischen Haarschnitt, »identifizieren sie sich, und wir versehen sie dann mit einer elektronischen Kennung – etwa so, wie die Flugsicherung es mit einem Luftfahrzeug macht. Der einzige Unterschied ist, dass die Schiffe sich viel langsamer bewegen. Da es jedoch in Bewegung befindliche Massen von Zehntausenden von Tonnen sind, die ein bis drei Meilen brauchen, um zum Stehen zu kommen, müssen wir höllisch aufpassen. Die meisten, wenn nicht alle, haben Verträge mit Schleppern, um sie in den Hafen zu bringen. Wir verfolgen sie auf dem Bildschirm, um festzustellen, wann der günstigste Zeitpunkt ist, um jede Möglichkeit eines Zusammenstoßes auszuschließen. An der Spitze der kommerziellen Nutzung dieser Wasserstraßen haben wir noch mehr als zwei Dutzend Fähren in regelmäßigem Betrieb, dazu Vergnügungsschiffe, militärische Wasserfahrzeuge, die Boote der Küstenwache und mehr als zehntausend registrierte Sportboote. Das alles hält uns mächtig auf Trab.«

»Die Schiffe *Hana, Zeffer* und *Danske*«, zählte Boldt auf, wobei er seinen Notizblock näher an die Augen hielt, um ihn im trüben Licht des fensterlosen und abgedunkelten Raums besser lesen zu können, »sind alle erfasst. Der Grund, warum ich hier bin ...«

Der Mann mit dem Militärhaarschnitt nickte. »Ja, die *Hana* hat Geräteausfall gemeldet und gebeten, die Schifffahrtsstraßen verlassen und sich näher an die Küste halten zu dürfen.«

»Ist das üblich?«

»Es kommt vor.«

»Aber es ist nicht *üblich?*«, bohrte Boldt nach.

»Da draußen ist schon alles passiert, was Sie sich denken können: Brände, Explosionen, Zusammenstöße und noch viel mehr. Wenn ein Geräteausfall den Verkehr zu verlangsamen droht oder einen Engpass hervorruft, dann müssen wir es aus dem Verkehr nehmen.«

»Die *Hana* hat Hongkong angelaufen, nicht wahr?«, vergewisserte sich Boldt.

»Alle drei Schiffe – *Hana, Zeffer* und *Danske,* wie wir Ihnen gemeldet haben.« Er zeigte auf ein kleines Echozeichen auf dem Bildschirm, unter dem eine sechsstellige Zahl leuchtete. »Die *Hana* war die erste von den dreien, die in unseren Erfassungsbereich einlief. Sie ist Nummer sechstausendvierhundertzwölf dieses Jahr. Hat bis jetzt alles vorschriftsmäßig gemacht, sodass wir keinen Grund zur Klage haben. Aber einige von diesen Kapitänen können richtige Arschlöcher sein, das kann ich Ihnen sagen. Eingebildet wie sonst was. Wenn *die* da also aus der Straße raus will, darf sie es.«

»Das ist doch ein Containerschiff, nicht wahr?«

»Richtig.«

»Und wenn sie erst mal aus der Schifffahrtsstraße raus ist, was dann?«, wollte Boldt wissen.

»Um ehrlich zu sein – unsere Aufmerksamkeit gilt den Schifffahrtsstraßen. In einer normalen Nacht passen wir wenig oder gar nicht auf die Schiffe auf, wenn sie ihre Fahrt verlangsamt haben, an einem Schlepper hängen und aus dem Weg sind.«

»Aber so ein Schiff ist noch auf dem Bildschirm, nicht wahr?«, bemerkte Boldt.

»Natürlich. Aber ansonsten gilt, aus den Augen, aus dem Sinn. Verstehen Sie?«

»Und wenn ein ungeplanter Halt gemacht wurde? Würden Sie das hier merken?«

»Warum sollte ein ungeplanter Halt gemacht werden?«

»Ich brauche einen genauen Standort. Eine Lage nach dem globalen Positionsbestimmungssystem.«

»Eine GPS-Position? Sie lernen schnell«, erwiderte der Mann, offensichtlich beeindruckt. Er nahm ein Blatt Papier und kritzelte eine Reihe von Zahlen darauf, obwohl es ziemlich dunkel war. Boldt konnte die Zahlen nicht erkennen.

Als die Leuchten der *Hana* schwach, aber sichtbar auf der Backbordseite des Hubschraubers erschienen wie eine Gruppe blasser Flecken auf einem ansonsten schwarzen Hintergrund, legte der Pilot den Chopper in eine Kurve. »Kontakt«, sagte er zuversichtlich. Der »Himmelskamera« genannte Hubschrauber von Kanal sieben, der ab und zu über den Flugsicherungsfunk zu hören gewesen war, kam jetzt auch in Sicht – eine Gruppe blinkender Lichter, auf die sie ihr Pilot aufmerksam machte. Er schwenkte den Helikopter geschickt so, dass sie einen besseren Blick hatten, und schoss dann durch den Regen nach unten und nach rechts, wie ein Drachen, der den Auftrieb des Windes verloren hat und immer weiterstürzt.

»Werden die uns sehen?«, fragte Stevie in ihr Mikrofon. »Der Frachter darf uns nicht sehen! Wir dürfen sie nicht aufschrecken.«

Der KSTV-Techniker, der mit seinen Geräten auf dem Rücksitz saß, meldete: »Ich habe sie erfasst.« Er reichte Stevie ein kleines Farbbildschirmgerät von der Größe eines Taschenbuchs. Auf dem kleinen Monitor sah Stevie die Umrisse des Schiffes als eine Collage schillernder Farben. Eine orangegelbe Welle verlief wie ein angezündeter Papierfächer über das Bild. Stevie konnte nicht lange auf den Monitor schauen, denn dabei wurde ihr noch übler, als ihr ohnehin schon war.

Unter ihr wuchs der Frachter von der Größe eines Kinderspielzeugs zu etwas Dunklem, Bedrohlichem, während der Regen stärker prasselte und die Decke dicker Wolken wie Wasser auf einem Abfluss wirbelte.

Die *Hana* war voll beladen mit zwölfhundert Containern, von denen jeder die Größe eines Frachtwaggons besaß. Einige Hundert waren hoch auf Deck gestapelt und mit Ketten von der Dicke eines Oberschenkels sowie Spannschlössern gesichert, deren Hebel nur zwei starke Männer bewegen konnten. Mit den 17 Meter hoch aufragenden Containern sah das Schiff aus, als würde es jeden Moment kentern.

Der Techniker warnte: »Sie bereiten sich vor, live zu senden, sonst würden keine Bilder erscheinen.«

Stevie fragte den Piloten: »Können wir zwischen die und das Schiff fliegen, ohne gesehen zu werden?«

»Nicht mit den Leuchten«, antwortete er und legte einen Schalter um, sodass die Lampen erloschen. Der Hubschrauber war nun ohne jegliche Stroboskopbeleuchtung.

»Ist das erlaubt?«

»Nee!«

»Könnte Sie das den Flugschein kosten?«

»Ganz bestimmt.«

»Sind wir noch sicher?«

Der Hubschrauber sank so schnell, dass Stevie nach einem Halt griff.

»Hängt davon ab«, antwortete der Pilot laut in den Kopfhörer.

»Wovon?«, fragte sie nervös.

»Von dem, was *die* machen«, erwiderte er und zeigte auf den anderen Hubschrauber, unter den sie flogen.

»Warte mal«, sagte der Techniker, »ich glaube, die senden jetzt.«

»Gehen Sie dazwischen!«, rief Stevie. Sie konnte nicht zulassen, dass Kanal sieben das Schiff preisgab und damit Boldts Bemühungen zunichte machte. Melissa!, dachte sie. »O Gott!«, schrie sie. »Machen Sie schnell!«

Der kleine Monitor in ihrem Schoß zeigte das Wasser dunkelgrün und die Umrisse des Schiffs in tiefem Schwarz. Das Kielwasser war eine flammend-orangene Spur und die Leuchten an Bord blassgelb.

Sie fragte den Techniker: »Was bedeutet dieser rote Fleck da am Heck?«

»Ich glaube, das ist der Maschinenraum«, antwortete er. »Deren Maschinen müssen ja schon am Kochen sein. Die hellgelben Punkte sind wahrscheinlich Besatzungsmitglieder auf Deck. Das dunklere Gelb davor sind wohl Leute im Ruderhaus.«

»Und das da?«, wollte Stevie wissen und deutete auf eine viel größere Masse von blassem Gelb vor der Schiffsmitte.

»Das kommt aus einem Container«, erklärte er.

»Also könnten es Menschen in einem Container sein?«, fragte sie.

»Jedenfalls ist es Wärmestrahlung«, erwiderte er. »Die Quelle? Kann ich nicht sagen.« Er griff an seinen Kopfhörer. »Halt mal! Sie senden jetzt. Hören Sie!« Er legte einen Schalter um, und Stevie hörte aus ihren Kopfhörern die einleitende Stimme der Reporterin. Auf dem Bildschirm erschienen das dunkle Wasser und ein großer, rechteckiger Fleck von unbestimmter Farbe. Der Bildschirm flimmerte.

»Diese Störungen ... das sind wir«, sagte der Techniker stolz.

»Machen Sie sie blind!«, befahl Stevie dem Piloten. Der Hubschrauber schwenkte langsam nach rechts und zielte auf die blinkenden Stroboskopleuchten unmittelbar unter der Wolkendecke. Beide Hubschrauber blieben über dem Heck der *Hana,* wo es unwahrscheinlicher war, dass sie von der Besatzung gehört und gesehen wurden.

Die Reporterin sagte live: »Ohne Infrarot kann man kaum die auf diesem Schiff gestapelten Container sehen, aber in wenigen Sekunden werden wir Ihnen zeigen, was das bloße Auge nicht erkennen kann! Wir sind der Meinung, dass die Wärmestrahlung eines der vorderen Container von illegalen Einwanderern herrührt. Als

Nächstes sehen sie ein Infrarotbild des gleichen Schiffes – die Farben Gelb und Rot stellen Wärmequellen dar. Kanal sieben wird in der nächsten Stunde diesem Schiff bis zum Hafen folgen.«

Der Videoschirm ging zur Infrarot-Abbildung über.

»Jetzt!«, rief Stevie.

Der Pilot riss die Nase des Hubschraubers hoch. Er schaltete einen hellen Scheinwerfer ein, der den anderen Helikopter in weißes Licht tauchte. Auf dem Bildschirm sah es wie ein blendend roter Blitz aus, der den Blick auf das Schiff unterbrach.

»Treffer!«, rief der Techniker.

»Sie sind blendend«, lobte Stevie, »im wahrsten Sinne des Wortes.«

Das Bild auf dem Schirm schien zu brennen und von den Kanten her zu schmelzen, bis es völlig weiß wurde.

Die Stimme der Nachrichtenreporterin wurde verärgert und besorgt wie die einer alten Dame, welcher der Nachbarshund die Blumenbeete zerwühlt. Kanal sieben hatte ein paar Sekunden lang das Infrarotbild eingefangen, sodass es jetzt noch einmal gesendet wurde. Dazu lieferte die Reporterin eine Erklärung der Ereignisse.

Stevie fragte den Piloten, ob es möglich sei, über Funk mit dem anderen Hubschrauber zu sprechen. Er warnte sie, dass es schnell gehen müsse, legte einen Schalter an der Konsole um und bedeutete ihr, einen Knopf zu drücken, wenn sie sprechen wolle, und ihn loszulassen, um zu hören.

»Jetzt?«, fragte sie.

Er nickte.

»Julia?«, sagte Stevie ins Mikrofon und meinte dabei die Reporterin von Kanal sieben. »Hier Stevie McNeal. Ist dir eigentlich klar, was du gerade getan hast – und immer noch tust? Dass es hier um Menschenleben geht? Das ist eine laufende polizeiliche Untersuchung! Begreifst du, welche Folgen diese Bilder haben?«

»Warst *du* das, die gerade unsere Aufnahmen vermasselt hat? Du neidische Ziege!«

»Sie können nicht länger sprechen«, warnte der Pilot, als die Flugsicherung den Hubschrauber auf dieser Frequenz anfunkte.

Die andere Reporterin schrie ins Mikrofon: »Wir werden dich verklagen!«

Der Pilot murmelte: »Die werden mir den Flugschein wegnehmen.«

Stevie nahm widerwillig den Finger vom Knopf.

»Schauen Sie mal!«, rief der Techniker und reichte Stevie ein Nachtsichtfernglas nach vorn. »Ich glaube, die da unten haben uns entdeckt!«

In dem unheimlichen, grünen und schwarzen Sichtfeld des Fernglases beobachtete Stevie, wie die Besatzung des Schiffes eilig nach vorn zu den aufgestapelten Containern lief.

»Die machen sich an den Ketten zu schaffen!«

Ein halbes Dutzend Matrosen beeilte sich, den obersten Container zu lösen.

Der Techniker sagte: »Sie werden ihn über Bord kippen!«

Die Winde klemmte, als erst vierzig Fuß Kabel abgelaufen waren. Die Besatzung arbeitete wie besessen, um diese Störung zu beseitigen. Nichts auf der *Hana* funktionierte mehr. Es war schon ein Wunder, dass sie noch schwamm.

Eine Gruppe von vier Mann trat in Aktion. Sie trugen eine fünf Meter lange und ungefähr dreißig Zentimeter dicke Planke auf den Schultern und kletterten damit auf den benachbarten Containerstapel. Dort angekommen, schoben sie die Planke unter den obersten Container und hängten sich an die Planke, um zu versuchen, den Container so zu heben, dass er von Bord fiel.

Bei der ersten starken Neigung des Containers schaukelte das Schiff. Der Container drehte sich und hing teilweise frei über dem dunklen Wasser. Eine der Planken brach, und einige der Männer fielen aufs Stahldeck. Das Schiff neigte sich nach Backbord, und der Container schwenkte wie von Geisterhand fast den ganzen Weg zurück.

Eine einzelne Gestalt kletterte den Stapel hinauf und machte sich mit einem Bolzenschneider an der riesigen Tür zu schaffen, während der Regen stärker wurde.

»Er lässt sie raus!«, rief der Techniker.

»Wir müssen etwas tun!«, schrie Stevie verzweifelt.

»Was geschehen ist, ist geschehen«, meinte der Pilot.

Tief unten schwangen die Flügel der riesigen Containertür auf. Dicke Bündel Stoff in Kunststoffhüllen fielen auf Deck. Dunkle Gestalten flüchteten aus dem Container. Die ersten fielen zehn, zwölf Meter auf das Deck hinunter. Eine Frau sprang ins dunkle Wasser.

»Folgen Sie ihr!«, rief Stevie. »Rufen Sie die Küstenwache! Verdammt noch mal, wenn die doch nur nicht ...« Sie ertappte sich dabei, wie sie die Medien rügte, so wie auch sie und ihr Team oft gerügt worden waren. Mehrere andere Illegale kletterten an den Containerwänden hinunter, offenbar von dem Gedanken an Flucht besessen und voller Furcht und Entsetzen. Da sie in der Überzahl waren, konnten die Besatzungsmitglieder sie nicht aufhalten.

Der Hubschrauber von Kanal sieben sank zum schwarzen Wasser hinunter und schwebte über dem Schiff. Stevie und ihre Leute blieben über der Frau zurück, die über Bord gesprungen war. Aus dem Funkgerät hörte man Rufe nach der Küstenwache. Nun würde *Hana* niemals in den Hafen einlaufen und die Polizei weder zur Sklavenwerkstatt noch zu Melissa führen. Die Medien hatten alles zunichte gemacht.

67.

Berichte der verdeckten Observierungsgruppen, die an den beiden von LaMoia bei dessen Besuch im Rathaus ermittelten Baustellen eingesetzt worden waren, deuteten darauf hin, dass die Containerladung am Ladeplatz Delancy Avenue Wharf eintreffen sollte. In der letzten Stunde waren drei Wagen, in denen ostasiatische Männer saßen, in der Gegend beobachtet worden. Sie kreisten wie hungrige Bussarde. Fünfzehn Minuten zuvor waren zwei dieser Männer über den Zaun der Baustelle geklettert, hatten den Kran kurzgeschlossen und angelassen, womit sie gegen eine Reihe von Gesetzen verstießen. Boldt erlaubte sich die schwache Hoffnung, dass sein Team noch eine Chance hatte.

Er war in der Radarstation des Hafenamts gewesen, als LaMoia ihm über Handy von der Aktion von Kanal sieben und der Flucht der Illegalen aus dem Container berichtet hatte. Die Idee, der *Hana* zu folgen, war nicht nur ein Fehlschlag gewesen, es war auch nichts auf dem Marinedepot beobachtet worden. Trotz dieser Rückschläge schien Delancy Avenue Wharf immer noch die beste Möglichkeit zu sein, an den Einschleusern, den »Kojoten«, dranzubleiben. Eine letzte Chance für Boldt und sein Team.

Boldt wies LaMoia an, das Marinedepot zu verlassen

und sich in die Innenstadt zu begeben. »Setz dich mit der Einwanderungsbehörde in Verbindung«, befahl er ihm. »Wenn es nicht anders geht, ruf Talmadge zu Hause an. Sag ihm, dass wir Verhaftungen an der Delancy Avenue vornehmen und jemanden von der Einwanderung bei den Verhören dabeihaben möchten, damit kein Verdacht auf Interessenkonflikt aufkommen kann.«

»Wo?«

Boldt wiederholte den Ort und fügte hinzu: »Das ist keine Einladung.«

»Coughlie?«, fragte LaMoia.

»Man kann nicht ohne Köder angeln«, erwiderte Boldt. »Du glaubst doch wohl nicht, dass *Talmadge* zu dieser Nachtzeit dorthin kommen wird?«

»Das kann man nie so genau wissen.«

»Und wenn Coughlie dort auftaucht, bleib an ihm kleben, John.«

Während er den Chevy zur Delancy Avenue fuhr, blieb Boldt in Funkkontakt mit den Kripoermittlern Heiman und Brown. Irgendwann in all den Jahren bei der Polizei hatte er sich angewöhnt, sich die Teilnehmer im Funkverkehr vorzustellen – er sah im Geiste, wie sie sprachen.

Heiman beobachtete den Kran der betreffenden Baustelle. Brown folgte einem der drei verdächtigen Autos unauffällig und in ziemlich großer Entfernung. Als Brown berichtete, dass der Wagen in Gegenrichtung wendete, wusste Boldt intuitiv, dass diese Kerle über den Livebericht im Fernsehen informiert worden waren.

Da der Wagen fünf Blocks von der Delancy Avenue entfernt war und auf sie zufuhr, gab Boldt den Befehl zur Verhaftung, während er selbst zur Unterstützung dorthin jagte. Die beiden Kerle, die den Kran kurzgeschlossen hatten, standen ganz oben auf seiner Liste der gewünschten Verhaftungen – und das machte er Heiman auch unmissverständlich klar.

Er wollte die beiden Kerle im Verhörzimmer haben. Trotz des Umstands, dass asiatische Bandenmitglieder den Ruf hatten, schweigen zu können wie ein Grab, glaubte Boldt, dass er ihre Zungen lösen könnte, wenn er ihnen erst mit einer Klage wegen mehrfachen Mordes drohte, was bei einer Verurteilung die Todesstrafe einbringen würde.

Der Funkverkehr erregte wieder seine Aufmerksamkeit. Während der von Brown verfolgte Wagen zurück zur Delancy Avenue brauste, meldete Heiman, dass die beiden Kranbesetzer diesen wieder verlassen hatten und zurück zum Zaun liefen. Zur gleichen Zeit meldete ein Streifenwagen, der zur weiteren Unterstützung herbeigerufen worden war, dass er in eine Hochgeschwindigkeitsjagd verwickelt worden sei und selbst Unterstützung brauche. Die Bandenmitglieder waren klug genug, sich in verschiedene Richtungen zu zerstreuen, was die vorhandenen Polizeikräfte schwächte. Einen Häuserblock vor der Delancy Avenue Wharf, als Boldt um die letzte Ecke fuhr, erschien plötzlich eine dunkle Figur verschwommen im Lichtkegel der Scheinwerfer. Er trat instinktiv auf die Bremse und riss den Zündschlüssel heraus. Aus dem Augenwinkel sah er Heiman zu Fuß in die Gegenrichtung laufen. Er hörte die Sirene eines

Streifenwagens und das Knallen von Pistolenschüssen. Er hasste dieses Geräusch.

Boldt sprang aus dem Chevy und rannte der Gestalt hinterher. Der Bursche lief schnell und bog in eine Gasse ein, in die Boldt ihm folgte. Hinter ihm hatte ein Streifenwagen eines der verfolgten Autos gestellt, die Insassen lieferten sich mit den Cops einen Schusswechsel. Ein Adrenalinstoß verzerrte Boldts Zeitempfinden. Schon hatte er die Pistole in der rechten Hand. Die undeutliche Gestalt vor ihm, die soeben um eine weitere Ecke rannte, war alles, was jetzt für ihn zählte. In der Ferne heulten Sirenen, als zusätzliche Unterstützung kam.

Der Bursche lief um eine weitere Häuserecke. Boldt hörte seine eigenen Schuhe auf den nassen Asphalt klatschen. Wieder waren Schussgeräusche weit hinter ihm zu hören. Auch Boldt bog um die Ecke – und blieb stehen. Eine Sackgasse. Ziegelsteinmauern zu beiden Seiten, und am fernen Ende die Betonwand eines Gebäudes. Ein Müllcontainer und ein paar abgestellte Möbelstücke zu seiner Linken, ein Haufen schwarzer Plastikmüllsäcke und Schutt zur Rechten. Die Sackgasse war vielleicht sieben Meter lang. Die schmiedeeiserne Feuerleiter war leer. Die Sirenen näherten sich immer noch.

Boldt erkannte, dass er diese Sache hier allein erledigen musste. Er dachte an Miles und Sarah und daran, wie viel Zeit er ihnen schuldig war, wie viele Jahre sie alle noch zusammen vor sich hatten. Er dachte daran, durch wie viel Freude, Schmerz und Leid er und Liz zusammen gegangen und wie weit sie gekommen waren. Er bewegte sich schnell nach links, bis seine Schulter die

Ziegelmauer streifte, die Waffe schussbereit in der rechten Hand. Er roch Urin, schales Bier, Müll und Öl. In der Ferne hörte er den Schusswechsel wie das Fernsehgerät eines Nachbarn durch die Wohnungswand.

»Polizei!«, rief er scharf, wobei ihm bewusst war, dass dieser Ruf ihn am offenen Ende der Sackgasse zu einer Zielscheibe machte.

Plötzlich war es unglaublich still. Schweiß prickelte auf Boldts Kopfhaut, und sein Mund war trocken. Er hatte sein Leben in dieser Stadt verbracht und nicht die Absicht, hier zu sterben. Die offenen Gräber auf dem Hilltop-Friedhof tauchten vor seinem geistigen Auge auf. Sie schienen ihn zu rufen. Alle die kleinlichen Intrigen und Finten schrumpften plötzlich auf ihren wahren Wert zusammen. Dies hier war die *wirkliche* Polizeiarbeit. Dies war »der Moment« – das ständige Ablaufen von Sekunden, die jede eine Lebenszeit wert waren. Es war der rohe, nackte Terror.

»Wir haben zwei Möglichkeiten«, rief Boldt, der keine Schießerei wollte. »Die eine besteht darin, dass Sie mit erhobenen Händen aufstehen und lebend hier rauskommen. Die andere ist, dass sie mit den Füßen zuerst in einem Leichensack herausgetragen werden. Dazwischen gibt es nichts. Hören Sie die Sirenen? Ein paar hitzköpfige junge Uniformierte, die darauf brennen, ihre Waffen auszuprobieren, werden Ihre Situation bestimmt nicht verbessern. Hören Sie mir zu! Ich bin die beste Chance, die Sie jemals haben werden, hier lebend rauszukommen.«

Stille.

Boldt holte ein paarmal tief Luft. Der Verfolgte konnte sich hinter dem Müllcontainer oder in dem Haufen von Müllsäcken und Schutt zu seiner Rechten versteckt haben.

Er schlich nach vorn, die Blicke ständig umherschweifend: Müllcontainer, Schutt, Müllcontainer, Schutt. Am liebsten hätte er sich umgedreht und wäre gegangen. Der Bursche konnte überall sein.

Seine Hand am geriffelten Griff der Pistole schwitzte. Das Blut rauschte in seinen Ohren. Es war so verdammt *dunkel* in dieser Gasse.

Boldt erreichte den Müllcontainer und klemmte sich zwischen diesen und die Mauer in eine Ecke. Er war jetzt nass geschwitzt. Zwar hatte er nicht gehört, dass der Bursche in den Container gesprungen war, doch er konnte diese Möglichkeit nicht ausschließen.

Er schaute zum Eingang der Sackgasse zehn Meter hinter ihm, die fast ohne Deckungsmöglichkeit war.

»Haben Sie Brüder?«, rief er. »Schwestern? Jemanden, der Ihnen etwas bedeutet?«

Stille.

»Sie brauchen sich nicht zu zeigen. Lassen Sie mich erkennen, wo Sie sind, damit ich nicht auf Sie schießen muss. Verstehen Sie? Ich will es nicht, aber ich werde es tun. Sie kommen da nicht raus. Sie können nicht an mir vorbei!«

»Scheiße!«

Schnelle Schritte. Ein dunkler Fleck löste sich von dem Haufen Müllsäcke, rannte gebeugt und unglaublich schnell.

Boldt blieb nur eine Möglichkeit. Er senkte die rechte Schulter, schätzte die Entfernung und stürmte mit einem lauten Schrei, der den Kerl ablenken sollte, auf ihn zu. Am anderen Ende der Sackgasse holte er ihn ein, prallte gegen ihn. Beide stürzten in zwei, drei Metern Abstand zu Boden. Der Bursche sprang sofort auf. Boldt stürmte erneut auf ihn los und schlug zu. Der Bursche ging wieder zu Boden. Boldt strauchelte vorwärts und sah das Schimmern einer Messerklinge. Er feuerte einen Warnschuss ab, während er sich zur Seite warf. Die Klinge stieß an der Stelle, wo Boldts Brust gewesen war, ins Leere. Boldt trat nach dem Gegner, und der wurde nach hinten geschleudert. Der Strahl einer Taschenlampe fiel auf die gegenüberliegende Ziegelmauer. Unterstützung kam.

Der Bursche warf den rechen Arm nach hinten, um das Messer zu schleudern. Boldt schoss, traf aber nicht. Noch ein Schuss, der wieder fehlging. Das Messer wirbelte durch die Luft und schlug dicht neben Boldts Kopf an die Ziegelmauer. Der Bursche rannte fünf Schritte, sah, wie die Strahlen der Taschenlampen ihn erfassten, und warf sich der Länge nach mit ausgestreckten Armen und Beinen auf den mit Urin getränkten Unrat der Gasse.

»Sie sind verhaftet«, rief Boldt und gab sich damit seinen eigenen Leuten zu erkennen.

»Ich nichts getan!«, brüllte der Bursche.

Boldt griff nach den Handschellen. Dies hier war *seine* Verhaftung – kein anderer sollte daran teilhaben.

68.

Wer immer die Klimaanlage des Verhörzimmers konstruiert hatte, war entweder kein großes technisches Genie gewesen oder hatte Verhörern und Verhörten eins auswischen wollen. »Der Kasten«, wie das größte der Zimmer genannt wurde, roch leicht nach Tabakrauch und stark nach säuerlichem, bitterem Körpergeruch, der mit der Panik und dem Verlust der Freiheit einherging. »Der Kasten« war relativ klein, die Wände in gedeckten Farben gestrichen. Im Innern stand ein Tisch, der am Boden festgeschraubt war und ungezählte Zigarettennarben aufwies, sowie – für diesen Abend – drei Fiberglasstühle, auf denen der Verdächtige, Daphne Matthews und Boldt saßen.

Boldt war sich des Zeitdrucks bewusst. Da die Polizei ihre ausgeworfenen Netze immer mehr einzog, die *Hana* von der Küstenwache beschlagnahmt war und von der Einwanderungsbehörde untersucht wurde und die Bandenmitglieder sich in Haft befanden, musste die Sklavenwerkstatt so schnell wie möglich gefunden werden. Boldt hatte noch einmal Mama Lu besucht, während LaMoia Ermittler darauf angesetzt hatte, Kontakt mit den Mitarbeitern im Lagerhaus für asiatische Lebensmittel aufzunehmen, das einer der Firmen Mama Lus gehörte. Letztendlich aber war Boldts beste Chance, die Sklavenwerkstatt zu finden, dieses Verhör.

LaMoia hatte Talmadge in dessen Wohnung angerufen, wie Boldt ihm befohlen hatte. Zu aller Überraschung und Enttäuschung war es Talmadge selbst, nicht Coughlie, der zum Gebäude für Öffentliche Sicherheit gekommen war, um dem Verhör beizuwohnen. Talmadge sah blass und sichtlich erschüttert aus, obwohl er nichts sagte, seinen Zustand zu erklären. LaMoia stand mit ihm auf der anderen Seite des Spiegels und beobachtete Boldt und Matthews bei ihrer Befragung. LaMoia richtete seine Aufmerksamkeit aber nicht auf das Verhör, sondern auf den erschüttert wirkenden Adam Talmadge.

Für Boldt und Matthews war die Zusammenstellung zu einem Verhörteam vergleichbar mit zwei Sängern, die sich zu einem Duett vereinigten. Sie hatten es oft genug getan, um sich lediglich mit Körpersprache und leichten Veränderungen der Stimme zu verständigen. Als Psychologin tendierte Matthews dazu, sich auf die menschliche Seite des Verhörs zu konzentrieren, während Boldt das Vorhandensein physischer Beweise benutzte, um ständig mehr Druck auszuüben.

»Sie sitzen ganz schön in der Tinte«, sagte Boldt zu dem Burschen.

Es war ein Chinese Anfang zwanzig mit einem Nacken wie ein Wasserbüffel und stechenden Augen. Seine Zähne waren schlecht, und er hatte schon an zu vielen Kämpfen teilgenommen, denn Narben verliefen von seinen Mundwinkeln zur Nasenwurzel und den Augenwinkeln. Er versuchte, ein trotziges Gesicht zu machen, doch der Schweiß auf seiner Oberlippe und sein leicht gerötetes Gesicht verrieten seine Angst.

Daphne sagte: »Sie sind hier ganz allein in diesem Zimmer und werden auch in der Gefängniszelle ganz auf sich allein gestellt sein – aber wir wissen, dass sie nicht allein an der Sache beteiligt sind.«

»Ich nichts gemacht habe, du Ziege!«

Boldt beugte sich vor, als wollte er auf den Burschen einschlagen – eine gute Schau. Daphne streckte die Hand aus, um ihn aufzuhalten. »Guter Bulle, schlechter Bulle« oder »süß und sauer« nannten sie das. Boldt rasselte eine Liste von Anschuldigungen herunter, einschließlich tätlicher Angriff auf einen Polizeibeamten und vor allem Mordversuch. Letzteres bewirkte, dass der Verdächtige heftig zu blinzeln anfing.

Boldt sagte: »Ihre Vorstrafen nehmen zweieinhalb Seiten ein. Ihr Name erscheint auf einer Liste unserer Bandenbekämpfungstruppe. Sie haben gegen Ihre Bewährungsauflagen verstoßen. Wenn irgendein Richter einen Blick darauf wirft, können Sie sich auf was gefasst machen.«

»Dann wir warten einfach ab«, erwiderte der Bursche. »Du hast Liste, ja, du Bock?«, sagte er zu Boldt. »Dann wirst du sehen, wie viel ich wirklich abgesessen.« Er grinste. »Ziege und Bock – ein tolles Paar ihr zwei.«

»Sie glauben also, Sie können sich rauswinden? Denken Sie, jemand kümmert sich auch nur einen Dreck um Sie und steht für Sie ein?«, sagte Boldt.

Der Bursche grinste wieder.

Boldt ließ die Bombe früher explodieren, sodass Daphne mit der Arbeit beginnen konnte. »Wir übergeben Sie an die Bundespolizei, Freundchen – wegen des Transports illegaler Einwanderer, schwerer Körperverletzung, Freiheitsberaubung, Vergewaltigung und dreier Morde. Dazu kommen zahlreiche Fälle von Teilnahme an organisierten Verbrechen.«

Das Gesicht des Burschen ließ sein Erschrecken erkennen. Vielleicht hatte Coughlie oder einer wie er die Bande in der Vergangenheit abgeschirmt. Mit Schmiergeld, das an bestimmte Rechtsanwälte gezahlt wurde – sogar unter dem Tisch an Richter –, waren die Gangster schweren Strafen entgangen. Das würde diesmal nicht der Fall sein. Boldt hatte sich große Mühe gegeben sicherzustellen, dass die Stadtpolizei diesen Verhafteten unter ihren Fittichen behalten würde.

»Nach der Verhandlung vor einem Bundesgericht und nach der Verurteilung zu wer weiß wie vielen Malen lebenslänglich«, fuhr Boldt fort, »werden Sie wieder den Strafverfolgungsbehörden des Staates Washington übergeben und weit entfernt vom King County wegen des Angriffs und versuchten Mordes an einem Strafverfolgungsbeamten vor Gericht gestellt.«

Daphne tippte Boldt auf die Schulter. »Das letzte Verbrechen wird mit der Todesstrafe geahndet.«

»Giftspritze«, bemerkte Boldt dazu, »obwohl viel davon geredet wird, dass das Hängen wieder eingeführt werden soll.«

Die glänzenden schwarzen Augen des Burschen wanderten zwischen Boldt und Daphne hin und her wie bei einem Tennismatch. »Das alles Lügen!«

»Warten Sie's ab«, entgegnete Boldt. »Sehen Sie diesen Spiegel da? Auf der anderen Seite steht ein Bundesagent. Bundesstaatsanwälte sind auf dem Weg hierher. Das ist nämlich politisch, müssen Sie wissen. Nichts ist schlimmer, als in einem politischen Fall verstrickt zu sein. Das können Sie mir glauben. Jeder muss eine gute Figur machen, und das geht nur, wenn jemand den Preis dafür zahlt. Und das sind Sie, Mr. Tan.«

»Wir machen Ihnen das Angebot«, sagte Daphne, »in diesem Fall mit uns zusammenzuarbeiten. Sie haben dann den Lieutenant in der Sackgasse nicht angegriffen, sondern wollten weglaufen. Das ist sehr zu Ihren Gunsten.«

»Ich bin ja weggerannt!«, stieß der Bursche zu Boldt gewandt hervor. Der aber blieb unbewegt.

Daphne fuhr fort: »Sie haben mit einem Messer geworfen, aber vielleicht verloren Sie das Gleichgewicht, und das Messer fiel Ihnen aus der Hand. Begreifen Sie, worauf ich hinauswill?«

Er verstand nicht viel. Während Tan Daphne zuhörte, konzentrierte er sich auf Boldt, denn er war sich bewusst, woher die Gefahr für ihn kam. »Ich ließ Messer fallen«, wiederholte er wie ein gut dressierter Papagei. »Verlor Gleichgewicht.«

»Das kann wirklich eine Menge erklären«, sagte Daphne, »und könnte Ihnen beim Aufbau einer Verteidigung helfen, aber es würde sich nicht auf die Beschuldigungen nach dem US-Bundesgesetz erstrecken – und das ist Ihr größtes Problem. Sie und Mr. Wong sind zurzeit unsere beiden einzigen Verdächtigen. Der eine war der Anführer, und der andere folgte ihm. Wenn wir herausgefunden haben, wo die Verantwortlichkeiten liegen, werden die Anklagen auf Einbruch und Hausfriedensbruch zusammen mit den anderen erhoben, die alle unglücklicherweise darauf hindeuten, dass Sie versuchten, illegale Einwanderer in dieses Land zu schmuggeln.«

»Wir haben doch nur mit Kran herumgespielt, Mann!«, beteuert er in Boldts Richtung.

Boldt dehnte die Wahrheit, soweit es ihm das Recht erlaubte. Die Polizei hatte diese eine Chance gegenüber einem Verdächtigen, der auf sein Recht verzichtete, einen Anwalt hinzuzuziehen – das Verhör. Danach kamen die Juristen, die Gerichte und die in den USA üblichen Verhandlungen über Schuldbekenntnisse. Sowohl Tan als auch Wong hatten schon oft genug Bekanntschaft mit Pflichtverteidigern gemacht, um zu wissen, dass sie bessere Chancen hatten, wenn sie ihr Schicksal mit den Cops selbst aushandelten. Boldt belehrte ihn: »Wir haben das Containerschiff draußen in der Bucht beschlagnahmt. Der Kapitän hat gestanden, dass der Container bei der Anlegestelle Delancy Avenue abgesetzt werden sollte. Das ist wie eine auf Ihren Kopf gerichtete Pistole, Freundchen. Sie oder Mr. Wong, wir sind uns noch nicht sicher.«

»Na, er, Mann – *er!*«

»Was ist mit ihm?«, wollte Daphne wissen.

Die misstrauischen Augen schweiften wieder von einem zur anderen auf der Suche danach, bei wem er eher Glauben finden könnte. »Mit Containersache«, sagte er dann. »Ich bin der Kranfahrer – das alles! Ich Ihnen sage, ich weiß überhaupt nicht, was drin gewesen.«

Boldt fühlte, wie ihn bei dem Wort »Container« eine Woge der Erleichterung überflutete. Er musste wissen, wo die Sklavenwerkstatt lag; er brauchte Angaben über Coughlies Beteiligung – aber schon die Erwähnung dieses Wortes öffnete Türen, die vorher verschlossen gewesen waren.

»Was wir brauchen, ist Zusammenarbeit«, beharrte Daphne. »Wir brauchen Einzelheiten, Mr. Tan. Wenn Sie nur der Kranfahrer sind, wenn Sie nur *dazu* angeheuert wurden, dann ist es Mr. Wong, mit dem wir reden müssen. Leider können Sie sich keinen großen Vorteil erkaufen, wenn Sie nichts wissen. Macht das Sinn für Sie?«

»Nein, nicht macht Sinn!«

»Es ist doch so. Derjenige, der uns am meisten Informationen gibt, bekommt auch die meisten Chancen bei uns.«

Boldt warf ein: »Wir müssen wissen, wohin der Container nach seiner Landung transportiert werden sollte.«

»Und wir müssen wissen, wer Sie beschützt hat«, ergriff Daphne wieder das Wort. Als Antwort auf seinen erstaunten Gesichtsausdruck fuhr sie fort: »O ja, wir haben davon erfahren.«

»Wir haben heute Abend hier jemanden, der sehr interessiert daran ist – einen Bundesagenten.«

»Holen Sie ihn doch«, stieß der Verdächtige hervor, »und lassen Sie uns reden frei von Leber weg.« Er lehnte sich zurück und schwang seine Füße in einer aggressiven und arroganten Geste auf den Tisch. Boldt wollte ihn schon anschnauzen, als sein Blick auf die Unterseite der Stiefel des Mannes fiel.

Am Gummi zwischen dem Absatz und der abgetretenen Sohle klebte ein kleiner, aber unübersehbarer Klumpen Fischschuppen.

69.

Stevie MacNeals letzte Chance, Melissa zu finden, rutschte ihr buchstäblich aus der Tasche, als sie in dem engen Innern des Hubschraubers nach ihrem Handy kramte und ein Busplan auf den durchsichtigen Kunststoffboden zu ihren Füßen fiel.

»Warten Sie mal 'nen Moment!«, wies sie den Piloten an und hob den Plan auf. »Könnten Sie diese Route für mich abfliegen?«

»Wir haben nicht mehr viel Treibstoff.«

»Dann so lange, wie es eben noch geht«, sagte sie. »Besonders über diesen Bereich hier.« Dabei zeigte sie auf die Gegend, in der Coughlie in den Bus gestiegen war und sie abgelenkt hatte. »Wir suchen hier nach alten Konservenfabriken.«

»Salmon-Bucht? Da sind Restaurants und Bootshäuser.«

»Schauen wir's uns mal an.«

Der Hubschrauber schwenkte nach Norden.

Stevie wandte sich zu dem Techniker um und fragte: »Dieses Fernglas – kann man damit Wärmestrahlung sehen?«

»O ja.«

»Körperwärme?«

»Dazu ist es ja gemacht«, antwortete er.

»Auch durch eine Mauer?«

»Das nicht.«

»Durch ein Fenster?«

»Ein warmer Raum würde warmes Glas bedeuten, das einen grünen Farbton statt Schwarz zeigen würde. Demnach geht es, hängt aber noch von einigen anderen Dingen ab.«

»Viele Menschen in einem Raum zusammengepfercht«, erkundigte sie sich, »große Maschinen, schwitzende Körper? Wäre das zu sehen?«

Der Techniker antwortete: »Würde wohl eine Art Anzeige geben, nehme ich an. Ich hätte dafür aber lieber die Kamera, die Kanal sieben hat. Aber wir können's ja mal mit unserer versuchen.«

Am Ufer des Union-Sees flog er langsamer, passierte die Freemont-Brücke und bewegte sich dann in westlicher Richtung den Schiffskanal entlang zur Salmon-Bucht. Hunderte, wenn nicht Tausende von Booten jeder Art lagen an den Liegeplätzen an diesem Küstenstrich. Einige Boote glühten schwach grün im Fernglas und ließen Stevie hoffen. Sie richtete die Linsen auf die Dächer und die verdunkelten Fenster der Gebäude, die sich am Südstrand erstreckten. Der Techniker benutzte ein weiteres Fernglas, um den Nordstrand zu beobachten.

Als sie über eine Gruppe von Ziegelgebäuden flogen, bat Stevie den Piloten, eine Schleife zu drehen. Sie starrte auf die Gebäude, als der junge Techniker von hinten sagte: »Hier ist was Interessantes, aber es ist kein Lagerhaus.« Er zeigte darauf. »Etwa eine Viertelmeile weiter auf Ihrer Seite. Schauen Sie sich mal das Wasser neben dem Schiff da an!«

Dutzende dunkler Schemen. Vielleicht vierzig oder fünfzig Boote, alle Seite an Seite, Bug an Heck, wie zufällig miteinander vertäut – anders als sonst an den Bootsliegeplätzen, über die sie geflogen waren. Dann sah sie es, denn es hob sich deutlich aus der Gruppe ab: ein Glühen von elektronischem Grün im Wasser. Das Nachtsichtfernglas hatte Wärmestrahlung aufgespürt.

Der Hubschrauber blieb im Schwebeflug.

»Da ist 'ne Menge Wärme unter Deck«, sagte der Techniker.

»Wo sind wir? Was ist das?«, fragte Stevie und zeigte auf den enormen Schwarm von Haus-, Werkstatt- und anderen Booten und Schiffen, die alle miteinander vertäut waren.

Der Pilot erklärte: »Das sind Boote, die bei Drogenrazzien und so was beschlagnahmt wurden. Die Bundesbehörden versteigern sie ein paar Mal im Jahr. Sehr viele werden aber nie verkauft. Dann rosten sie hier vor sich hin.«

»Beschlagnahmt?«, rief Stevie, während sie ein Prickeln auf ihrer Haut fühlte. »Vom FBI? Von der Einwanderungsbehörde?«

Der Pilot erwiderte: »Drogenfahndung, Grenzschutz, FBI. Die Boote hier fahren nirgendwo mehr hin. Man nennt es den Friedhof.«

Stevie schrie so laut, dass beide Männer an ihre Kopfhörer griffen. »Landen Sie! Landen Sie sofort!«

70.

Ich muss dir sagen«, bemerkte LaMoia zu Boldt, als beide zwei Stufen auf einmal die Feuertreppe des Gebäudes für Öffentliche Sicherheit hinuntereilten, »dass ich mich über Lofgrin ganz schön ärgere, weil er so lange für diese Kette braucht. Der hätte doch heute Nachmittag was für uns haben können.«

»Die Kette kommt nach den Fischschuppen«, stieß ein atemloser Boldt hervor, der die Beweistüte mit dem Stiefel des Bandenmitglieds in der linken Hand hielt, während seine rechte am Treppengeländer entlangglitt. LaMoia nahm drei Stufen auf einmal – die Jugend. »Bernie ist Perfektionist. Der lässt sich auf keine Spekulationen ein, das liegt nicht in seiner Natur. Wenn er sich mehr Zeit mit der Kette nimmt, könnte das zu unseren Gunsten sein. Vielleicht ist er irgendeiner Sache auf der Spur.«

»Darauf würde ich nicht wetten.«

In perfekter Choreografie kam LaMoia als Erster am Treppenabsatz an und hielt die Tür auf. Boldt lief hindurch, ohne langsamer zu werden.

»Meine Herren!«, sagte Bernie Lofgrin und schaute inmitten seiner Zwei-Millionen-Dollar-Spielwiese auf. Zwei Assistenten arbeiteten an einem Tisch in der Nähe. Lofgrins dicke Brillengläser hatten ihm den Spitznamen »Magoo« eingebracht. Mit diesen Augen und der weißen Laborjacke besaß er etwas Außerirdisches.

Boldt reichte ihm die Beweismitteltüte. »Wir müssen wissen, ob das Fischschuppen sind, Bernie. Wir haben da ’nen menschlichen Fisch im ›Kasten‹.«

»Wenn die mit den anderen übereinstimmen«, warf LaMoia ein, »können wir ihn mit ›Jill‹ und ›Jane Unbekannt‹ in Verbindung bringen.«

»Verstehe, Sergeant«, erwiderte Lofgrin. Ermittler neigten dazu, die Laborergebnisse zu beeinflussen, indem sie Vorschläge machten und andeuteten, wohin die Beweise ihrer Meinung nach führen sollten. Lofgrin machte dieses Spiel selten mit, doch die Ermittler versuchten es immer wieder.

Lofgrin legte zwei Fischschuppen auf einen Mikroskop-Objektträger – eine von der vorherigen Beweisnahme und eine von dem gerade übergebenen Stiefel. Noch bevor der Glasstreifen vollständig unter das Mikroskop geschoben war, begann Logrin zu reden. »Wollte Sie gerade telefonisch zurückrufen, Sergeant«, sagte er zu LaMoia, doch seine Aufmerksamkeit blieb auf das Instrument gerichtet. »Der Grund dafür, dass wir so lange mit der Kette brauchten, die Dixie rüberschickte, ist der, dass wir eine Substanz an mehr als einem Drittel der Kettenglieder festgestellt haben. Wir haben es einer gaschromatografischen Analyse unterzogen. Dachte, ihr Jungs könntet die Ergebnisse gebrauchen.«

»Ist es Öl?«, fragte LaMoia.

»Die Viskosität von altem Öl besitzt es jedenfalls. Hat

aber nichts mit Motorenöl zu tun. Die Chromatografie ergab ein buntes Gemisch von Chemikalien. Konnten keine Probe entnehmen, die rein genug war, um eine gute Anzeige abzugeben. Wir haben es wohl mehr als ein Dutzend Mal versucht – deshalb die lange Zeit.« Er beugte sich zum Mikroskop hinunter und stellte es scharf ein. »Bingo!«, rief er dann und trat zur Seite. »Schaut mal.«

LaMoia ging zum Mikroskop und stellte die Schärfe passend für sich ein, denn die Einstellung für Lofgrins Augen konnte niemand gebrauchen. »Mann, genau gleich!«, rief er dann aus. Die Fischschuppen stellten die Verbindung ihres Verdächtigen mit den Toten vom Hilltop-Friedhof her.

»Der Meinung bin ich auch«, bemerkte Lofgrin.

»Also, was ist nun mit dem Öl?«, warf Boldt ein. Er kannte den Mann gut genug, um zu wissen, dass irgendetwas Wichtiges dahintersteckte. Bernie Lofgrin machte es immer spannend, indem er nicht gleich mit den wirklich guten Befunden herausrückte.

Lofgrin lächelte seinen alten Freund an und ließ Boldt damit wissen, dass er mit seiner Ahnung richtig lag. »In Wirklichkeit ist es Fett – extrem schweres Fett, das für Winden, Kräne, Fahrstühle und dergleichen verwendet wird. Die Substanz, die uns verwirrt hat, war nichts weiter als Meersalz. Sie kontaminierte unsere Chromatografien ganz gewaltig.«

»Meersalz«, wiederholte Boldt. »Fett ...«, murmelte er dann. »Und der einzige Ort, wo solche Ketten benutzt wurden, war in der Sklavenwerkstatt.«

»Ergo«, sagte Lofgrin in seinem gewohnt abfälligen

Ton, »ist diese Sklavenwerkstatt nicht in einer Konservenfabrik, sondern auf einem Schiff.«

»Ein Fischkutter!«, rief Boldt.

»Ein alter Fischdampfer.« Lofgrin nickte. »Wenn wir diese Fischschuppen erklären wollen, muss er vor mehr als fünfundzwanzig Jahren in Betrieb gewesen sein.«

Boldt drehte sich auf den Absätzen um und schaute LaMoia an. »Fordere Unterstützung an. Zwei Wagen – vier Uniformierte. Sie sollen in der Garage auf uns warten.«

»Wo fahren wir denn hin?«, wollte LaMoia wissen, als sie beide schon auf dem Weg aus dem Labor waren.

»Gern geschehen!«, rief ihnen ein verärgerter Lofgrin hinterher.

Draußen auf dem Gang, in vollem Lauf, teilte Boldt seinem Sergeant mit: »Wir machen jetzt das, was wir schon längst hätten tun sollen: Wir werden bluffen.«

71.

Während Stevie sich in dem dichten Verkehr, der durch eine Reihe wetterbedingter Unfälle hervorgerufen wurde, im Schritttempo voran plagte, hinterließ sie eine lange Mitteilung für Boldt, ohne zu wissen, ob er sie jemals bekäme: »Ich glaube, ich habe den *Friedhof* gefunden, den Melissa auf ihren Videos erwähnte. Das ist kompliziert. Wir müssen uns unterhalten. Teilen Sie mir per Voicemail mit, wo ich Sie erreichen kann. Wenn ich nichts von Ihnen höre, werden *Sie* von *mir* hören. Ich werde Ihnen die Beweise liefern, die Sie brauchen.« Sie beendete die Verbindung.

Zurück in den KSTV-Studios wählte sie einen Camcorder aus, der leicht, handlich und einfach zu bedienen war. Sie war schon wieder auf dem Weg zurück, als der Nachtwächter sie mit einem Zuruf anhielt.

»Mrs. McNeal!«

Sie blieb stehen und drehte sich um.

»Ich bin sehr froh, Sie zu sehen! Sicherheitsleute haben schon überall nach Ihnen gesucht! Stadtpolizei und Bundesbeamte haben jede Viertelstunde hier angerufen! Sie haben Sie aus den Augen verloren. Es wäre wirklich besser, wenn Sie hier blieben, damit ich Sie mit ihnen verbinden kann. Die sind alle mächtig sauer.«

»Natürlich«, sagte Stevie. »Stellen Sie die Verbindung her.«

Der Mann ging in ein Büro zurück.

Stevie rannte aus dem Gebäude.

Sie war sich absolut sicher, dass man die Sklavenwerkstatt gefunden hatte. Sämtliche Puzzlestücke fügten sich für sie zusammen: die Dunkelheit von Melissas Video, dieser zurückgeworfene, widerhallende Ton.

Ein Schiff!

Die Fahrt zur Salmon-Bucht dauerte weniger als zehn Minuten, kam Stevie aber so lang wie ein ganzes Leben vor. Sie akzeptierte die Gefahr, die sie jetzt einging, betrachtete sie aber als Strafe dafür, Melissa in diese Geschichte verwickelt zu haben. Es erschien ihr nur gerecht, dass sie nun Melissas Hölle durchleben musste, um Boldt die Beweise zu liefern, die er brauchte.

Sie parkte hinter einem Laden für Schifffahrtszubehör, etwa hundert Meter östlich vom Bereich der beschlagnahmten Wasserfahrzeuge, und ging zu Fuß weiter. Sie hielt sich vom Ufer fern und beschloss, zwischen zwei Reihen von Bootshäusern hindurch zu schleichen, in denen Skiffs, Ruderboote und Segelboote auf Stahlregalen unter Blechdächern in fünf Lagen gestapelt waren. Das Gelände schloss auch zwei Lagerhäuser ein – eines diente zur Trockengutlagerung, das andere als Werkstatt, die von einem zehn Fuß hohen Maschendrahtzaun umgeben war, an dem alte Schilder mit der Aufschrift »Betreten verboten« hingen. Stevie bewegte sich vorsichtig, von Schatten zu Schatten, auf der Hut vor Nachtwächtern oder Wachposten, achtsam auf jedes Zeichen von Aktivität, das ihr die Existenz der Sklavenwerkstatt bestätigen könnte. Schließlich gelangte sie zum Ende der Lagerhäuser und kroch unter den Rumpf eines kleinen Boots, von wo sie einen Blick auf die beschlagnahmten Wasserfahrzeuge hatte: Dutzende rostender Boote und Schiffe, alle in ungeplanter Folge wie zufällig vertäut. Algengrüne Taue hingen bis ins Wasser hinunter. In der Tat, ein Friedhof. Diese Boote und Schiffe waren alte rostige Ruinen – Fischdampfer, kleine Frachter, Motorboote, Segelboote, Schlepper. Alle waren irgendwann einmal illegal eingesetzt worden: zum Transport von Drogen, Waffen, Menschen. Es war eine schroffe Landschaft aus Eisen und Stahl, von Verfall und Vernachlässigung heimgesucht.

Stevie sah kein Anzeichen von Leben, keine Hinweise auf die Existenz der Sklavenwerkstatt. Ein hölzernes Fallreep lag auf dem Asphalt nahe einem Lastkahn. Es war die einzige Möglichkeit, zu der Flottille zu kommen, aber es würde mindestens die Kraft von zwei Männern brauchen, es aufzulegen. Dieses Sortiment von Booten und Schiffen war an Pfosten im Wasser vertäut, auf denen Seemöwen schliefen, die Köpfe unter die Flügel gesteckt. Es gab kein Anzeichen von Ordnung; alles war in einem Fleckenteppich aus Fiberglas, Metall und aufblasbaren Stoßschutzkissen miteinander verbunden, und fast alles war verkrüppelt und hatte Schlagseite.

So unwahrscheinlich oder gar unmöglich es aussah, in diesen Ruinen verbarg sich eine Sklavenwerkstatt. Brian Coughlie hatte gut gewählt. Es war der letzte Platz auf Erden, an dem man so etwas erwartet hätte; außerdem war es ein Ort, der von Berufs wegen unter Coughlies Kontrolle stand.

Die Sklavenwerkstatt. *Melissa!*

Stevie hielt sich noch einmal vor Augen, was sie vom Hubschrauber aus gesehen hatte, und versuchte das Schiff zu orten, das im Nachtsicht-Fernglas in dem elektronischen Lindgrün eingerahmt erschienen war. Irgendwo in der Mitte dieses Gewirrs musste es sein. Doch das Bild aus der Luft ließ sich nicht auf die Sicht einer einsachtundsechzig großen Frau übertragen, die dreißig Meter vom Rand der Flottille entfernt war und deren erstes Hindernis ein hoher Maschendrahtzaun darstellte. Als Stevie noch die Junior High School besucht hatte, wo jeden Nachmittag Turnen auf dem Stundenplan gestanden hatte, wäre sie vielleicht über diesen Zaun gekommen, jetzt aber erschien ihr dieses drei Meter hohe, verrostete Hindernis unüberwindlich.

Geduckt unter dem kleinen Boot hörte sie ein ständiges elektrisches Summen. Dieses Summen bedeutete Elektrizität, Stromleitungen. Stevies Augen entdeckten ein dickes schwarzes Kabel, das an einem Strommast an der entfernten Ecke des Bereichs hinunterführte, und folgten seinem Verlauf. Es war in einem Gebüsch verborgen, kam dann aber wieder zum Vorschein und verlief weiter – an eines der starken Taue gebunden, die die Schiffe an den Pfosten hielten. Wie eine fette Schlange ringelte es sich um das Tau. Stevie waren Stromkabel nicht fremd. Dies hier war so dick wie ihr Handgelenk; es handelte sich um ein Stromkabel mit Tausenden von Volt Spannung – wie das Kabel, das den Kontrollraum des Senders KSTV speiste.

Stark genug für eine Sklavenwerkstatt, dachte sie. Dick genug, um es zu verfolgen.

Den Camcorder umgeschnallt, überlegte Stevie ihre nächsten Schritte: Der Lastkahn war das niedrigste aller Wasserfahrzeuge und eindeutig am leichtesten zu besteigen – aber man konnte darauf auch am schnellsten gesehen werden. Der Tanker zur Linken dagegen – wenn auch schwieriger zu erklettern – bot guten Sichtschutz, und das Ladenetz, das von seiner Bordwand hing, schien sich zum Hinaufklettern zu eignen, wenn es auch eine gewagte Sache war.

Stevie rannte zum Drahtzaun, ungedeckt und verwundbar, den Camcorder auf dem Rücken. Über diesen Zaun zu klettern, wäre etwas Endgültiges, denn einmal auf der anderen Seite, gäbe es kein Zurück mehr. Doch Stevie zögerte nicht, steckte die Finger durch die rostenden Drahtmaschen, krallte sich fest und zog sich mit jedem Griff höher. Der Zaun wackelte und drohte, sie abzuwerfen. Sie erreichte die Oberkante, die aus einer Reihe zusammengedrehter Drahtenden bestand. Zweimal versuchte sie, ihr rechtes Bein in die Höhe und darüber zu schwingen. Beim zweiten Versuch fiel ihr das Handy aus der Jackentasche und schlug laut auf dem Asphalt auf. Sie hielt es zuerst für einen Schuss, was sie dazu antrieb, sich hektisch über die Zaunkante zu schwingen, sich auf der anderen Seite hinunterzukrallen und die letzten knapp anderthalb Meter bis zum Boden zu springen. Mit zitternden Knien und klingenden Ohren verharrte sie. Ihr Handy lag zerbrochen auf der anderen Seite – Pech.

Stevie rannte über den Kai in die von den angedockten Schiffen geworfenen Schatten. Benommen, fast schwindlig, fühlte sie sich wie ein Teenager, der sich aus dem Elternhaus schleicht.

Eine Kairatte von der Größe einer Hauskatze tippelte am Rand des Kais, wo sie stand, direkt auf sie zu. Stevie schrie nicht, erstarrte jedoch vor Schreck, und konnte keinen Schritt machen. Der Nager erblickte Stevie und glitt davon, doch der Schock wirkte noch kurz in ihr nach. Su-Su hätte wohl dazu bemerkt, dass die Ratte ein gutes Zeichen sei und sie führen würde, und dass die Ratte als Lehrer gekommen sei, nicht als Bedrohung. Dieser Erinnerungsblitz an ihre chinesische Hauslehrerin bestärkte Stevie in ihrem Entschluss – und der Gedanke an ihren Vater, der Melissa aus China herausgeschmuggelt hatte. Und hier, auf diesem verlassenen Kai, sah Stevie sich zum ersten Mal wieder mit den verstohlenen Blicken und gelegentlichen Berührungen zwischen Su-Su und ihrem Vater konfrontiert. Jetzt, als Erwachsene, interpretierte sie diese Blicke intimer Vertrautheit plötzlich anders. Die Erkenntnis überfiel sie: Vater war fast schon ein Jahr in China gewesen, bevor er Stevie von der Schule in der Schweiz zu sich kommen ließ. Diese Blicke zwischen Su-Su und ihrem Vater ... die gelegentlichen Tränen ... die Realität des Spitznamens, den Su-Su Mi Chow geben hatte ... die Risiken, die Vater eingegangen war, um Mi Chow nach Amerika zu bringen. Die legale Adoption. Melissa war kein politischer Flüchtling von Eltern, die in der Kulturrevolution getötet worden waren – alles Erfindungen. Melissa war in Wirklichkeit das, als was Su-Su sie von Anfang an betrachtet und wie sie das Mädchen genannt hatte: kleine Schwester.

Das Stromkabel schlängelte sich zum Bug des Schiffes. Stevie kletterte die Bordwand des Tankers an dem Netz hoch, zog sich höher und höher, bis sie schließlich das Oberdeck und den schleimigen Stahlrand der Reling erreichte. Sie lugte über die Kante und sagte sich, dass es keine unheimlichere Landschaft gab als eine von Menschen gemachte, die verlassen war und verfiel. Die Taue quietschten und ächzten. Wasser schwappte träge um sie herum. Das elektrische Summen wurde merklich lauter.

Stevie zog sich über die Reling auf das kalte, feuchte Deck und kroch in den Schatten. Dort duckte sie sich und schlich an Leitern und Winden vorbei zum Bug. Die Luft roch penetrant nach Rost und Algen. Sie erreichte das Stromkabel und folgte ihm nach Steuerbord, wo es über die Nordwand hinunter zu einer verlassenen Flussfähre verlief, die starke Schlagseite nach Backbord hatte und deren Heck schon tief im Wasser lag. Ihr Deck war gut sechs, sieben Meter unter Stevie. Das dicke Kabel verlief über diese Fähre zum nächsten Schiff. Von ihrer hohen Warte auf dem Tanker nahm Stevie sich einen Moment Zeit für eine Rundsicht über den Schiffsfriedhof.

Decks und Relings, Schornsteine und Kommandobrücken. Grauer, korrodierender Stahl. Rost von der Farbe getrockneten Blutes. Zu ihrer Rechten sah sie eine Prozession von Fallreeps und Leitern und Planken, die von einem Deck zum nächsten bis zu einem großen Fischdampfer in der Mitte des Friedhofs führte, wo sie endete.

Unter Stevie und zu ihrer Linken verlief das schwarze

Kabel geradewegs zu diesem Fischdampfer, wie eine vom Himmel gefallene Schnur.

Stevie konnte Melissa im Geiste sehen, konnte sich die Videos vergegenwärtigen. Aufregung durchflutete sie. Kleine Schwester!

In der Ferne hörte sie die Druckluftbremsen eines Busses oder Lastwagens. Das Geräusch war unverkennbar.

Sie schlich zurück zur anderen Seite des Tankers, gerade rechtzeitig um zu sehen, wie eine Gestalt den steilen Pfad durch den Wildwuchs zum einzigen Tor im Maschendrahtzaun hinunterstieg. Ein wuchtiger Mann. Ein Mann, der eine Trainingsjacke mit Kapuze trug. Stevie duckte sich, sodass der Mann sie nicht sehen konnte.

72.

Mama Lu sah in ihrer hellblauen Seidenrobe mit den in Gelb und Orange gestickten Szenen, die Reisfelder pflügende Bauern zeigten, wie eine Preisringerin auf einem Rummelplatz aus. Ihr üppiges schwarzes Haar war zu einem Dutt hochgebunden und mit irgendetwas zusammengesteckt, das für Boldt wie ein glasiertes Essstäbchen aussah. Ihre dritten Zähne zeigten mit ihrem Glanz, dass sie erst vor kurzem gereinigt und gebürstet worden waren. Unmengen von Stoffmetern waren in dieser Robe verarbeitet, und Jahre der Weisheit lagen in Mama Lus Achataugen. An Boldts ernstem Gesichtsausdruck und der ungewöhnlichen Zeit seines Besuchs konnte sie erkennen, dass es Kummer geben würde.

»Kommen Sie, und setzen Sie sich. Meine Beine sind müde.«

Die Wohnung über dem kleinen Lebensmittelladen war drei-, viermal so groß, wie Boldt sie sich vorgestellt hatte. Das erste Zimmer, wo Mama Lu Besucher empfing und ihre Malzeiten einnahm, war schlicht und spärlich eingerichtet, um den Eindruck von Bescheidenheit zu erwecken, doch als sie Boldt in ihr inneres Sanktum und von Zimmer zu Zimmer führte – jedes voller erstaunlicher fernöstlicher Antiquitäten und Kunstwerke,

Jade, kostbarer Schriftrollen und geschnitztem Elfenbein –, bekam er einen Eindruck von der wirklichen Frau, mit der er einen Handel machen wollte.

»Sie sind besorgt, Mr. Both«, bemerkte sie. »Bitte setzen Sie sich doch.«

Sie selbst nahm in einem mit Samt gepolsterten Kapitänssessel mit geschnitzten Armlehnen aus Mahagoni Platz, den sie völlig auszufüllen schien. Er passte zu ihr wie ein Thron. »Sie mögen Tee, ja?« Sie schüttelte eine kleine Glasklingel, und eine junge Frau von vielleicht zwanzig Jahren eilte herbei, die mit einem schlichten schwarzen Seidenkleid und Gummisandalen bekleidet war. »Tee«, befahl Mama Lu. »Er nimmt halb und halb und Zucker«, sagte sie zu Boldts Überraschung.

»Gibt es etwas, was Sie *nicht* wissen?«, fragte er.

»Wir werden sehen«, gab sie zur Antwort und geruhte zu lächeln.

Er nickte. Sie hatte eine unheimliche Art, gleich auf den Punkt zu kommen.

»Ich weiß von Hubschrauber«, fuhr sie fort. »Und, ja – auch von Verhaftungen bei Delancy Avenue. Ich weiß, dass Sie nicht alte Frau spät am Abend besuchen mit solch Gesicht, ohne dass Sie Kummer haben. Also, was gibt es, Mr. Both?«

»Es steht schlecht«, sagte er.

Sie neigte leicht ihr mächtiges Haupt. »Was es auch sein mag, es ist da«, sagte sie unerwartet. »Es ist weder schlecht noch gut. Um es zu verändern, muss man es in Schranken halten, seinen untergrabenden Einfluss begrenzen. Wollen wir nicht vorschnell urteilen, Mr. Both.«

Boldt bezähmte sein Verlangen, zu rasch zu antworten.

Sie seufzte. »Sind Sie hier, mich verhaften?«

»Ich hoffe nicht«, erwiderte er.

»Die Streifenwagen«, bemerkte sie als Erklärung für ihre Vermutung. »Und die Medien?«

»Sind unterwegs.«

»Sehr unhöflich.«

Der Tee wurde schweigend und kunstvoll serviert, ein anmutiger Tanz von Armen, Händen und goldberandeten Tassen aus dünnem Porzellan. Die junge Frau war schön und roch nach Flieder. Als sie aus dem Zimmer ging, raschelte ihr Kleid und ließ Bold und Mama Lu in Schweigen zurück. Boldt nippte und schmeckte einen so aromatischen Tee, wie er ihn kaum je getrunken hatte. Er hoffte, Mama Lu würde endlich etwas sagen. Schließlich begann er: »Ich kann Ihre Importfirma mit dem Kunstvlies in Verbindung bringen, der in dem ersten Schiffscontainer gefunden wurde. Wenn ich muss, werde ich Gebrauch davon machen.«

»Eine Verletzung von Zollbestimmung, Übertretung von Bundesgesetze. Das nicht Ihre Sache, Mr. Both.«

Er sagte nichts.

»Was brauchen Sie?«, fragte sie dann. »Weshalb Sie kommen?«

»Die Lebensmittellieferungen.«

»Ich bin nicht einziger Lieferant von Lebensmittel, Mr. Both.«

»Ich weiß, was ich weiß, Große Dame, aber ich kann nicht viel damit anfangen. Unser System ist schwach – es ist befleckt, korrupt. Aber es ist alles, was ich habe.

Das ist mein einziges Werkzeug.« Er fügte hinzu: »Es ist ein Schiff.« Sie zuckte fast unmerklich zusammen. »Wir *wissen* es. *Sie* wissen es auch. Ich brauche den Standort – jetzt, noch heute Abend. Auf der Stelle. Ich werde Sie verhaften und bloßstellen, wenn ich muss. Ich habe keine Kugeln mehr zu verschießen.«

Sie lächelte und überraschte ihn damit. »Mein Problem ist Ihr Problem«, sagte sie. »Wenn ich die Quelle bin von diese Information, wenn das jemals herauskommt, werde ich frühes Grab haben. Das nicht mein Interesse.«

»Ich kann Coughlie kriegen«, sagte Boldt, »aber es muss heute Abend sein. Es muss jetzt sein, bevor er seine Gegenmaßnahmen treffen kann.«

»Sie wissen viel«, erwiderte sie.

»Und wenn Sie es mir nicht sagen?«, fragte er und fühlte ihren Widerstand, zu sagen, was er hören musste. »Wenn ich es selbst herausbekomme?«

»Das allein ist *wirkliches* Wissen.« Sie lächelte wieder.

»Ein Schiff«, wiederholte er. »Ein alter Fischdampfer.«

»Was tut Polizei mit Autos gehören Drogenhändler?«

»Das ist dann verwirktes Gut, das eingezogen wird«, erklärte Boldt und versuchte zu erraten, worauf sie hinauswollte. »Wir beschlagnahmen es. Das Gericht stellt alles Eigentum sicher ...« Er hielt inne.

Ihre Augen funkelten.

»Verwirktes Gut wird bei Versteigerungen verkauft«, fügte er hinzu.

»Nicht, wenn keiner kaufen will«, verbesserte sie ihn.

»Mein Gott!«, stieß er hervor.

Wieder ein breites Grinsen.

Boldt wählte schon den Dispatcher, bevor er die Treppe erreicht hatte.

73.

Rodriguez wartete am Kai, während Stevie durch die Telefotolinse des Camcorders beobachtete, wie zwei Männer sich auf dem improvisierten Weg von Leitern und Planken, welche die verschiedenen Wasserfahrzeuge miteinander verbanden, vorwärts bewegten. Als sie den Lastkahn erreicht hatten, machten die beiden ein Fallreep für Rodriguez fest, und die drei Männer eilten zusammen zu dem Fischdampfer. Ihre Spannung machte sich durch Rufe bemerkbar. Die Männer waren zu weit weg, und es war zu dunkel für Stevie, um ihre Gesichter richtig sehen zu können oder zu hören, was sie sagten, aber sie nahm es dennoch auf dem Camcorder auf.

Der Weg der drei Männer war unerwartet lang und kompliziert, denn er verlief alles andere als gerade zwischen den Schiffen. Mit einem Finger auf dem Kameraauslöser und einem anderen fest auf eine andere Taste gedrückt, um das rote Licht zu sperren, das beim Aufnehmen aufleuchtete, folgte sie den dreien zu dem Fischdampfer, hinter dessen entferntem Ende sie verschwanden.

Sie steckte die Kamera ins Futteral und arbeitete sich zu einer Fallreepleiter vor, die von der Steuerbordseite des Tankers hinunter zum Fährboot mit der starken Schlagseite führte. Als Stevie dessen Deck erreichte, erkannte sie, dass es eine Lücke von etwa zwei Metern bis zum nächsten Boot gab. Da das Heck des Fährboots schon unter Wasser lag, sah sie keinen anderen Weg dorthin.

Dieses nächste Boot trug eine der Planken, die einen Teil des improvisierten Zugangswegs zwischen dem Ufer und dem Fischdampfer darstellte. Vom nächsten Deck aus könnte sie also zur Sklavenwerkstatt gelangen. Sie sah keine andere Möglichkeit, als zu springen.

Als sie gerade einen Sekundenbruchteil in der Luft war, erkannte Stevie, dass sie es nicht schaffen würde. Sie prallte auf den gegenüberliegenden Schiffsrumpf, bekam dabei aber eine Strebe zu fassen. Auch ihr Gesicht schlug schmerzhaft gegen den Rumpf. Stevies linkes Auge schwoll an. Das schwarze Wasser unter ihr zog sie herab, doch es gelang ihr, auch mit der anderen Hand einen Halt zu finden. Sie schwang wie ein Pendel, konnte eine Ferse auf die Deckkante schleudern und sich dann ganz hochziehen, die Kamera auf dem Rücken. Auf dem Deck ausgestreckt rang sie nach Atem, ließ sich einen Moment Zeit und betastete das zarte Fleisch um ihr schmerzendes Auge herum.

Dann eilte sie zum Heck und dem nächsten Teil des improvisierten Zugangswegs. Drei Wasserfahrzeuge weiter stieg sie eine Leiter zu einer alten verrosteten Jacht hinunter und hielt jäh an. Sie war nicht allein.

Sie roch den Zigarettenrauch zu spät und erkannte plötzlich, dass die alte Jacht als eine Art Wachhaus auf dem Zugangsweg benutzt wurde.

»Jo!«, rief eine Männerstimme.

Sie hatte das Boot zum Schaukeln gebracht, als sie es bestieg, sodass der Wachposten allein schon dadurch aufmerksam wurde. Mit einer katzenartigen Bewegung sprang Stevie vom Deck hinauf über das Ruderhaus, als der Wachposten Anstalten machte, den Besucher in Augenschein zu nehmen. Als sie das Heck vor sich sah, wich sie zurück, ganz ohne Deckung. Dann erschienen der Kopf des Wachpostens und seine breiten Schultern aus der Kabinenluke, kaum mehr als einen Meter von ihr entfernt. Sich zu bewegen, auch nur zu atmen, würde seinen Blick auf sie ziehen. Stevie stand vollkommen still, mit angehaltenem Atem, die Lungen zum Bersten gefüllt, ein Brennen in der Brust. Der schwarzhaarige Kopf drehte sich von links nach rechts, dann wieder nach links. Noch ein kleines Stück, und der Mann hatte sie in seinem Gesichtskreis.

»Jo?«, rief er wieder, diesmal nicht so schroff. »Kai? Timmy?« Keine Antwort.

Stevie bereitete sich darauf vor, ihm mit dem Fuß ins Gesicht zu stoßen, wenn er nach hinten schaute. Sie holte mit dem rechten Bein zum Tritt aus. Der Mann würde gar nicht wissen, was ihn da traf.

Wieder schaute er nach links. Dann stieg er die steile Treppe in die Kabine zurück.

Stevie horchte gespannt und wagte nicht, sich zu bewegen. So verging eine, dann zwei Minuten. Sie befürchtete, der Mann könne wieder erscheinen. Stattdessen hörte sie ihn urinieren. Sie kroch langsam und geräuschlos zu der steilen Leiter, welche die entgegengesetzte Bootswand hinunterführte, und kletterte nach unten, wobei ihre Haut vor Angst prickelte. Dann bewegte sie sich langsam von Wasserfahrzeug zu Wasserfahrzeug und schätzte ihre Situation sorgfältig ein. Planken und Fallreeps, Leitern und grob gefertigte Stufen. Das Ufer entfernte sich immer mehr. Sie kam zu sechs zusammengebundenen Gartenschläuchen, in denen Wasser gurgelte. Das Summen wurde lauter. Eine schnarchende Bestie. Stevie bewunderte Melissas Findigkeit. Diese Frau hatte den filmischen Beweis, dass es ihr gelungen war, dort hineinzukommen. Das war wirklich eine Leistung.

Der ausgemusterte Fischdampfer ragte nun vor ihr aus dem Ruinenfeld von Schiffsdecks, Kabinen und Schornsteinen auf – eine verrostende Masse aus Eisen und Stahl, die weit größere Ausmaße besaß als seine Nachbarn, verzehrt von Jahrzehnten in Salzwasser und Sturm, Sonne und Wind – ein Skelett, ein Schatten seiner einstigen Erscheinung. Ganze Schiffsaufbauten fehlten, waren als Ersatzteile demontiert oder als Schrott verkauft worden. Das Profil war ein stummer Schrei verbogenen, rostigen Metalls.

Gebückt überquerte Stevie die Decks der dazwischen liegenden Schiffe, wobei sie die schattigen Stellen als Deckung nutzte. Ihre Aufmerksamkeit war nun voll auf den hoch aufragenden Dampfer gerichtet. Das Summen entwickelte verschiedene Tonlagen, die nicht mehr so deutlich zu unterscheiden waren, sondern sich als schrilles Heulen, metallisches Rattern und tiefes, sonores Brummen äußerten.

Stevie beschloss, ein paar Details zu filmen, zur Stadtpolizei zurückzukehren, die Aufnahmen dort zu zeigen und von ihrer Entdeckung zu berichten, sodass Boldt hinreichende Verdachtsgründe hatte, das FBI mit einzubeziehen. Plötzlich hielt hinter ihr, am Ufer, ein Sattelschlepper. Eine Gestalt stieg aus dem Führerhaus. Stevie duckte sich und lief in Richtung des Dampfers. Sie musste sich jetzt beeilen. Der aus dem Laster gestiegene Fahrer rannte los.

74.

Was, zum Teufel, soll das bedeuten?«, sagte Boldt zornig, der nicht verstehen konnte, was er da hörte.

»Das ist eine Lagerstätte von Gütern, die von Bundesbehörden beschlagnahmt wurden. Es ist US-Eigentum und liegt außerhalb unserer Zuständigkeit.« Auch Lacey Delgato, die stellvertretende Staatsanwältin, mit der LaMoia sich beriet, hob die Stimme. »Das ist ein Bereich für die Lagerung von beschlagnahmtem Gut der Einwanderungsbehörde, Lieutenant. Wenn jemand dort einen Eingriff vornehmen darf, sind *die* es.«

»Aber das ist doch gerade der Punkt! Deshalb wollen *wir* da rein.« Kurz zuvor hatte Boldt die neuesten Meldungen abgehört, und plötzlich machte die seltsame Nachricht Stevie McNeals Sinn: Sie hatte erkannt, dass der Schiffsfriedhof Coughlies Zuständigkeit unterstand.

»Ich verstehe es ja, aber so geht das nicht. Wenn Sie widerrechtlich dort eindringen, zählt nichts als Beweis, was immer Sie dort auch entdecken.«

»Dann muss ich mich an Talmadge wenden.«

»Genau.«

»Und wenn der in die Sache verwickelt ist?«

Sie zuckte mit den Achseln. »Dann haben die Bösen eben Glück gehabt – nichts zu machen.«

»Das ist völlig unannehmbar!«

»Haben Sie eine Idee?«

»Was ist mit anderen Bundesbehörden? Haben die Zugang?«

Delgato spitzte die Lippen und dachte nach, bevor sie schließlich antwortete: »Ein Bundesanwalt müsste eingeschaltet werden. Wenn Sie ihm genügend Beweise vorlegen und hinreichende Verdachtsmomente erbringen, könnte der das FBI zu einer Durchsuchung veranlassen.« Sie fügte hinzu: »Das FBI könnte Sie zur Untersuchung vor Ort einladen. Dagegen spricht nichts. Ja, das könnte funktionieren ... glaube ich zumindest.«

»Dann leiern Sie das bitte gleich an«, erwiderte Boldt. »Ich werde inzwischen ein Überwachungsteam einsetzen.«

»Aber das geht doch erst morgen«, klagte Delgato. »Heute Nacht klappt das nicht mehr.«

»Rufen Sie jedenfalls an.«

»Es ist doch schon spät.«

»Auf der Stelle!«, sagte Boldt.

»Ich werde ihn aus dem Schlaf holen müssen!«

»Möchten Sie lieber hundert Leben auf dem Gewissen haben? Wollen Sie, dass alles daran scheitert, dass Sie nicht anrufen wollen, damit jemand nicht *geweckt* wird?«, fragte er. »Na schön, ich werde eine offizielle Notiz darüber machen.«

»Also gut, also gut. Aber die Konsequenzen tragen Sie.«

»Amen«, war Boldts Kommentar.

75.

Durch das ständige Kommen und Gehen hatte sich ein Pfad durch den Rost und Schmutz auf dem Deck des Fischdampfers gebildet – auf der entfernten Seite, wo der Blick vom Ufer auf irgendeine Öffnung oder Luke durch eine Tür versperrt war. Auch von der Salmon Bay aus gab es keine Möglichkeit, eine Person zu beobachten, die einen solchen Eingang benutzte: Der Winkel, in dem der Fischdampfer in diesem Schiffsfriedhof lag, ließ es nicht zu. Coughlie hatte das perfekte Versteck gefunden.

Das Schiffsdeck vibrierte unter Stevies Füßen wie ein elektrisches Küchengerät. Sie verließ den ausgetretenen Pfad und schlich im Schutz des Schattens an der Backbordseite entlang – ganz langsam und wachsam. Sie kam an einer Tür nach der anderen vorbei, ohne dass sie auch nur eine Ahnung hatte, wo sie sich befand, bis sie schließlich frische Zigarettenstummel vor einer Tür sah, die sie veranlassten, ihr Ohr an die Tür zu drücken.

Ein seltsames Rumoren war zu vernehmen. Das Klappern war lauter, aber immer noch entfernt. Sie schaute auf und sah, wie der Sattelschlepper im Bootshof zurücksetzte. Er hielt genau auf der anderen Seite des Maschendrahttores. Die Druckluftbremsen zischten.

Stevie drückte auf den Hebel, der als Türgriff diente. Er bewegte sich. Sie zog die Tür nur so weit auf, dass sie mit einem Auge hindurchblicken konnte.

Auf den pechschwarzen Vordergrund folgte ein warmes gelbes Licht zu ihrer Linken. Sie nahm all ihren Mut zusammen, schlüpfte rasch hinein, drückte den Rücken an das kalte Metall und hielt den Atem an, um besser hören zu können. Doch das Blut rauschte so laut in ihren Ohren, dass es alles andere übertönte. Flach an die Wand gedrückt, blieb Stevie einige Zeit stehen – es kam ihr unendlich lang vor –, während ihre Augen sich dem herrschenden Licht und ihre Ohren sich den Geräuschen anpassten. Obwohl sie glaubte, sich in einem Zimmer aufzuhalten, befand sie sich in Wirklichkeit in einer Art Gang. Das gelbe Licht kam von einem anderen Gang am entfernten Ende. Wieder nahm Stevie all ihren Mut zusammen und ging langsam auf das Licht zu, bis sie zu einer schmalen Treppe gelangte, die hinunter in die Eingeweide des Schiffs führte. Eine Lampe aus Aluminium, die am Deckenträger oben an der Treppe befestigt war, hing an einer orangefarbenen Verlängerungsschnur. Stevie blieb stehen und zögerte, hinunterzugehen und sich dem Licht auszusetzen. Doch sie hatte keine Wahl.

Sie wusste von Schiffen, dass sie aus Niedergängen, Durchgängen, Kabinen, Laderäumen, Brücken und Kombüsen bestanden. Aber dieser Fischdampfer war für Stevie ein Labyrinth aus schlecht beleuchteten Korridoren und steilen, leiterartigen Treppen, die von einer zur anderen führten. An Decken und Wänden zogen sich Rohre entlang. Stevie folgte einer Lichterreihe, die aus primitiv zusammengebundenen Leitungen mit nackten Birnen bestand, die nur notdürftig befestigt waren und gespenstische Schatten an die Wände warfen, sodass ein schlichter Gang zu etwas Erschreckendem und Mysteriösem wurde. Je weiter Stevie sich vorwagte, umso unwahrscheinlicher erschien es ihr, dass sie jemals wieder hier herausfand. Und wenn die Lampen gelöscht wurden ...

Wenn du nirgendwo anders mehr hingehen kannst, versuche nach vorn zu gehen, hatte Su-Su ihr einmal gesagt, und daran hielt Stevie sich jetzt.

Vorsichtig tastend setzte sie den Fuß auf eine Stufe, dann auf die zweite, die dritte. So stieg sie den erleuchteten Gang hinunter, wobei sie einen finsteren Schatten warf. Sie rechnete damit, dass man sie tötete, wenn man sie ertappte – oder vielleicht doch nicht, wegen ihrer Bekanntheit? Sie war nicht sicher.

Eigentlich hatte Brian Coughlie ja Gelegenheiten genug gehabt, sie aus dem Weg zu räumen und verschwinden zu lassen. Warum hatte er es nicht getan? Weil sein erster Versuch misslungen war?

Die Metallwände verstärkten sowohl das Geräusch ihres Atmens als auch das ihrer Hände, als sie nach dem Reißverschluss des Kameraetuis griff und ihn öffnete. Sie zog die Kamera hervor und nahm die Linsenkappe ab. Dann schlich sie zur Metalltür, schaute hindurch – und schnappte so laut nach Luft, dass sie erschreckt zusammenfuhr. So etwas hatte sie noch nie gesehen.

Die lukenähnliche Türöffnung führte zu einem Laufsteg, der sich wie ein Übersichtsbalkon über dem riesigen Frachtraum befand und seinerseits zu einer Stahlrosttreppe führte, die sich zu einem weiteren Laufsteg hinunterwand, bevor sie den Boden erreichte. Stevie schaute hinunter auf den vorderen Frachtraum des Schiffes, der einst zur Aufnahme von etlichen Tonnen Fisch bestimmt gewesen war; er war etwa vierzehn Meter tief, vierzehn breit und zwanzig lang. Nun hatte man ihn zu einer Art Fabrikhalle umgebaut, in der Dutzende von Frauen – vielleicht hundert oder mehr – ihre kahlgeschorenen Köpfe über schlecht beleuchtete Nähmaschinen beugten, deren Rattern von den Stahlwänden in einer ohrenbetäubenden Kakophonie zurückgeworfen wurde. Die Maschinen standen in Reihen eng nebeneinander; weggeworfene Stoffstücke bildeten einen bunten Flickenteppich auf dem Boden. Ein einziger asiatischer Bewacher patrouillierte durch die Reihen. Er hielt einen Gegenstand in der Hand, der wie ein Betäubungsstock aussah.

Die Ausdehnung der Halle, die Geräusche, die staubige Luft und der Gestank überwältigten Stevie beinahe. Sie hielt den Sucher der Kamera ans Auge und begann aufzunehmen, entschlossen, alles auf Film festzuhalten, wobei sie sich schmerzlich der Tatsache bewusst war, dass sie mit dem Blick durch die Kamera den Orientierungssinn verlor. Sie zog sich zur Stahltür zurück und benutzte diese als Deckung, um vom Gang aus nicht gesehen werden zu können. Es erforderte beide Hände und kräftiges Ziehen, um die Tür ein Stück weiter zu öffnen, damit sie auch vor der Treppe geschützt war. Stevie schob sich enger in die hintere Ecke der kleinen Laufstegplattform, zufrieden mit ihrem Versteck, von dem aus sie die Vorgänge unter ihr beobachten und filmen konnte.

Der Ort vermittelte Stevie das Gefühl, geschützt zu sein, obwohl sie auf der kleinen Plattform, auf der sie stand, praktisch von überall im Frachtraum unter ihr gesehen werden konnte. Der Camcorder zählte die abgelaufene Länge nach Zeit: dreißig Sekunden ... vierzig ... fünfzig ... Sie brauchte nicht viel. Sie konnte ja den Beweis erbringen, indem sie einfach ihre Bilder mit denen verglich, die Melissa aufgenommen hatte. Das Bewusstsein, an genau der Stelle zu stehen, an der auch ihre kleine Schwester gestanden hatte, bevor sie verschwand, ließ Stevie einen Schauer der Angst über den Rücken rieseln.

Die Warnleuchte LOW LIGHT der Kamera bereitete ihr Sorgen. Manchmal machte ein Camcorder auch bei so schwachem Licht noch gute Aufnahmen, trotz dieser Warnung, aber manchmal war das Ergebnis ein schwarzer Film. Aber sie konnte ja stoppen, das Band ein Stück zurücklaufen lassen und ihre Aufnahmen überprüfen, um sicherzugehen, dass sie ihren Beweis hatte. Sie machte sich gerade daran, als eine Klingel ertönte und jede Bewegung in dem riesigen Raum wie auf Kommando erstarb.

Etwa zwölf Meter unter Stevie betrat ein Mann den Raum und rief scharf in fließendem Mandarin: »Arbeit einstellen und antreten!«

Die Frauen gehorchten wie ängstliche Soldaten und eilten los, die Köpfe gesenkt, um zwei lange Reihen zu bilden, wobei ihre nackten Füße über den Boden schlurften. Schließlich standen sie in Habt-Acht-Stellung nebeneinander, während der einzige Wächter von Maschine zu Maschine ging und die wenigen Frauen, die daran gekettet waren, von ihren Fesseln befreite.

Was für Aufnahmen! Stevies Auge blieb an die Kamera geheftet. Sie schwenkte von Gesicht zu Gesicht in der Hoffnung, Melissa zu entdecken, wobei Furcht, Aufregung und gespannte Erwartung in ihrer Brust wühlten. Verzweifelt wünschte sie sich, Melissa zu sehen.

»Wir werden das Schiff sofort verlassen«, rief der Mann laut. »In Gruppen von sechs – nicht mehr, nicht weniger. Ihr werdet geordnet und ruhig gehen, oder ihr kriegt den Stock zu spüren«, fügte er hinzu und hob einen Elektrostab.

Die Frauen murmelten.

»Ruhe!«, brüllte der Mann. »Gruppen von sechs! Anfangen!«

Die ersten sechs Frauen schlurften mit kleinen schnellen Schritten aus dem Frachtraum, als hätten sie es in einem Armee-Ausbildungslager eingebläut bekommen.

Wir verlassen das Schiff sofort ...

Wussten die, dass jemand sich an Bord geschlichen hatte? Hatte der Wachposten in der Motorjacht Alarm ausgelöst?

Stevie hörte rasche Schritte, die sich auf dem Gang hinter ihr näherten. Die Stimme von Rodriguez mit ihrem starken Akzent erklang keine sieben, acht Meter von ihr entfernt mit erschreckender Deutlichkeit und Entschlossenheit: »Drei Ladungen nach vorn gehen, zwei nach hinten ... Wir beide Laderäume fluten ... Auslöser an Steuerbordtür anmachen. Verstanden? *Nur* an Steuerbordtür. Ist wichtig.«

Er trat auf die Laufstegplattform hinaus, keinen Meter von Stevie entfernt – er war so nahe, dass sie ihn mit der ausgestreckten Hand hätte berühren können. Rodriguez war ein großer Mann mit breiten Schultern, der einen säuerlichen Geruch verströmte, den Stevie kannte. Rodriguez war der Mann, der in ihre Wohnung eingedrungen war! Die Temperatur im Frachtraum betrug fast 30 Grad, doch Stevie fröstelte.

Rodriguez wiederholte: »Nur an Steuerbordtür. Macht sicher, dass die anderen sind so dicht wie eine Zehnjährige!« Noch während er sprach, begann an allen vier Ecken Wasser in den Frachtraum zu strömen. Das kalte Meerwasser floss auf die Füße der Frauen zu, die immer noch in Habt-Acht-Stellung standen, ohne ein Wort zu sagen. Der elektrische Strom der Maschinenanschlüsse würde sich gar nicht gut mit dem Wasser vertragen.

Rodriguez sagte: »Wenn Frachträume geflutet, wird Schiff schnell untergehen. Wenn sie herkommen, wird unser Mann erster an Bord sein und dafür sorgen, dass Sprengung ausgelöst wird. Bring sie in den Lastwagen da. Schnell, schnell. Beeil dich!«

»Die Maschinen«, protestierte eine gutturale ostasiatische Stimme. »Was wird aus denen?« Hinter der Tür konnte Stevie den Mann nicht sehen.

»Er gesagt, die können mit absaufen«, erwiderte Rodriguez. »Sonst das nicht klappt. Mit Schlamm da unten, alles wird verborgen. Wir uns kaufen wenigstens einen Tag, vielleicht auch eine Woche oder mehr. Nur das wichtig. Er das alles durchdacht hat, sag ich dir – und das gut so.«

»Aber teuer.«

»Nicht deine Sache. Auch nicht meine. *Seine* Entscheidung. Wird damit leben können.«

»Vielleicht auch nicht«, entgegnete die asiatische Stimme.

Rodriguez stieß ein gepresstes Lachen aus. »Da du wohl Recht hast.«

Er drehte sich um, duckte sich und schob sich durch die Lukenöffnung. Stevie hörte beider Schritte im Gang verhallen. Sie atmete aus und rang nach Luft, in Schweiß gebadet.

Riesige Förderbänder hingen an der Decke oder waren an den Wänden installiert. Offenbar hatten sie dazu gedient, die toten Fische zum Verarbeitungsbereich zu befördern, wo sie ausgenommen und dann noch auf See eingefroren wurden. Eine metallene Wandleiter führte zu ihnen hinauf. In der Mitte der Decke befand sich eine gewaltige Luke von der Größe eines halben Tennisplatzes – die Deckluke, durch die der Fang zuerst hinunter geschüttet wurde. Neben der Luke verlief ein Laufsteg, vielleicht als Wartungszugang. Stevie konnte nur zwei weitere Zugänge zu diesem riesigen Frachtraum ausmachen – Stahlluken, beide direkt unter ihr: eine auf dem Boden, durch welche die Frauen nun in Sechsergruppen verschwanden, und eine andere, die plötzlich am Mittelpodest aufschwang. Meerwasser strömte weiter in den Raum. Mit den offenen Luken würde das gesamte Schiff bald vollgelaufen sein.

Stevie hörte Rodriguez unter sich, schaute hinunter

und sah, wie er auf den Mittelabsatz trat und beobachtete, was vor sich ging. Sie konnte seine Ungeduld fühlen. Neben ihm stand ein Ostasiate mit Händen von der Größe von Ofenhandschuhen.

Der Plan war einfach: die Illegalen hinausbringen und damit die Investitionen schützen – um das Schiff später von Coughlie, dem Agenten der Einwanderungsbehörde, erstürmen zu lassen. Wenn Stevie es recht verstanden hatte, wollte Coughlie das Schiff versenken – wieder eine List, um ihm Unterstützung und Sympathie einzubringen und darauf folgende Untersuchungen auf Abwege zu führen.

Sie schaute auf ihre rechte Hand. Der Camcorder hatte die ganze Zeit Bilder aufgenommen. Stevie hatte es in ihrer Aufregung über Rodriguez' Nähe gar nicht bemerkt, doch seine Stimme war auf Band aufgenommen worden, als er seine Anweisungen erteilt hatte. Der Camcorder konnte die Verurteilung dieses Mannes bewirken.

Doch alles war wertlos, wenn Stevie nicht sofort zu Boldt gelangte. Sie musste schnell handeln.

Also schritt sie auf die Lukenklappe zu. Dabei verfing sich jedoch der Tragegurt der Kamera an einer Metallstrebe, sodass der Inhalt der Kameratasche herausfiel. Bevor Stevie reagieren konnte, knallten ein Ersatzband und eine Ersatzbatterie auf den Laufsteg und machten einen Lärm wie eine zu Boden geworfene Schublade voller Küchenutensilien.

Als Stevie einen Moment später nach unten langte, um die Gegenstände aufzuheben, blickte sie durch den Rost zu ihren Füßen direkt in die Augen von Rodriguez, der genau unter ihr stand. Er brüllte zu ihr hinauf: »He!«

Die Gegenstände rollten von ihrem Podest zum unteren und fielen von dort auf den Frachtraumboden. Alle Augen richteten sich auf Stevie.

Einen Moment erschien es ihr, als würde ihr Herz einfach zu schlagen aufhören. Sie war Mittelpunkt der Aufmerksamkeit – eigentlich genau das, was sie zum Ziel ihre Berufslebens gemacht hatte –, aber jetzt wünschte sie sich sehnlichst Anonymität. Alles, jeder stand still. Stevie konnte nicht atmen, der Schmerz in ihrer Brust war zu heftig. Auch Rodriguez schien durch ihre Entdeckung wie eingefroren. Dann aber bewegte er sich auf die Treppe zu und kam herauf, wobei er stets zwei Stufen auf einmal nahm.

Stevie durchzuckte der Gedanke, dass Rodriguez die Frauen mit Furcht beherrschte. Er und seine Männer waren nur eine kleine Minderheit im Vergleich zu den Arbeitssklavinnen. Stevie erkannte, dass ihr jetzt nur noch die Möglichkeit blieb, dieses System der Beherrschung zu zerstören, egal was mit ihr und dem Videoband geschah. Rodriguez hatte nur Furcht zu bieten, Stevie jedoch besaß eine stärkere Waffe.

Der Mexikaner musste noch fast zehn Meter hinaufsteigen, bis er Stevie erreichte, als sie plötzlich zum Geländer ging und in ihrem besten Mandarin rief: »Kleine Schwestern! Ich bin vom amerikanischen Fernsehen! Die Polizei ist unterwegs! Ihr seid frei!«

Eine Sekunde lang herrschte völlige Stille. Rodriguez verharrte und schaute nach unten. Und dann stieg ein Jubelschrei auf, ein gemeinsamer Schrei der Geretteten

– so laut, so ohrenbetäubend, so überschwänglich, dass Stevie Tränen in die Augen traten. Die Frauen lösten sich aus den Reihen und stürzten sich auf ihren einzigen Bewacher. Aus dem entstehenden Gewühl waren deutlich ein wilder Schrei aus männlicher Kehle und das Geräusch brechender Knochen zu hören – wie das Krachen von Ästen bei einem Sturm.

In einer gemeinsamen Bewegung stürmten die Frauen dann auf die eine Tür zu, doch als die Menge sich bündelte, sprangen andere auf die Metalltreppe, die zu Stevies Laufstegplattform führte und stiegen so schnell hinauf wie ein um sich greifendes Feuer. Rodriguez hatte gerade die letzte Kehre unter Stevie umrundet und war nun nur noch wenige Stufen von ihr entfernt.

Stevie sprang um die Lukentür herum und in den Gang hinein. Mit aller Kraft zog sie an der Tür, während der Camcorder vom Gurt um ihren rechten Vorderarm baumelte. Die verdammte Tür war viel schwerer, als Stevie erwartet hatte. Sie wusste, dass Rodriguez' Schicksal besiegelt war, wenn er seinen einstigen Gefangenen in die Hände fiel – was aber nur der Fall war, wenn es ihr gelang, die Tür zu schließen. Sie zog und zog, wobei sie mit einem Auge durch den sich langsam verringernden Spalt lugte, während der riesige Mann rasch größer wurde, als er heranstürmte. Er hatte begriffen, was ihm drohte, und brüllte »Neiiiin!«, als er die letzten Stufen hinaufstürmte.

Die Schreie der Frauen erfüllten jetzt das Schiff – schrill, wütend und ängstlich. Sie kamen aus jeder Ecke. Ihre Füße erschütterten den Stahl mit einem anschwellenden Dröhnen. Stevie hörte zwei Pistolenschüsse, dann verstummten die Schussgeräusche: Der Bewacher war also auch überwältigt worden. Rodriguez hatte das Wasser einlaufen lassen, doch Stevie hatte die Flut ausgelöst.

Mit einer letzten Anstrengung zog sie die Tür zu, doch sie schlug gegen irgendein Hindernis, sodass das Schloss nicht zuschnappte. Als Stevie hinunterschaute, sah sie schaudernd vier Finger – alle gebrochen und in seltsamen Winkeln. Diese Finger waren das Hindernis. Sie hatten sich festgekrallt und zogen die Tür zur anderen Seite. Dann erschienen vier weitere Finger in dem Spalt. Rodriguez überwältigte Stevie mit seiner gewaltigen Kraft. Der Spalt wurdc langsam breiter.

Stevie hielt die Tür krampfhaft fest – und ließ dann plötzlich los. Rodriguez, der nicht darauf gefasst war, flog nach hinten, aus dem Gleichgewicht gebracht. Stevie stürmte zu ihm und stieß ihm den rechten Fuß ins Gesicht. Sie fühlte, wie die Knochen und Knorpel seiner Nase nachgaben. Blut quoll hervor. Rodriguez glitt mit dem Gesicht nach unten die Metallstufen hinunter. Sein Kopf richtete sich bei jeder Stufe auf und prallte wieder hinunter.

Weiter unten wurde er von seinen einstigen Gefangenen gepackt. Drei Frauen stiegen über ihn hinweg und stürmten auf die Tür zu, andere jedoch ließen ihre Wut an ihm aus. Eine Frau zog sich am Geländer hoch, ließ sich auf Rodriguez' Kopf fallen und schlug auf seinen Rücken ein. Andere taten es ihr gleich. Der massige Mann schaute die Stufen hinauf zu Stevie, und ihre Blicke trafen sich, während die Schläge weiter auf Rodriguez niederprasselten, das Blut weiter strömte und seine Niederlage besiegelt wurde.

»Tötet ihn nicht!«, rief Stevie verzweifelt auf Mandarin und schaute hinunter in Rodriguez' gelbliche Augen. »Wo ist sie?«, schrie sie. »Wo?«

Doch die Flut war nicht mehr aufzuhalten. Blut lag in der Luft. Die Frauen traten ihn mit bloßen Füßen. Sein Unterkiefer war gebrochen, und er kroch blind über den Boden, mit blutigen, geschwollenen Augen, und zog sich an der Kette des Laufsteggeländers entlang. Eine der Frauen stieß ihn mit den Hacken, dann eine weitere. Er schrie auf, als die Frauen seine Hand von der Kette kratzten und zerrten. Dann fiel er auf die Stahlluke tief unter ihm, wo er mit dem Geräusch einer zerplatzenden Wassermelone aufschlug. Es war die endgültige, brutale Autorität des Todes.

76.

Boldts ursprüngliches Observierungsteam traf ein, als die Illegalen aus dem Fischdampfer strömten. Einige tauchten ins Wasser, andere sprangen von Schiff zu Schiff – ein Karneval des Terrors, den nur Menschen veranstalten können, die gegen ihren Willen eingesperrt waren, rücksichtslos die Freiheit suchen und deren Massenhysterie alle Vernunft überwältigt und jeden Gedanken oder Plan zunichte macht. In dem Augenblick, als die Frauen den Schiffsfriedhof verließen, verließen sie auch Bundesgelände, was in der Theorie bedeutete, dass die Ermittler Heiman und Ringwold die Befugnis hatten, diese Frauen zur Befragung festzunehmen. Doch erst nachdem Heiman einen Schuss in die Luft abgefeuert hatte, wurden sie Herr der Lage. Aber zu diesem Zeitpunkt, als ein paar Dutzend Frauen sich nach dem Schuss auf den Kai warfen, waren schon zu viele geflohen, sodass die Stadtpolizei, die Küstenwache und die Einwanderungsbehörde ihre Mannschaften bei der größten Suchaktion in der Geschichte der Stadt einsetzen mussten. Der Albtraum, der sich daraus in den nächsten Stunden für die Öffentlichkeitsarbeit ergab, machte es erforderlich, dass die leitenden Beamten dieser Organisationen sich im Gebäude für Öffentliche Sicherheit zu Notkonferenzen trafen.

Boldt selbst betrat den Beschlagnahmebereich als Gast eines gewissen Agenten Prins, eines Bundeszollbeamten, der vom Bundesanwalt auf den Fall angesetzt worden war. Bei seiner Ankunft war Prins im Besitz einer Vollmacht zur Beschlagnahme unerlaubt eingeführter Waren – eine Maßnahme des Bundesanwalts, denn eine Näherinnen-Sklavenwerkstatt benötigte spezielle Nähmaschinen und Stoffe, die beide wahrscheinlich illegal eingeführt worden waren. Außerdem hatte die Zollbehörde ihre eigene, bestens ausgebildete und schwer bewaffnete Eingreiftruppe für Razzien in Lagerhäusern, auf Flughäfen und Schiffen. Prins und sein Team, einschließlich einer Hundestaffel, reagierten auf das Chaos des Massenexodus der Illegalen mit einer militärähnlichen Operation, in deren Verlauf zwei chinesische Bandenmitglieder festgenommen und zwei weitere durch Schüsse verwundet wurden. Nach Informationen, die Stevie McNeal geliefert hatte, entdeckten Hunde Sprengstoff in den Laderäumen des Schiffes. Eine Bombenentschärfungsgruppe wurde vom FBI zur Unterstützung entsandt.

Krankenwagen, Feuerwehrfahrzeuge sowie jedes Nachrichtenteam und jeder Kriminalreporter der Stadt schwärmten aus. Als der dritte Nachrichten-Hubschrauber erschien und CNN Livebilder sendete, wurde ein Helikopter der Küstenwache losgeschickt, um die Störenfriede zu verscheuchen und das Schiff und die Wasseroberfläche in ein paar hundert Metern Umkreis auszuleuchten, weil dort immer noch Illegale geborgen wurden. Personen, die an der Salmon-Bucht und am Kanal wohnten, erschienen in Pyjamas auf den Veranden ihrer Häuser, um das Schauspiel trotz der nächtlichen Stunde zu beobachten. In einer Aktion unternehmerischen Einfallsreichtums erschien auch ein Eiswagen und kreuzte durch die Straßen von Ballard, um seine Waren um ein Uhr morgens zu verkaufen.

Als Coughlie und sein schnelles Eingreifteam der Einwanderungsbehörde erschienen, wurde der Fischdampfer bereits eingehend untersucht, was zu einer hitzigen Diskussion zwischen Prins und Coughlie führte. Als Boldt die Kapitänskabine betrat, wo sich das Streitgespräch abspielte, hielt Coughlie mitten im Satz inne.

»Sie?«, rief er erstaunt.

»Ja, ich«, sagte Boldt.

»Das hat doch nichts mit Zollangelegenheiten zu tun.«

»Doch, hat es.«

»Ist doch nur ein Vorwand.«

»Das ist ein Tatort. Prins hat mir angeboten mitzukommen.«

»Und das soll ich Ihnen abnehmen?«

»Sie brauchen mir nichts abzunehmen, ich biete Ihnen ja auch nichts an«, erklärte Boldt. »Es wurden Schüsse abgefeuert. Bundeseigentum oder nicht – das hier ist immerhin unser Bezirk, sodass wir für die Sache zuständig sind.«

»Das kann schon sein, aber die Festnahme von illegalen Einwanderern und Menschenhändlern und das Schiff selbst sind mein Ding.«

Mit dem Gespür, dass es hier zu einem ausgedehnten, alles verwässernden Zuständigkeitsstreit kommen könnte und eingedenk der Empfehlungen, die Boldt ihm schon vorher für den Fall gegeben hatte, dass Coughlies

Team auftauchen würde, entschuldigte sich Prins und zog die Tür hinter sich zu.

Coughlie sagte, wobei er stets einen Finger hob: »Illegale Einwanderer? Eine Sklavenwerkstatt? Ein Bundesbereich für beschlagnahmte Schiffe? Wenn Sie dahingehende Spuren haben, hätten Sie sich mit *unserer* Dienststelle in Verbindung setzen müssen, und nicht mit dem Zoll und den FBI-Jungs.«

»Ich habe es Ihnen doch schon gesagt, ich bin hier auf Einladung des Zolls.«

»Nun, jetzt bin *ich* hier, und das ist ausschlaggebend. Das ist *unser* Bereich. Vielen Dank für Ihre Hilfe.«

»Tut mir Leid, aber die Stadtpolizei Seattle ist hier, um Schüsse zu untersuchen«, entgegnete Bold. »Wir haben hier zwei Todesfälle und mehrere Verwundete.«

»*Mein* Team wird diese Untersuchung durchführen.«

»Das werden Sie mit Prins klären müssen. Er hat mir eine Vollmacht gezeigt, die ...«

»Was, zum Teufel, geht hier eigentlich vor, Lieutenant?«

»Ich mache nur meinen Job, Agent Coughlie.«

»Hat das mit Stevie McNeal zu tun? Hörte ich nicht so was, dass sie darin verwickelt sei?«

»Wir haben sie noch nicht befragt – haben überhaupt noch niemanden befragt.«

Es klopfte, und Prins trat ein. Er war ein athletischer Mann Mitte dreißig. Scharf geschnittene Nase, lebhafte blaue Augen. »Schauen Sie doch mal, was die Jungs gefunden haben«, sagte er und hielt eine schwielige Hand hoch, in der er ein kleines Band hielt – das Band einer Digital-Videokamera. »Dieses Ding war in den Kragen einer der Kunstvlieswesten eingenäht. Können Sie sich das vorstellen? Beinahe hätten wir es nicht gefunden!«

Boldt nahm das Band von Prins entgegen und betrachtete es. »Das ist ein Digitalband. Für die Lösung unseres Falls könnte es den entscheidenden Beweis darstellen.«

Prins erwiderte: »Wir hätten wochenlang danach suchen können, ohne es zu finden. Wenn man sich das vorstellt!«

Coughlie streckte die Hand aus. »Ich werde es übernehmen. Vielen Dank.«

Spannung hing in der Luft, als Boldt das Band behielt.

Coughlies Hand blieb ausgestreckt: »Lieutenant!«, sagte er.

Boldt fragte Prins nach der Nachweiskette, und der Zollbeamte bestätigte ihm, dass das Beweismittel durch ihr System laufen müsse, da seine Leute es gefunden hatten.

»Lächerlich!«, rief Coughlie und trat vor. An Prins gewandt sagte er: »Der Lieutenant und ich haben gerade festgestellt, dass dies eigentlich eine Operation der Einwanderungsbehörde ist. Irgendwelche Beweismittel – alle Beweismittel – fallen damit in unsere Hände.«

Boldt korrigierte ihn: »Wir haben festgestellt, dass Sie, Agent Prins und das Büro des Bundesanwalts das *klären* müssen. Die Stadtpolizei Seattle ist nur an der Schießerei und den Tötungsfällen interessiert.«

»Dann halten Sie doch den Mund«, fauchte Coughlie völlig unangebracht, »und lassen Sie mich die Sache mit Agent Prins besprechen.« Er versuchte, ein Lächeln aufzusetzen, doch es gelang ihm nicht, sodass eine Grimasse daraus wurde.

»Wenn jemand es verdient hat«, sagte Boldt zu Prins, »ist es Miss McNeal. Sie hat schon zwei Wochen lang nach diesem Band gesucht. Und nach Aussage der Gerichte stellt die Lage sich so dar, dass die Bilder das geistige Eigentum des Fernsehsenders sind, obwohl die Kamera uns gehört. Je eher wir Miss McNeal das Band bringen, umso eher werden wir herausfinden, was darauf zu sehen ist.«

»Also überschreiben Sie es Miss McNeal mit einer Kopie für uns«, sagte Prins. »Hat jemand etwas dagegen einzuwenden?«, fragte er an Coughlie gewandt, der aber den Mund hielt. »Wir setzen eine Zusammenkunft für morgen Vormittag an, bei der wir uns das Band ansehen können – wir alle, in einem Raum und zur gleichen Zeit. So werden keine Rechte verletzt – von niemandem. In Ordnung?«

Coughlies blickte verärgert. Sein Gesicht hatte die Farbe von Asche angenommen. Er konnte sich nicht dagegen auflehnen.

Boldt sagte: »Also gut. Erscheint mir vernünftig.«

»Das ist doch ein Beweismittel der Einwanderungsbehörde«, widersprach Coughlie noch einmal. »Alles und jedes auf diesem Schiff ...«

»Wenn Sie den Tanz wollen, tanzen wir mit«, erwiderte Prins, »aber heute Abend ist es meine Show. Ich bin mit Boldt einer Meinung. Das Band geht an Miss McNeal, und wir bekommen eine Kopie. Wenn Sie dagegen angehen und warten wollen, bis die Gerichte die Sache geklärt haben, können Sie das am Morgen in die Wege leiten. Heute Nacht aber habe ich das Sagen.«

»Das werden wir noch sehen«, drohte Coughlie.

»Auf der Durchsuchungsvollmacht steht mein Name, Agent Coughlie. Dieses Band wurde in einem Schiff gefunden, das sich auf der Liste der Durchsuchungsobjekte dieser Vollmacht befindet. Das alles ist schon durchs Büro des US-Bundesanwalts gelaufen, und das ist – wenn ich Sie daran erinnern darf – die gleiche Dienststelle, an die Sie Ihren Einspruch richten können. Wir stehen auf der gleichen Seite. Wir wollen doch beide die bösen Buben erwischen. Also bekämpfen Sie mich nicht.«

Coughlies Gesicht lief rot an. »Das werden wir noch sehen!«, stieß er hervor und stürmte an Boldt vorbei.

77.

Stevie McNeal starrte auf das Bild, das auf dem Videomonitor im Kontrollraum des Senders KSTV erschien. Durch das schalldichte Glas schaute sie dann hinaus auf das Nachrichtenstudio, in dem sie in den letzten Jahren einen großen Teil ihrer Zeit verbracht hatte. Es war verhältnismäßig dunkel im Studio; ein paar Deckenleuchten lieferten gerade genug Licht, dass man nicht über Kabel und Drähte stolperte. Er erschien Stevie fremd, dieser Raum. Sie war nicht sicher, ob sie jemals wieder im Sessel der Nachrichtensprecherin sitzen würde.

Auf dem Monitor sah man das Bild der ebenfalls dunklen Sklavenwerkstatt – »das Sklavenschiff«, wie der lokale Nachrichten-Radiosender es getauft hatte; ein Name, der haften blieb. Die Dunkelheit erfüllte auch Stevies Inneres; sie verspürte Trauer und Schuldgefühle, zumal der Sender um drei Uhr früh ein einsamer, sogar ziemlich Furcht erregender Ort war. Ein Nachtwächter streifte durch das Gebäude und überzeugte sich ungefähr jede halbe Stunde von Stevies Wohlergehen, aber das trug nicht viel dazu bei, ihre Ängste zu mildern. Doch im Hotel würde es ihr auch nicht besser ergehen, weil sie nicht wusste, was Boldt tun würde. An Schlaf war nicht zu denken.

Melissa hatte man immer noch nicht gefunden. Sie war nicht unter den versklavten Frauen gewesen.

Als die Zeiger der Uhr genau auf drei Uhr früh standen, stellte Stevie den Ruf widerwillig auf Coughlies Pager zum Rückruf über die Direktleitung des Kontrollraums. Als ein paar Minuten später das Telefon klingelte, riss es sie buchstäblich vom Stuhl, obwohl sie den Anruf ja erwartet hatte.

»McNeal«, meldete sie sich.

»Ich habe die letzten zwei Stunden versucht, Sie auf Ihrem Handy zu erreichen«, sagte Brian Coughlie.

»Das ist kaputt.«

»Sie sind also im Sender. Ich hatte es über die Hauptleitung versucht, bekam aber nur einen Anrufbeantworter dran.«

»Wir müssen reden, Brian.« Trotz ihrer Bemühungen, sich zusammenzureißen, war Stevies Stimme voller Niedergeschlagenheit und Traurigkeit.

Coughlie erwiderte nichts.

»Wir müssen darüber reden«, erklärte Stevie. »Noch diese Nacht, vor dem Morgen, vor der Zusammenkunft.«

»Einverstanden«, erwiderte er.

»Kommen Sie zur Westseite des Gebäudes. Da ist eine Notausgangstür, die zum Studio führt. Klopfen Sie dort, aber nicht zu laut. Es ist ein Nachwächter auf Streife. Wenn Sie den Haupteingang benutzen, wird Ihr Besuch vom Computer registriert. Ich glaube, das wollen wir beide nicht. Hab ich Recht?«

»Westseite, Notausgangstür«, wiederholte er.

»Der Wächter macht jede halbe Stunde seine Runde.

Wenn Sie um fünf nach halb vier hier sind, haben wir ungefähr zwanzig Minuten, ohne entdeckt zu werden. Alles klar?«

»Fünf nach halb vier«, sagte er. »Ich werde da sein.«

Die Wartezeit von mehr als zwanzig Minuten kam ihr unendlich lange vor. Sie war nicht nur emotionell ausgelaugt, sie war auch physisch erschöpft. Noch einmal überprüfte sie alle Geräte, schon das dritte oder vierte Mal – sie wusste schon nicht mehr, wie oft. Jeder Monitor im Studio zeigte das Standbild der Sklavenwerkstatt mit den sechzig oder siebzig kahl geschorenen Frauen, die über ihre Nähmaschinen gebeugt waren – die Deckenmonitore, der riesige SONY-Bildschirm an der Wand und die von den Sprechern benutzten Countertop-Monitore. Der Eindruck war überwältigend. Die Wucht des Bildes wurde vielfach verstärkt.

Der Nachtwächter erschien pünktlich, winkte Stevie flüchtig zu, patrouillierte durchs Studio und verließ es durch die Tür, durch die Stevie gekommen war. Ihr Kopf schmerzte, dumpf und schwer – die Folge ihrer Müdigkeit und ihres angeschlagenen Auges, und ihr Herz schlug heftig vor angespannter Erwartung. Alles, wofür sie seit Melissas Verschwinden gearbeitet hatte, hing von den nächsten zehn oder zwanzig Minuten ab, und das machte sie nervös. Sie konnte sich kaum konzentrieren, kaum einen klaren Gedanken fassen.

Als es endlich klopfte, eilte Stevie aus dem Kontrollraum, rannte die drei Stufen zum Studio hinunter und stürmte zur Notausgangstür. Er klopfte noch einmal, doch sie öffnete die Tür nicht sofort, denn sie musste sich erst sammeln. Langsam atmete sie aus und drückte dann die so genannte Panikstange der Notausgangstür. Panikstange – eine treffende Bezeichnung, ging es ihr durch den Kopf.

Brian Coughlie trat ein. Auch in dem trüben Licht erkannte Stevie, dass seine Augen blutunterlaufen waren und einen gehetzten Ausdruck zeigten. Als er die Deckenmonitore und das Bild der Sklavenwerkstatt erblickte, erstarrte er.

»Ich muss Ihre Version darüber hören«, flüsterte Stevie.

Er riss die Aufmerksamkeit von den Monitoren los und beobachtete sie, als sie an ihm vorbei zum Kontrollraum ging und sich auf einen der Produzentenstühle setzte. Coughlie folgte ihr und tat es ihr gleich.

»*Meine* Version?«, fragte er.

»Ihre Erklärung.« Sie schaute ihn nicht an, sondern blickte auf den Monitor, weil sie ihm nicht die Gelegenheit geben wollte, seine einstudierten Gesichtsausdrücke auf sie wirken zu lassen.

»Erklärung?«

»Ich könnte *Ihnen* erzählen, was wir morgen früh auf diesen Videos sehen werden, oder Sie könnten *mir* sagen, *warum* wir es sehen werden. Natürlich können Sie mir jetzt irgendwelchen Mist erzählen – das liegt bei Ihnen. Aber es ist spät, und ich bin müde, Brian. Also könnten Sie das Gefasel lassen und mir gleich erzählen, was wirklich vor sich geht.«

»Bin ich auf dem Video?«, fragte er.

Seine Oberlippe und die Stirn glänzten vor Schweiß. Stevie trug eine Strickjacke, denn die Temperatur im Kontrollraum wurde auf etwa 16 Grad gehalten.

»Muss ich die Bilder als das nehmen, was sie zeigen?«, wollte sie wissen.

»Vielleicht sollten wir uns erst mal mehr anschauen«, schlug er vor.

»Nein, nein, nein! Das ist es ja gerade. Ich kann mir das nicht leisten. Ich kann nicht zulassen, dass Sie Ihre Version der Wahrheit dem anpassen, was Sie auf dem Band sehen werden.«

»Es handelt sich doch nicht darum, ob ich etwas anpasse. Nicht einmal Adam Talmadge wusste von der Sache. Ich konnte es keinem erzählen.« Er blickte sich um und überzeugte sich davon, dass die Kontrollraumtür tatsächlich zugezogen war. »Ich nahm mein erstes Bestechungsgeld vor anderthalb Jahren. Ich wusch dieses Geld ... und meins ... über die Autowaschanlage. Ich habe jedes Treffen dokumentiert, jede Bestechung. Die Idee bei der Sache war, dass ich so lange als versteckter Ermittler dabeibleiben sollte, bis ich unwiderlegbare Beweise gegen die Leute hätte, die wirklich die Fäden zogen – nicht nur die kleinen Ganoven. Es dauerte viel länger, als ich gedacht hatte. Adam hätte dem nie zugestimmt. Ich habe *immer noch nicht* genug für eine Verurteilung. Heute Abend brach alles um mich herum zusammen. So was kommt vor. Jetzt sieht es aber so aus ... Wenn Leute mich auf dem Video sehen, ohne zu wissen, was wirklich vor sich ging ... Verstehen Sie? Wenn dieses Band bekannt wird, sind anderthalb Jahre meines Lebens den Bach runter – auch meine Laufbahn.«

»Melissa?«

»Die Zeit war abgelaufen. Ich musste eine schwere Entscheidung treffen. Ich konnte den ganze Betrieb auffliegen lassen und Ihre Freundin retten, oder ich konnte auf deren Seite bleiben und sie als Bedrohung betrachten. Sie werden das jetzt wohl nicht verstehen, aber ich hatte keine Wahl. Ich musste die Vorteile der einen gegen die Interessen vieler abwägen.«

»Sie haben Melissa getötet?«

»Hören Sie mir mal genau zu. Das System *funktioniert nicht*. Man kann es drehen und wenden, wie man will – es ist defekt und kann nie wieder repariert werden. Nie mehr. Es ist korrupt. Alles geht nach Angebot und Nachfrage – so ist das. Diese Leute, die hierher kommen, tun alles, riskieren alles, um hier zu leben. So geht das an jeder Grenze, in jedem Hafen, an jedem Flugplatz – vierundzwanzig Stunden am Tag, sieben Tage die Woche. Die Leuten wollen herein und tun *alles*, um dieses Ziel zu erreichen. Wenn wir sie erwischen, klopfen wir ihnen auf die Finger und schicken sie binnen einer Woche zurück. Aber sie versuchen es wieder. Neue Kontakte, mehr Geld, eine weitere Anstrengung. Wenn wir sie dann noch mal erwischen, gibt's wieder eins auf die Pfoten.« Er schaute wieder zur Tür. »Die Sache ist, dass wir das Ding die Leiter höher hinauf verfolgen mussten. Ich übernahm das und riskierte dabei alles.«

Stevie sagte leise: »Sie ließen die Frauen in diesem Container sterben.«

»Das ist nicht wahr«, widersprach er. »Ich habe das Ding doch nicht durchgezogen, ich hab's nur geschützt. Man hat mich dafür bezahlt.« Er schaute weiter auf die Geräte und versuchte herauszufinden, von welchem das Standbild der verdunkelten Sklavenwerkstatt ausging.

»Und wie war das mit dem Kapitän der *Visage*?«, wollte Stevie wissen.

Er blickte sich nervös in dem kleinen Raum um, als erwartete er jemanden. Wieder glänzte seine Stirn vor Schweiß. Dann flüsterte er heftig: »Hätte ich keine Informationen weitergegeben, hätten sie mein Spiel durchschaut.«

»Sie erzählten ihnen, dass die Polizei den Kapitän verhören würde.«

»Wissen Sie, wie das ist, wenn man so lange verdeckt arbeitet? Wissen Sie, was da mit einem geschieht?«

»Was geschah denn mit Melissa?«

»Ich habe alles verändert«, sagte er statt einer Antwort. »Zuerst gab es keinen Weg hinaus für diese Frauen! Niemand hatte vor, sie jemals freizulassen. Sie zahlten für eine neue Freiheit. Was sie bekamen, war Sklaverei. *Ich* zog Gwen Klein in die Sache hinein. *Ich* habe ihnen klargemacht, dass man mit dem Verkauf eines Führerscheins so viel Profit machen kann wie mit dem Verkauf der Frauen in die Prostitution!« Sein Gesicht war rot angelaufen, und er erhob sich vom Stuhl.

»*Wem* haben Sie das klargemacht?«, fragte Stevie heftig. »Ich dachte, Sie hatten den Kontakt zu hochgestellten Leuten nicht herstellen können.«

Coughlie schaute sie mit schiefem Kopf an wie ein Hund.

»Wissen Sie, was ich glaube, Brian?«, fuhr Stevie fort. »Ich glaube, Sie haben sich das alles ausgedacht. Ich weiß nicht, ob Sie sich zuerst selbst täuschten, indem Sie sich vormachten, dass Sie eine verdeckte Ermittlung durchführten, aber das bezweifle ich. Ich glaube, es ist eine Schutzbehauptung, das mit einsamen verdeckten Ermittler – falls etwas schiefgehen sollte. Sie sind da hineingerutscht, Brian. Sie haben gesehen, wie eine Behörde in Bürokratie versinkt, und dann war da diese menschliche Flutwelle, die niemals aufgehalten werden konnte. Sie sahen das viele Geld und all die Gelegenheiten – all die Korruption um Sie herum, und Sie ...«

»Ich habe alles dokumentiert«, protestierte er. »Jeden Cent habe ich belegt.«

»Das bedeutet überhaupt nichts, wenn es nicht von Ihrem Chef Talmadge anerkannt wurde.«

»Und wenn Talmadge ebenfalls korrupt ist? Wie konnte ich das riskieren?«

»Sie haben sich das alles fein überlegt, nicht wahr? Menschen töten lassen, Bestechungsgelder kassieren ... Sie können das alles rechtfertigen? Dann soll ich das Video Ihretwegen löschen und einfach alles vergessen, was mit Melissa zu tun hat?«

»Sie hat sich in den Betrieb eingeschlichen. Ich wusste nicht einmal davon, bis Sie es bestätigt haben.«

»Ach, jetzt beschuldigen Sie also *mich?* Sie *Bastard!*« Stevie stürzte sich auf ihn. Der Stuhl fiel um, und sie zog ihm die Fingernägel durchs Gesicht, bis Blut floss.

Coughlie schüttelte sie ab, schlug ihr die Faust ans Kinn und sprang auf. Er packte das Kabel, das zum TV-

Monitor führte, verfolgte es bis zur Konsole und begann, die Kassetten aus Geräten auswerfen zu lassen, die auf Regalen standen, und die Bänder herauszureißen. »Wo ist es?«, brüllte er.

»Es existiert gar nicht!«, rief Stevie.

Mit wirrem Blick drehte Coughlie sich um.

»Es gibt kein solches Band!«, wiederholte sie.

Er zog eine Pistole. »Ich will es haben! Auf der Stelle!«

Mit ausgestreckten Händen, wie um ihn abzuwehren, richtete Stevie sich langsam auf und streckte die Rechte nach der Konsole aus. Mit der Handfläche drückte sie eine viereckige Taste. »Okay«, sagte sie und zeigte auf das Sendestudio. Brian Coughlie, der immer noch die Waffe auf sie gerichtet hielt, erstarrte.

Auf der anderen Seite der Glaswand stand ein erschöpfter Lou Boldt. Dann kamen zwei uniformierte Polizisten hinter den riesigen schwarzen Vorhängen hervor, die um die Studiowände verliefen. Sie zielten mit Pistolen auf Coughlie.

Stevie sagte: »Das Band, das Sie auf dem Schiff gesehen haben, war leer. Boldt hat alles so arrangiert, als wäre es gefunden worden – eine Idee der Psychologin Matthews. Sie sagte, Ihr Egoismus würde Sie zu dem Glauben verleiten, Sie könnten mich überzeugen, das Band zu vernichten. Und jetzt sagen Sie mir, wo Melissa ist! Was haben Sie mit ihr gemacht?«

»Lassen Sie die Waffe fallen!«, rief Boldt mit gedämpfter Stimme durch das Glas.

Stevie betätigte eine weitere Taste an der Konsole. »Ich habe Ihren Besuch aufgezeichnet, Brian – Ihr ganzes Geständnis. Nun kriege ich wohl doch den Emmy, wie Melissa es mir vorhergesagt hat.« Sie trat zu ihm. »*Wo ist sie?*«

78.

In Bordell bei Flugplatz«, sagte die tiefe Frauenstimme ins Telefon. Boldt kannte diese Frau, machte sich aber nicht die Mühe, sie mit Namen zu identifizieren. Sie nannte ihm die Adresse und fügte hinzu: »Sie in Zimmer im ersten Stock. Sie nicht in gutem Zustand, aber sie lebt. Mehr ich nicht konnte tun. Mir Leid tut.«

Boldt nahm Stevie und einen Streifenwagen zur Unterstützung mit. Die Fahrt zum Flugplatz dauerte normalerweise um die zwanzig Minuten. Sie schafften es in zwölf.

»Sie hat einfach angerufen und es Ihnen gesagt?«, fragte Stevie ungläubig.

»So ist es.« Bold ertappte sich dabei, wie er mit den Zähnen knirschte.

»Keine Erklärung?«

»Sie hat wohl Druck auf diese Leute ausgeübt, dass sie das Mädchen am Leben ließen. Eine andere Erklärung wüsste ich nicht.«

»Hat sie denn solche Macht?«

»Und noch ein bisschen mehr«, erwiderte er.

»Und dann wartet sie, bis Coughlie angeklagt wird, um uns das zu erzählen?«

»Wäre es nicht zu seiner Anklage gekommen, hätten wir diesen Anruf nie erhalten. Sie ist kein Engel, sondern

Politikerin. Sie hat sich damit eine Gegenleistung für die Zukunft bei uns erkauft – und die wird sie bekommen.«

»Coughlie hätte Melissa doch als Druckmittel für einen juristischen Vorteil benutzen können. Es war doch geradezu dumm von ihm, darauf zu verzichten.«

»Hängt davon ab, was noch von ihr übrig ist und wie viel Coughlie weiß«, erwiderte Boldt. »Das könnte bei Geschworenen nämlich einen schlechten Eindruck machen.«

»Folter?«

»Diese Leute sind keine Menschen.«

Stevie nickte. »Jedenfalls lebt sie«, stieß sie hervor.

Sie fuhren durch eine Gegend, in der die Häuser und Autos allesamt gleich aussahen. Schließlich zog Boldt den Wagen nach links und hielt. Ein Streifenwagen parkte am Bordstein. Auf einem Schild an dem Gebäude dahinter stand NUDE GIRLS. Der zweistöckige Bau war in tristem Grau gestrichen und besaß genug Parkplätze für ein Veranstaltungszentrum. »Haben Sie sich seelisch darauf vorbereitet, was wir finden könnten?«

»Nein«, gab Stevie zu, »Sie etwa?«

»Handschuhe?«, sagte Boldt statt einer Antwort und reichte ihr ein Paar.

»Ich ziehe keine Plastikhandschuhe an«, antwortete Stevie, gab sie ihm zurück und stieg aus dem Auto. »Nun kommen Sie schon!«

Boldt holte einen Durchsuchungsbefehl hervor, doch die Uniformierten waren auch so schon ins Gebäude eingedrungen. Es roch widerlich nach Luftreiniger und menschlichen Ausdünstungen.

»Sie war kahl geschoren, als sie ankam«, erklärte

Boldt dem fetten Manager, einem schwitzenden Mann, der von seiner abgewetzten roten Couch nicht aufstehen konnte oder wollte. Er trank einen Cocktail ohne Eis und rauchte einen dünnen, ekelhaft riechenden Zigarillo mit weißem Plastikmundstück.

Stevie eilte die Treppe hinauf. Boldt winkte einem Uniformierten, ihr zu folgen. Dann wandte er sich um und folgte den beiden, nachdem er den anderen Polizisten an der Tür postiert hatte. »Niemand verlässt das Gebäude«, befahl er dem jungen Beamten. Dann stieg er mit schweren Schritten die Stufen hinauf.

Stevie öffnete eine Tür nach der anderen und sah nackte Leiber und schwitzendes Fleisch. Der Anzug eines Vertreters, sorgfältig über einen Stuhl gehängt. Der Geruch nach Haschisch, Alkohol und Intimität. Neun Türen – aber keine Melissa.

Stevies Bewegungen wurden gehetzt. Tränen brannten in den Augen, und ihre Glieder waren angespannt. Tief in ihr wütete ein Schmerz, den nur eine Frau verstehen konnte. Noch eine Treppenflucht. Sie rannte jetzt, außer Atem. Der Uniformierte folgte ihr mit Mühe, doch als Stevie sich umschaute, erkannte sie, dass es nicht der Polizeibeamte, sondern Boldt war.

»Sachte, sachte«, stieß er hervor, »wir wollen sie doch nicht erschrecken.«

»Sie *erschrecken?* Können Sie sich vorstellen, was sie mitgemacht hat?«

»Immer sachte«, wiederholte er. Dann rief er scharf zu dem Uniformierten hinunter: »Wo, zum Teufel, sind denn die Burschen vom medizinischen Notdienst? Die sollen kommen!«

»Medizinischer Notdienst?«, rief Stevie entsetzt, als sie den zweiten Stock erreichten.

Boldt hielt ihr mit ausgestrecktem Arm wieder die Plastikhandschuhe hin. »Seien Sie doch nicht so unvorsichtig!«, warnte er.

Sie nahm die Handschuhe entgegen. »O Gott ...«

Beide hielten vor der einzigen Tür, die verschlossen war.

Boldt flüsterte: »Sie darf kein Erschrecken auf Ihrem Gesicht sehen. Verstehen Sie, wie wichtig das ist?«

Tränen quollen aus Stevies geschwollenem Auge.

»Freiheit ist ein zerbrechliches Ding«, sagte er.

Sie nickte schwach.

»Sind Sie bereit?«, fragte er, die Schulter an die Tür gelehnt.

Sie hantierte mit den Handschuhen und zog dann tief die Luft tief ein. Doch die Tränen versiegten nicht. Stevies Schultern bebten. Die Kehle wurde ihr eng. Dann nickte sie. »Ich bin bereit«, sagte sie schließlich.

Boldt brach die Tür auf.

»Gott sei Dank!«, rief Stevie, rannte ins Zimmer und fiel auf die Knie.

79.

Die warme Oktobersonne spielte tief und sanft am Horizont und erinnerte Stevie McNeal an die gelben Scheinwerfer von Autos. Sie hatte schon an eine Reise gedacht, aber es war noch zu früh für sie beide. »Siehst du das Segelboot da?«

Melissa antwortete nicht, bewegte auch den Schaukelstuhl nicht, auf dem sie saß. Sie starrte ins Leere.

Corwin war so nett gewesen, ihnen das Wochenendhäuschen unbefristet zur Verfügung zu stellen. Sumpfgras wogte im Wind, und eine dichte Zederngruppe stand wie eine Wand am Ufer.

Jeden Abend vor dem Zubettgehen badete Stevie Melissa wie eine Mutter ihr Kind. Sie seifte ihr die Haut ein, wo man sie mit Zigaretten gefoltert hatte, reinigte die Innenseiten ihrer Schenkel, die von ihren Peinigern beschmutzt worden waren. Doch sie konnte nicht bis zu den Gedanken der Freundin vordringen – *dort* konnte Stevie nichts reinigen. Sie versuchten es mit einer Kombination aus Massage, Akupunktur und Therapie. Eine von Matthews empfohlene Psychiaterin kam zweimal wöchentlich mit der Fähre. Sie sei zuversichtlich, was Melissa anging, sagte sie, doch Stevie glaubte ihr nicht. So weit sie sehen konnte, war nicht die kleinste Veränderung eingetreten.

Melissa aß zwar, aber nur sehr wenig. Stevie ergänzte ihre Ernährung mit Schokoladengetränken zur Kräftigung. Sie schliefen zusammen im gleichen Bett, denn Melissas Albträume und Schweißausbrüche waren schrecklich, und Stevie wollte bei ihr sein, wenn sie gebraucht wurde. In der letzten Nacht war Melissa im Schlaf zu Stevie gekrochen, hatte sich an sie geschmiegt und fast eine Stunde geweint, ohne dass sie währenddessen nur eine Minute wach gewesen wäre. Vielleicht waren die Tränen ein Zeichen der Besserung. Stevie nahm sich vor, der Psychiaterin davon zu erzählen. Vielleicht war das Weinen ein Schritt nach vorn – vielleicht aber auch zurück.

Sie holte Melissa eine Strickjacke, legte sie um ihre knochendünnen Schultern, streichelte ihre Wange mit dem Handrücken und sagte wie so oft an jedem Tag: »Ich liebe dich, Kleine Schwester.« Liebe würde Melissa heilen – das wusste Stevie; sie vertraute darauf. »Du bist hier sicher«, sagte sie mit schwankender Stimme.

Melissa nahm plötzlich Stevies Hand und zog sie in ihren Schoß. Stevie ließ sich auf die Knie nieder und ließ ihren Tränen freien Lauf, denn es war das erste Mal, dass so etwas geschah. Es war nicht viel, zugegeben, doch für Stevie bedeutete es eine Welt. Sie flüsterte der Frau im Schaukelstuhl zu: »Jede Reise beginnt mit einem einzigen Schritt.«

Keine Reaktion – nichts.

Stevie schob den Schaukelstuhl sanft an und hielt die Hand auf dem Schoß ihrer Schwester, mit schwachem, aber merklichem Griff. Sie konnte sich nicht bewegen, konnte kaum atmen.

Die Sonne wurde zu einem gelben Auge, das immer schwächer in die Dämmerung blinzelte. Stevies Arm schlief ein und wurde taub und gefühllos, doch sie rührte sich nicht, sprach nicht. Die Dunkelheit breitete sich am westlichen Himmel aus, und die ersten Sterne erschienen.

»Die ersten Sterne sind die stärksten«, sagte Stevie.

Nichts. Nicht die kleinste Reaktion.

»Es dauert halt so lange, wie es dauern muss«, flüsterte sie.

Der Mond stieg hinter ihnen auf und warf Schatten auf die Bäume. Ein Satellit zog hoch am Himmel dahin. Stevie beobachtete, wie Melissas dunkle Augen ihm folgten.

»Ich mache das Abendessen«, sagte Stevie und zog widerwillig die Hand zurück. Es würde andere Gelegenheiten geben, sich an den Händen zu halten – dafür würde sie sorgen. So stand sie da, während sie sich kaum auf ihren vom langen Knien tauben und brennenden Beinen halten konnte. Der Schaukelstuhl schaukelte weiter. Stevie zog sich langsam von der Veranda zurück, wobei sie sich an der Holzschindelwand abstützte und die Blicke nicht vom langsam schaukelnden Stuhl nehmen konnte. Noch vor einem Monat hätte er ihr absolut nichts bedeutet.

Aber sie lernte.

80.

Boldt kroch ins Bett und glaubte, sie schliefe schon. Er fühlte sich völlig erschöpft, doch sein Verstand fand keine Ruhe. Er war nicht sicher, ob er Schlaf finden könnte.

»Da ist nichts«, sagte Liz.

»Wo?«, fragte er, während seine Augen sich noch an die Dunkelheit gewöhnen mussten.

»Die Untersuchungen. Alle negativ.«

Boldt schaltete die Nachttischlampe an. Er und Liz blinzelten. Boldt knipste die Lampe wieder aus. »Du hast die Untersuchungen also machen lassen?«

»Sie sind wichtig für dich.«

»Aber wir haben doch darüber gesprochen und beschlossen ...«

»Es muss für uns beide gut und richtig sein.«

»Also negativ«, wiederholte er. Er konnte die Erleichterung, die er fühlte, einfach nicht fassen. Und dann – auf einmal – fühlte er sich von dieser Erleichterung belastet.

»Man braucht nicht mehr zu raten ... zu hoffen«, sagte Liz. »Du hast endlich Klarheit.«

Der Raum nahm Form an. Er wälzte sich herum und konnte ihre Silhouette erkennen. »Ja«, sagte er, »das stimmt. Ich gebe es zu.«

»Wir können mit verschiedenem Glauben leben«, sagte sie. »Das ist doch nichts Schlechtes.«

»Ich komme mir wie ein Verräter vor.«

»Das musst du nicht.«

»Ich fühle mich trotzdem so«, erwiderte er. »Ich bewundere dich sehr, Liz.« Die letzten Worte blieben ihm fast in der Kehle stecken. »Deine Zuversicht, deine Überzeugung.« Er rückte näher an sie heran, doch sie blieb auf dem Rücken liegen, das Gesicht der Decke zugewandt.

»Ich kann nicht verlangen, dass du dich änderst«, sagte sie. »Das war falsch von mir, und es tut mir Leid.«

»Ich muss es von mir selbst verlangen«, flüsterte er.

»Ja, aber nur, wenn du bereit dazu bist. Nur, wenn du *wirklich* bereit dazu bist.«

»Ein Glaubenssprung«, sagte er und erinnerte sich daran, was Daphne gesagt hatte. »Ich weiß nicht, ob ich mich so sehr ändern kann.«

Liz drehte sich von ihm weg, schob sich jedoch mit dem Rücken an ihn heran, sodass sie beide die Wärme des anderen fühlten. Er legte einen Arm um sie und hielt sie an sich gedrückt.

Liz tastete nach seiner Hand und ergriff sie.

Sie schlief zuerst ein. Ihr Körper zuckte mehrmals und lag dann still. Nur noch ihr Atmen war zu hören.

Nach einer Weile schlummerte auch Boldt ein, von einer bleiernen Müdigkeit erfasst. Er ließ los – sein letzter bewusster Gedanke, bevor die Dunkelheit ihn umfing und ihm ein paar Stunden Frieden schenkte.

Der neue Roman vom Autor des Weltbestsellers: ›ASSASSINI‹

Als sich der erfolglose Geschäftsmann Larry Blankenship in der Lobby seines Hotels eine Kugel in den Kopf jagt, glaubt die Polizei zunächst an einen Selbstmord. Doch Paul Cavanaugh, Journalist und zufällig am Ort des Geschehens, muss sich rasch eines Besseren belehren lassen. Eine gute Bekannte des Toten äußert Zweifel an der Selbstmord-Theorie und setzt Paul auf die Exfrau des Geschäftsmannes an. Pauls Suche nach den Motiven und Hintergründen des vermeitlichen Selbstmords wird zu einer *Tour de force*, die sein Leben aus der Bahn wirft …

ISBN 3-404-14578-X

BASTEI LÜBBE

Ein Serien-Kidnapper macht die Vereinigten Staaten unsicher und stürzt zahlreiche Familien in Angst und Verzweiflung. In den Betten seiner Opfer hinterläßt er stets eine Spielzeugflöte, was ihm den Spitznamen ›Der Rattenfänger‹ eingebracht hat. Lieutenant Lou Boldt von der Kriminalpolizei in Seattle wird beauftragt, dem Verbrecher das Handwerk zu legen. Doch während der Jagd nach dem Kidnapper wird immer deutlicher, dass einflussreiche Kreise – auch in den Reihen der Polizei – ihre Finger im Spiel haben …

›Ridley Pearson ist der beste zeitgenössische Thriller-Autor.‹ *BOOKLIST*

ISBN 3-404-14571-2

BASTEI LÜBBE

»Ein unglaublicher Knüller« Die Welt

Die Geschichte eines Mannes, der ein schreckliches Verbrechen begangen und dafür gesühnt hat. Als er fünfundzwanzig Jahre später erkennt, dass er unschuldig ist, wendet er sich ans Oberste Gericht. Er glaubt nicht mehr an Gerechtigkeit, er will nur, dass die Wahrheit ans Licht kommt.
Doch nichts ist gefährlicher als die Wahrheit …

»Augenringe am Morgen sind Ihnen sicher.« Amica

ISBN 3-404-14626-3

BASTEI
LÜBBE